KB195984

그녀가 죽였다

Keep Her Secret

KEEP HER SECRET **by Mark Edwards**
Copyright © 2023 Mark Edwards Writing Ltd.
All rights reserved.
Korean translation rights arranged with Madeleine Milburn Ltd of The Factory, London
through Danny Hong Agency, Seoul.
Korean translation copyright © 2024 by BY4M STUDIO

이 책의 한국어판 저작권은 대니홍 에이전시를 통한 저작권사와의 독점 계약으로
㈜바이포엠 스튜디오에 있습니다. 저작권법에 의해 한국 내에서 보호를 받는 저작물이므로
무단전재와 복제를 금합니다.

그녀가 죽였다

Keep Her Secret

마크 에드워즈 장편소설
김항나 옮김

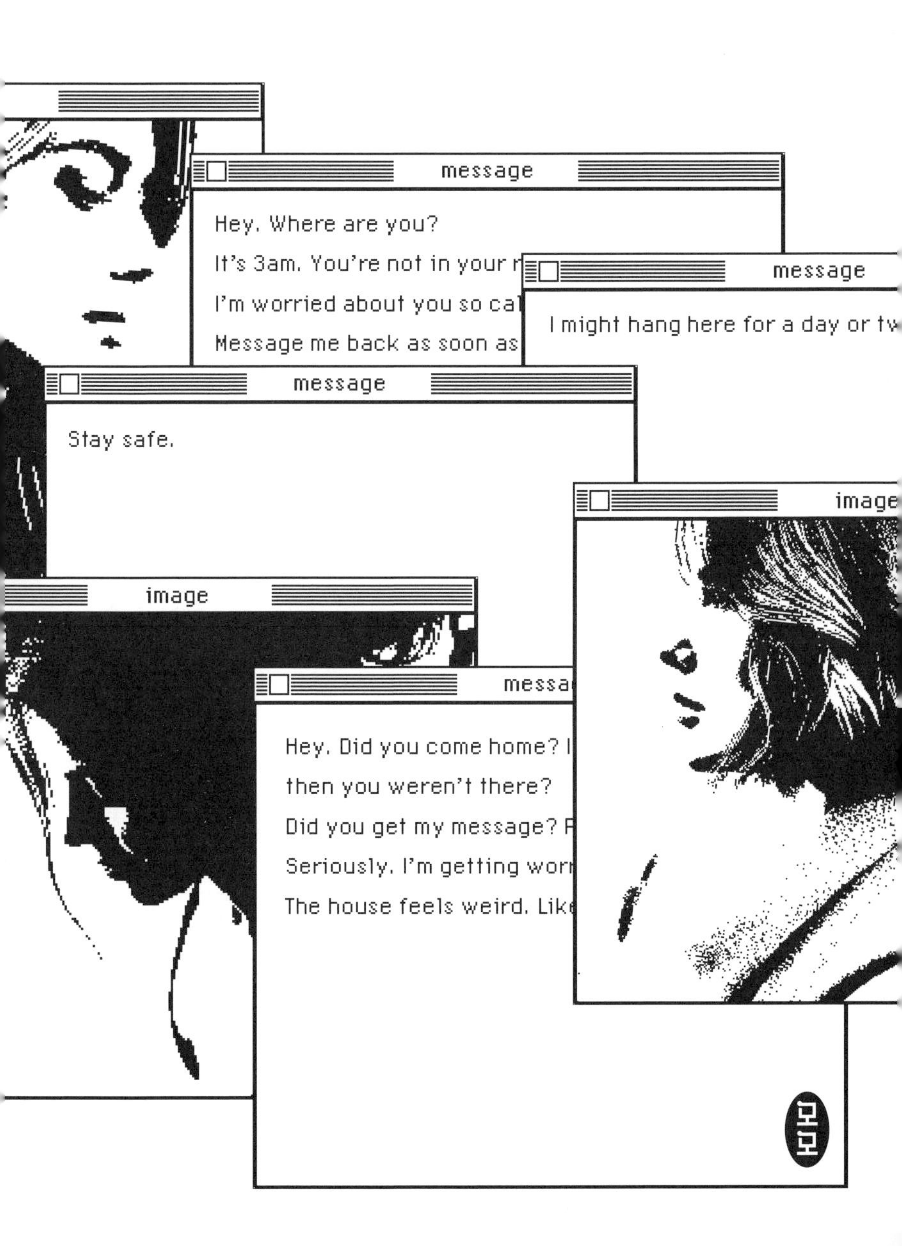

일러두기

1. 본문 속 주석은 옮긴이 주입니다.
2. 본문 속 볼드체는 원서에서 이탤릭체로 표시된 부분입니다.
3. 본문에서 언급된 도서는 «» 드라마와 영화 및 음반은 〈〉 잡지는 「」로 표기했습니다.

Contents

Part One

1

2022년 9월

"아무도 안 보이는데."

산비탈을 훑으며 중얼거리는 헬레나를 향해 돌아서니 바위가 들쑥날쑥 벽을 이루어 시야를 막았다. 다른 일행의 목소리가 들리지 않을까 귀를 기울였지만, 거센 바람이 골짜기 사이로 이리저리 흐르는 크로사 강으로 흘려보냈는지 아무 소리도 들리지 않았다. 아침 일찍 우리 그룹은 지프 두 대로 강을 넘었다. 가이드 다구르는 작년 바로 이맘때 버스 한 대가 이 강에서 빠져나가지 못한 이야기를 해주며 빙그레 웃었다. 운전기사가 다시 버스를 이동시킬 수 있을 때까지 버스에 탔던 승객들이 각자 륙색을 머리 위로 들고 얼음장처럼 차가운 강물을 헤치며 걸어야 했다는 이야기였다.

지금은 다구르도 일행도 없었다. 헬레나와 나뿐이었다.

"기다릴래?" 내가 물었다. "아니면, 돌아갈까?"

헬레나는 머리카락을 바람에 쏘이면 생각하는 데 도움이 되기라도 하는지 털모자를 벗었다.

“아니, 그냥 가자. 따라오겠지.”

우리는 계속 걸었다. 헬레나는 어깨까지 내려오는 까만 머리카락 위로 털모자를 고쳐 쓰고 재킷 주머니에서 휴대전화를 꺼냈다. 헬레나가 이번 주 내내 찾아 헤매던 완벽한 포토존을 찾다가 산꼭대기에 거의 다 올라온 참이었다.

어젯밤에는 골짜기 아래 오두막에 묵으며 나흘 전 레이캬비크에서부터 시작해 이곳 미개척지로 오는 동안 찍은 사진을 쭉 훑어보았다. 간헐 온천, 화산암, 야생 조랑말을 찍은 수백 장이 넘는 사진은 말로는 설명이 안 되는 이곳의 아름다움을 담은 채 빛나고 있었다. 걷고 또 걸었던 우리에게 휴식을 선사한 블루 라군 온천수, 혹등고래를 만났던 대서양의 얼어붙은 빙하며 용암원, 검은 모래 해변까지. 휴대전화 사진첩에는 황홀한 풍경을 배경으로 일행과 함께 찍은 사진을 비롯해 셀카도 많았지만, 대부분은 나와 헬레나가 함께 찍은 사진이었다. 활짝 웃는 우리의 모습은 다 멋있었다. 그렇지만 어느 것도 ‘바로 이것’이라고 할 수는 없었다. 헬레나가 원하는 완벽한 인생 사진 말이다.

산비탈을 따라 조금 더 올라간 헬레나는 걸음을 멈추고 경이롭다는 듯한 목소리로 말했다. “저것 좀 봐, 매튜. **일단 봐봐.**”

헬레나 옆에 나란히 선 나는 아이슬란드에 온 이후 100번 정도는 지른 것 같은 경탄을 내뱉을 수밖에 없었다. 토르의 숲인 소르스뫼르크였다. 세 덩이의 빙하 사이에 만들어진 협곡으로 하나는 우리 뒤에서 아른아른 빛나고 다른 하나는 눈앞의 경치에 눈을 떼지 못하게 했다. 왜 신의 이름을 딴 지명이 붙었는지 바로 이해할 수 있었다. 10년 전에 신이 망치로 세게 내려쳐 유럽 전역에 화산재 구름을 뿌려놓았던 폭발이 머릿속에 자동재생되었다.

다행히 오늘은 그렇게 극적인 일이 일어날 것 같지 않았다. 빛나는 빙하의 꼭대기를 스치는 두꺼운 회색 구름 뒤 하늘이 투명하게 파랬다. 모든 게 평화롭고 고요했다. 눈앞에 보이는 아름다움에 넋이 나간 나는 살아 있음을 지각하며 온몸에 전율을 느꼈고 동시에 내가 고대로부터 이어져오는 거대한 장소에서 티끌보다 작은 존재라는 것을 실감했다.

무슨 생각이 들었는지 헬레나는 눈가에 주름이 질 정도로 웃음을 터뜨렸다. 지난 2주 동안 처음 있는 일도 아니었는데 나는 정신이 확 들었다. 헬레나의 활짝 웃는 표정이 사랑스러웠다. 눈이 부셨다. 왜 내가 이 여자를 떠났었지?

"이번엔 뭐가 그렇게 재밌는데?" 눈이 마주친 헬레나에게 내가 물었다.

"비밀이야. 들으면 아마 이제 나랑 말 안 하려고 할걸."

"진짜 끔찍한 이야기가 아니라면 그럴 일은 없을 거야."

순간 헬레나의 미소가 사라지고 정색하는 표정이 보인 것은 내 상상이었을까? 분명 헬레나 얼굴 위로 어두운 그림자가 스쳤다.

그러나 금세 앞니를 완전히 보여주는 전염성 강한 그 미소가 돌아왔고 나도 따라 웃었다.

"뭐야, 뭔데 그래?"

"알았어. 그러니까, 일단 사과부터 할게. 얼마 안 됐지만 이렇게 너랑 다시 함께 지낼 수 있어서 행복하다는 걸 알아줬으면 해. 나는 그냥…. 지금은 널 보기만 해도 좋다는 생각을 했어[1]."

나는 "끙" 하며 앓는 소리를 냈다.

"말했잖아, 나랑 말하고 싶지 않아질 수도 있다고. 잠깐만, 설마 다른 말장난으로 대답하려는 건 아니지?"

"맞아. 그런데 생각나는 말들이 하나같이 다 쑥스럽네[2]."

헬레나는 장갑 낀 두 손으로 얼굴을 감쌌다.

"아, 너무 별로야, 매튜."

"그래도 내가 이긴 거지?"

헬레나는 맑은 눈빛을 하고 내게 다가와 차가운 입술로 키스했다. 그리고 몸을 일으켜 다시 앞에 펼쳐진 풍경에 집중했다.

"이리 와봐, 사진 찍어줄게." 헬레나는 풍경 사진을 몇 장 찍더니 나를 불렀다.

나는 수긍하며 빙하를 등지고 섰다.

"로오키!" 헬레나는 내게 활짝 웃으라며 소리쳤다.

"인생 사진 찍어서 뭘 하려고 그래?"

1—원문에서는 'It's a sight for Thor eyes.'라고 쓰여 있다. 이는 보기만 해도 좋다는 뜻의 'It's a sight for sore eyes.'라는 표현을 마블시리즈 주인공 토르에 빗대어 말장난한 것이다.

2—원문에서는 'It's a bit too Loki.'라고 쓰여 있다. 이는 말하고자 하는 사실을 비밀로 하고 싶다는 뜻의 'It's a bit too low key.'라는 표현을 마블시리즈 주인공 로키에 빗대어 말장난한 것이다.

나는 함박웃음을 짓고 사진을 찍어주며 물었다.

헬레나는 눈썹을 치켜들며 대답했다.

"당연히 인스타그램에 올려야지. 팔로워들이 다 부러워할 거야."

"정말 그것뿐이야?"

"모르겠어. 그냥 이 여행을 항상 추억하게 해줄 것 같아서 그래. 다시 만난 우리 둘의 첫 번째 여행이니까."

헬레나는 내 앞으로 다가왔고 우리는 다시 키스했다. 골짜기에 있는 신들이 우리에게 차라리 방을 잡으라고 말할 것 같았다. 지금 이 순간 이곳에 우리 둘만 있다는 사실이 몹시 기뻤다.

"이제 만족해?"

휴대전화로 찍은 파노라마 사진을 계속해서 들여다보는 헬레나에게 물었다.

"인생 사진 건진 것 같아?"

"모르겠네. 조금만 더 위쪽으로 올라가 보자. 저기 위로."

헬레나는 수년간 등산객들이 다져놓아 평평해진 비탈길이 끝나는 곳을 가리켰다. 그 너머는 고르지 못한 바위투성이 길이었다.

"저기라면 골짜기 양옆이 한눈에 들어올 것 같지 않아?"

나는 머뭇거렸다.

"그런가? 이쯤에서 일행이 올 때까지 기다려야 하지 않을까?"

헬레나는 내 뒤로 아무도 없는 길을 바라보았다. 아직은 누구도 보이지 않았다.

"괜찮아, 매튜. 빨리 와. 오늘이 여행 마지막 날이잖아. 저기

한 번만 올라가서 마지막으로 사진 몇 장만 찍고 내려가자. 분명 다구르는 여기 바위들이 어떻게 만들어졌는지 어쩌고저쩌고하며 설명을 늘어놓고 있을걸. 오늘 안에 끝나기나 할까 몰라."

"나는 다구르가 해주는 설명이 꽤 재밌던데." 길에서 벗어날 생각을 하니 나는 불안해졌다. 산길에서 미끄러진 남자가 결국 팔을 잘라내고서야 살아난 영화를 본 적이 있기 때문이다.

"그랬구나. 유유상종이네."

"뭐라고!"

헬레나는 다시 웃으며 말했다.

"나도 다구르는 좋아. 누구를 생각나게 하는 줄 알아? 고고학이 아니라 지질학을 전공한 인디아나 존스. 아이슬란드 사람이면서 채찍이 아닌 배낭을 메고 있는 인디아나 존스 말이야."

"그러니까 다시 말해서, 다구르는 인디아나 존스랑 전혀 닮지 않았다는 소리네."

헬레나는 한숨 쉬는 척을 하더니 손바닥을 심장 위에 가져다 대며 말했다.

"다시 찾아보겠어."

우리는 다시 걷기 시작했다.

"여행이 끝나면 정말 아쉬울 것 같아. 일상생활로 돌아가야 한다니."

"그냥 여기 눌러살아도 되지. 양 목장 같은 거 하면서."

나는 헬레나가 내 말에 맞서 말장난으로 대꾸할 줄 알았는데 오히려 심란한 표정을 지어 놀랐다. 마음이 완전히 다른 데에 가 있는 듯 헬레나는 눈앞 풍경을 바라보며 인상을 찡그렸다.

"헬레나? 괜찮아?"

"어?" 헬레나는 얼른 표정을 풀었다.

"응! 괜찮아. 아주 좋아. 얼른 사진 찍고 돌아가자. 내 배낭에 초콜릿 바 몇 개 있어. 인생 사진 건지고 같이 먹자."

나는 헬레나 너머의 풍경을 바라보았다. 지난주 내내 나는 낙석과 뜨거운 물을 조심하라는 수많은 노란색 경고 표지판을 보고 따랐다. 그런데 이곳에는 아무런 경고판도 없었다. 소심하고 겁이 많은 나를 놀려온 헬레나가 말했다.

"봤지? '경고 표지판' 같은 것 없잖아."

헬레나는 내가 따라갈 수밖에 없도록 앞장서서 길을 가며 소리쳤다.

"안전해, 매튜. 완전히 안전해."

헬레나는 매일 하던 일이라는 듯 산길을 성큼성큼 올라갔다. 내가 따라잡으려고 가볍게 뛰어 올라가자 등에 멘 배낭이 흔들려서 척추 위로 통통 튕겼다. 어떻게 아무것도 걸치지 않았다는 듯 재빠르게 산을 오를 수 있을까? 헬레나는 지금까지 요가로 단련해 코어 힘이 아주 강한 게 분명했다. 산양처럼 날렵하게 산을 타는 건강한 헬레나의 뒤를 헉헉대며 겨우 따라 올라가던 나는 집에 돌아가자마자 체력을 더 단련시켜야겠다고 다짐했다. 적어도 헬레나만큼은 튼튼하고 싶었다.

비탈진 산길을 따라 올라가니 지대는 평평했지만 돌덩이가 많아졌다. 완벽한 포토존을 찾는 데에 집착해 온 헬레나는 고개를 좌우로 살피며 앞으로 쭉 걸어나갔다. 강한 바람에 넘어지지 않으려고 발걸음 하나하나까지 조심하다 보니 나는 처음으로 헬레나에게 약간 짜증이 났다.

그때 헬레나의 목소리가 들렸다.

"우와!"

나는 헬레나를 따라 시선을 돌렸다. 방금 느낀 짜증이 곧바로 싹 사라졌다. 헬레나를 따라 여기까지 올라오길 잘했다.

"세상 꼭대기에 온 걸 환영해!" 다가가는 나에게 헬레나가 말했다.

"진짜 장난 아니다." 내가 감탄했다.

"그러니까 말이야."

올라오기 전에 본 경치도 장관이었지만 여기는 또 다른 느낌이었다. 협곡 전체를 가로질러 볼 수 있었다. 거대한 빙하 덩어리 세 개가 새하얀 얼음 왕관을 쓰고 있었다. 초록빛 산기슭이 돌로 가득한 협곡 바닥으로 향했고 강물은 햇빛을 받아 반짝였다. 남쪽으로는 저 멀리 새파란 수평선 위로 은빛 물결이 넘실거리는 해안까지 보였다. 톨킨 소설에 나올 법한 경치였다. 순간 터무니없는 생각이 스쳤다. 내가 죽고 화장한 후 남은 재를 여기 뿌릴 수 있다면 죽어서도 행복할 것 같다는 생각이. 지금까지 태국의 파란 해변과 캘리포니아의 푸른 숲을, 도쿄타워의 전망대 아래로 펼쳐진 반짝이는 야경에 감탄한 적이 있지만, 단연 여기가 최고였다.

"바로 여기야." 헬레나가 말했다. "**여기**가 완벽한 포토존이야."

내가 경치에 심취하는 동안 헬레나는 산등성이의 가장자리로 걸어갔다. 허리까지 오는 커다란 바위 왼편에 선 헬레나의 발아래로 돌멩이들이 바람에 나뒹굴었다.

"제발, 조심해." 내가 말했다.

나는 아무것도 보이지 않는 산등성이 너머 아래를 내려다보는 것만으로도 도로에서 요철 부분을 급히 넘어갈 때처럼 속이 울렁거렸다.

"괜찮아."

헬레나는 휴대전화를 들어 올렸다.

"내 사진 먼저 찍어줘, 그리고 나도 찍어줄게."

나는 장갑을 벗어 아무렇게나 재킷 주머니 안에 쑤셔 넣고서, 헬레나에게서 휴대전화를 받아들었다. 헬레나는 절벽 가장자리로 뛰어가 나를 향해 돌아섰다. 나는 카메라 앵글 중앙에 피사체를 두고 잠시 그대로 있었다. 카메라 속 화면은 엽서 배경 그림처럼 완벽했지만, 그중에서도 가장 아름다운 부분은 헬레나였다. 옅고 푸른 빛을 띤 눈동자에 홍조 띤 볼. 순간 오두막으로 돌아가서 모자와 장갑을 벗고 나서의 일이 떠올라 점퍼 안 살갗이 찌르르 아려왔다.

"뭐해, 왜 이리 오래 걸려?"

나는 미소 지었다.

"다 찍었어! 이제 돌아가자." 내가 말했다.

"잠깐만, 찍은 것들 좀 보고." 내 앞으로 다가온 헬레나는 휴대전화 화면을 쓱쓱 밀어 넘겼다.

"얼굴이 너무 이상하게 나왔어. 어쩜 제대로 나온 사진이 하나도 없지?"

"헬레나, 이상하게 나온 얼굴은 하나도 없어. 이상하다기에는 오히려 정반대인걸?"

"정반대라면?"

"음, 아주 멋지게?"

헬레나는 어이가 없다는 듯 두 눈을 굴려대면서도 기분은 좋아 보였다.

"몇 장 더 찍어줄래?"

나는 더는 어지럼증을 참을 수 없었다. 바람이 거셌고 바닥은 돌멩이들로 울퉁불퉁했다. 비록 눈앞에는 노란 경고판이 하나도 보이지 않았지만, 내 머릿속에서는 경고등이 계속해서 깜박였다.

"제발, 찍어주라. 응?"

바람이 세서 우리는 목소리를 높여 말했다.

"알았어. 그럼 딱 한 장만 더 찍고 내려가는 거야. 나는 더는…."

"아우, 됐어. 그렇게 싫으면 내가 셀카로 찍으면 돼." 헬레나는 내 말을 끊더니 단호하게 절벽 가장자리로 걸어갔다.

순간 나는 꼼짝할 수 없었다. 헬레나가 무모한 것일까? 내가 겁이 많아 분위기를 깨는 것일까? 뭐가 됐든 간에 이게 다시 만난 이래 처음으로 말다툼을 할 만한 일일까?

"미안해." 나는 헬레나를 따라가며 사과했다.

헬레나는 걸음을 멈추고 뒤돌며 말했다.

"아니야. 그냥 누가 나한테 이래라저래라 하는 걸 싫어해서. 리가 항상…." 문장을 끝내지 못한 헬레나는 고개를 젓더니 다시 말했다.

"사진이나 찍자."

헬레나는 다시 절벽 가장자리로 돌아갔다. 그리고 벼랑에서 겨우 한 발자국 떨어진 곳까지 가서 나를 향해 돌아서더니 영화 〈사운드 오브 뮤직〉의 주인공 줄리 앤드루스처럼 양팔을 크게 벌리고 미소 지었다. 나는 헬레나 뒤에 있는 멋진 배경과 헬레나를 한 프레임에 담을 수 있도록 10미터 정도 떨어져 서 있었다.

그리고 3초도 채 안 돼서 일이 일어났다. 요즘처럼 잠이 안 오는 밤이면 그 장면이 느린 동작으로 눈앞에 떠오르고는 한다. 그 후에 일어난 모든 일의 서막이 말이다.

휴대전화를 눈앞에 대고 마지막 사진을 찍으려는 순간 등 뒤로 거센 바람이 불어와 나는 거의 앞으로 넘어질 듯 휘청였다. 그리고 검은 무언가가 날아와 카메라 앵글에 잡혔다. 내 장갑 한 짝이었다. 재킷 주머니에 대충 넣어둔 장갑이 바람에 날아온 게 분명했다. 그리고 나머지 장갑 한 짝은 헬레나를 향했다.

헬레나는 본능적으로 반응했다. 장갑이 얼굴 쪽으로 날아오자 방어하기 위해 두 손을 들면서 한 발을 뒤로 뺐다.

뒤로 디딘 발아래로 땅이 으스러졌다.

그리고 내 눈앞에서 헬레나가 사라졌다.

2

"헬레나랑 매튜, 둘은 사귄 지 얼마나 됐어요?"

다구르가 물었다. 헬레나가 벼랑 아래로 떨어지기 사흘 전, 레이캬비크를 떠나온 첫날 밤이었다. 온종일 뢰이가베귀르 산길을 하이킹하고 돌아온 일행은 숙소 식당에 있는 기다란 식탁에 둘러앉아 있었다. 저녁 식사로는 미트볼을 먹었다.

다구르를 제외하고 아홉 명인 이번 여행 팀은 커플 셋과 싱글 여행자들로 꾸려졌다. 싱글 여행자는 영국 브라이턴에서 온 젊은 여성 데본과 육십 대에 들어서 은퇴한 연극 연출가 조지로, 몇 년 전 남편 데릭을 잃은 조지는 언젠가 남편과 함께 여행 오기로 했던 곳이라 왔다고 했다. 아일랜드에서 온 중년 부부 시네이드와 로런스 갤러허를 제외한 우리는 모두 영국에서 왔다. 조지는 아이슬란드로 오는 비행기 옆 좌석에 앉은 남자 이야기를 했다.

"엄청 취해 있던데, 탑승을 허가해준 게 신기하더라고요. 기내 복도를 비틀거리면서 걸어오더니 무슨 말인지 전혀 모르겠는 소리를 주저리주저리 늘어놓으면서 내 위로 털썩 쓰러지는 거예요. 무슨 미스터 블로비[3]가 옆에 앉은 줄 알았다니까요."

조지는 깔깔대며 웃더니 미스터 블로비 흉내를 냈다.

3—영국 BBC 텔레비전 쇼 '노엘의 하우스 파티'의 캐릭터

"블로비, 블로비, 블로비."

식탁으로 다가와 헬레나 옆에 앉은 다구르가 멀뚱멀뚱한 표정으로 물었다.

"블로비?"

"아, 90년대에 영국 텔레비전에 나오던 웃긴 핑크색 캐릭터예요." 조지가 설명했다.

"노엘이라는 친구랑 어울리면서 크리스마스 1위 노래를 불렀죠."

"그렇군요." 대답하는 모양새를 보니 다구르는 영국인들이 괴짜라고 생각하는 게 분명했다.

나는 다구르에게 관광객들이 없었을 작년에는 어떻게 지냈는지 물었다.

"나쁘지는 않았어요. 젊었을 때부터 쓰고 싶던 소설 집필을 시작했거든요." 다구르가 대답했다.

"정말 멋진데요." 헬레나가 감탄하며 물었다.

"어떤 내용이에요? 잠깐, 제가 맞춰볼게요. 아이슬란드 산길을 안내하는 어느 용감한 가이드가 살해당한 여행자 시신을 발견하는 거 아녜요?"

"저 그런 책 좋아해요." 우리 건너편에 남편 로런스와 앉아 있던 시네이드가 말했다. 덥수룩한 은발을 한 그녀는 최근 아이

들이 모두 출가해 자유와 열정이 넘치는 여성이었다.

"북유럽 누아르. 눈 속에서 치르는 도살 의식. 지역성이 강한 민속 이야기. 수염을 멋지게 기른 상처한 형사."

다구르가 웃으며 말했다. "사실 이건 사랑 이야기에 가까운데요."

"오오." 시네이드가 물었다. "엉큼한 장면 많이 나오나요? 나도 읽어봐도 될까요?"

다구르는 얼굴을 붉히며 대답했다.

"많이는 안 나와요. 뭐랄까, 저는 로맨티시스트거든요."

그러고 나서 나와 헬레나를 향해 그 질문을 한 것이다.

둘은 만난 지 오래됐어요?

내가 먼저 대답했다.

"그렇지도 않아요."

식탁 아래로 내 무릎을 꽉 쥐며 헬레나가 말을 이었다.

"일주일하고 조금 넘었죠."

다구르는 놀랐다는 듯 입을 벌렸고 시네이드는 우물거리던 미트볼을 거의 뱉어낼 뻔했다.

"뭐라고요?"

"이 여행이 사실 두 번째 데이트에요."

식탁에 둘러앉은 모두가 농담이라고 생각했는지 웃음을 터뜨렸다.

"일주일이라고요? 정말로요?"

모두 식탁 끝에 앉은 데본을 쳐다보았다. 식사 시간 내내 말없이 남의 이야기를 들으며 고개만 끄덕일 뿐 먼저 입을 열지 않았기 때문이다. 20대 초반으로 보이는 데본은 160센티미터의 키에 발레리나처럼 마른 체격이었다. 짧고 삐뚤빼뚤하게 자른 머리칼과 초록빛의 커다란 눈동자가 눈에 확 띄었다. 겉모습만 봐서는 말도 많고 매사에 당당한 성격일 줄 알았는데, 의외로 여행 첫날 내내 데본의 말소리는 거의 듣지 못했다.

"맞아요." 내가 다시 대답했다.

"말도 안 돼요. 그런데 어떻게 생각하면 로맨틱하기도 하네요." 다구르가 웃으며 말했다.

"온라인으로 만난 거예요? 연애 매칭 앱 같은 것 말이에요." 조지가 물었다.

시네이드가 눈썹을 치켜들며 물었다.

"연애 매칭 앱이 뭔지는 알고 묻는 거예요, 조지?"

"그럼요. 언젠가 '라디오4'에서 연애 매칭 앱에 관해 토론한 적이 있어요. 그런 건 내가 젊었을 때 있어야 했는데 말이죠." 조지는 데본에게 윙크했다.

"요즘 젊은 세대는 정말 운이 좋네요. 매력적인 이성을 손가락 하나로 넘겨 볼 수 있다니."

모두 폭소를 터뜨렸으나 데본은 웃지 않았다. 시선이 계속해서 헬레나에 고정되어 있었다.

"제가 듣기에도 정상은 아닌 것 같네요. 만난 지 얼마 되지도 않은 사람이랑 이렇게 멀리 여행을 오다니요." 데본이 말했다.

"그러니까, 매튜가 혹시라도 연쇄살인범이기라도 할까 봐요? 이봐요, 다구르. 다음 책의 소재로 쓸 수도 있겠어요." 시네이드가 말했다.

"제가 연쇄살인범이 아닌 건 확실해요. 그리고 이번 여행이 우리 두 번째 데이트일 수는 있지만 만난 지 얼마 안 된 건 아니라고요."

나는 헬레나와 눈을 마주치며 말했다.

"우리가 서로 안 지는 오래됐어요."

—

대학 동창 모임에 초대를 받았을 때만 해도 나는 당연히 가지 않으려 했다. 초대장은 데이브라는 친구가 보낸 것인데, 내 페이스북 페이지에 이름이 가끔 올라오긴 했지만, 졸업한 후 만난 적은 한 번도 없었다. 데이브는 한번 안면을 트면 친구라고 여기는지, 페이스북 친구만 1천 명이 넘었다. 그리고 늦여름인가 내게도 연락을 했다.

친구야 안녕, 몇 주만 있으면 우리가 졸업한 지 20년이 되는 거 알아? 그래서 말인데, 오랜만에 친구들 불러서 함께 이야기 나누면 재밌을 거 같아서. 물론 강요는 아니야. 그래도 혹시 시간 되면 9월 8일 오후 7시, '멀베리 부시'에서 만나면 좋겠다!

말했듯이, 나는 갈 생각이 전혀 없었다. 나는 지난 20년 동안 이뤄놓은 꿈도 없었고, 2년 전 오래 사귀었던 여자친구와 헤어진 이후 죽 싱글인 데다, 직업도 그저 그랬고, 사는 곳도 런던 남쪽의 작고 평범한 아파트였다. 오래전에나 친했던 친구들과 펍에 모여 그동안 이룬 일을 뽐내고 아이들이나 휴가용 별장에서 찍은 사진을 자랑하는 시간을 견딜 자신이 없었다.

그러다 동창회 날 저녁이 되었다. 비어 있는 냉장고를 보며 또 혼자 집에서 금요일 밤을 지내는구나, 하는데 데이브의 메시지가 기억났다. 나는 두 번 생각할 것도 없이 열쇠와 지갑을 챙겨 사우스뱅크로 향했다.

멀베리 부시는 대학 시절 자주 가던 펍이었다. 졸업 후에도 몇 번 간 적이 있기 때문에 펍은 쉽게 찾았다. 안으로 들어가니 한 무리가 모여 있는 게 보였다. 근처 직장인들이 퇴근 후 한잔하는 거라고 생각했는데, 자세히 보니 한때 나와 함께 강당에서 수업을 듣고 신나는 밤을 보냈던, 지금은 중년이 된 친구들이었다. 그중 한 명이 내게 알은체하지 않았다면 나는 그대로 뒤돌아 나갔을 것이다. 무리에 낀 나는 데이브와 이름이 잘 기억이 나지 않는 나머지 친구들에게 인사를 건넸다. 그러고는 이리저리 자리를 옮겨다니며 안부를 주고받는데 지금까지 절대 잊을 수 없었던 얼굴과 이름이 나타났다.

헬레나. 대학 시절에 내가 사귄 여자친구다.

데이브와 피오나 사이에서 잡담을 나누고 있던 나는 헬레나가 다가오는 것을 느꼈다. 그러자 더는 이들의 이야기에 집중할 수가 없었다. 헬레나를 본 순간 나와 헬레나를 제외한 펍 안의 다른 모든 사람이 흑백으로 변했다.

헬레나가 여기에 올 수도 있을 것이라고 기대했나? 아니, 전혀 예상하지 못했다. 비록 헬레나와 사귀던 그해에 대한 좋은 추억이 많았지만, 그건 오래전 이야기였다. 나는 헬레나를 대학 때 만나던 다른 여자들처럼 기억에서 정리했다. 호감을 느끼다가 첫 키스를 하고 동정을 잃은 일들은 향수를 불러일으키는 추억거리였지만 다 부질없는 과거일 뿐이었다.

그래서였을까? 나는 헬레나를 마주하는 내 몸의 반응에 충격을 받았다. 헬레나를 보자마자 즉각적으로 맥박이 빨라지고 피가 빠르게 돌았다.

나는 미친 듯 겁에 질려 어찌할 바를 몰랐다. 말을 걸기도 전에 헬레나가 떠나버리면 어쩌지? 나는 은근히 돈 자랑을 늘어놓는 피오나의 이야기에 집중하려고 했다. 그러나 내가 이야기를 듣는 둥 마는 둥 하며 헬레나를 힐끔거리자 피오나는 두 눈을 굴리며 다른 대화 상대를 찾아 가버렸다.

다른 친구와 이야기하는 헬레나의 주변으로 어정거리며 다가가서 대화가 끝나기를 기다렸다. 내가 여기 오는 걸 알았을까? 나를 기억이나 할까? 지금까지는 나를 기억 못 하는 것 같은데. 그때였다. 헬레나와 이야기를 나누던 친구가 다른 대화에 끼러 가자 헬레나가 고개를 돌려 나를 바라보았다. 입꼬리를 한껏 올려 미소 지은 채. 나는 무슨 말을 해야 할지 한마디도 떠오르지 않았다.

"여기서 보다니 정말 반갑다." 나는 입을 겨우 뗐다.

헬레나는 미소를 지으며 나를 아래위로 훑어보았다. 내가 얼마나 변했는지 확인하는 것 같았다.

"알아. 나 많이 늙었지?" 내가 물었다.

"뭐? 아니, 전혀. 전보다 머리숱이 적어지고 더는 그 끔찍한 가죽 재킷을 안 입고 있긴 하지만…."

"뭐야, 내가 그 옷을 얼마나 좋아했는데!"

"알아, 그랬지." 헬레나는 웃음을 터뜨렸다. "어쨌든 머리숱이랑 음험한 가죽 재킷만 빼면 변한 게 없네."

"뭐, 그래. 그리고 너도…. 너도 좋아 보여. 그러니까, 정말. 진심으로 그래." 내가 대답했다.

"고마워."

대학 시절 처음 만난 헬레나는 지금도 여전히 아름다웠다. 머리칼은 검고 윤기가 났으며 눈동자는 담갈색에 녹색 반점이 흩뿌려졌다. 긴 팔다리와 벌어진 치아까지 그대로였다. 전에는 없던 주름이 생겼고 어깨까지 내려오는 길이로 머리카락을 잘랐지만 매력적이라는 점은 변함없었다.

오래전 우리의 첫 키스를 기억했다. 어디였더라? 그래, 첫 앨범만 내고 사라져버린 어떤 인디 밴드가 공연하던 학생회관에서였다. 그때 그 음악이 귓가에 울리는 것 같았다. 헬레나의 입술이 내 입술에 닿는 순간 우리는 관중 속에서 서로 몸을 꼭 안았다….

"저기, 듣고 있는 거야? 매튜?"

나는 헬레나를 보고 눈을 깜박였다. 얼굴이 붉어졌나? 분명 심장은 빠르게 뛰었다.

"미안. 뭐라고?"

"요즘 뭐 하고 사는지 물었어. 런던에 살아?" 헬레나가 물었다.

"응. 크리스털 팰리스에."

"일은?"

"웹 디자이너야. '머치박스'라고 알아?"

"들어본 것 같아."

나는 웃으며 말했다.

"못 들어봤을걸. 텔레비전 쇼나 영화와 관련한 상품을 만들어 파는 회사야. 티셔츠나 캐릭터 인형 같은 것 말이야. 넌 어떻게 지내?"

"나는 브라이턴에 살아. 브라이턴… 외곽이지." 헬레나가 대답했다.

"그럼 동창회에 참석하려고 런던까지 나온 거야?"

헬레나는 또다시 웃었다.

"아니, 발터 지커트[4] 전시를 보러 테이트 모던에 왔다가 들렀어. 꼭 한번 보고 싶던 전시였거든. 마침 데이브가 보낸 초대장이 생각나서 오랜만에 친구들도 만날 겸 왔지."

"그런데 지금은 완전히 후회하고 있고?"

"맞아, 여기서 나가고 싶어 미치겠어."

나는 헬레나가 들고 있던 빈 잔을 가리키며 물었다.

"한 잔 더 할래?"

4—19세기 영국 화가. 연쇄살인마 잭 더 리퍼에 큰 관심을 가져 <잭 더 리퍼의 방>이라는 작품을 그렸다.

헬레나는 말없이 잔과 나를 번갈아 바라보더니 내게 다가와 귓가에 속삭였다. 헬레나의 따스한 숨결이 느껴졌다. 전에 쓰던 향수를 뿌린 걸까? 헬레나가 열여덟 살 때 할머니께 받은 향수 샤넬 넘버 파이브 한 병을 2년 동안 아껴 썼다고 했던 게 생각났다.

"너랑 둘이서만 이야기하고 싶어. 자리 옮길까?" 헬레나가 말했다.

나는 아무렇지 않아 보이기 위해, 내가 받아본 최고의 제안에 활짝 미소짓지 않기 위해, 최대한 진정하려고 애썼다.

너랑 둘이서 이야기하고 싶어.

이 감정은 상호적이었다. 우리는 친구들에게 작별 인사도 하지 않고 펍을 빠져나와 사우스뱅크를 따라 걸었다. 여름에서 가을로 넘어가는 선선한 밤거리에는 사람들이 많았다. 나는 약간 어지러우면서도 들뜬 기분이었다. 지금 무슨 일이 일어나고 있는 걸까? 모든 게 비현실적으로 느껴졌다.

"배고파?" 내가 물었다.

"엄청."

우리는 야외 테이블 몇 개가 비어 있는 피자 가게에 들어갔다. 헬레나는 재킷을 벗어 등 뒤 의자에 걸어두었는데, 딱 봐도 비싸 보이고 고급스러워서 청바지에 H&M 셔츠를 입은 내가 후줄근하게 느껴졌다. 헬레나는 지금 사귀는 사람이 있을까? 반지를 끼지는 않았지만 남자친구가 있다고 해도 실망하지는 말아야지.

"여기 전에 사귀던 여자친구랑 한 번 와본 곳이네." 내가 말했다.

"그래?"

"응, 안젤라라고. 서로를 못 잡아먹어서 안달이다가 첫 번째 록다운[5]이 끝날 때쯤 헤어졌지."

"많이들 그랬다고 하더라. 얼마나 만났어?"

5—코로나19 확산을 막기 위해 사람들의 이동을 제재하는 봉쇄령

"3년. 팬데믹이 시작될 무렵 동거했어."

"아이는 없었고?"

"응. 아빠가 될 시기는 놓친 것 같아." 달갑지 않은 주제였다. 지난 20년 동안 여러 여자와 연애를 해왔지만 결혼을 하고 아이를 갖는 단계까지 발전하지는 못했다. 여자친구들은 책임감이 없다고 나를 비난했다. 아이를 돌보는 내 또래 남자를 보면 나도 아직 늦은 건 아닐 텐데, 하며 마음이 서글퍼지다가도 투정을 부리는 아이를 보면 아이가 없어서 다행이라는 생각도 들었다.

"넌 어때?"

"아이? 없어. 원한 적도 없고."

솔직함인지 후회인지 가늠할 수 없을 정도로 단호한 대답이었다.

"그럼… 만나는 사람은 있어?"

나는 마음의 준비를 단단히 했다.

"결혼했었어." 헬레나가 대답했다.

했었다. 좋은 징조다.

"리랑 했었어."

잠시 침묵이 흘렀다. 마침내 내가 물었다.

"내가 아는 **그 리**는 아니지?"

"맞아. 리 데이비슨"

나는 뒤로 기대어 앉았다.

"리 데이비슨이랑 결혼했었어? 뜻밖이네."

"뭐, 그렇게 됐어."

내가 뭐라고 더 대꾸하기 전에 웨이트리스가 오는 바람에 우선 주문을 했다. 웨이트리스가 자리를 뜨자 나는 조심스레 물었다.

"그럼 지금은… 이혼한 거야?"

"이혼이 아니라 사별했어."

예상치 못한 답이었다. 헬레나가 리와 결혼했다는 사실도 믿기 힘들었을뿐더러 리를 좋아한 적도 없는데 그가 죽었다는 사실은 정말로 뜻밖이었다.

"아, 이런. 정말 안됐다."

"괜찮아. 난 괜찮아."

"언제 그렇게 된 거야?"

우리는 와인을 벌써 두 병째 마시고 있었다. 헬레나는 크게 한 모금 삼키더니 대답했다.

"이 이야기는 안 하면 안 될까? 지금 즐거운 데 우울해지기 싫어서. 괜찮지?"

"물론이지."

헬레나는 잔을 테이블 위에 내려놓았다.

"그렇지만 이 말은 해야 할 것 같아. 그래야 네가 나를 유리 다루듯 조심조심 대하지 않을 테니까. 1월이었어. 사고였고. 그렇지만 난 이제 진짜 괜찮아."

"그래. 더 묻지 않을게." 나는 잔을 들어 올리며 말했다. "옛 친구를 위하여."

우리는 건배했다.

"옛 친구라." 헬레나가 내 눈을 바라보며 말했다.

"다시 봐서 정말 좋다, 매튜."

우리가 그 식당에 얼마나 더 오래 있었는지 모르겠다. 계산할 무렵 나는 취기가 올라 기분이 좋아졌다. 헬레나와 이야기하는 게 대학 시절 그랬던 것만큼 편했다. 아니, 지금이 오히려 더 좋았다. 헬레나는 재미있고 매력적이었다. 그리고 우리에게는 서로를 끌어당기는 뭔가가 있었다. **재결합**. 계속해서 서로 눈을 맞추었다. 이야기에 집중한 헬레나는 몇 번이나 내 팔을 건드렸다. 나는 그날 저녁이 영원하기를 바랐다.

운명도 우리를 갈라놓고 싶지 않았나 보다. 피자 가게를 나오는데 헬레나의 휴대전화가 울렸다.

"이럴 수가." 전화기 화면을 확인하더니 헬레나가 말했다.

"브라이턴으로 가는 기차가 모두 취소됐대. 신호기 고장이라나 봐. 켄트에서 버스를 탈 수 있게 해준대."

"아이고."

"버스를 타고는 못 갈 것 같은데. 근처 호텔에서 하루 묵고 내일 아침에 가든지 해야겠어."

"우리 집에서 자도 돼." 내가 말했다.

헬레나가 나를 쳐다보며 물었다.

"크리스털 팰리스?"

다음 날 아침 기차를 타고 돌아가는 방법을 설명하려는데 헬레나가 끼어들었다.

"너랑 자지는 않을 거야."

내가 웃으며 대답했다. "그건 생각도 안 했어."

"아무렴."

"진짜야." 물론 생각했었다.

"우리 집 소파가 진짜 편하거든. 네가 내 침대를 써."

"방문 잠글 수는 있게 되어 있지?"

"헬레나…."

"농담이야!"

사우스뱅크의 반대편 어둠 속에서 반짝이며 어둠을 밝히는 건물을 바라보던 헬레나는 이내 입을 열었다.

"좋아. 너만 괜찮다면 신세 좀 질게."

우리는 택시를 타고 크리스털 팰리스로 왔다. 그리고 정말로 같이 자지는 않았다. 키스조차 하지 않았다. 밤새 앉아 이야기를 나누다가 하품을 참는 헬레나를 보고야 시간이 훌쩍 지났음을 알았다. 헬레나는 자러 들어갔고 나는 소파에 앉았다. 잠이 들기에는 기분이 지나치게 들떠 있었다. 헬레나가 나와서 아무래도 혼자 침대를 쓰는 게 미안하다며 같이 자자고 말해주지 않을까?

그러나 그런 일은 일어나지 않았다. 그래도 기대는 할 수 있는 것이니까.

—

"어쨌든."

내가 일행에게 우리가 어떻게 재회했는지 간략히 설명하자 헬레나가 의자에서 일어서며 말했다.

"바람 좀 쐬고 싶네요. 같이 갈래, 매튜?"

바깥바람은 차갑고도 상쾌했다. 머리 위에 매달려 있는 전구 하나를 제외하고는 아무것도 보이지 않는 밤이었다. 헬레나는 양팔로 제 몸을 감싸더니 숨을 크게 내쉬었다.

"다들 우리가 이상하다고 생각하겠지."

"신경 쓰여?"

"아니, 나쁘지 않아. 재미있네."

헬레나가 나를 끌어안았고 우리는 키스했다.

"여행 오길 잘한 것 같아." 멀리 별들이 흩뿌려진 하늘 아래로 희미하게 보이는 산등성이를 가리키며 헬레나가 말했다.

동창회 다음 날 아침, 나는 간단한 식사와 커피를 준비한 뒤 헬레나가 잠든 내 침실로 노크를 하고 들어갔다. 침대에서 헬레나는 이불을 두르고 앉아 있었다. 창문을 통해 쏟아지는 햇빛에 헬레나의 머리카락이 반짝였다. 이렇게 멋진 여자는 만나본 적이 없다! 다시는 이 여자를 놓쳐서는 안 된다!

함께 아침을 먹고 헬레나에게 새 칫솔과 깨끗한 수건을 건넸다. 옷을 갈아입고 나온 헬레나는 휴대전화를 꺼내 엄지손가락으로 스크린을 올리며 이메일을 확인했다.

"이것 좀 봐." 나에게 보여준 휴대전화 화면에는 청록색으로 빛나는 하늘 아래 눈이 쌓인 산 풍경이 황홀한 자태를 뽐내고 있었다.

제목: 오로라를 보러 오세요! 아무도 건드리지 않은 자연을 경험해 보세요!

헬레나는 이메일 내용을 소리 내어 읽었다.

"마법에 걸린 듯한 아이슬란드를 발견해 보세요. 국제적인 도시 레이캬비크에서 이틀을 보내고 엘드흐뢰인의 명물 '용암 이끼'에서부터 뢰이가베귀르 등산로까지 남부지역을 가로질러 마지막으로 소르스뫼르크를 둘러볼 수 있는 산행 코스를 나흘간 탐방할 수 있도록 준비했습니다. 블루 라군 온천수와 케리드 분화구 역시 즐길 수 있다는 점 놓치지 마세요. 특별 훈련을 받은 가이드가 함께하는 이번 여행은 여러분에게 유쾌하고 교육적이며 제대로 된 힐링을 선사할 것입니다."

"와, 아이슬란드 언젠가 꼭 한번 가보고 싶었는데." 내가 말했다.

"나도 기억난다. 우리 아이슬란드 여행 많이 이야기했었잖아. 난 네가 비요크[6]를 좋아해서 그런 줄 알았는데."

"그것 때문만은 아니지."

6—아이슬란드 출신 가수이자 영화배우

“제대로 힐링할 수 있다는 점이 마음에 든다. 맙소사, 나 정말 가보고 싶어” 헬레나가 말했다.

즉흥적인 생각은 가볍게 떨쳐버리는 편이었지만 그날은 이미 평소와 달랐으므로 나는 생각을 계속 이어갔다. 대학 때 사귄 여자 친구가 지금 내 집에 있다니! 내가 물었다.

“이거 예약할까?”

“정말 부럽다.”

“내 말은, 우리 같이 가자고. 여권 유효하지?”

헬레나는 머뭇거리더니 대답했다.

“응.”

“같이 갈래?”

헬레나는 잠시 나를 쳐다보았다. 마치 내가 장난이야! 하고 농담하는 것은 아닌지 기다려보는 듯했다.

“농담 아니야. 재밌을 것 같아.” 내가 말했다.

“진심으로 하는 말이야?”

“응. 어때? 물론 강요는 아니야. 다른 기대를 하는 것도 아니고. 그냥 오랜만에 만난 두 친구가….”

헬레나는 천천히 고개를 끄덕였다. 마치 자신을 격려하는 것처럼 보였다.

“미친 짓이야.” 헬레나가 입을 열었다. “하지만 뭐 어때. 같이 가자.”

그렇게 열흘 뒤 우리는 이곳에 왔다.

레이캬비크에 온 첫날 저녁이었다. 체크인하고 배정된 방에 들어가 우리는 침대와 서로를 번갈아 쳐다보았다. 그러고는 둘 다 말이 필요 없었다. 잠시 후 침대에서 내 어깨를 베고 누운 헬레나가 말했다.

"그렇게 조심스럽게 대할 필요 없어."

나는 헬레나를 보기 위해 고개를 돌렸다.

"난 도자기가 아니야. 내가 미망인이라는 사실은 잊어줘, 알았지?"

두 번째에는 중간쯤 지나자 헬레나가 내 귀에 속삭였다.

"훨씬 낫다."

헬레나는 하늘을 올려다봤다.

"다구르가 이번 주 후반쯤에는 오로라를 볼 수도 있을 것 같다고 하던데."

"그럼 금상첨화겠다." 나는 헬레나를 감싸안으며 물었다.

"여기 온 거 후회 안 해? 나랑 같이 온 거."

"전혀. 너는?"

"당연히 안 하지."

나는 다시 헬레나에게 키스했다. 내 일상과는 아득히 떨어진 이곳, 차갑고 신비로운 땅 위에 내 삶으로 다시 돌아온 여자와 함께 서 있다니. 나는 어느 때보다도 행복했다.

3

충격으로 움직일 수가 없었다.

곧 뱃속이 울렁거렸다. 나는 '방금 일은 실제로 일어난 게 아니야'라며 현실을 부정하고, '온 우주여, 시간을 되돌려주시면 죽을 때까지 정말 착하게 살겠습니다'라고 간절하게 기도하며 신과 협상을 시도했다.

하지만 당연히 신은 내 소원을 들어주지 않았고 나는 곧장 현실을 받아들였다.

'이건 진짜야. 진짜로 일어난 일이야.'

내 여자친구가 방금 절벽 아래로 떨어졌다.

나는 무릎을 꿇고 두 손으로 바닥을 짚은 채 벼랑 앞으로 기어갔지만 차마 아래를 볼 수 없었다. 발이 미끄러지며 돌덩이가 우르르 굴러떨어지는 소리가 들렸을 뿐, 헬레나는 비명을 지를 새도 없이 눈앞에서 사라졌다. 헬레나는 죽었다. 죽었을 것이다.

나는 숨을 거칠게 내쉬었다. 가까스로 용기를 내어 벼랑 아래를 내려다보았다. 아무것도 없거나, 아니면 생각하기도 싫지만, 저 멀리 아래에 사람 형체가 보이겠지.

그런데 가까이에 헬레나가 보였다.

45도로 경사진 바위 표면에 얼굴을 댄 헬레나는 1.2미터 정도 아래로 떨어졌다. 회색빛을 띠는 매끄러운 바위에는 붙잡을 만한 곳이 없었는데 어떻게 헬레나가 매달려 있는지 알 수 없었다. 위에서 보기에는 헬레나가 2미터 아래로 수직 강하한 것처럼 보였다.

"헬레나?"

얼어붙은 듯 꼼짝 않는 헬레나는 두 팔을 그대로 옆에 내려붙인 채 숨을 거칠게 몰아쉬었다. 하지만 미끄러지지는 않았다. 무슨 속임수 마술 같았다. 아주 작게 튀어나온 바위 위에 서 있는 걸까? 적어도 내 눈에는 대롱거리며 매달려 있는 헬레나의 두 발 외에는 보이는 게 없었다. 말이 되지 않았다.

헬레나는 나를 향해 고개를 들었다. 헬레나의 얼굴은 핏기가 사라져 흡혈귀처럼 창백했다. 겁에 질렸다기보다는 어리둥절한 표정이었다.

"내 배낭." 헬레나가 떨리는 목소리로 겨우 말했다.

"허리띠가 바위에 걸렸어."

헬레나는 시선을 아래로 향했다. 헬레나의 몸에 가려져 볼 수 없었지만 무슨 말인지 짐작이 갔다. 헬레나는 배가 바위에 맞닿으면서 미끄러졌고, 이때 메고 있던 배낭의 허리띠가 절벽에 튀어나온 들쑥날쑥한 돌에 걸려 죽음으로 곤두박질치지 않은 것이다. 헬레나는 지금 양팔로 허리띠를 꼭 붙든 채 매달려 있었다.

“절대 움직이지 마! 그대로 있어.” 내가 말했다.

“나도 그건 알거든?” 헬레나가 숨을 들이마시며 힘겹게 대꾸했다. “오, 매튜….”

나는 배를 땅에 대고 엎드려서 팔을 아래로 최대한 뻗어보았지만, 헬레나는 조금 더 아래에 있었다. 설사 내가 헬레나의 손목을 잡을 수 있다 하더라도 안전한 각도가 나오지 않았고 나를 단단히 고정할 수도 없었기 때문에 그녀를 끌어올리기는 어려웠다. 초인적인 능력이 필요한 상황이었다. 게다가 내 배낭 안에는 등산용품은 커녕 밧줄 하나도 없었다. 나는 재킷을 벗어서 헬레나에게 내려줄까, 하는 생각도 해봤지만 그게 도움이 될지는 알 수 없었다.

“허리띠 말이야.” 나는 계속해서 바닥에 배를 붙이고 누워 절벽 아래로 고개만 내민 채 물었다.

“계속 매달려 있을 수 있겠어?”

“모르겠어.” 절벽이 바람을 막아주는 덕에 헬레나는 보다 수월하게 버티는 듯했고, 목소리가 많이 떨리긴 했지만 알아들을 수는 있었다.

헬레나는 허리띠를 살펴보기 위해 턱을 살짝 아래로 내렸다. 그러나 그 미세한 동작에 헬레나의 몸이 홱 움직였고 비명이 터져나왔다. 나는 숨을 들이마시며 허리띠가 끊어지거나 바위에서 풀려버려 떨어지고 말겠구나, 확신했다. 다행히 헬레나는 훌쩍거리며 아직 매달려 있었다.

"방금 이게 움직였어. 허리띠 말이야. 흔들렸어. 버클 사이로 미끄러지려고 해." 헬레나가 말했다.

보이지 않아도 충분히 상상되었다. 나는 몇십 년 전 아버지에게 물려받았다는 구식 배낭을 메고 여행을 온 헬레나를 놀렸는데, 지금 그 구식 배낭이 헬레나를 살리고 있었다. 디자인은 투박해도 허리띠의 소재는 질기고 튼튼한 천이었고 버클도 금속으로 돼 있었다.

"알았어. 가서 도움을 청해볼게." 내가 말했다.

나는 두 다리가 마치 고무로 만들어진 듯 흐물거려서 심호흡을 하고 나서야 겨우 일어설 수 있었다. 그러고는 그때까지도 들고 있던 헬레나의 휴대전화를 들여다봤다. 내가 또 다른 기념사진이라도 찍어주기를 기다리듯 아직도 카메라 앱이 켜져 있었다. 신호는 역시 먹통이었다. 하지만 우리 일행이 분명 멀지 않은 곳에 있을 것이다. 나는 다구르든 누구든 도움을 청할 사람을 찾으러 뛰어 내려갈 준비를 했다. 입안이 바짝 마르고 심장이 쿵쿵 뛰는 소리가 귓가에 울렸다. 헬레나가 지금 어떤 심정일지는 감히 상상할 수도 없었다. 눈앞에 지난날들이 파노라마처럼 펼쳐지고 있을까? 반드시 구조될 거라는 믿음으로 버티고 있을까? 아니면 자기만의 신에게 손을 내밀어 용서를 구하고 화해를 청하고 있을까?

"매튜!"

뒤를 돌아 왔던 길을 뛰어 내려가려는데 헬레나의 목소리가 들렸다.

"누구라도 데려올게!" 나는 바람을 피해 절벽 쪽으로 고개를 돌리며 소리쳤다.

"아니야! 제발 혼자 두지 마, 매튜!"

나는 망설였다. 하지만 누구에게든 도움을 청해야 했다.

"가지 마. 제발 부탁이야. 홀로 죽고 싶지는 않아."

나는 어떻게 해야 할지 몰라 멈춰 섰다.

"제발." 헬레나는 바람 소리에 묻혀 거의 속삭이듯 부탁했다.

나는 마지못해 돌아서서 두 손과 무릎을 땅에 대고 절벽 가장자리로 기어가 헬레나를 내려다보았다.

"허리띠가 풀어지는 것 같아." 헬레나가 나를 올려다보며 말했다.

"버클 사이로 미끄러지는 게 느껴져. 아주 천천히…. 근데 힘이 빠져서 꽉 잡고 있을 수가 없어. 더는 버티기가 힘들어."

"그래도 꽉 잡아야 해! 가서 다구르를 데려올게. 분명 밧줄을 갖고 있을 거야."

"못하겠어, 매튜." 헬레나의 두 눈에 눈물이 그렁그렁했다.

"오래는 못 잡아."

나는 절벽 아래를 훑어보며 헬레나가 붙잡고 있을 만한 게 있나 찾아보았지만 헛수고였다. 어서 가서 도움을 청하고 그때까지 허리끈이 매달려 있기를 기도해야만 했다. 뭐라도 하지 않으면 평생 후회할 게 분명했다.

하지만 일어서려는 내게 헬레나가 다시 앓는 소리를 내며 말했다.

"오, 하느님. 이건 내가 자초한 일이야. 지금 벌을 받는 거야."

"뭐?" 나는 헬레나가 무슨 말을 하는지 알 수 없었다.

"그가 나를 기다리고 있을 거야. 지옥에서." 헬레나는 나를 올려다본 채 말했다. 두 뺨에 눈물이 주르륵 흘렀다.

"무슨 말을 하는 거야?"

헬레나는 같은 말을 또 했다. "난 벌 받는 게 맞아."

무슨 소리를 하는 거지? 왜 벌을 받아야 마땅하다고 생각하는 거지? 그리고 지옥에서 자기를 기다린다니 누가? 리를 말하는 건가?

허리띠를 꼭 붙들고 숨을 내쉬며 하늘을 올려다보는 헬레나는 마치 신의 대답을 기다리는 듯한 모습이었다. 도대체 나는 어떻게 해야 하는 걸까? 헬레나의 곁에 이대로 있어야 할까? 도움을 청하러 가야 하지 않을까? 하지만 그 사이에 헬레나가 떨어지기라도 한다면?

그때 하늘이 도왔다.

"매튜?"

나는 어깨 뒤를 돌아보았다. 다구르가 나를 향해 뛰어오고 있었다. 뒤에서 비치는 햇살 때문에 다구르는 마치 후광을 달고 오는 천사처럼 보였다.

헬레나를 향해 소리쳤다.

"다구르가 왔어. **끝까지 힘내**!"

4

내가 서 있는 곳까지 뛰어온 다구르는 헬레나를 내려다보며 진정하라고 소리친 다음, 매고 있던 배낭을 바닥에 떨어뜨리고 긴 밧줄을 꺼냈다. 다구르가 빠르게 밧줄을 푸는 동안 다른 일행들이 산꼭대기 위로 넘어왔다. 시네이드와 로런스, 조지와 데본과 나머지 일행이 다가와서 어리둥절한 표정을 하고 섰다. 데본이 유독 눈을 크게 뜨고 무리 앞으로 나왔다.

"이리 오세요." 다구르가 일행을 불렀다.

"조심하세요. 가장자리로 가까이 가지는 마세요."

"무슨 일이예요?" 시네이드가 물었다.

나는 벼랑 끝을 가리켰다. 손이 떨렸다.

"헬레나가 저기 있어요."

모두 헉하고 탄식했다. 조지가 중얼거렸다.

"하느님 맙소사."

데본이 내 곁을 스쳐 절벽 가장 끝으로 올라가더니 헬레나를 내려다보았다.

그때 다구르가 모두에게 소리쳤다.

"자, 다들 이리로 오세요. 어서요!"

자리에서 일어선 다구르는 절벽 가까이에 있는 큰 바윗덩이를 향해 걸어갔다. 높이가 1미터 정도 되는 바위는 아주 단단해 보였다. 다구르는 밧줄 한쪽 끝을 바윗덩이에 둘러 묶고 매듭이 풀리지 않는지 점검했다. 그러더니 모두가 넋을 잃고 바라보는 사이 다른 한쪽 끝을 고리 모양으로 묶었다. 나는 무릎을 꿇고 두 손을 땅에 짚은 채 헬레나에게 조금만 더 힘내라고, 곧 괜찮아질 거라고 안심시켰다. 하지만 헬레나는 떨어지지 않으려고 죽을힘을 다하는 중이어서 대답이 없었다.

다구르가 절벽 끝으로 와서 큰 목소리로 말했다.

"헬레나, 줄을 내려줄게요. 상체를 이 고리 안에 넣어요. 겨드랑이 아래로, 꽉 조일 수 있게요. 알아들었어요?"

겁에 질린 헬레나는 눈을 크게 뜬 채 고개를 들어 말했다.

"못 해요. 허리띠에서 손을 뗄 수가 없어요."

내 뒤 어디선가 다구르가 시키는 대로 절벽에서 떨어져 있던 데본이 놀란 목소리로 속삭이는 게 들렸다.

"그럼 죽겠네요."

"헬레나는 안 죽어요." 내가 쏘아붙였다.

나는 다구르가 하는 말을 듣기 위해 데본에게서 고개를 돌렸다.

"헬레나, 한쪽 팔만 들어 올려봐요. 줄을 잡아서 머리와 두 팔을 고리 안으로 넣어요. 할 수 있어요."

헬레나가 대답하기도 전에 다구르는 재빨리 밧줄을 내렸다. 이제 아래로 떨어질 일만 남았다고 확신했는지 헬레나는 움찔하며 한쪽 손을 허리띠에서 떼어 올리고 밧줄을 잡자마자 떨리는 숨을 들이마셨다. 다구르가 하라는 대로 했는데 뭔가 어색해 보였다. 줄이 배낭에 걸렸다. 하지만 헬레나는 고리 안으로 머리와 한쪽 팔을 통과시켰고 재빠르게 손을 맞바꾸어 밧줄 끝을 움켜잡은 다음 다른 쪽 손으로 줄을 조정해 두 팔 아래로 팽팽히 당겼다. 그러고는 다시 두 손으로 허리띠를 잡았다.

"좋아요. 잘했어요." 다구르는 말했다. "떨어질 걱정은 하지 말아요. 이 위에 있는 커다란 바위에 단단히 묶여 있으니까. 괜찮아요."

다구르는 **도대체 어쩌다 이렇게 된 거예요?** 라고 묻듯 나를 쳐다보았다.

곧이어 일행에게 명령조로 소리쳤다.

"자, 모두 저를 도와주세요. 이 줄을 당길 겁니다! 줄다리기라고 생각해요. 다만 손바닥을 아래로 향하게 해서 줄을 잡아요. 이렇게요. 다 알았죠?"

우리는 밧줄을 붙잡고 한 줄로 길게 섰다. 절벽과 가장 가까운 맨 앞에는 다구르가, 바위와 가장 가까운 맨 뒤에는 몸무게가 가장 많이 나가는 로런스가, 중간 쯤에는 내가 섰다.

데본만 줄 옆에 따로 나와 있자 다구르가 말했다.

"당신도 같이해요."

"전 상체 힘이 없는데요."

다구르는 넌더리가 난다는 듯 퉁명스럽게 말을 내뱉었다.

"없는 것보단 낫습니다."

데본은 마지못해 내 뒤에 섰다.

"끌어당겨요!" 다구르가 명령했다.

줄이 팽팽해졌고 헬레나가 헉하고 숨을 내뱉는 소리가 들렸다. 모두가 다구르의 지시에 따라 줄을 잡아당겼다. 처음에는 움직이지 않는 것 같더니 계속해서 다구르가 "당겨요! 당겨요!" 하고 외치는 소리에 맞춰 우리가 줄을 잡아당기자 헬레나가 조금씩, 아주 조금씩 절벽 위쪽으로 올라왔다. 시네이드는 벼랑 끝에 무릎을 꿇고 앉아 헬레나에게 조금만 더 용기를 내라고 외쳤다. 얼마나 시간이 흘렀을까? 몇 시간처럼 느껴졌지만 실제로는 일이 분도 넘지 않았을 것이다. 먼저 헬레나의 머리가, 그다음에는 두 손이 보였다. 헬레나는 절벽을 할퀴듯 올라오고 있었다.

"그대로 있어요."

다구르가 지시했다. 그러고는 그가 살며시 밧줄을 놓고 배낭 위쪽 끈을 잡아 헬레나를 안전하게 땅 위로 끌어올리는 동안 우리는 꼼짝 않고 밧줄을 꽉 잡고 있었다.

땅 위에 옆으로 누운 헬레나 곁으로 다들 모여들었다. 헬레나의 얼굴은 바위 표면에 긁힌 상처로 붉었다. 두 손을 꼭 맞잡고 웅크린 헬레나에게 다구르가 다가가 배낭을 벗겨주고 자신의 배낭에서 은박 담요를 꺼내 덮어주었다. 일행은 헬레나에게 이것저것 묻기도 하고 흥분과 안도와 충격이 섞인 감상을 떠들어대기도 했다. 와중에 몇 명은 나에게 비난하는 듯한 시선을 보냈고, 데본은 이 사고에 가장 충격을 받은 사람은 바로 자신이라는 듯 헬레나 곁을 안절부절못하고 서성거렸다. 나는 데본의 행동을 보며 과장이 심하다고 생각했다. 뭐든 자기중심적으로 받아들이는 사람인 것일까?

사람들 사이로 헬레나와 눈이 마주쳤다. 헬레나는 두 손으로 얼굴을 감싸며 흐느끼기 시작했다.

—

나는 오두막 앞 데크에 섰다. 오후에 일어난 일로 기력이 다 빠진 나머지 그날이 여행의 마지막 날이라는 것도 잊었다. 다음 날 아침이면 우리는 집으로 돌아가는 비행기 안에 있을 것이다.

헬레나는 욕실에서 목욕 중이었다. 숙소는 협곡 안에 있는 단지형 오두막이었다. 일렬로 늘어선 오두막은 갈색 외벽과 녹색 지붕으로 통일된 생김새였고 각각 한두 명 정도가 묵었다. 나와 헬레나가 묵은 오두막의 오른쪽에는 시네이드와 로런스가, 왼쪽에는 데본이 묵고 있었다.

숙소로 돌아오자마자 헬레나는 곧장 오두막으로 들어갔고 우리는 저녁 식사도 건너뛰었다. 무슨 일이 일어났는지 묻는 모두에게 둘러싸여 있고 싶지도 않았고, 함께 힘을 합쳐 헬레나를 구한 거라며 숨도 쉬지 않고 떠들어대는 모험담을 듣고 싶지도 않았다. 굳이 따지자면 영웅은 다구르뿐이었다. 그렇게 말하는 나에게 다구르는 오히려 자신은 자신의 일을 했을 뿐이라고 강조했다. 티를 내지는 않았지만 다구르 역시 무척이나 놀란 것 같았다. 한편 나는 다구르가 상사에게 징계를 받지는 않을까 걱정도 되었다. 그렇게 된다면 나는 여행사에 연락해 다구르 잘못이 아니었다고 나설 참이었다. 길을 벗어나 개인행동을 한 나와 헬레나의 잘못이었다. 돌발 사고는 모험 영화를 한두 편 본다고 대처할 수 있는 게 절대로 아니었다.

숙소로 돌아온 이후 다구르는 상사에게 보고를 하는지 계속 전화기를 붙잡고 있었다. 전화를 마치자 헬레나를 가까운 병원에 데려가려고 했지만, 헬레나는 얼굴과 손과 무릎이 조금 까진 것 외에는 다친 곳이 없고 놀랐을 뿐이라며 거절했다.

나는 실족 사고 피해자를 일행이 구조했다는 제보를 받은 방송국 관계자들이 취재를 하러 올 수도 있겠다고 생각했다. 이러한 이야기가 소셜 미디어를 통해 밝혀지면 어떤 반응이 있을지도 예상해 보았다. 무식한 여행객들이라고 격분하겠지? 어리석은 것도 유전이라며 예나 지금이나 다를 게 없다고들 떠들어댈 것이다. 비슷한 걱정을 했는지 오두막으로 돌아오며 헬레나는 적어도 각자 집으로 돌아가기 전까지는 오늘 있던 일을 소셜 미디어에 올리지 말아 달라고 부탁했다. 그러면서 벼랑에서 떨어진 자신은 죽지 않았지만 소셜 미디어에서 떠드는 비판으로는 죽을 수도 있다며 농담까지 덧붙였다. 한눈에 봐도 많이 놀란 헬레나의 간절한 부탁을 모두가 흔쾌히 들어주었다.

"소르스뫼르크에서 일어난 일은 소르스뫼르크에서 끝낸다." 조지가 코 옆을 문지르며 말했다.

나도 동의했다.

다만 한 가지가 거슬렸다. 잊으려 해도 자꾸 생각났다.

절벽에 아슬아슬 매달려 헬레나가 했던 말이.

나는 지금 벌을 받는 거야.

오두막 안에서 욕실 문이 열리는 소리가 들렸다. 욕조에 받은 물이 쏴 하고 내려갔다.

나는 안으로 들어갔다.

5

헬레나는 하얀 가운을 입고 하얀 수건을 머리에 두른 채 침대에 누워 있었다. 목욕을 막 끝낸 후여서인지 피부는 혈색이 돌아 분홍빛을 띠었다.

우리가 묵은 오두막 안에는 1층과 2층에 모두 침대가 있었는데, 1층은 더블 사이즈, 2층은 싱글 사이즈였다. 체크인하면서 헬레나는 우리가 싸우면 내가 2층에서 자야 할 거라고 농담했다.

오전에 옷을 갈아입으며 헬레나는 휴대전화로 루 리드[7]의 음악을 재생했다.

"아직도 그 음악 좋아해?" 노래를 듣자마자 나는 대학 시절 헬레나의 침실로 순간 이동을 한 것 같았다. 코끝에 파촐리 향이 어룽댔다. 아파트 밖을 달리는 혼잡한 버스와 택시 소음에 헬레나가 즐겨 듣던 벨벳 언더그라운드 앨범의 조용한 멜로디가 묻히곤 했다.

"루 리드랑 앤디 워홀이네"

"나도 알아. 인정해."

7—미국 출신 가수이자 록 밴드 '벨벳 언더그라운드'의 리더

"네가 나한테 〈첼시 걸스〉라는 영화를 끝까지 보라고 했던 거 기억난다. 얼마나 긴 영화였지?"

"세 시간 반."

"그 긴 러닝타임 내내 진짜 아무 내용도 없더라. 나 진짜 너를 좋아했나 봐."

"맞아, 그러니까 그 영화를 끝까지 봤겠지."

아이슬란드에서 엿새째를 보낸 지금, 한 가지는 확실해졌다. 대학 시절보다 지금 헬레나를 훨씬 더 좋아한다는 것. 아무리 지루한 예술 영화라도 헬레나가 보자고 하면 기쁜 마음으로 함께 끝까지 볼 것이다. 물론 영화에 집중은 못 하겠지만.

내게 무슨 일이 일어나고 있는 것일까? 연애를 할 때 나는 그다지 열정적인 스타일은 아니었다. 관계도 천천히 이어나갔고 사귄 기간을 따져 기념일을 챙기는 데에도 무심했다. 전 여자친구 중 하나는 내게 나를 무너뜨리고 가슴을 찢어놓는 사람을 꼭 만나라고, 그래서 내가 고통받는 모습을 볼 수만 있다면 벽에 붙은 파리가 돼도 좋다고 퍼부었다. 그 정도로 나는 무심한 남자친구였다. 하지만 지금의 나는 어떤가? 헬레나 옆에 설 때마다 나는 평소와 다르게 숨 쉬는 내 모습을 발견했다. 몸속의 피가 뜨거워지고 달아올랐다. 나는 이런 사람이 아닌데? 전 여자친구들의 희망 사항이 드디어 현실이 되려 하는 걸까? 게다가 한 번 헤어졌다가 다시 만난 연인과? 절대 그럴 리가 없다.

"괜찮아?" 나는 침대에 가까이 다가가며 물었다. 헬레나의 상처 난 뺨에 내 뺨을 갖다 댔다.

"어때?"

"괜찮아. 어릴 때 자전거에서 떨어져서 더 심하게 다친 적도 있는걸."

목욕을 끝낸 화장실에서 수증기가 구름처럼 새어 나왔다. 헬레나의 배낭은 침대를 마주한 벽에 기대 있었고 휴대전화는 수납장 옆에 놓여 있었다. 수증기를 내보내기 위해 현관문 옆에 있는 작은 창문을 열어둔 채 창가의 블라인드를 모두 내렸다.

"뜨거운 물에 몸을 담그길 잘했어." 헬레나가 입을 열었다.

"이제야 근육들이 풀리는 것 같아."

나는 고개를 끄덕였다. 침대 옆에 서서 나는 머릿속에 맴도는 질문을 어떻게 꺼내야 할지 고민했다.

"병원에 가봤어야 하는 것 아닌지 몰라. 전체적으로 검사도 해볼 겸. 충격이 컸을 텐데."

"난 병원 싫어."

"알아. 하지만…."

"매튜, 제발. 나 괜찮다니까." 헬레나는 배낭을 가리키며 말했다.

"만약 저 배낭 버클이 플라스틱이었다면 바위에 걸렸을 때 바로 뚝 부러졌을 거래. 다구르가 그러더라. 말했었나? 이거 우리 아버지가 70년대에 유럽 일대를 인터레일 패스로 여행할 때 쓰던 배낭이라고. 내게 남은 몇 안 되는 아버지 물건 중 하나야."

헬레나의 부모님은 헬레나가 대학 입시를 한창 준비하던 때에 교통사고로 돌아가셨다.

"그 배낭 이리 줄래?" 헬레나가 물었다.

건너편 의자에 앉아 건네받은 배낭에서 초콜릿 바 두 개와 보드카 한 병을 꺼내는 헬레나를 바라보았다. 초콜릿 바는 옆에 놓고 보드카 병뚜껑을 돌려 여는 헬레나를 보고 있자니 나야말로 얼마나 술이 간절했는지 새삼 깨달았다. 헬레나는 부엌으로 가서 텀블러 두 개를 꺼내왔다.

각각에 두 샷을 따른 후 자신의 잔을 들어 올리며 말했다.

"살아 있다는 것에 감사하며."

나는 헬레나의 건배사를 따라 하며 건배했다. 보드카가 가슴속을 타고 흘렀고 온기가 혈관으로 퍼져나갔다. 헬레나도 비슷한 효과를 느끼는지 오므린 입술 사이로 숨을 내뱉었다.

"좋다."

"헬레나." 내가 이름을 부르자 헬레나는 나와 눈을 맞췄다.

"물어볼 게 있어…."

"아까 내가 한 말에 대해서겠지?"

"그래." 꺼려할 줄 알았는데 아무렇지 않다는 듯 말을 받아 나는 안도했다.

헬레나는 두 번째 잔을 채웠다. 그러고는 이번 잔은 한 번에 모두 마셨다. 나는 헬레나를 나무랄 수 없었다. 오늘 거의 죽다 살아나지 않았나. 술에 취할 핑곗거리로 이보다 더한 일은 없었다.

"내가 정확히 뭐라고 말했지? 기억이 잘 안 나네." 헬레나가 물었다.

"'이건 내가 자초한 일이야. 지금 벌 받는 거야'라고 말했어. 그 사람이 너를 지옥에서 기다리고 있을 것이라고도 했고."

헬레나는 빈 잔을 바라보며 아무 말도 하지 않았다. 다리를 꼬고 앉아서 위에 포갠 다리를 위아래로 까딱거릴 뿐이었다.

"그 사람은 리야?" 내가 물었다.

리가 어떻게 죽었는지 헬레나는 나에게 말해주지 않았다. 내가 아는 것은 사고가 있었다는 것뿐이었다.

헬레나는 깊은 생각에 잠긴 듯 카펫을 응시했다.

잠시 후 숨을 깊게 들이쉬더니 나와 시선을 맞췄다.

"너한테 보여 줄 게 있어."

헬레나가 천천히 뒤로 돌았다. 머리를 감싸던 수건을 걷자 머리카락이 떨어져 내렸다. 한쪽 어깨로 머리칼을 쓸어 넘기자 목 뒤쪽이 드러났다. 헬레나는 머리칼을 항상 어깨 아래로 내려뜨려 함께 잠자리할 때조차 목 뒤 피부를 제대로 본 적이 없었다.

흉터가 있었다. 등의 맨 윗부분을 가로질러 어깨뼈 바로 위에서 흐려진 분홍색 흉터에는 흰색 잔물결 무늬가 뻗어 나와 있었다. 화상인가? 뜨거운 물에 덴 듯한 흉터였다.

"이럴 수가." 내가 말했다.

헬레나는 다시 머리카락을 뒤로 떨어뜨리고 나를 향해 돌아앉았다.

"그 사람이 그랬어. 리가."

최대한 침착하게 말하려는 듯했지만 헬레나가 발음하는 단어 하나하나에서 미세한 떨림이 느껴졌다.

"리가 너한테 뜨거운 물이라도 들이부은 거야?"

머릿속에 대학 시절 리의 모습이 떠올랐다. 기숙사의 공동 부엌의 의자에 기대앉아 히죽거리며 모두를 바라보던 잘생기고 오만한 리의 모습이. 리가 지금 코너에 있는 저 의자에 앉아 있기라도 한 것처럼 생생했다.

헬레나가 끄덕였다.

"퇴근하는 리를 기다리며 저녁 식사를 준비하고 있었어. 언제나 리는 집에 돌아오자마자 바로 먹을 수 있게 식사가 차려져 있기를 원했거든. 매번 도착 예정 시간을 문자로 보냈는데 그러고 나야 나는 식사를 준비할 시간이 얼마나 남았는지 정확히 알 수 있었지."

나는 계속해서 헬레나 이야기를 들었다.

"그날 저녁에도 역시 리가 나에게 문자를 보냈어. 10분이면 집에 도착한다고. 그 시간이면 파스타 정도나 겨우 만들 수 있을 것 같았어. 그런데 그날따라 포트가 말을 안 듣는 거야. 사실 전부터 바꿔야 한다고 말했었는데 리는 굳이 새것을 사고 싶지는 않았던 거지. 결국 나는 스토브에 냄비를 올려 물을 끓였고 예상보다 시간이 오래 걸렸지. 리가 들어올 즈음에 드디어 물이 끓었어. 나는 소스에 넣을 채소를 손질하느라 뒤를 돌아볼 겨를도 없었고. '곧 먹을 수 있어'라고 말하려는데, 리가 끓고 있는 물을 냄비째 들어서 내 목 뒤에 부어버리더라."

"이럴 수가, 헬레나."

헬레나는 다 마신 잔을 옆에 두고 두 주먹을 꽉 쥔 채 이야기를 이어갔다.

"나는 최대한 빨리 차가운 물을 끼얹으려고 샤워실로 뛰어가려 했어. 하지만 리가 내 손목을 잡아 쥐는 바람에 그럴 수 없었지. 나는 울면서 애원했어…."

"헬레나, 더 말하지 않아도…."

"마저 이야기할게." 헬레나는 마른침을 삼키며 말을 계속했다.

"다행히 옷 때문에 피부에 바로 물이 닿지는 않았어. 그래서 목과 비교하면 등에 난 흉터는 그렇게 심하지 않아. 하지만 얼마나 아프고 고통스러웠는지 말로 표현할 수가 없어."

나도 짐작은 할 수 있었다. 나야말로 어설픈 요리 실력으로 뜨거운 물에 덴 적이 몇 번이나 있었으니까. 데인 고통은 며칠이나 갔다.

"그런데도 리는 그날 저녁 식사 준비를 계속하게 하더라. 배가 고프지도 않았지만 나는 아무것도 못 먹게 했지. 그러면서 또 식사 시간을 못 맞추면 그때는 뜨거운 물을 내 얼굴에 부을 거라고 했어. 사실 리가 내 피부에 흉터를 남긴 건 그때뿐이야. 리가 나한테 한 짓을 보여주는 유일한 증거지. 다른 짓들은 모두 여기에 있어." 헬레나는 옆머리를 톡톡 두드리며 말했다.

리 데이비슨. 내가 아는 리는 형편없는 놈이었다. 그래서 헬레나가 그와 결혼했다는 이야기가 충격이었고, 그가 죽었다는 이야기에도 별로 슬프지 않았다. 하지만 이건 내가 봐온 리의 어떤 모습보다도 끔찍했다. 가슴속에서 화가 치밀어올랐다. 나는 히죽거리는 리의 얼굴을 주먹으로 힘껏 치는 모습을 상상했다.

"헬레나, 그런 일이 있었는지도 모르고. 정말 미안해."

헬레나는 다가가는 나를 향해 두 손을 들어 올리며 말했다.

"그러지 마. 지금은 아니야."

"그래, 미안. 그게 언제 일어난 거야?"

헬레나는 수건으로 다시 머리를 감쌌다.

"결혼하고 한 1년쯤 지나서. 말했지만, 내 몸에 흉터를 남긴 학대는 이것뿐이야. 아마도 리는 그 뒤로 내 흉터를 볼 때마다 겁이 났던 것 같아. 언젠가 내가 법원에서 증거로 보여줄 수도 있으니까."

"그런데 이게 다가 아니라고?"

"응, 다 말하려면 멀었어."

나는 다음으로 말할 단어를 신중하게 골랐다.

"리가 지옥에서 널 기다릴 거라는 말은 무슨 뜻이었어? 물론 나는 **리가 지옥에 있다**고 생각하지만, 너는 왜?"

헬레나는 다시 바닥을 내려다보았다. 갑자기 내 머릿속에 헬레나가 무슨 말을 할지가 떠올랐다. 왜 자신이 당연히 벌을 받아야 한다고 생각했는지가. 그러나 나는 헬레나에게 직접 대답을 들어야 했다.

한동안 침묵이 흘렀다. 헬레나의 두 눈에 차오르는 눈물을 보는 순간 아무 말도 할 필요 없다고 말할 뻔했다. 하지만 그럴 수는 없었다. 나는 헬레나가 무슨 일을 저질렀는지 알아야만 했다.

빈 잔에 보드카를 다시 따른 헬레나는 나에게도 원하는지 물었다.

"조금 더 마시고 내 이야기를 듣는 게 나을 거야."

"그래, 그럼."

보드카를 따르며 헬레나는 손을 떨었지만 턱을 높이 들어 나를 쳐다보았다. 그러고는 나와 두 눈을 똑바로 맞추고 말했다.

"내가 죽였어. 내가 리를 죽였어."

6

2022년 1월

헬레나는 집 테라스에서 바닷가를 내려다보았다. 여기에서는 모든 풍경이 한눈에 담겼다. 눈부시고 깨끗한 겨울 아침이었다. 헬레나가 간절히 바라던 계획이 이루어질까? 이제 확인하게 될 것이다.

이루어지지 않는다면, 그때 어떤 일이 뒤따를지는 생각하고 싶지 않았다.

리는 지금쯤 언덕 꼭대기에 있는 이 집에서 해변으로 이어지는 길을 따라 내려가고 있을 것이다. 헬레나는 바랐다. 리에게 벌써 효과가 나타나지 않기를. 평소처럼 아침 수영할 준비가 되어 기분이 좋기를.

주변에는 아무도 없었다. 해가 막 뜬 새벽은 쌀쌀했다. 불과 몇 주 전에 사람들이 성탄절 수영을 즐기는 것을 보기는 했지만, 들어가서 수영을 하기에는 당연히 차디찬 바다였다. 마침 오늘은 개를 산책시키는 사람도 없고, 물 위에는 배 한 척 없다.

이렇게 이른 시간에는 잔치를 벌일 테이크아웃 피시앤칩스도 없을 텐데 갈매기들이 우는 소리가 정적을 깼다.

드디어 헬레나의 시야에 리가 들어왔다. 리는 수건을 말아 팔에 낀 채 빠르고 자신 있게 걸었다. 혹시나 리가 볼까 봐 헬레나는 한 걸음 뒤로 물러났으나 리는 고개조차 들지 않았다. 바닷가에 도착한 리는 성큼성큼 자갈밭을 가로지르더니 자리에 서서 티셔츠와 운동화를 벗어 수건과 함께 놓아두었다. 맨몸에 수영 팬츠와 물안경을 착용했고 수중 100미터까지 방수가 된다고 자랑하며 언제 어디서도 절대 벗지 않는 롤렉스 시계를 차고 있었다. 헬레나는 리가 객관적으로 봐도 군살 없는 가슴과 팔, 강한 다리 등 멋진 몸을 하고 있다는 건 인정했다. 리의 검은 머리카락은 여전히 굵고 윤기가 흘렀다. 다른 여자들은 이런 남자를 남편으로 둔 헬레나를 정말 행운이라며 부러워했다. 그러나 헬레나가 리를 볼 때 느끼는 감정은 혐오감과 공포감뿐이었다.

리는 올림픽에 출전한 선수처럼 바닷속으로 뛰어들었다. 등지고 있는 리의 얼굴이 보이지는 않았지만 바다가 아무리 차가워도 눈 하나 깜짝하지 않으리라는 것을 헬레나는 알았다. 마치 둘이 신혼여행을 갔던 몰디브에서처럼 열대 지방 어딘가에 있는 수영장에 들어가듯 바닷물 속으로 들어갔다. 헬레나가 자신이 누구랑 결혼했는지 깨달은 것은 신혼여행을 간 지 일주일도 되지 않아서였다.

헬레나는 리가 바닷속으로 뛰어 들어가 두 팔을 크고 힘차게 저으며 수영해 나가는 것을 보았다. 한 50미터쯤 갔을까, 리는 곧 나오는 돌출된 절벽을 향해 동쪽으로 헤엄쳤다. 화학작용이라도 일어난 듯 선명한 초록빛을 띠다가 물보라가 일자 불투명해진 바닷물은 바다표범 외에는 아무도 들어갈 수 없을 정도로 험해 보였다.

아무런 의심 없이 대담하게 헤엄치는 리를 보며, 헬레나는 심장이 떨어져나가는 듯했다.

헬레나는 곧 일어날 일을 알았기 때문이다.

—

헬레나는 텔레비전에서 다큐멘터리 방송을 보고 계획을 세웠다. 텔레비전 시청은 독서 외에 헬레나에게 주어진 유일한 오락거리였다. 지난 10월에 친구 줄리와 나눈 문자메시지를 리에게 들킨 이후 인터넷 사용도 금지되었다. 비참하게 마흔두 번째 생일을 보낸 후 나이는 들고 있는데 조금도 나아질 기미가 보이지 않는 인생을 직시하고 가까스로 용기를 내어 보낸 문자메시지였다. 헬레나는 리가 출근하면 레이크 디스트릭트까지 기차를 타고 갈 계획이었다. 사라져 버리려고 했다. 리는 헬레나에게 줄리아 조스라는 오래된 학교 친구가 존재하는지 몰랐다. 리는 결혼 전 스몰웨딩을 하자고 헬레나를 설득하며 자기를 알기 전에 교류했던 모든 사람들과 연락을 끊게 했는데 그 덕에 리는 헬레나의 친구들을 알지 못했다. 헬레나는 변호사를 구해 이혼하고 새로운 삶을 시작할 것이었다.

무슨 일인지는 모르지만 말하기 싫으면 안 해도 돼.

줄리아가 보낸 메시지였다. 줄리아는 배고파 보이는 친구에게 선뜻 제 도시락을 나누어 먹자고 하고, 헬레나가 사고로 부모님을 여의었을 때도 전과 변함없이 대해주던 사랑스러운 친구였다.

네가 원하는 만큼 여기서 지내도 괜찮아.

가출하기 며칠 전, 리와 텔레비전을 보던 중 헬레나의 휴대전화가 울린 것이다.

헬레나는 자신을 저주하며 움찔했다. 리는 둘이 함께 있는 시간을 다른 이가 침범하는 상황을 못 견뎠다. 자기를 무시하고 경멸하는 행동이라며 불같이 화를 냈다. 모르는 번호로 스팸 메시지가 와도 그날 밤은 끝나지 않는 악몽이 이어졌다.

그래서 헬레나는 리가 곁에 있을 때는 휴대전화를 무음으로 설정해 두곤 했는데, 하필 그날 밤은 깜박했다.

"도대체 누구야?" 리가 물었다.

"그냥 스팸이야." 줄리아에게서 온 메시지라는 것을 확인한 헬레나는 공포에 질려 휴대전화를 빠르게 집어 들었다.

"보여줘 봐." 헬레나가 메시지를 삭제하기도 전에 리는 휴대전화를 빼앗았다.

"화요일에 만나는 거 맞지? 기차표는 예매했어?" 리가 소리 내어 읽었다.

헬레나는 몸속의 피가 쫙 빠져나가는 것을 느꼈다.

그날 밤, 리는 헬레나를 속옷만 입게 한 채 지하에 있는 워크인 냉동실에 가두었다. 헬레나는 흐느끼면서 계단 아래로 끌려 갔고 리가 헬레나를 냉동실 안에 던지다시피 밀어 넣고 문을 쾅 닫을 때는 제발 그만하라고 애원하며 빌었다.

동물 사체들이 머리 위에 걸려 있는 어두운 냉동실 안에 앉아 헬레나는 이제 모든 게 끝났다고 생각했다. 이것은 헬레나에게 일어난 어떤 '사고'가 될 것이다. 리가 지어내는 이야기가 들리는 것 같았다. 헬레나가 가엽게도 자신이 출장을 간 사이 냉동실에 갇히는 사고를 당했다. 집에 돌아와서야 헬레나의 시신을 발견했다. 저체온증과 질식 중 어떤 게 먼저 와서 죽을지는 몰랐지만, 리는 지금까지 그랬듯 잘 빠져나갈 것이다. 동네 사람들은 모두 리를 좋아했다. 리는 마을에서 가장 인기 있는 아들 중 한 명이었다. 런던에 있는 대학에서 공부하고 성공해서 고향으로 돌아온 사내. 바람직하게 자란 동네의 자랑이었다.

그러한 그의 인생에 비극이 더해지다니 정말 애석한 일이 아닐 수 없다. 리의 첫 번째 부인 리사가 집에 불이 나서 사망했는데, 이제 두 번째 부인 헬레나가 기이한 사고에 휘말려 사망한다면?

이 남자는 도대체 얼마나 더 불행할 수 있을까?

의식을 잃기까지 얼마나 걸렸는지 알 수 없었지만 헬레나는 죽음으로 가는 길이 마치 잠에 빠지는 것과 같았다고 회상했다. 마구잡이로 활동을 하던 뇌가 갑자기 모든 것을 망각한다. 그리고 이번에 헬레나는 침대 위 리의 옆에 누운 채 망각에서 깨어났다.

리는 헬레나를 죽이지 않았다. 하지만 언제든 그럴 수 있다는 것을 보여주었다. 그것도 아주 손쉽게. 그래서 헬레나는 부드럽게 코를 고는 리 옆에 누워서 냉동실에서 했듯 어떻게 해야 이 비극에서 벗어날 수 있을지 머리를 굴려보았다. 경찰에 신고한다? 리는 헬레나를 계단 아래로 끌고 내려가며 휴대전화를 빼앗았고 운전은 애초에 못 하게 했다. 가장 가까운 경찰서는 수 킬로미터 떨어져 있었기 때문에 리가 출근한 후 걸어서라도 갈 수는 있었다. 하지만 지역 경찰은 리와 함께 자란 친구들인 데다, 리는 정기적으로 경찰서에 기부까지 해왔다. 헬레나가 보여줄 수 있는 증거는 목 뒤에 있는 흉터뿐인데 왜 당시에 바로 신고하지 않았느냐고 경찰들이 묻는다면 뭐라고 항변해야 할까?

경찰은 리를 구속하지 않을 것이다. 리가 저지른 범죄를 신고하면 리는 모든 게 사고였다고 주장하고 나서 헬레나를 은밀하게 벌할 것이다. 그 고통이 헬레나는 죽음보다 더 무서웠다. 이런저런 생각들이 머릿속을 마구 휘젓는 동안 헬레나는 잠이 들었다.

아침에 일어나니 리는 그들이 키우는 장발 얼룩무늬 고양이 드렐라를 무릎 위에 올려두고 앉아 있었다. 아름답고 사랑스러운 고양이 드렐라는 헬레나의 유일한 친구였다. 드렐라가 없었다면 이만큼이나마 결혼 생활을 버틸 수 있었을까? 헬레나는 자신이 결혼한 사이코패스의 무릎 위에 앉아 있는 드렐라의 모습을 보고 마음이 쓰렸다.

"네가 무슨 생각 하고 있었는지 알아." 리가 부드럽게 고양이를 쓰다듬으며 말했다.

"그런데 네가 경찰에 신고하거나 이혼하겠답시고 변호사를 찾아가면 어떻게 되는지 알려줄게. 나는 드렐라를 괴롭히다가 죽일 거야." 리는 고양이의 양쪽 귀 뒤를 문지르며 말을 이어갔다.

"그리고 너에게도 똑같이 해야겠지."

그게 10월이었다. 그 후 두 달 동안 헬레나는 도망쳐야겠다는 생각뿐이었다. 리가 시키는 것은 모두 해내려고 노력했으나 언제나 리의 마음에 완벽하게 들지는 못했고, 몇 번이고 지옥을 경험한 후에는 거의 경찰서까지 갈 뻔했다. 그러나 그때마다 리는 드렐라와 헬레나를 죽이겠다는 협박과 함께 아무도 그녀의 말을 믿지 않을 거라고 장담하며 매번 신고할 용기를 꺾었다.

그러는 동안 헬레나의 마음속에 변화가 일어났다. 리를 무서워하는 마음이 커질수록 증오라는 감정 또한 솟구쳤다. 그전까지 헬레나는 마음 한구석에 남아 있는, 리를 사랑했던 마음에 매달리곤 했었다. 그러나 이제는 애정이 티끌만큼도 남지 않았다. 리가 사랑을 옥죄어 공포와 혐오감으로 바꾸어놓았으니까. 이제는 고통스러워하는 리의 모습을 상상하며 헬레나는 쾌감을 느꼈다. 퇴근하고 오는 길에 교통사고를 당한 리가 뒤틀린 금속 사이에서 온몸이 부러지고 피투성이가 된 모습을 상상했는데 멀쩡하게 살아 현관문을 열고 들어오면 참을 수 없게 실망스러웠다. 헬레나는 드렐라를 쓰다듬으며 리에게 일어나길 바라는 온갖 끔찍한 일들을 이야기했다. 본드 시리즈에 나오는 악당이라도 된 것처럼.

그리고 '기대'에서 '실행'으로 바뀌기까지는 그리 오래 걸리지 않았다.

선공격을 하는 것은 어떨까?

크리스마스를 며칠 앞둔 어느 날, 헬레나는 리가 요구한 집안일을 하며 이런저런 상상을 했다. 잠이 든 리의 목을 칼로 그어 얇고 긴 상처를 내는 것은 어떨까? 그래 봤자 결과는 '리에게 벌을 받는 감옥' 같은 결혼 생활이 '형사법에 따른 처벌을 받는 실제 감옥'으로 바뀌는 것뿐이겠지.

답은 정해져 있다. 리가 리사에게 했듯이 결국 헬레나에게도 할 그 일을 내가 먼저 해야한다. 리를 죽이고 사고로 위장하는 것이다.

독살에 사용할 만한 식물이 정원에 있을까? 인터넷 검색을 못 하니 벨라돈나[8]가 어떻게 생겼는지, 어떻게 사용해야 하는지 알 도리가 없었다.

집 안에 있는 계단 꼭대기에 무엇을 놓아 리가 발이 걸려 넘어지게 해볼까? 아니면 비누칠이나 기름칠을 하는 방법은? 하지만 낙상으로 사람이 쉽게 죽을 것 같지 않았다. 한밤중에 집에 불을 지를까? 아니다. 숙면을 위해 자기 전에 잎담배를 태우는 리는 집 안의 모든 방에 연기탐지기를 설치해 두었다. 게다가 잠이 든 리를 침대에 꽁꽁 묶으려다가는 역으로 살해당할지도 모른다. 계획은 생각할수록 터무니없었고 희망도 사라졌다.

8—자주색 꽃이 피고 까만 열매가 열리는 독초

그날 저녁까지도 헬레나는 리를 없애는 일은 불가능하다고 믿고 있었다.

그 다큐멘터리 방송을 보기 전까지는.

—

헬레나는 주의를 딴 데로 돌리기 위해 이 채널 저 채널 돌려가며 텔레비전을 보았다. 12월의 그날, 저녁 식사를 하던 리는 다 먹는 대로 사교 모임에 참석하기 위해 밖으로 나갈 거라고 했다. 헬레나는 기쁘면서도 안도했다. 텔레비전 앞에 앉아서 보내는 자유로운 저녁 시간이라니. 채널을 이리저리 돌려보다가 **'당신의 술잔은 안전한가요? 유행하는 데이트 강간'**이라는 프로그램에서 멈추었다. 처음에는 음흉한 제목이 마음에 들지 않아 다른 채널로 돌리려 했지만 어느새 한 젊은 여성의 실화에 빠져들고 말았다. 친숙하면서도 끔찍한 이야기였다. 친구와 바에서 술을 마시던 이 여성의 술잔에 누군가가 무언가를 슬쩍 탔다. 그리고 깨어보니 골목이었고 무슨 일이 있었는지 전혀 기억하지 못했다.

텔레비전 해설자는 '로히프놀[9]'이라고 했다.

"아무 맛도 나지 않아 누구든 쉽게 음료에 탈 수 있으며 마신 후 약 2, 30분 후부터 효과가 나타납니다. 피해자는 의식을 잃기 전 어지러움과 방향감각 상실을 경험하게 됩니다."

9—수면제의 일종

헬레나는 몸을 앞으로 당겨 앉아 프로그램 내용에 완전히 몰입했다.

보통 '루피스'라고 알려진 이 로히프놀은 빠른 속도로 온몸에 퍼지기 때문에 피해자가 스물네 시간 안에 검사를 받지 않으면 혈액 속에 약물이 남아 있는지 확인하기가 쉽지 않다고 해설자는 설명했다. 게다가 약 기운으로 기억까지 잃게 되어 피해자는 누군가가 자기 음료에 약물을 탔다는 것조차 알기 어렵다는 것이다.

"졸리기 시작했을 때는 이미 늦었어요. 그리고 정말 빠르게 의식을 잃었어요." 영상 속 여성이 말했다.

해설자는 이 약이 효력을 발휘하여 피해자가 의식불명의 상태가 되기까지는 마신 후 2, 30분 정도가 걸린다고 다시 한번 강조했다.

헬레나는 계산해 보았다.

매일 아침 동이 트자마자 리는 바다로 수영을 하러 나간다. 둘이 같이 살기 시작했을 때부터 출장으로 자리를 비울 때를 제외하고는 하루도 빠짐없이 지키는 오전 루틴이다. 헬레나는 일출 30분 전에 알람을 맞춰놓고 리가 나가기 전 마실 수 있도록 커피를 만든다. 리가 나가 있는 동안 헬레나는 리가 돌아와서 먹을 아침 식사를 준비한다.

집에서 절벽 아래 계단을 내려가 해변까지 걸어서 3분 정도 걸린다. 그리고 바다로 헤엄쳐 나가려면 5분이 더 걸린다.

만약 리가 아침마다 마시는 커피에 로히프놀을 탈 수 있다면 타이밍은 완벽할 것이다. 리가 확실히 몸을 움직일 수 없도록 충분한 양을 넣어야 했다. 그리고 아무것도 할 수 없을 때 효과가 나타나야 했다. 약물이 효과가 나는 타이밍은 수많은 요소에 의해 변할 수 있으니 보장하긴 어려웠지만, 이론적으로는… 효과가 있을 가능성이 컸다.

그러나 프로그램이 끝날 때쯤 헬레나는 하던 생각을 접었다. 투약량과 타이밍, 무엇보다 불법으로 약을 구매해야 하는 점이 위험했다. 그럼에도 헬레나는 이 계획에 관해 생각하는 것을 멈출 수가 없었다. 리는 분명 헬레나를 죽일 것이다. 그리고 리가 가장 취약한 상태에 있는 순간은 아침 수영을 할 때뿐이다.

다음 날 아침, 헬레나는 이 계획을 실행하기로 결심했다.

리는 매일 출근하면 '네가 살찌는 걸 바라지는 않으니까. 너도 그렇지?'하며 헬레나에게 30분 동안 밖에 나가 산책을 하게 했다. 그리고 집 전화로 전화를 걸어 밖에 오래 나가 있지는 않은지 확인했다. 한번은 자선단체 직원에게 붙들려 30분이 넘도록 집에 돌아가지 못한 적이 있었는데, 리는 헬레나에게 어깨에 경련이 일고 눈물이 얼굴 위로 주르륵 흘러내릴 때까지 두 팔을 앞으로 뻗고 서 있게 했다. 그 뒤로 헬레나는 항상 허락된 시간 내에 들어올 수 있도록 주의했다.

30분 안에 돌아올 수 있는 산책 루트 중 하나는 마을 반대편에 있는 작은 공원을 가로질러 현재 몇 개월째 수리 중인 어린이 놀이터를 지나는 길이었다. 놀이터 입구는 맹꽁이자물쇠로 잠겨 있었고 그네와 미끄럼틀은 테이프로 둘둘 싸여 있었다.

헬레나는 산책 중에 야구 모자를 푹 눌러쓴 채 놀이터 구석 나무 옆에 서 있는 한 남자를 거의 매일 보았다. 그 곁으로 다른 사내들 몇 명이 은밀하게 다가가는 것을 보고서 그가 마약 딜러라는 것을 알아챘다.

그러고 나서도 남자에게 다가가 혹시 로히프놀이 있는지, 다큐멘터리 해설자가 알려준 '루피스'라는 용어를 써서 물어보기까지 3일이 걸렸다.

딜러는 고지식하고 참해 보이는 여성이 약을 찾다니 믿을 수 없다는 듯 재미있어하는 표정으로 헬레나를 아래위로 훑어보았다.

"'루피스'를 원한다고요?"

헬레나는 아무렇지 않게 당당한 말투를 유지하려고 애썼다.

"네, 맞아요."

"지금은 가진 게 없어요. 지금은 잎담배, 몰리, 흥분제랑 진정제, 그리고 케타민 이렇게 있어요."

"꼭 로히프놀이어야 해요." 헬레나는 거의 속삭이는 수준으로 말했다. "그러니까… 제게 주는 크리스마스 선물이거든요. 모든 걸 잊고 푹 자고 싶어서요."

딜러가 웃으며 말했다.

"당신한테 뭐라고 하는 건 아니에요. 좋아요, 내일 다시 와요."

순간 헬레나는 다음 날 리가 산책을 허락하지 않으면 어쩌나, 하고 겁이 났다. 아니면 바로 오늘 밤에 리가 계획한 사고가 일어난다면? 요즘에 리는 퇴근도 늦게 했고 집에 있을 때면 사업 동료 헨리와 심각하게 전화통화를 하는 등 상황이 심상치 않았다. 그러나 다행히도 그날 저녁 헬레나는 리를 거의 보지 못했다. 리는 지하실에 처박혀 폭력적인 영화를 보면서 헬레나에게 옆에 앉아 영화를 즐기는 척하라고 명령하지 않았다.

다음 날은 크리스마스이브였다. 급히 공원으로 발걸음을 옮기면서 헬레나는 딜러가 나와 있지 않더라도 실망하지 말자고 마음을 먹었다. 그러나 딜러가 그곳에 있었다. 그에게 받은 작은 병은 집으로 가져오는 동안 주머니 안에서 뜨거워졌다. 헬레나는 그 병을 탐폰 상자 안에 숨겨두었다.

다음 날이 크리스마스인 데다 해변이 겨우내 딱 한 번 수영하러 나온 사람들로 아침부터 붐비지만 않았다면 (리가 이 사람들을 얼마나 경멸했는지 모른다) 헬레나는 계획을 실행했을 것이다. 리는 크리스마스 연휴 내내 지하실에서 위스키를 마시고 영화를 보며 지냈다. 헬레나는 리를 위해 온갖 음식을 요리해 저녁 식탁을 차렸다. 매년 리가 요구했던 대로. 그러나 리는 입맛이 없다며 거의 손대지 않았다. 무슨 일이 있는 게 분명했다. 사업 때문이겠지?

그런데 이상하게도 크리스마스 며칠 뒤부터 리의 태도가 돌변했다. 헬레나를 인간 취급해 주기 시작했다. 그녀에게 소리를 지르거나 모욕하거나 그녀를 성적으로 괴롭히지도 않았다. 헬레나는 혹시 리가 머리를 어디에 심하게 부딪혀 성격이라도 변한 걸까 생각했다. 이유가 무엇이었든 간에 갑자기 리의 태도가 바뀌자 헬레나는 그를 죽이는 데 필요한 증오심이 약간 누그러졌다.

로히프놀은 그대로 화장실에 있는 탐폰 상자에 남아 있었다.

그러나 며칠이 지나자 본래의 리가 돌아왔다.

1월 9일, 일요일이었다. 헬레나는 늦잠을 만끽하며 침대에 누워 있고 그 옆에는 드렐라가 가르랑거리며 자리를 지키고 있었다. 헬레나는 잠에서 깬 순간 리의 기분이 좋지 않다는 것을 바로 느꼈다. 아래층에 내려가 보니 리는 케이지 안에 갇힌 곰처럼 가만히 못 있고 집 안을 이리저리 서성거리고 있었다. 이런 때가 가장 위험했다. 두려워진 헬레나는 곧바로 주방으로 들어가 아침 식사를 준비하기 시작했다. 리가 다가와서는 뭘 하고 있냐, 너처럼 끔찍한 요리사는 없다, 못생기고 게을러 빠진 너 같은 여자는 보고 있기도 지긋지긋하다며 자신은 사기 결혼을 당했다고 헬레나를 헐뜯었다.

한참 모욕을 퍼붓던 리는 주방에서 나가기 전에 헬레나를 위아래로 훑더니 말했다.

"네가 사고를 당하면 우리 둘 다 한테 좋을 텐데."

헬레나는 손을 덜덜 떨며 화장실로 들어가 문을 잠그고 탐폰 상자에서 작은 병을 꺼냈다.

내일 아침에 계획을 실행해야겠다.

—

헬레나는 바다를 바라보았다. 절벽을 향해 수영해 나가는 리가 물속에서 까만 점이 될 때까지 보았다.

집 안으로 들어온 헬레나는 기다리면서 아침 식사를 요리했다. **'평소처럼 행동해, 헬레나.'** 그러나 이미 달걀을 상자에서 꺼내며 떨어뜨렸다. 노른자가 바닥 타일에 튀었다. 웅크리고 앉아 달걀 얼룩을 닦으려는데 노른자 사이의 붉은 반점을 보았다. 헬레나는 졸도하지 않으려고 두 눈을 질끈 감고 코를 막았다.

그러고는 자리에서 일어나 바다 전경을 볼 수 있는 창가로 갔다.

리는 보이지 않았다.

헬레나는 기다렸다. 5분. 그리고 10분. 물속에서는 움직임이 전혀 없었다. 헬레나는 간신히 주방으로 가서 베이컨을 매우 바싹하게 구워냈다. 리가 딱 좋아하던 굽기 정도로. 조리대 건너편에 앉은 드렐라가 헬레나를 쳐다보았다. 프라이팬에 떨어진 눈물이 기름과 만나 지글거리고 튀는 바람에 헬레나는 자신이 울고 있다는 것을 알았다. 헬레나는 떨리는 손으로 리의 그릇에 요리를 담아 바 테이블에 올려두었다.

"다시는 너를 해치지 못할 거야." 헬레나는 드렐라를 들어 올려 팔에 안고 얼굴을 털에 묻으며 말했다.

성공했다.

정말로 성공했다.

7

헬레나가 침대에서 일어났다. 수건이 어느새 떨어져 머리칼이 지저분하게 마구 뻗쳐 있었다. 헬레나는 부엌으로 가서 보드카 잔을 헹구어내고 물을 받아 따랐다. 목 뒤의 흉터가 선명히 보였다. 헬레나가 방금 한 이야기, 그러니까 진실이자 고백을 들은 나는 마음이 아팠다.

"계획을 실행하기 전에는 혹시라도 경찰이 리를 생각보다 빨리 찾아내서 바로 부검을 할까 봐 어찌나 걱정이 되던지." 헬레나는 뒤돌아 나에게 오며 말했다.

"다행히 그런 일은 없었고?"

헬레나가 이야기하는 동안 나는 거의 말을 하지 않았다. 리와의 결혼 생활 이야기가 끔찍해 앓는 소리를 냈을 뿐이었다. 헬레나를 꼭 안고 위로해 주고 싶은 마음이 앞섰으나 헬레나가 원치 않았을 것이다. 적어도 이야기를 끝내기 전까지는. 이렇게 자기 이야기를 털어놓는 건 처음이리라. 나는 헬레나가 홀로 지니고 있던 비밀의 무게를 덜어내도록 지금까지 겪은 악몽을 다시 꺼내놓게 해주고 싶었다.

"그래서 어떻게 됐어?"

"잠시만." 헬레나는 말을 너무 많이 쏟아냈는지 쉰 목소리로 대답했다. 다시 말을 이어가면서도 두 번이나 목소리가 갈라졌고 눈물도 흘렸다. 나는 다 들을 필요 없으니 그만해도 좋다고 말해주었지만 헬레나는 고개를 저으며 끝까지 이야기하겠다고 버텼다.

그러고는 남은 물을 다 마시더니 고개를 들어 천장을 바라보며 또 흐르려는 눈물을 막기 위해 눈을 깜박거렸다. 헬레나는 계속 서 있었다.

"30분 정도 더 기다렸다가 해변으로 나가봤어. 걱정돼서 나온 것처럼 보여야 했어. 누군가 창밖으로 보고 있을 수도 있었으니까. 그래서 리가 벗어놓은 옷가지가 있는 곳으로 뛰어갔다가 다시 조석점[10]까지 뛰어가 소리쳐서 리를 불렀어. 그 후에 집으로 돌아와 집 전화로 999[11]에 신고했지. 경찰들은 금방 왔어. 해양경비대원도 오더라."

10—바닷물이 만조일 때 이르는 지점

11—영국에서 119 신고 전화는 999이다.

헬레나는 목을 가다듬고 계속 이야기했다.

"소문이 얼마나 빨리 나던지 나도 놀랐어. 아마 누군가 해양경비대원이 탄 보트를 봤나 봐. 사람들이 꽤 많이 해변에 모여들기 시작했어. 나는 거실에 앉아 대원에게 상황을 설명했고. 리는 매일 아침 수영을 하는데 시간이 되어도 돌아오지 않아서 걱정되기 시작했다고 말했어. 나는 리를 찾을 수 있을 거라는 희망을 품은 척해야 했어. 무서운 척, 조마조마한 척하는데 화가 나더라. 어쩌면 영화 〈아틀란티스에서 온 사나이〉처럼 리가 죽지 않고 바닷속에서 걸어 나와 이게 다 무슨 일이냐고 물어볼 것도 같았고.

경찰은 계속 내 옆에 있어 줄 누군가를 부르는 게 어떠냐고 권했는데 나는 "저에게는 리뿐이에요!" 하고 소리쳤지. 그런데 그건 사실이었어. 고양이를 제외하면 정말 리밖에 없더라고."

"더는 그렇지 않아."

헬레나가 나를 쳐다보았다. 표정만으로는 기분을 읽을 수가 없었다.

"그래서… 그 후에는 어떻게 됐는데? 경찰이 시신을 바로 찾았을 것 같지는 않은데." 내가 다시 물었다.

"맞아. 바닷물이 차가워서인지 시신이 가라앉았나 봐. 그 후로 3주 동안이나 물 위로 뜨지 않았어."

"이럴 수가."

헬레나는 다시 침대에 앉았다.

"결국에는 해안선을 따라 조금 더 가면 나오는 해변에서 시신이 나타났어. 개를 산책시키던 사람이 파도에 쓸려온 시신을 발견했대."

물속에서 3주나 있었다니 분명 끔찍한 상태였겠지. 그렇대도 불쌍한 마음은 들지 않았다.

"리가 맞는지 신원 확인은 했어?"

헬레나는 고개를 저었다.

"아니. 경찰들이 그렇게까지 시키지는 않겠다더라. 리가 차고 있던 손목시계와 입고 있던 반바지 사진만 보여줬어. 손목시계에 리의 머리글자가 새겨져 있었거든. 그래도 확실한 절차가 필요했는지 누군가가 집에 와서 리의 DNA를 채취한다며 칫솔을 가져가더라고."

"그랬구나…. 리가 죽은 게 확실해졌을 때 기분이 어땠어?"

헬레나는 내 눈을 똑바로 바라보며 말했다.

"기뻤지. 3주 동안 리가 어떻게든 살았을 것만 같았거든. 내가 한 짓을 알아내고 쫓아올 것 같았어. 물론 그때까지 난 비탄에 빠져 있는 척해야 했지. 장례식을 준비하고, 위로해주는 사람들을 상대하면서. 다행인지 불행인지 리는 가족이 없었어."

나는 대학 시절의 리를 떠올렸다. 여자들과 하룻밤 지내고 싶은 마음에 고아 출신이라고 스스로 어필하고는 했었다. 게다가 종종 그러한 거짓말이 여자들에게 먹혔다.

"그런데 리를 화장할 때는 어떻게 해야 할지 모르겠더라. 아마 지난 몇 년간 받은 스트레스를 그 **행위**에 쏟아부었던 것 같아. 리를 부르면서 하염없이 울었어. 다들 나를 쳐다보았고 몇몇 여자들은 덩달아 훌쩍거렸어. 같은 학교에 다녔던 친구들 같아. 그리고 친구의 부모님들도. 한편으로는 내 마음 어딘가에서 그들을 향해 소리치고 싶은 충동이 들었어. 리가 어떤 사람인지 소리쳐 알리고 싶었어. 그는 여자를 혐오하는 괴물이라고. 그러니까 리의 죽음을 기뻐해야 마땅하다고. 내가 흘린 눈물은 진심이었어. 슬픔의 눈물이 아니라 안도의 눈물이었지만."

헬레나는 감히 자신에게 시시비비라도 가릴 거냐는 듯 나를 노려보았다.

헬레나의 행동을 누가 비난할 수 있을까? 나는 그저 헬레나를 안아주며 이제 다 괜찮다고 위로해 주고 싶을 뿐이었다. 나는 그 흉터를 보았다. 헬레나가 진실을 말하고 있다는 확실한 증거를. 지어낸 이야기가 아니었다. 게다가 헬레나의 목소리와 몸짓, 이야기의 디테일까지 모든 게 진실을 향하고 있었다…. 세상에서 가장 훌륭한 배우도, 가장 뛰어난 사기꾼도 그렇게 연기할 수는 없었다.

나는 리의 본성을 떠올려보았다. 리가 다른 사람들이 없는 데서 어땠는지 들었던 나는 헬레나의 이야기가 전혀 놀랍지 않았다.

"잠깐, 리가 첫 번째 부인에게 어떤 짓을 했다고 했지. 리사였나? 리도 인정했어?"

"정확히 말하지는 않았어. 대신 치명적인 증거를 남겼지."

"가만있어봐." 나는 관자놀이를 손가락으로 누르며 말했다.

"일이 일어난 순서대로 말해줘. 리가 그 전에는 언제 결혼을 한 거야?"

헬레나는 짜증 난다는 말투로 대답했다.

"그러니까 우리가 2002년도에 대학교를 졸업했지. 나는 리를 2012년에 다시 만났어."

"어떻게?"

"바에서 리랑 부딪혔는데 나를 바로 알아보더라고."

헬레나는 리와 어떻게 헤어졌는지에 대한 이야기보다 어떻게 만났는지에 대한 이야기를 하는 게 더 불편해 보였다.

"그러면 그때 리는 결혼한 상태였던 거야?"

"맞아. 리사 헉스튼이 전 부인 이름이야. 호주 사람인데 스무 살 때 영국으로 왔대. 내 생각에 런던 중심에 있는 호주 스타일 펍에서 둘이 처음 만난 것 같아. 짧은 시간에 사랑에 빠져 만난 지 3개월도 안 돼서 결혼했다고 말했거든. 리가 서식스로 돌아와 주택 개조 사업을 시작하기 전, 턴브리지 웰스에서 살고 있을 때야."

헬레나는 잠시 말을 쉬었다.

"어느 날 밤, 둘이 살던 집에 큰불이 난 거야. 리는 전기 누전 때문이었다고 했어. 리사는 제때 탈출하지 못했고."

"말도 안 돼."

"맞아. 리랑 사귀기 시작했을 때 나는 그가 너무 안됐다고 생각했어. 실은…."

"뭔데?"

"리사가 어떻게 죽었는지 이야기를 듣고 난 후에 리랑 처음으로 같이 잤거든. 이럴 수가. 다시 생각해보니 나 정말 순진했네."

헬레나는 고개를 저었다.

"우리가 결혼하고 난 후에, 그러니까 리가 어떤 사람인지 내가 알게 되었을 때였어. 리가 나한테 생명보험에 가입하는 게 어떠냐고 묻는 거야. 자기가 사업을 시작할 때 그게 얼마나 요긴했는지 설명하면서. 그리고 **사고** 이야기를 꺼낸 거지." 헬레나는 '사고'라는 단어를 말할 때 검지와 중지 두 손가락을 허공에 대고 까딱거리며 따옴표를 그렸다.

"리가 정말 그렇게 말했어."

"그리고 너를 위해 타임라인을 마무리하자면, 나는 2014년에 리와 결혼했어. 그때 리는 이미 서식스로 돌아와 아파트를 빌려 살면서 사업을 시작했어. 그 아파트에서 우리가 신혼 기간 3년을 같이 살았고. 그동안 리는 브라이턴 외곽에 우리가 살 집을 지었어. 그 집에는 2017년에 입주했지."

헬레나는 숨을 내쉬며 이어갔다.

"그래서, 이제 어떡할 거야?"

"무슨 말이야?"

"경찰에 가서 나를 살인자로 신고할 거야?"

나는 몸을 기울여 헬레나의 차디찬 손목을 잡았다.

"말도 안 돼. 당연히 아니지. 그럴 생각은 추호도 없어."

"정말?"

"헬레나, 네가 지금까지 겪어온 일들…." 나는 잠시 멈추었다가 다시 입을 뗐다.

"네가 한 일은 해야만 하는 일이었어. 나였어도 똑같이 했을 거야." 나는 말을 멈추고 고개를 저었다.

"아니, 사실은 나도 똑같이 했을지는 모르겠어. 난 너만큼 배짱은 없는 것 같아."

어쩌면 헬레나가 저지른 일을 듣고 내가 두려워하는 게 정상적일 수도 있었다. 헬레나는 법에 의지하지 않고 직접 벌을 주었다.

사람을 죽였다. 살인을 계획하고 실행했다. 그러나 나는 헬레나가 그 전에 당한 일에 대해서만 소름이 끼칠 뿐이었다.

"나를 악마라고 생각하지 않아? **블랙 위도**[12] 처럼?"

나는 웃지 않을 수가 없었다.

"왜? 내가 리를 죽였다고 밝히면 사람들이 날 그렇게 부를 게 분명한데. 악한 간호사를 '다크 에인절'이라고 부르잖아. 자기 남편을 죽이는 아내는 '블랙 위도'라고 부르고. 나도 '사람을 죽이는 여자들' 방송 같은 데 나가게 될 거야."

나는 또다시 웃었다. 그러나 이번에는 눈물이 차올라 두 눈을 깜빡였다.

"네가 리랑 결혼했었다는 말에 실은 많이 놀랐어. 그렇지만 리에 관해 나쁘게 말하고 싶지는 않았어. 결국은 사별했다고 했으니까. 그런데 지금은 가감없이 말할 수 있어. 나는 리를 단 한 번도 좋게 본 적이 없었어. 아니, 그보다 더하지. 기분 나빠하지는 마, 실은 네가 리랑 결혼했었다는 이야기를 듣는데 너에게까지 실망스럽더라."

헬레나는 짜증 난다는 듯이 매서운 눈빛을 하며 입을 열었다.

"나는 리가 그런 사람인지 전혀 몰랐어."

나는 자리를 옮겨 헬레나의 옆에 앉았다. 헬레나는 나를 힘껏 끌어안았고 얼굴을 내 어깨에 묻었다. 어느새 다 마른 헬레나의 머리카락이 내 턱에 닿았다. 우리는 꽤 오랫동안 그렇게 서로를 안았다. 헬레나의 심장박동으로 내 몸통 전체가 울렸고 헬

12—암놈이 수놈을 잡아먹는 미국산 독거미

레나가 해준 이야기로 뇌 또한 바삐 돌았다. 냉동실에 갇힌 헬레나, 벌을 받지 않기 위해 시간 내에 집으로 돌아가려는 헬레나. 나는 바닷물 속으로 뛰어 들어가는 리의 모습도 상상했다. 온몸이 마비되어 버둥대지도 못한 채 파도 아래로 미끄러지는 리의 모습. 리는 자신이 죽을 것을 알았을까? 모든 게 헬레나의 계획임을 알았을까? 헬레나에게 묻고 싶은 실문이 한가득이었지만 기다려보기로 했다. 그나저나 나한테 무슨 문제가 있나? 물에 빠져 죽는 남자를 상상하고 기뻐하다니.

"방금 뭐였어?" 갑자기 나에게서 떨어진 헬레나가 물었다.

"응?"

"무슨 소리 들렸잖아. 밖에서."

생각에 깊이 잠겼던 나는 아무 소리도 듣지 못했지만, 오두막 문을 홱 열어보는 헬레나를 뒤따랐다. 밖에는 아무도 없었다. 하지만 다른 일이 일어나고 있는 듯했다.

"와!" 헬레나가 문밖으로 나가며 소리쳤다. 무슨 일이지? 데크로 나간 나는 헬레나를 놀라게 만든 것과 마주했다.

오로라였다.

에메랄드색 빛줄기가 하늘을 가득 채우고 여러 갈래의 노란 띠가 뒤섞여 갖가지 패턴으로 변했다. 별마저 희미하게 배경으로 사라지는 듯했다. 입을 벌린 채 넋을 잃고 오로라를 바라보던 나는 환영이라도 보는 듯 놀란 헬레나를 훔쳐보았다. 어느새 일행과 다른 하이커들도 밖으로 나와 오로라를 감상했다. 조지가 나를 향해 팔을 흔들더니 하늘을 가리켰고 우리를 본 로런스가 뛰어오며 물었다.

"정말 멋지지 않아요?"

"혹시 저희 문에 노크하셨어요?" 헬레나가 물었다.

"내가요? 아닌데요. 그나저나 미안해요. 미리 알려줬어야 했는데. 이걸 못 본다는 건 정말 비극일 거예요, 그렇죠?"

로런스는 나와 헬레나 곁에 서서 함께 하늘을 올려다보았다. 헬레나가 들었다는 소리는 누군가가 오두막에서 나와 문을 닫는 소리였겠지. 밖에 나온 일행 모두가 황홀함에 취해 있었다. 데본도 보였다. 우리를 쳐다보길래 내가 손을 흔들었는데 데본은 곧바로 고개를 돌렸다. 헬레나가 겪은 사고가 내 탓이라고 믿는 것처럼. 정말 이상한 여자 아니야?

오로라는 산등성이 윤곽 위로 장대하게 빛났다. 이게 신이 만들어낸 쇼가 아니라 과학적으로 설명 가능한 자연 현상이라는 것을 도저히 믿을 수 없을 정도였다. 오로라를 직접 본다면 누구라도 신을 떠올릴 것이다.

지난 열두 시간은 결코 평범하지 않았다. 산꼭대기에서 바라본 멋진 경치. 헬레나가 겪은 실족 사고와 구조. 그리고 비밀스러운 고백과 지금 눈앞에 있는 오로라까지.

헬레나와 재회한 후 강렬했던 2주 동안에 이어 정점을 찍은 비현실적인 하루였다. 살아생전 이러한 날이 올 줄은 꿈도 꾸지 않았는데, 나는 지금 황홀경을 무대로 헬레나 옆에 서 있다.

8

그날 밤 헬레나 옆에 누운 나는 잠들지 못했다. 헬레나가 해준 모든 이야기를 곱씹었다. 잠든 헬레나의 숨소리를 들으며 혹시 악몽이라도 꾸는 건 아닌지 살폈다. 자신이 저지른 일이나 당했던 일을 다시 겪는 꿈을 꿀까 봐. 왜 그럴 수 없겠는가? 그러다 겨우 잠이 들어 나야말로 악몽을 꾸었다. 피부가 반은 썩어 문드러진 리가 남은 살갗에 미역을 붙인 채 파도를 타고 기어 올라오는 꿈이었다. 아무 소리도 못 내고 입을 열었다 닫았다 하는 리는 두 눈알이 파먹혀 끔찍했다. 눈을 뜨니 두 팔로 나를 감아 안은 헬레나가 보였다. 내 가슴 위로 아무렇게나 놓인 팔을 당기며 헬레나에게 바짝 다가가자 그녀는 흐릿한 빛 속에서 눈꺼풀을 깜박거리며 웅얼거렸다.

헬레나의 얼굴을 자세히 들여다보았다. 나는 새삼 헬레나와 다시 사랑에 빠질 것 같았다.

헬레나도 나와 같은 마음일까? 리 이야기를 털어놓은 것을 보면 헬레나는 나를 신뢰하는 게 틀림없다. 자신이 가진 가장 어두운 비밀을 공유할 정도로 나를 가깝게 생각하는 것이다. 이 정도 도 나는 나쁘지 않았다.

내가 이마에 입을 맞추자 헬레나가 뒤척였다. 헬레나의 손바닥은 아직도 내 가슴 위에, 내 심장 위에 놓여 있었다. 헬레나의 살갗이 닿은 내 피부는 뜨거웠다. 몇 시간 후에 우리는 각자 집으로 향하겠지만 나는 지금을 영원처럼 간직하고 싶었다. 이렇게 서로를 얼기설기 안은 그대로.

헬레나와 사랑에 빠지리라는 것은 거짓말이었다.

이미 사랑에 푹 빠져 있었다.

'그녀가 살인자여도 괜찮아?' 머릿속에서 누군가가 속삭였다.

어쩌면 마음속 한구석에서는 혐오가 일었을지도 모른다. 누군가의 생명을 빼앗다니 차마 상상조차 하지 못할 일이다. 게다가 내가 알던 사람을 내가 사랑하는 여자가 살해했다.

머릿속에 떠오른 질문에 대한 내 대답은 '리가 자초한 일'이라는 것이었다. 리는 헬레나의 생명을 위협했다. 헬레나는 정당방위를 한 것뿐이었다.

'그래도 경찰에 신고해야 하지 않았을까?' 또 다른 질문이 이어졌다.

그렇다… 분명 헬레나는 그랬어야 마땅했다. 그러나 그럴 수 없었던 이유를 충분히 설명하지 않았나? 리는 헬레나에게 휴대전화도 빼앗고 차도 운전하지 못하게 했다. 게다가 가장 가까운 경찰서도 걸어가기에는 너무 멀었다.

‘걸어가기에 멀다고 경찰서에 가지 못했다는 게 말이 될까?’

물론 멀다고 못 가는 것은 아니다. 그렇지만 경찰이 헬레나의 고발을 심각하게 받아들인다 해도 리를 당장 감옥에 가둘 수 있는 것이 아니니, 리는 기소 상태에서 헬레나를 계속 괴롭혔을 것이다. 키우는 고양이를 죽이겠다고 협박한 것처럼.

무엇보다도 리는 수년간 헬레나를 짐승 취급했다. 헬레나의 인생을 짓밟았다. 주변 관계를 모두 끊어냈다. 헬레나에게 리는 권력을 가진 끔찍한 괴물이었다. 리가 헬레나에게 경찰이나 변호사를 찾아가봤자 소용없다고 겁박했다면, 헬레나로서는 저항할 의지가 꺾였을 것이다. 헬레나는 궁지에 몰렸다. 두려웠고 간절했다.

리가 헬레나를 그렇게 몰아넣은 것이다. 내게 더는 헬레나를 의심할 여지가 남아 있지 않다. 그래, 전부 그 나쁜 놈이 자초한 일이다.

헬레나를 더욱 세게 끌어안자 헬레나는 눈을 뜨더니 나를 보고 미소를 지었다. 눈부시게 아름다웠다. 그 순간 나는 헬레나를 행복하게 해주기 위해서라면, 헬레나를 지켜주기 위해서라면 무엇이든 하겠다고 맹세했다.

그녀의 비밀은 입도 뻥끗하지 않을 것이다.

—

그날 오후, 헬레나는 솔트딘[13]으로, 나는 크리스털 팰리스로 향했다. 기차역에서 작별 키스를 나누고 떠

13—영국 브라이턴 시에 있는 해안가 마을

나는 헬레나의 모습을 바라보며 나는 어떤 감정이 훅 밀려오는 것을 느꼈다. 이게 바로 상사병인가? 내 속은 끔찍하면서도 경이로운 감정이 번갈아 몰아쳤다. 집으로 돌아오는 기차에서 창에 비친 내 모습을 보았다. 활짝 웃는 표정이 한마디로 정신 나간 사람 같았다.

기차에서 내리면서 나는 휴대전화가 여전히 비행기 모드로 되어 있는 것을 알아차렸다. 비행기 모드를 해제하자 삑삑거리는 소리가 연달아 울리며 문자메시지 여러 개가 동시에 도착했다. 머치박스의 상사가 보낸 메시지도 있었고 더 중요한 헬레나의 메시지도 있었다.

혹시 내 일기장 갖고 있어?

나는 바로 답장을 썼다. **아니! 왜, 잃어버렸어?**

그 뒤로 메시지가 몰아쳐 도착했다. 헬레나는 그날 아침 공항으로 가는 미니버스에서 숄더백에 일기장을 넣어둔 것을 분명히 기억했다. 그런데 다른 물건은 다 백 안 제자리에 있는데 일기장만 없어진 것이다.

일기장에 어떤…. 비밀 같은 것 적어두지 않았지?

아니, 적어도 그 일에 관한 내용은 없어. 하지만 너무 찝찝해. 집에 도착하자마자 내 여행용 가방도 찾아볼게. xx.

헬레나가 키스 두 개를 끝에 붙이며 나에게 답장했다. 아파트에 돌아온 나는 가방을 열어 내용물을 우르르 쏟았다. 일기장은 없었다. 헬레나에게 답장을 쓰고 나서야 연락을 달라는 직장 상사의 메시지가 기억났다.

지난 몇 년 동안 머치박스는 사업 성과가 꽤 좋았다. 팬데믹으로 인해 시내의 상점들이 문을 많이 닫은 이유도 있지만, 사람들이 넷플릭스에 볼 만한 새로운 시리즈가 한동안 나오지 않던 시기에 〈스타트렉〉이나 〈버피〉 등 좋아하던 드라마를 다시 찾은 영향도 컸다. 나는 사내 디자이너 두 명 중 한 명으로 웹사이트의 전체적인 디자인과 우리가 판매하는 브랜드와 상품의 이미지를 제작하는 일을 했다. 회사는 곧 해머 호러 영화들[14]과 전통 공상 과학 영화들을 기반으로 새로운 브랜드 라인을 개시할 참이었다.

14—영국에 있는 '해머 필름 프로덕션'에서 1950년대에서 1970년대까지 제작한 고딕 공포 영화들, 드라큘라, 프랑켄슈타인 등이 있다.

상사인 사만다에게 지금 통화할 수 있다고 문자메시지를 보내자마자 바로 줌 링크가 왔다. 빨강 머리에 코 주변에 주근깨가 난 사만다는 나보다 몇 살 더 많았다. 2000년대 초반에 영국에서 제작한 공상 과학 쇼에 조연으로, 그 후 몇 년을 컨벤션[15]에 초청받아 출연했는데 이때 웹사이트에 대한 아이디어를 얻었다고 했다. 사만다에게는 아직도 편지를 보내거나 사진에 사인을 요청하는 팬들이 있었다.

15—텔레비전 프로그램, 영화 또는 문학 장르를 위한 애호가들의 조직적인 모임

"안녕, 매튜." 사만다는 화면에 얼굴이 나타나자마자 인사했다.

"아이슬란드는 어땠어요? 굉장히 좋았을 것 같은데요?"

재택근무 중인 사만다의 화면 뒤로 자신이 출연했던 쇼의 포스터가 보였다. 얼마간 내가 다녀온 아이슬란드 여행 이야기를 나누고 나서 내가 물었다.

"그래서, 새로운 사업의 라인업 관련해서 연락하셨나요? 제게 괜찮은 아이디어가 있거든요."

사만다는 얼굴을 찡그렸다.

“미안해요, 매튜. 사실 전해야 할 말이 있어요.”

5분 후 전화를 끊은 나는 망연자실했다. 방금 무슨 일이 일어난 것일까? 노트북 화면만 멍하니 노려보았다. 회사가 사업을 축소한다고 했다. 여름 내내 주문량이 급감했고 회사는 내부 핵심팀을 줄이는 대신 업무 대부분을 외주로 내보내기로 했다. 나는 한 달간 재취업 유보 휴가(경쟁 회사 취직 금지), 급여, 퇴직수당을 받게 될 것이라고 했다.

“그래도 15퍼센트 직원 할인은 계속 받을 수 있어요.” 사만다가 말했다.

“할인 같은 개소리 집어치워요.”

사만다는 놀라 두 눈을 크게 떴다. 나답지 않은 반응이었다. 사만다가 뭐라고 대꾸하기 전에 나는 전화를 끊었다.

험한 말을 내뱉어서인지 몇 초간은 속이 시원했다. 나는 실직했다. 대학 졸업 후 처음 겪는 일이다. 안젤라와 헤어지면서 나는 안젤라의 아파트를 샀다. 이제 대출을 어떻게 갚지? 은행 잔고를 확인했다. 아끼며 살면 그래도 3개월, 아니면 4개월까지는 버틸 수 있을 것 같았다. 아이슬란드 여행만 가지 않았어도 한 달은 더 버틸 수 있었을 텐데.

구직 웹사이트를 살펴보았지만 어쩐지 지금 당장은 직업을 구하는 것이 내키지 않았다. 노트북을 닫고 의자에서 일어섰다. 사방의 벽이 갑갑하게 느껴졌고 더러운 옷을 쏟아낸 여행 가방을 보니 피곤이 몰려왔다. 게다가 언제까지고 이곳에 혼자 갇혀 지낼 생각을 하니 끔찍했다. 나의 미래는 신만이 아실 터였다.

나는 친구 몇 명에게 한잔하자고 메시지를 보냈지만 다들 일하느라 바쁘다는 핑계를 댔다. 그래, 아직 이른 저녁이니까. 사실은 그게 다는 아니었다. 어떤 친구들은 아이를 낳고 기르느라 지난 몇 년간 아예 밖에 나오지 못했다. 몇 명은 런던 밖으로 이사했고 나머지 친구들은 내 친구라기보다는 안젤라의 친구였다. 그리고 이제는 전 직장 동료가 된 회사 사람들에게 사만다 뒷이야기를 하며 동정을 받는 것도 내키지 않았다.

지금 이야기를 나누고 싶은 사람, 만나고 싶은 사람은 단 한 명뿐이었다.

나는 내 전화를 받고 헬레나가 어떤 반응을 보일지 예상해 보았다. 아직 사귄 지 얼마 되지도 않았는데 부담을 주고 싶지는 않다. 여자에게 집착하거나 매달리는 행동만큼 정떨어지는 일이 없다는 것도 경험으로 배웠다. 하지만 나는 방금 회사에서 잘렸다. 누군가와 대화를 나누어야 했다. 나는 헬레나에게 페이스타임을 요청했다.

헬레나는 바로 받아주었다.

"오랜만이네." 알 수 없는 미소를 살짝 지으며 헬레나가 인사했다. 배경으로 주방이 보였다.

나는 헬레나에게 방금 일어난 일을 털어놓았다.

"오, 매튜. 정말 안됐다. 어떻게 할 생각이야?"

"모르겠어. 온리팬스[16] 계정이나 만들어서 나체 사진이라도 팔까?"

"글쎄, 그런 곳에 이상한 사람들 진짜 많아."

16—2016년에 제작된 앱으로 가입한 회원들은 필요한 미디어 자료를 구매할 수 있다.

"그렇게 말할 줄 알았어. 어, 뒤에 뭐야?"

"이 애?" 헬레나는 조리대 위에 앉아 있는 크고 털이 복슬복슬한 고양이를 카메라 프레임 안으로 넣었다.

"얘가 드렐라야. 내가 집을 비워서 삐쳤어."

"정말 멋진 고양이다."

"그렇지?"

"드렐라. 앤디 워홀이 루 리드를 부르던 별명 아니야?"

"기억하는구나! 맞아. 워홀 슈퍼 스타즈[17]들이 그를 그렇게 불렀지."

"드라큘라랑 신데렐라의 합성어였지, 아마?"

17—1960년부터 1979년 무렵 팝 아티스트 앤디 워홀을 중심으로 한 뉴욕시의 유명인사 집단

"대학 때 내 이야기를 듣긴 들었구나. 내가 저를 돌보미한테 맡겨놓고 갔다고 지금 예민하게 굴고 있어. 하지만 참치 통조림 몇 캔이면 해결할 수 있지!"

다시 헬레나의 얼굴이 카메라 앞에 나타났다.

"있잖아, 혹시 지금 딱히 뭘 해야 할지 모르겠다면, 여기로 오는 건 어때? 드렐라도 볼 겸."

"정말?"

"드렐라도 괜찮다고 하는 거 같네?"

"내 말은, 너도 내가 가는 것 괜찮은 거야? 무례하게 굴고 싶지는 않아서 그래."

헬레나는 두 눈을 굴리며 말했다.

"매튜, 난 밀당 같은 것 안 좋아해. 브라이턴으로 가는 기차표나 얼른 끊어. 이따 보자. 알았지?"

"알았어."

나는 막 실직한 사실도 잊고 다시 얼굴에 웃음꽃을 피웠다. 비참해졌던 마음이 금세 들떴다.

9

브라이턴 기차역에서 내려 우버로 갈아타고 솔트딘으로 향했다. 이른 저녁이었다. 우버 안에서 나는 주소를 한 번 더 확인하려고 휴대전화를 열었다. 여기가 헬레나가 사는 동네구나! 어젯밤에 들은 이야기에 딱 들어맞는 모양새였다. 바다가 내려다보이는 높은 절벽 위에 자리한 집은 클래식 아르데코 형식으로 새하얗게 칠해진 외관에 창은 시원스레 뚫렸고 지붕은 넓디넓었다. 노란 대문은 스테인드글라스로 꾸며져 있었고 창유리는 깔끔한 라인과 기하학적인 격자 모양으로 나뉘어 있었는데 창틀은 대문과 맞춘 노란색이었다. 건물 앞면은 가로로 기다란 창 두 개로 이루어져 집 안에 있는 계단이 보였다. 그야말로 집 전체를 마이애미에서 이곳으로 그대로 들어 옮겨놓은 것 같았다.

집 대문을 바라보고 선 내 오른편으로 차고와 뒤뜰로 이어지는 진입로가 있었고, 그 바로 위에 절벽에서 아래 해변으로 이어지는 계단이 있었다. 리가 마지막으로 수영하기 전에 옷을 벗어둔 바로 그 해변이었다. 9월 말인 오늘, 암회색 구름으로 가득 찬 하늘에는 갈매기들이 가늘게 뻗은 햇살 주위를 빙빙 돌며 날았고 파도로 거품이 이는 바다는 암녹색을 띠었다. 약물에 취하든 아니든 간에 저 바다에 사람이 빠져 죽는 것은 어렵지 않아 보였다.

“이런 데 사는 네가 내 아파트에 왔었다니, 갑자기 초라해지네.” 나는 문을 열어주는 헬레나에게 첫마디를 건넸다.

“네가 맨션에 산다는 소리는 안 했었잖아.”

“이게 무슨 맨션이야!”

“좋아. 그래도 이런 집은 잡지에서나 볼 수 있는 거라고. 정말 대단하다.”

헬레나는 머리부터 발끝까지 부드러운 울 혹은 천연섬유로 보이는 검은 옷을 걸치고 있었다. 바닷바람이 불어와 어깨까지 내려오는 헬레나의 검은 머리칼을 흔드는데 나는 숨이 멎는 줄 알았다.

“들어와.” 헬레나가 말했다.

나는 현관 계단에서 주춤했다.

“집이 정말 멋지다.”

“리가 주변 다른 집과 맞추어 디자인한 거야. 1930년대에 지어진 것처럼 보이게 하려고 신경 좀 썼지. 원래는 부지가 폐허여서 오래된 잔해가 많았다는데 리가 싹 철거했어. 전체적으로 첨단기술을 사용하면서도 친환경적으로 설계했지. 여기서는 안 보이지만 지붕에 태양전지판도 설치되어 있어.”

“자동차도 친환경으로?” 차고에 테슬라가 세워져 있었다.

“리가 운전하던 차야. 팔려고 했는데, 타보니 좋더라.” 헬레나는 목소리를 낮추며 말을 이었다.

“그리고 생전 그렇게 아끼던 차를 내가 타면 얼마나 짜증이 날까, 생각하면 짜릿해.”

헬레나는 나를 집 안으로 들이고 문을 닫았다. 나는 헬레나를 안으며 키스를 했다.

“워워.” 헬레나는 웃으며 나를 밀어냈다.

“보고 싶었어.”

내 말에 헬레나는 또 한 번 웃음을 터뜨렸다.

“아직 몇 시간밖에 안 지났어!”

헬레나의 결혼사진이 복도 벽에 걸려 있었다. 사진으로 향하는 내 시선을 알아채고 헬레나가 말했다.

“쇼하려고 걸어둔 거야. 리와 찍은 사진을 모두 없애면 사람들이 이상하게 생각할까 봐. 집에 찾아오는 사람들이 많지는 않지만.”

나는 사진을 유심히 보았다.

“리는 달라진 게 없네. 내 말은, 대학 때랑 비교해서 말이야.”

“외모만 그럴까?”

“어쩐지 내면도 그대로라는 소리로 들리네?”

헬레나는 한숨을 내쉬며 말했다.

“리가 그런 사람이라고 미리 알려주지 그랬어.”

“헬레나, 나는 리가 그렇게까지 끔찍할 거라고는….”

헬레나가 내 말을 끊었다.

“괜찮아. 이리 와. 집 구경시켜 줄게.”

나는 헬레나를 따라서 널따란 거실로 들어갔다. 오렌지색 소파와 커다란 텔레비전이 공간을 고급스럽게 채웠다. 마치 견본 주택처럼 티끌 하나 없이 깨끗했고 정리가 잘돼 있었다. 그리고 2층으로 올라가니 침실이 나왔다. 바다를 한눈에 볼 수 있는 거대한 전망창이 있는 메인 침실에는 의자 뒤에 아무렇게나 떨어져 있는 옷가지, 화장대 위의 화장품과 미용용품들, 카펫 위에 헬레나의 목숨을 구해준 배낭과 거기서 나온 물건이 여기저기 놓여 있어 그나마 사람이 사는 느낌이 들었다. 계단 끝에는 운명의 그날 헬레나가 리를 지켜보던 테라스가 문으로 연결돼 있었다.

우리는 다시 아래층으로 내려와 주방으로 갔다. 바 테이블과 화강암으로 된 조리대, 캐딜락만큼이나 거대한 양문형 미국식 냉장고까지 다 최신식이었는데 그 가운데 녹색과 흰색 패턴 타일을 사용해 아르데코식으로 꾸민 곳곳이 눈에 띄었다. 헬레나의 고양이 드렐라는 바닥에 놓인 상자 안에서 웅크리고 앉아 있었다. 나를 보고는 고개를 들어 눈을 한 번 깜박이더니 다시 잠을 잤다.

"온갖 비싼 고양이 침대를 사줘도 저 종이 상자만 좋아하더라."

"고양이들이란." 내가 말했다.

"고양이 좋아해? 알레르기가 있거나 하지는 않아?"

나는 쭈그리고 앉아 드렐라의 머리를 부드럽게 쓰다듬었다.

"아니야, 고양이 좋아해. 얘는 정말 예쁘다. 이 귀 좀 봐!"

상자에서 튀어나온 드렐라가 주방 밖으로 우아하게 걸어 나갔다.

"칭찬하면 부끄러워해. 배고파? 나는 온종일 아무것도 못 먹었어."

헬레나는 찬장을 샅샅이 뒤지더니 냉장고를 열었다.

"'그리고 그녀가 도착해 보니 찬장은 텅텅 비어 있었습니다' 밖에 나가서 먹자!" 헬레나가 책을 읽듯이 말했다.

우리는 걸어서 15분 거리에 있는 로팅딘이라는 펍에 가기로 했다. 산책로 방향이 아닌 절벽 꼭대기로 이어지는 길을 따라 걸었다.

"저기도 예전에는 펍이었어." 헬레나가 멀지 않은 곳에 외따로이 방치된 하얀 건물을 고갯짓해 가리켰다.

"가게 이름이 '스머글러즈 암스'였는데. 안타깝게도 몇 년 전에 문을 닫았어."

절벽 계단을 따라 몇 걸음 더 내려가니 바람이 상쾌했다. 방파제에 부딪힌 파도가 부서지며 길 위에 웅덩이를 만들었고, 주변에는 개를 산책시키는 사람과 조깅을 하는 사람, 아이들에게 둘러싸여 진땀을 빼는 사람이 보였다.

"일기장은 찾았어?" 내가 물었다.

"아니. 아이슬란드 여행사랑 항공사에 연락은 해뒀어. 찾아본다고는 하는데, 내 생각에는 기내에 있을 때 가방에서 떨어뜨렸고 기내 청소부가 버린 것 같아. 다행히 그 안에 중요한 내용은 없어. 아이슬란드에 관한 감상 정도?"

잠시 움츠리며 헬레나가 말했다.

“그래도 누군가 읽는 건 싫은데.”

“나에 관한 이야기도 있어?”

“모르지.”

“내가 얼마나 멋지고 재미있는 남자친구인지 모르겠다는 이야기?”

“그래, 그런 것.”

내가 손을 잡자 헬레나는 초조한 듯 주변을 둘러보았다.

“누가 우리를 보면 너를 나쁘게 생각할까 봐 겁나?”

“내가 바보같이 구는 건지도 모르지만 여기는 작은 동네야. 모두가 리를 알지. 새로운 남자친구에 관해 이러쿵저러쿵 말이 도는 것 싫어. **그 여자 남편 죽으니 금방 다른 남자 만나더라.** 이렇게.”

“이해해. 이제 8개월 정도 지났나?”

“응. 아직은 슬픔에 잠겨 있는 게 맞겠지. 그런데 더는 못하겠어….”

헬레나는 말을 마치지도 않고 곧바로 내게 말했다.

“누가 물으면 그냥 오랜 친구 사이라고 하자. 응?”

우리는 말 없이 걸었다. 손도 더는 잡지 않았다.

“아무리 생각해도 너희 집 정말 멋있는 거 같아.” 나는 어색한 분위기를 깨보려고 입을 열었다.

“정말 예쁜 집이지. 그런데 팔 거야.”

“정말?”

"이 집에 좋은 기억이 하나도 없거든."

나는 아차 싶었다.

"그래, 맞아."

"리가 죽고 바로 부동산에 내놓으려고 했어. 그런데 법적 절차가 꽤 복잡했고 얼마 전에야 다 해결되었어. 솔직히 나한테 남은 기력이 하나도 없었거든. 리가 죽고 우울증에 걸렸다면 믿겠어?"

"아니, 전혀."

"처음 두 달은 침대 밖으로 나오지도 못했어. 끼니 챙기고 씻는 것만 겨우 했지. 관리비 청구인을 내 이름으로 바꾸는 것 따위를 하나 처리하고 나면 온종일 침대에서 쉬어야 했어."

"PTSD[18]구나."

헬레나가 끄덕였다.

"의사도 그렇게 말하더라. 상담사를 만나보라고 권유도 했고. 물론 내가 전에 겪은 일들은 전혀 모르니까 큰 상실감에 빠져 있다고만 생각했겠지. 사별 전문 상담사를 소개하려고 했으니까."

18—심리적 외상 후 스트레스 장애

고개를 돌리자 불어오는 바람에 헬레나는 눈을 깜박거렸다.

"이상하게 들린다는 것 알아. 그렇지만 정말로 슬프기도 했어. 처음 만났을 때 리가 보여준 다정한 모습이 그리웠나 봐. 그때는 내가 앞으로 꽃길만 걸을 수 있겠다고 생각했으니까."

나는 헬레나가 더 이야기하기를 기다렸다.

"그래서 몇 달간은 숨어 지냈어. 그러다 결국 사별 전문 상담가를 찾아갔는데, 진짜 도움이 되더라고."

나는 끄덕였다.

"그러고 나자 이제는 세상 밖으로 나가야 한다는 생각이 들었지. 사람들도 만나고 말이야."

헬레나는 잠시 쉬었다 말을 이었다.

"실은 동창회 때, 런던에 전시 보러 왔다가 갑자기 생각나서 들렀다고 했던 거 거짓말이야. 데이브한테 초대장을 받자마자 가고 싶었어. 말하자니… 부끄럽다."

"뭐가?"

헬레나가 머리카락을 얼굴 뒤로 쓸어 넘기며 말했다.

"동창회에서 너를 만나길 바랐다고."

나는 얼굴에 활짝 피는 웃음을 참을 수 없었다.

"정말?"

"제발 웃지 마."

"안 웃어! 기분 정말 좋은데."

"넌 어땠어? 내가 오길 바랐어?"

"그럼, 당연하지."

선의의 거짓말을 보태긴 했지만, 헬레나가 내 말을 믿었는지는 모르겠다.

"나 찾아볼 생각 해본 적은 있어?" 헬레나가 물었다.

물론 페이스북이나 프렌즈 리유나이티드[19]처럼 소셜 미디어를 통해 헬레나를 찾아볼 수도 있었지만

19—옛 친구를 찾거나 새로운 인연을 만들 수 있는 2000년에 만들어진 소셜 네트워킹 서비스

더는 헬레나에게 거짓말을 해서는 안 됐다. 솔직히 헬레나와 헤어졌을 때의 기억도 흐릿하다. 콘서트에 갔다가 헤어진 것은데…. 헬레나가 먼저 우리의 이별 얘기를 낱낱이 말해주기를 기대하며 나는 말을 돌렸다.

"네 소식을 들을 수 있을 거라고는 생각도 못 했어. 전 남자친구는 전 남자친구일 뿐이라고, 다들 그러는 데에는 이유가 있는 법이라고, 안젤라가 그랬거든."

"흠."

"왜?"

"아무것도 아니야. 그래, 그렇다고 치자." 헬레나가 입가에 미소를 띄웠다.

"어쨌든 날 다시 만나서 행복한 것처럼 보여."

헬레나에게 키스하고 싶은 마음이 굴뚝같았지만, 길가에 사람들이 쏟아져 나오기 시작했다. 소문을 퍼뜨리길 좋아하는 사람들은 어디에나 있는 법이다.

우리는 계속 걸었다.

"그래서 남자친구가 생겼다는 소문이 나돌지 않았으면 좋겠다, 이거지?"

"그렇지…. 내가 그렇게 말했지?"

"그랬지."

"그래. 널 어떻게 불러야 할지 모르겠어."

"'남자친구'라는 말이 난 좋은데. '비밀' 남자친구라면 더 좋고."

헬레나는 움찔하고 놀라면서 동시에 웃음을 터뜨렸다.

"이럴 수가. 나 무슨 10대로 돌아간 것 같아. 비밀 남자친구를 만들다니. 이 나이에 정말 웃긴다."

"맞아. 그래서 더 흥미진진하지 않아?"

—

펍은 로팅딘 외곽에 있는 자갈 해변 근처에 있었다. 멀리 바람개비가 서 있는 언덕이 보였다. 아이슬란드에서의 추운 날씨에 익숙해졌는지 이곳 날씨는 충분히 견딜 만했다. 우리는 영국 해협이 보이는 널따란 옥외 테이블에 앉았다. 식사와 레드와인 한 병을 주문한 후 가게 안 화장실에 다녀오니 헬레나는 휴대전화를 들여다보고 있었다.

그러더니 내게 페이스북 앱이 켜진 화면을 보여주었다.

"데본이 친구 요청을 보냈네." 나에게 전화기를 건네주며 말했다.

"여행 사진을 몇 장 올렸더라. 우리가 찍힌 사진도 있고. 그런데 내가 찍힌 사진은 눈이 반쯤 감긴 것들뿐이야."

"나는 입을 반쯤 벌리고 있네. 아주 완벽히 돋보여. 그래서 친구 요청 수락은 했어?"

"응."

나는 헬레나에게 전화기를 돌려주고 내 페이스북 계정도 접속해 보았다. 역시나 내게도 친구 요청이 와 있었다. 데본을 다시 볼 생각이 없었기에 잠시 머뭇거리다가 수락 버튼을 터치했다.

주변 테이블이 빈 덕분에 우리는 안심하고 이야기했다.

"물어볼 게 있어. 리가 죽고 사건은 어떻게 결론이 난 거야? 경찰이나 검시관들은 건강하고 유능한 수영 선수가 물에 빠져 죽었다는 것을 의심하지 않았어? 독극물 검사라도 한 거야?"

헬레나가 주변을 확인하며 말했다.

"독극물 검사를 하려고 했는데, 물속에 오래 있었던 시신이라 해봤자 소득이 없을 거라고 생각했나 봐. 그 정도 기간이면 로히프놀 성분이 리의 몸에 남아 있지 않았겠지만 나도 걱정은 되었거든."

"그럼 어떻게 리가 물에 빠져 죽은 것이라고 단정한 거야?"

"경찰도 확실한 결론을 짓지는 못했어. 리가 거센 파도에 휩쓸린 게 아닌가 하다가, 그 후로 마약 복용을 의심하기도 했고."

헬레나는 튀긴 대구 요리를 조각내며 말했다.

"수영 선수가 어쩌다 물에 빠져 죽었는지 경찰이 탐문하러 집에 왔었어. 나는 리가 금고에 마약을 보관하며 복용해 왔는데 금고 번호는 모르겠다고 했어. 그건 사실이기도 했고."

"그랬더니 금고를 부수어 열더라. 금고에서 정말로 코카인이랑 대마초, 각성제 몇 봉지에다가 나도 뭔지 모르겠는 약병이 몇 개 나왔어. 리는 내가 생각한 것보다 훨씬 많은 마약을 복용하고 있었더라고. 나한텐 잘된 일이었지. 사건이 일단락되었으니까."

"마약 딜러는?" 어느덧 식당 안에 손님이 많아져 나는 목소리를 낮췄다.

"경찰들이 딜러까지 만난 건 아니지?"

"아니야. 다행히 그런 얘기는 없었어. 내 생각에 마약 딜러는 크로울리 가족이 고용했던 것 같아."

"그게 누군데?"

"이 지역에서 유명한 범죄 조직 일가야. 동네마다 그런 조직 있잖아. 리의 동창 중에 그 가족이 있댔어. 제이미 크로울리? 추측이지만 크로울리 패거리 중 한 명이 딜러고 내가 리의 아내라는 것도 알았을 거야. 내가 약을 샀을 때는 몰랐을 수 있어도 리의 부고가 신문에 실린 후에는 확실히 알았을걸. 제이미도 리의 장례식에 왔었어."

"진짜?"

"응. 웃기는 인간이지. 리가 죽은 게 농담 같다는 듯이 장례식 내내 웃으며 고개를 흔들더라. 나한테 와서는 아무 말도 하지 않았지만, 내가 로히프놀을 샀다는 것을 아는 눈치였어. 그게 중요한 사인인지는 몰랐겠지만. 아까도 말했지만, 시신에 독극물 검사를 할 필요도 못 느꼈으니 그냥 이론적인 사인이라는 말이야. 제이미 크로울리 입장에서도 경찰이 찾아와서 곤란한 질문을 하는 것은 원치 않았겠지. 그 후로 마약을 샀던 공원에 몇 번 나가봤는데, 그 딜러는 한 번도 보이지 않더라고."

헬레나는 포크를 들더니 그제야 피시앤칩스를 입에 넣었다.

음식을 씹는 헬레나를 바라보며 지금껏 들은 이야기를 곱씹었다. 어딘가 섹시한 구석이 있다고 해야 할까? 남편과 경찰을 속여 넘긴 헬레나가 지독히 인상적이었다. **짜릿했다.**

"정말 맛있다." 헬레나는 포크로 음식을 찍으며 말했다.

"리가 내가 먹는 음식의 열량을 계산했다고 말했나? 매번 음식량과 칼로리를 점검했어. 전에는 내가 이 정도로 마르지 않았었거든? 그렇게 나를 양껏 못 먹게 들들 볶더니 하루는 내 가슴이 작다면서 생일 선물로 가슴 확대 수술을 해주겠다는 거야."

"하, 그 자식이 살아 있었으면 내가 가만두지 않았을 거야."

헬레나는 눈썹을 치켜들며 나를 보았다. 주문한 요리에 하얗고 도톰한 버터와 빵이 함께 나왔는데, 헬레나는 빵에 케첩을 마구 뿌려 샌드위치를 만들어 먹었다.

"내가 음식을 마음껏 먹을 때나 술을 원 없이 마실 때면 어처구니없다는 표정으로 보던 리가 떠올라. 그래서 훨씬 맛있게 느껴져. 그게 식어빠진 음식이라 해도 말이야. 나 후식도 시킬 거야. 여기 진짜 맛있는…. 아, 젠장."

"왜 그래?"

"헨리야. 이쪽으로 오고 있어."

고개를 돌리자 50대 후반으로 보이는 백발의 키 큰 남자가 활짝 미소 지으며 우리를 향해 걸어왔다. 값비싸 보이는 주름진 흰 셔츠에 크림색 바지를 입고 있었는데, 우중충한 이곳 영국의 해변이 아니라 반짝이는 프랑스의 코트다쥐르 해변에서 놀아야 할 것처럼 보였다.

"아무 말 마." 헬레나는 우리 테이블에 온 헨리에게 미소로 화답하며 자리에서 일어났다.

"헨리!"

"헬레나." 헨리는 헬레나의 두 어깨를 양팔로 감싸고는 볼에 키스했다. 내가 앉아 있던 자리까지 향수 냄새가 진동했다.

"이렇게 만나니 정말 좋은데요."

"저도요." 헨리는 헬레나 앞에 놓인 접시에 남은 음식을 힐끔 쳐다보고서 말했다.

"맛있는 냄새가 나니 갑자기 배가 고파지네요." 헨리는 배를 쓰다듬는 시늉을 하더니 말을 이었다. "그리고 당신도 좋아 보여요, 헬레나. 안색이 훨씬 낫네요."

"전보다 나아졌어요. 아니, 나아지고 있어요."

"정말 **다행**이네요. 그간 연락을 못 해서 미안해요. 혼자 해결할 일이 많아 바빴어요."

"사과하실 필요 없어요."

헨리는 그제야 내가 눈에 들어왔는지 나와 헬레나를 번갈아 쳐다보았다. 그러고는 나에게 인사를 건넸다.

"안녕하세요."

"여기는 제 대학 동기 매튜예요." 헬레나가 말했다.

악수를 청하는 헨리의 손을 잡았다. 헨리는 내 손을 꽉 쥐었다.

"만나서 반가워요."

"헨리는 리와 함께 일했던 동업자야." 헬레나가 설명했다.

"능력은 리에 비해 조금 떨어졌죠." 헨리가 말했다.

"겸손하시네요. 다른 건 몰라도 돈을 다루는 게 진짜 능력이잖아요."

"그럴지도 모르죠." 칭찬을 듣자 크게 기뻐하는 게 내 눈에도 보였다. 헨리는 다시 나를 향했다.

"건축가는 아니시죠?"

"웹디자이너이자 일러스트레이터입니다."

"아." 헨리는 담배와 홍차로 누레진 듯한 치아를 내보이며 헬레나를 향해 웃었다.

"저는 이제 가봐야겠네요. 저기 젊은 여성분 보이지요?"

헨리는 정장을 차려입고 머리를 동그랗게 말아 올린 여자를 가리키며 고개를 끄덕였다.

"채널 홈스에서 나온 캐시 리드예요. 그 부동산 업자 아시죠? 제발 만나달라고 얼마나 애원하던지 이제야 시간을 내줬거든요." 헨리는 윙크했다. "공짜 저녁이나 먹는 거죠."

"저도 곧 저분의 도움을 받아야 할지도 모르겠네요." 헬레나가 여자를 살펴보며 말했다.

헨리는 눈썹을 치켜세웠다.

"집 팔 생각 있어요?"

헬레나는 고개를 약간 숙이며 말했다.

"집 안에 귀신이 여럿 있어요."

"물론 그렇겠죠. 그럼 그녀의 명함을 줄게요. 아니, 당신에게 전화를 하라고 할까요? 제가 당신 번호는 갖고 있으니까요."

"음…."

"그렇게 하시죠." 헨리가 말했다. 헬레나에게서 집을 팔고 싶다는 생각을 들은 헨리는 갑자기 기분이 좋아진 것 같았다. 고개를 당겨 헬레나의 두 뺨에 입을 맞추더니 다시 내게 악수를 청했다.

"만나서 반가웠어요, 매튜."

뒤돌아 성큼성큼 걸어가서 부동산 업자의 맞은편에 자리를 잡는 헨리를 쳐다보았다. 이어서 헬레나와 다시 대화를 나누려는데 고개를 들 때마다 헨리가 우리 쪽을, 특히 헬레나를 힐끔거렸다. 나와 헨리가 처음 눈이 마주쳤을 때는 건배라도 하자는 듯 잔을 들어 올렸다. 하지만 두 번째로 눈이 마주쳤을 때는 훔쳐보다 들킨 것을 인정한다는 듯 머쓱해했다. 하지만 그러고 나서도 헨리는 헬레나에게서 눈을 떼지 못했다

10

저녁 식사를 마치고 나와 헬레나는 로팅딘으로 돌아와 산책했다. 오래된 집들 사이로 난 좁은 골목길마다 BMW와 아우디가 눈에 띄었다. 헬레나는 러디어드 키플링[20]의 생가도 보여주었다.

"재미있는 남자더라." 나는 절벽 길을 따라 헬레나의 집으로 돌아가면서 말했다.

20—인도 태생 영국 소설가로 «정글북»을 썼다.

"누구? 키플링?"

나는 웃었다. "아니, 헨리 말이야. 친한 사이야?"

"나에게 항상 젠틀하게 대하지. 친한 건 아니야."

"그 사람 너 좋아해."

갑자기 사레라도 걸린 듯 헬레나는 캑캑거리며 말했다.

"무슨 바보 같은 소리야."

"진짜야. 계속해서 널 쳐다보는 것만 봐도 알겠더라. 리가 죽고 계속 주변을 맴돌았지?"

"매튜!"

"미안. 혹시라도 나한테 결투 신청이라도 할까 봐."

"너 진짜 바보 같아. 그리고 헨리는 우리가 그냥 대학 동창이라고 알고 있어."

우리가 식당에서 애정 표현을 한 건 아니지만, 진짜 다른 사람들 눈에도 그렇게만 보였을까?

걷다 보니 문이 닫힌 해수욕장이 나왔다. 길 건너편으로 해변에서 번화한 곳으로 이어지는 지하 차도와 바위들 사이로 밀물이 빠져 생긴 물웅덩이가 보였다. 해가 완전히 진 데다 바람이 불어 밤공기가 차가웠다.

"리의 사업 절반은 네가 소유하고 있어?"

"아니, 헨리에게 팔았어. 변호사는 말렸는데 나는 그의 사업에 손대고 싶지 않았거든. 솔직히 헨리에게 거의 거저 준 거나 마찬가지야. 빨리 처리하고 싶었으니까."

헬레나가 손해를 봤다는 사실은 속상했지만, 리와 관련된 것은 전부 끊어내고 싶은 마음도 이해가 됐다.

"집까지 헐값으로 팔지는 않을 거지?"

"왜? 관심 있어?"

나는 웃으며 말했다.

"네 지하실에 있는 화장실 정도는 살 수 있겠다."

"내 집이 얼마나 가치 있는지도 난 잘 몰라. 정확히 얼마인지도."

"계속 거기서 살고 싶기는 해?"

"그것도 진지하게 생각해 본 적이 없어. 어쩌면 브라이턴으로 이사할 수도 있고. 그런데 정말 내가 하고 싶은 게 뭔지 알아? 집을 판 돈으로 세계 일주를 하는 거야. 보고 싶고 하고 싶은 게 정말 너무 많거든. 뉴질랜드에 사촌이 한 명 살아. 아시아나 남아프리카도 못 가봤고. 북극도 다 녹아내리기 전에 꼭 가보고 싶어."

"아이슬란드에 다녀온 이후로 다시는 여행하고 싶지 않은 거 아니었어?"

집으로 향하는 언덕을 올라가는데 헬레나가 갑자기 멈추더니 벤치 옆에 서서 바다를 내려다봤다.

"그거 알아? 실은 여행이 더 좋아졌어. 내가 왜 너랑 아이슬란드에 가기로 마음먹었게? 뭔가 충동적으로 행동하고 싶었거든. 내 한계를 밀어내고 싶어서. 그리고 비행기가 이륙하는 순간 내 결정이 옳았다는 것을 알았어. 수년간 우리에 갇힌 동물이었던 내가 야생으로 나아가려는 자신을 발견한 거지. 그래서 내가 인생 사진에 목맨 거야. 그 느낌을 하나로 압축한 무언가가 필요해서. 세상 꼭대기에 서서 아무도 손대지 못하는 웅장한 아름다움에 둘러싸인 내 모습 말이야. 자유와 탈출을 그대로 보여주는 완벽한 사진이."

말을 끝낸 헬레나가 나를 보았다. 어찌나 숨 가쁘게 이야기하던지 눈빛도 흥분되어 보였다.

"절벽에 매달렸을 때 네가 어떤 심정이었을지 난 상상조차 못 하겠다." 내가 말했다.

헬레나는 두 팔로 자신을 감싸 안으며 대답했다.

"다 끝이라고 생각했지. 새롭게 시작한 내 인생이 이렇게 끝나는구나, 하고 말이야." 꽤 오랜 침묵이 흐르고 헬레나가 다시 입을 열었다.

"나 정말 인생을 걸고 널 믿어."

"헬레나, 누구에게도 이야기하지 않을게. 맹세해."

"지금은 그렇게 말하겠지. 하지만 혹시라도 내가 널 화나게 하면? 내가 너에게 상처라도 주면?"

거기까지 생각해 보지 않은 것은 맞지만 나는 대답했다.

"내가 비밀을 누설하는 큰 벌을 줘야 할 만큼 네가 나를 화나게 할 일은 없을 거야. 설령 내가 입을 연다 해도, 그래서 뭐? 그냥 내가 지어낸 이야기라고 해. 증거도 없잖아. 안 그래? 그냥 내가 너를 곤경에 빠뜨리려고 지껄인 이야기에 아무 증거도 없는데 누가 너를 유죄라고 할 수 있겠어."

주변은 어둡고 아무도 없었다. 이제는 헬레나의 손을 잡아도 되겠지?

"어쨌든 그런 걱정은 하지 마. 아무에게도 말하지 않을 거니까. 내가 아는 한 너는 옳은 일을 했어. 합법적이지는 않았지만, 정당한 일이었어. 난 널 고발할 정도로 무자비한 놈이 아니야. 약속해, 헬레나. 그 이야기는 무덤까지 가져갈게."

내가 말하는 동안 헬레나는 내 눈을 바라보았다. 내 진심을 못 믿는 걸까?

"네가 한 일을 아무도 밝혀내지 못할 거야. 넌 안전해. 두려워할 필요 없어." 내가 강조했다.

"이제 안심된다." 헬레나는 뜸 들이다 살짝 미소를 띠며 대꾸했다.

"그러니까 내 비밀을 지키겠다고 널 죽일 일은 없겠다는 뜻이야."

"나를…?"

헬레나가 내 팔을 툭 치며 말했다.

"어머 표정 좀 봐. 내가 정말 너를 죽이기라도 할까 봐?"

내게 더 가까이 다가온 헬레나가 속삭였다.

"블랙 위도가 공격을 재개한다."

내가 충격에 휩싸인 표정을 지었는지 헬레나가 나를 달랬다.

"두려워할 것 없어, 매튜. 넌 좋은 남자잖아."

집 앞에 도착해 들어가기 전에 헬레나가 물었다.

"하나만 더 부탁해도 돼?"

"물론이지."

"리에 관한 이야기는 이제 그만하면 안 될까? 앞으로는 내가 너에게 아무 이야기도 하지 않은 것처럼 행동해 줘. 나한테 아무 비밀도, 아니 전남편도 아예 없었다고 생각하는 게 낫겠어. 그냥 재밌게 지내자. 죽을 고비를 겨우 면했다는 것도 없던 일로 하고 싶어."

들어가자마자 헬레나는 결혼사진을 벽에서 떼어내더니 벽장 안으로 밀어 넣었다.

"훨씬 낫네."

헬레나가 내게 다가와 입을 맞췄다. 피부는 차가웠지만 입술은 따뜻했다. 순간 불붙은 듯 흥분한 나는 헬레나를 안고 거세게 키스했다. 바로 여기에서, 헬레나가 리와 함께 살았고 리를 죽이기 위한 모든 계획을 세운 이 집에서 헬레나를 갖고 싶었다. 헬레나가 자신을 가리켜 말한 블랙 위도라는 단어는 나를 두렵게 하면서 동시에 흥분시켰다. 죽음을 안겨주는 여자에게 끌리는 것인지, 아니면 실업자가 된 현실을 잊으려 몸부림치는 것인지 알 수 없었으나 더는 중요하지 않았다. 지금은 헬레나를 안아야만 했다.

"어서 와." 키스하며 헬레나가 중얼거렸다.

"위층으로 올라가자."

—

무언가 소리가 들려 나는 잠에서 깼다.

밖은 칠흑같이 어두웠고 우리는 손님용 방에 누워 있었다. 헬레나가 안방은 리의 영혼이 지켜보고 있는 것 같아서 잠들기가 어렵다고 했다. 나는 물론 어디든 상관없었다.

같은 소리가 다시 들렸다.

대문 밖에서 누가 왔다 갔다 하는 것 같았다. 옷도 걸치지 않은 채 창문으로 다가갔다. 밖에는 자동차 지붕 외에 아무것도 보이지 않았다. 어두운 침실에 서서 계속 귀를 기울여보았다. 헬레나가 새록새록 숨 쉬는 소리와 윙 하는 기계음만 울려 퍼졌다.

잠에서 완전히 깬 나는 침실에 딸린 화장실에 들어가 샤워를 한 뒤 옷을 입고 나왔다. 그사이 일어난 헬레나가 침대에 앉아 휴대전화를 보고 있었다.

"괜찮아?"

"아주 좋아." 밖에서 무슨 소리가 났다고 말해줘야 할까? 괜히 헬레나를 불안하게 만드는 것은 아닐까? 그냥 바람 소리나 고양이가 낸 소리였겠지. 그러면서도 밖에서 역시 이 방을 볼 수 있다는 사실과 이 집에서 살던 남자가 죽었다는 사실에 내 상상력은 한껏 부풀어 올랐다. 낯선 곳에서 들리는 수상한 소리라니?

"지금 몇 시야?" 내가 물었다.

"열 시 막 지났어."

"젠장, 밤낮이 완전히 바뀌었네."

"내 세계에 온 것을 환영해. 나는 지난 1년간 거의 야행성이었어. 이제 뭐 할래? 아래로 내려가서 영화나 볼까? 지하실에 홈시네마 꾸며놨거든."

화장이 번지고 머리카락도 헝클어진 헬레나는 드러난 어깨를 가리려는 듯 이불을 끌어올렸다. 나는 다시 침대로 들어가 몇 시간 전에 우리가 한 일을 또 하고 싶었다. 내가 다가가자 헬레나가 웃으며 말했다.

"진정해, 나중에."

"키스는 해도 되지?"

"그래, 그럼."

나는 침대에 앉아 헬레나에게 키스했다. 그러자 헬레나의 숨소리가 변하더니 나를 끌어안았고 그때부터는 둘 다 멈출 수 없었다.

전에는 알지 못했다. 나와 상대에게서 뿜어져 나오는 뜨거운 열기. 다른 모든 것을 의식에서 지워버리는 욕망, 자신마저 집어삼키는 불꽃을.

절정에 다다랐을 때 밖에서 나는 소리를 또 들었다. 바닥을 긁는 듯한 소리였다. 그러나 멈추지 않았다. 멈출 수가 없었다.

관계가 끝난 후 헬레나가 웃으며 말했다.

"키스치고는 너무 갔네. 씻을 시간 좀 줄래? 아래로 내려갈게."

—

헬레나가 지하실은 소개해 준 적이 없어서 나는 어디로 가야 할지 머뭇거리다 1층에서 집 뒤로 연결되는 짧은 복도를 따라갔다. 중간쯤 가니 왼쪽에 문이 하나 있었고 열어보니 아래로 내려가는 계단이 나왔다. 계단을 내려가니 또 다른 문이 나왔고 열쇠구멍에 꽂힌 열쇠를 돌리자 문이 열렸다.

나는 지하실에 들어서자마자 탄성을 내질렀다. 지하실은 런던에 있는 내 아파트만큼이나 컸는데 작은 거실과 방 여러 개로 나뉘어 있을 정도였다.

나는 먼저 덴[21]을 구경했다. 벽돌이 그대로 노출된 벽에 바닥에는 넓고 화려한 카펫이 깔렸고 쨍한 오렌지색 소파와 커다란 텔레비전 옆에는 엑스박스 게임기가 있었으며 스마트 스피커가 벽에 설치돼 있었다.

21—집 안의 자투리 공간으로 서재나 아이들 놀이방으로 주로 쓰인다.

이 공간을 가운데 두고 문이 세 개 더 보였다. 하나는 철제문이었는데 바로 리가 헬레나를 가두었다는 냉동실인 듯했다. 열어보니 안은 거의 비어 있었다. 집 안에 냉동 창고를 두는 사람이 있다고?

두 번째 문은 벽 끝에 있었는데 열어보니 CD와 낡은 옷을 비롯해 잡동사니를 담은 상자를 쌓아둔 흔한 창고였다.

세 번째 문을 여니 홈 시네마가 나타났다.

언젠가 내 집을 갖게 되면 꼭 꾸며놓고 싶은 그대로였다! 벽 하나를 꽉 채운 스크린 앞에 안락한 고급 소파 두 개가 나란히 놓여 있었다. 바닥에는 오래된 영화관처럼 카펫이 깔려 있고 검은색 천장에는 야광 별들이 흩뿌려놓은 듯 장식돼 있었다. 스크린 맞은편에는 고화질 DVD 플레이어에 프로젝터가 연결되어 있었다.

"말도 안 되지?"

누가 들어와 내 뒤에 섰다. 솜사탕 같은 연핑크 실크 잠옷을 입고 머리를 포니테일로 묶은 헬레나였다.

"정말 말도 안 된다. 진짜 멋져."

"무슨 영화를 볼지 골라봤어?"

헬레나가 방 뒤편의 DVD와 블루레이가 가득한 선반 앞으로 갔다. 수백 아니 어쩌면 수천 편의 영화가 벽 전체를 차지하고 있었다.

"리는 이것들을 다 처분하고 디지털로 바꿔야겠다고 말은 하면서도, 모으는 데 들인 공이 아까운지 손을 못 대더라. 내가 이베이에 올려서 팔아볼까 했는데 그것도 귀찮고. 이사하게 되면 자선단체에 기부할까 봐."

나는 DVD를 둘러보았다. 없는 게 없었다. 마블 시리즈를 비롯해 최근에 나온 블록버스터부터 고전이나 예술 영화도 상당했다. 리가 영화광이었던가? 스탠리 큐브릭의 작품은 수집용 상자에 보관돼 있었고 80년대 초반에 많이 상영 금지를 당했던 쓰레기 같은 영화에 공포 영화도 수두룩했다. 헬레나는 공포 영화들을 훑어보는 나를 보고 말했다.

"나 공포물은 잘 못 봐. 예전에는 좋아했는데. 〈스크림〉이나 〈프레디 크루거〉[22]같은 것도 보고 자랐는데 요즘은…."

"이해해."

맨 위 칸에는 제목만 봐도 포르노가 확실한 DVD가 즐비했다. 인터넷이 등장하며 사라진 하드코어 변태물이었다. 헬레나는 몸서리쳤다.

"저건 싹 없애버려야겠다. 역겹고 불쾌해. 전부 다."

같이 포르노를 보도록 헬레나에게 강요하는 리의 모습이 떠올라 나는 황급히 일반 영화 쪽으로 눈을 돌렸다. 헬레나가 말했다.

"매튜, 난 괜찮아. 우리가 함께 볼 영화나 고르자."

"알았어."

영화들은 장르별로 정리되어 있었는데 맨 아래 칸은 누아르 구역이었다. 〈포스트맨은 벨을 두 번 울린다〉와 〈이중 배상[23]〉이 보였다.

"이건 어때?" 진저 로저스 주연의

22—영화 '나이트메어 시리즈'의 살인마이자 주인공

23—아내가 보험금을 타기 위해 남편을 죽이는 범죄 스릴러 영화

1950년대 영화 〈블랙 위도〉를 꺼내며 물었다.

"아주 재밌네."

내 옆에 쭈그리고 앉은 헬레나는 손가락 끝으로 DVD를 훑었다. 〈길다〉, 〈악의 손길〉, 〈열차 안의 낯선 자들〉….

"난 이게 좋아." 헬레나가 〈이중 배상〉을 꺼내며 말했다.

"참, 이거 리가 전에 같이 보자고 했던 거네? 완전히 잊고 있었어…. 한동안 날 보더니 기분 나쁘게 웃으면서 말하더라. '네가 봐봤자 어쩔 건데? 어차피 넌 내용을 다 기억할 만큼 똑똑하지도 않잖아'라고."

헬레나는 그 DVD가 불붙은 성냥이라도 되듯 상자 안에 다시 넣었다.

"리 이야기는 하지 않기로 한 줄 알았는데." 내가 말했다.

"알아, 알아. 그럼 이건 어때? 10대 때 본 이후로 한 번도 못 봤어."

헬레나는 〈보니와 클라이드〉를 꺼내며 말했다. 케이스에는 페이 더너웨이와 워렌 비티가 한 손에 총을 들고 트럭에 기대 있는 세피아 톤의 사진이 있었다.

"저쪽 상자에 있는 팝콘 좀 가져다줘. 덴에 있는 음료 냉장고에서 맥주도 같이."

나는 맥주와 주전부리를 가지고 왔다. 지난 며칠간 고통과 황홀 사이를 왔다 갔다 하며 시달려온 나는 맥주를 들이켰다. 간은 내일부터 쉬게 해줘야지. 헬레나는 DVD를 플레이어에 꽂고 소파에 앉았다. 영화가 재생됐고 나는 헬레나에게 맥주를 건네며 옆자리에 앉았다.

—

한 시간쯤 지나 클라이드가 호숫가에서 경찰과 싸우는 장면이 나오는데 위층에서 초인종이 울렸다. 헬레나가 내 어깨에 기대어 졸고 있을 때였다.

영화에 빠져 있던 터라 처음에 나는 영화에서 나오는 배경 소리인 줄로만 알았다. 그러나 재차 초인종이 울렸다. 덴 어딘가에 초인종용 버저가 있나?

헬레나를 깨웠다.

웅얼거리며 눈을 뜬 헬레나가 물었다.

"왜 그래?"

"집에 누가 온 거 같아."

"뭐라고?"

버저 소리가 다시 울렸다.

헬레나는 피곤한 기색이 역력했다.

"지금 몇 시지?"

나는 시간을 확인했다.

"열한 시 반 조금 지났어. 내가 올라가 볼까?"

"기다려봐." 헬레나는 똑바로 일어나 앉더니 기지개를 켜고 하품했다. 그리고 휴대전화를 들었다.

"휴대전화 앱으로 현관 카메라를 볼 수 있어. 아마도 길 잃은 피자 배달원 같은데."

휴대전화 화면을 터치하던 헬레나는 미간을 찡그렸다.

"데본이야."

나는 잠시 무슨 말인가 했다. 데본 주[24]? 왜….

"아이슬란드의 데본?"

우리는 동시에 말했다.

"도대체 지금 여기서 뭐 하는 거래?"

"찌찌뽕." 헬레나가 던진 농담을 뒤로하고 우리는 위층으로 올라갔다.

24—잉글랜드 남서부의 주

11

이렇게 늦은 시간에 데본이 여기서 뭘 하는 거지? 말도 안 되는 상황이었다. 완전히 잠에서 깬 헬레나를 따라 계단을 올라가 현관으로 이어지는 복도를 걸으며 나는 몇 시간 전 밖에서 난 소리를 기억했다. 그리고 저녁에 헬레나와 나 둘 다 데본의 페이스북 친구 요청을 수락한 것도.

오늘 아침에 우리 셋은 같은 비행기를 타고 영국에 도착했다. 마지막으로 데본을 본 것은 개트윅 공항 수화물 수취대에서였다. 수화물을 기다리며 짧게 이야기도 나누었다. 데본과 헬레나는 어색함을 메우려고 브라이턴까지 가는 교통편에 대해 이야기했는데 행여 같은 기차를 타게 될까 봐 신경이 쓰이는 눈치였다. 그러다 먼저 수화물을 찾은 데본이 "그럼 다음에 또 봐요"라고 인사하며 떠났다. 그런데 스물네 시간도 채 지나지 않아서 데본은 헬레나가 사는 동네에 와 있다.

헬레나가 현관문을 열었다.

머리를 질끈 묶은 데본은 아이슬란드에서처럼 검은색 캐나다구스 아노락 점퍼와 청바지를 입고 흰색 아디다스 운동화를 신은 모습이었다. 나는 그녀가 신경질적인 에너지로 가득 찬 상태로 몸이 부르르 떨릴 정도로 긴장하고 있다는 것을 한눈에 알아보았다. 데본은 지독한 표정을 짓고 있었다.

"데본? 무슨 일이에요? 여기서 뭐 하는 거예요?" 헬레나가 물었다.

"들어가도 돼요?"

나는 열려 있는 문에 반쯤 가려진 왼쪽에, 헬레나는 출입구에서 약간 오른쪽에 서 있었다. 데본은 헬레나를 향해 서 있어서 나를 보지 못했다.

"무슨 일이에요?" 헬레나가 물었다.

데본은 주머니에 손을 넣어 뭔가를 꺼내 헬레나에게 주었다.

"이게 제 가방에 있더라고요."

헬레나가 놀라며 소리쳤다.

"내 일기장! 어떻게 이게…?" 일기장을 받아들며 헬레나가 물었다.

"제 생각엔 공항으로 가던 미니버스에서 물건이 섞인 것 같아요. 길이 험해서 다들 자리에서 흔들렸잖아요? 그때 제 가방이 떨어져서 읽던 소설책이랑 서류들, 잡지 같은 것들이 다 나왔고 제가 대충 주워 담았는데, 그때 당신 가방에서 떨어진 일기장도 제가 같이 넣은 게 아닌가 싶어요."

데본은 숨 가쁘도록 단숨에 말을 쏟아냈다.

"잃어버린 건 알고 있었어요?" 데본이 물었다.

"네…. 그렇다고 이렇게 늦은 시간에 여기까지 올 필요는 없었는데요. 그냥 메시지 보내주면 되잖아요."

"알아요. 근데 저도 일기 써봐서 알거든요. 일기장을 잃어버리면 얼마나 걱정되는지요. 그리고 걱정하지 말아요. 절대 읽어보지 않았으니까요."

헬레나는 일기장을 휘리릭 넘겨보더니 말했다.

"내 정신 좀 봐요. 손님을 이렇게 서 있게 하고. 들어와요."

"정말요? 그냥 우버 잡아서 돌아가려고 했는데요."

"어서 들어와요. 정말 괜찮아요."

헬레나가 들어오라는 손짓을 하자 데본의 얼굴에 미소가 떠올랐다. 원하는 걸 얻게 되었다는 의미였을까? 뒤돌아 선 헬레나는 보지 못한 데본의 미소는 나와 눈이 마주친 순간 스르르 사라졌다.

"여기 있었네요."

"안녕하세요." 내가 인사했다.

데본은 나에게서 헬레나로 눈길을 돌리며 물었다.

"이제 같이 살기로 한 거예요?"

"뭐라고요? 아니에요. 매튜는 잠시 놀러 왔어요."

데본은 흡사 입사 면접을 앞둔 사람처럼 긴장한 티를 내지 않으려고 안간힘을 쓰는 듯했다. 두 눈을 굴리며 주변을 살폈고 윗입술은 땀으로 반짝거렸다.

"아름다운 집이네요. 남편이 건축가였다고 했나요? 사별하고 다 상속받으셨나 봐요."

"뭐, 그렇죠."

데본의 두 뺨이 빨갛게 달아올랐다. 아이처럼 두꺼운 점퍼에 파묻힌 데본이 얼마나 어린지 새삼 실감했다.

"아이슬란드에서 말씀드릴 기회를 놓쳤어요. 남편분을 잃으신 것은 정말 유감이에요."

데본은 애도의 뜻을 표하면서 재빨리 내 눈치를 살폈다.

헬레나는 혼란스럽다는 듯이 대답했다.

"고마워요."

헬레나는 협탁에 일기장을 내려놓으며 힐끗 쳐다보았다. 리와의 결혼 생활 이야기라도 써놓은 걸까? 데본은 정말 일기장을 열어보지 않았을까?

"뭐 좀 마실래요? 와인? 맥주? 아니면 따뜻한 음료라도?" 헬레나가 물었다.

"와인이 좋겠어요."

"화이트 와인 좋죠? 매튜, 냉장고에서 한 병 꺼내다 줄래?"

"어디 있는지 모르겠어. 같이 가줘." 나는 헬레나와 잠깐이라도 이야기하고 싶어서 부탁했다. 지금 이 상황이 썩 마음에 들지 않았다. 집 안으로 들어오던 데본의 표정이나 무례한 질문들이 수상했다.

하지만 헬레나는 내가 보내는 텔레파시를 가볍게 무시했다.

"냉장고 어디에 있는지 알잖아. 이리 와요, 데본. 지하로 내려가요. 매튜랑 이미 한잔하고 있었어요."

두 여자는 문을 열고 아래로 내려갔다. 데본은 두 눈을 동그랗게 뜨고 아무것도 모른다는 눈빛으로 어깨 너머의 나를 쳐다보았다. 내가 엉뚱한 사람을 의심한 걸까? 여하튼 헬레나도 분명 데본을 수상하게 여길 테니 굳이 조심하라고 말해줄 것까지는 없겠지.

나는 주방으로 들어가 큼지막한 미국식 냉장고에서 상세르[25] 한 병을 꺼내고 찬장을 열어 잔도 챙겼다. 여자들이 있는 지하실로 내려가보니 헬레나는 덴에 있는 소파에 걸터앉았고 데본은 몇 시간 전의 나처럼 감탄하며 주변을 둘러보고 있었다.

25—프랑스산 백포도주

"제가 사는 아파트보다도 크네요." 데본이 입을 열었다.

"저도 똑같이 말했어요." 나는 잔에 와인을 따라 데본에게 건네며 말했다.

"브라이턴에 산다고 했죠? 혼자 살아요?"

"아니요. 로빈이라는 룸메이트랑 살아요. 대학 때부터 쭉 같이요."

데본은 서가로 자리를 옮겼다. 선반에는 이 집을 포함한 건축물 모형과 스포츠 대회 트로피가 여러 개 진열돼 있었다.

"이건 다 그 사람 거예요? 전 남편?"

"맞아요." 헬레나가 대답했다.

"재능이 많은 사람이었나 봐요." 모형 주택의 가장자리를 손가락으로 쓸던 데본은 와인을 한 모금 마셨다. 그러고는 헬레나 옆에 있는 커피 테이블에 잔을 내려놓았다.

"아직도 정리하지 않고 그대로 두고 있네요?"

"이제 해야죠."

"짜증 나지 않아요?" 데본이 물었다. "전 남편 물건이 여기저기에서 계속 보이면요?"

헬레나는 미소를 거두며 대답했다.

"난 여기 자주 내려오지 않아요. 하지만 다들 그러지 않나요? 유품을 바로 정리하지 못하는 것 말이에요."

"알아요. 대학에서 그런 내용을 배운 것 같아요."

"심리학을 전공했다죠?" 나는 여행 중에 데본이 했던 말을 기억하며 물었다.

"맞아요. 그럼 위층에 있는 전 남편 옷장의 옷도 다 그대로 두었나요? 잠깐만요, 아예 드레스룸이 따로 있겠죠? 흔한 옷장이 아니라."

순간 지하실 온도가 몇 도는 내려간 듯했다.

"왜 제 전남편에 관해서 자꾸 묻는 거예요?" 헬레나는 물었다.

"죄송해요. 화나게 할 생각은 없었어요." 데본은 전혀 미안하지 않은 듯 무감한 목소리로 사과했다. 대체 지금 무슨 일이 일어나는 거지?

"화가 난 게 아니에요. 그냥 조금 이상하다고 생각한 것뿐이에요. 그게 다예요."

데본은 서가에서는 물러났지만 덴 중앙에 계속 서 있었다. 나는 헬레나 옆에 앉아 잔에 상세르를 각각 따랐다.

"그만 앉는 게 어때요?" 헬레나가 소파 옆 작은 안락의자를 고개로 가리켰다. "계속 서 있으니 내가 다 긴장되네요."

"죄송해요." 데본은 변함없는 목소리로 대답하며 자리에 앉았다.

"그래서 두 분은 대학 때부터 알았다고요? 런던에서, 맞죠?" 데본이 나와 헬레나를 손가락으로 가리키며 물었다.

우리가 아이슬란드에서 그런 이야기까지 했었나?

"맞아요. 헬레나는 미술사를, 나는 미술과 그래픽 디자인을 전공했죠."

"어떤 작가를 가장 좋아하세요?" 데본이 헬레나에게 물었다.

이쯤 되니 나는 데본이 혹시 약에 취한 것이 아닌가, 하는 의심이 들었다. 아이슬란드에서는 데본을 내성적이고 낯을 가리는 사람으로 보았다. 그런데 지금은 위험한 사람으로 보인다. 누구를 해칠 사람 같다는 게 아니라 사회에서 자연스럽게 섞이기 어려운 눈치 없는 사람 같다. 최선을 다해 사람을 상대한다는 게 결과적으로 질문을 쏟아붓는 모양새가 되어버린 외계인처럼.

"제일 좋아하는 작가요? 앤디 워홀이요."

헬레나의 말에 데본이 눈살을 찌푸리며 대답했다.

"그 '15분 동안 유명해질 거라고 말한 남자[26]' 맞죠?"

많은 사람이 그 말로만 워홀을 기억한

26—1967년 스웨덴 모더나 뮤지엄에서 앤디 워홀의 전시 제목으로 붙인 문장(미래에는 누구나 15분은 유명해질 수 있다)이 워홀의 명언으로 굳어졌다.

다는 데에 짜증을 내왔던 헬레나였기에 분명 불쾌했겠지만, 헬레나는 애써 감정을 숨겼다.

"네, 바로 그 사람이요."

"워홀 작품 하나라도 가진 것 있어요?"

헬레나는 웃으며 대답했다.

"난 그렇게 부자가 아니에요."

"그래도 꽤 부유한 편이잖아요? 제 말은, 이 집을 보세요. 건축가였던 남편이 이 집을 지은 거라면 분명 아주 성공한 사람이었을 거에요. 분명 보험도 들었겠죠?"

이제 헬레나와 나는 함께 데본을 노려보았다.

"지금 아주 무례한 질문을 한 거 알죠?" 내가 물었다.

데본은 이해할 수 없다는 표정을 지으며 대답했다.

"전 그냥 헬레나가 자신이 가진 부유함을 잘 모르는 것 아닌가 궁금해서 그랬어요. 부끄러워할 것 없잖아요. 저만 해도 부자가 되고 싶은걸요. 전 멀스콤에서 축축한 벽들로 둘러싸인 형편없는 집에서 살죠. 당신 집 밖에는 테슬라가 세워져 있지만 전 쓰레기 같은 중고차 한 대도 살 형편이 못 되고요."

"직업이 뭐라고 했죠?"

내가 물었다.

"이제 막 졸업해서 취직 준비 중인데, 그만두고 인플루언서나 해볼까 해요."

나는 실소가 나왔다.

"인플루언서가 되기 전에 제대로 된 직업을 갖는 편이 나을 거 같은데요."

"로빈도 똑같이 말하더라고요."

"그녀도 같은 생각이래요?"

"그에요. 로빈은 남자예요."

"아, 미안해요. 룸메이트가…. 그런데 남자친구는 아니고요?"

"이런, 아니에요." 데본이 코를 찡긋했다.

나는 휴대전화를 확인했다. 자정에 가까웠다. 데본은 와인을 두 모금밖에 마시지 않았다. 얼마나 더 머물 생각인 것일까?

"어쨌든 로빈은 현명한 친구 같네요. 우선 취업을 해보라고 조언하니 말이에요." 내가 말했다.

"그렇게 생각하세요? 전 그건 불공평하다고 생각하는데요." 데본은 이제 헬레나를 똑바로 바라보며 말했다.

"어떤 사람들은 일하지 않고도 부자가 되잖아요."

헬레나가 자리에서 일어나며 소리쳤다.

"도대체 넌 뭐가 문제니?"

데본은 대꾸하지 않았다. 대신에 현관에 들어올 때처럼 긴장하며 몸을 떨었다.

"네가 내 일기장을 여기까지 가져다줘서 정말 고맙게 생각해. 그런데 내 집에 들어온 이후부터 넌 무례하게 행동하고 있어. 지금이야말로 우버를 잡아서 집에 갈 시간인 것 같다."

데본은 꼼짝하지 않았다.

"내가 우버라도 잡아주길 바라는 거야?"

헬레나는 홈 시네마로 들어가더니 휴대전화를 들고 나왔다.

"주소가 어디니?"

자리에서 일어선 데본은 심호흡을 하더니 헬레나를 똑바로 쳐다보며 말했다.

"난 당신이 한 짓을 알고 있어."

올 게 왔구나. 데본이 나타난 순간부터 나는 직감했다. 그때껏 침착하던 헬레나가 목이 메어 간신히 말했다.

"내가 뭘 했는데?"

침묵이 오래 맴돌았다.

"당신은 리를 죽였어. 리가 마시는 커피에 로히프놀을 타서 수영 중에 익사하게 했지."

한동안 누구도 입을 열지 않았다. 나는 침묵을 깨뜨려야 한다는 생각에 웃음을 터뜨렸다.

"도대체 무슨 소리를 하는 거지?"

데본은 팽팽한 긴장감이 견딜 만해졌는지 똑바로 서서 더 자신있게 말을 뱉었다.

"부인할 필요 없어요."

헬레나가 일기장에 써놓은 위험한 비밀을 읽었구나.

그러나 데본은 뜻밖의 이야기를 했다.

"다 들었어요. 어젯밤 오로라가 보인다고 알려주러 갔을 때 자고 있나 하고 문에 귀를 갖다 댔는데, 다 들렸다고요."

"도대체 뭘 들었다는 거야?" 헬레나가 물었다.

"방금 말했잖아. 남편을 죽였다는 당신의 고백. 당신 남편이 옷을 벗어둔 해변에 내려가 봤다는 이야기. 일부러 약 복용량을 속인 이야기. 당신은 살인자야! 모든 건 계획적이었어. 경찰에 신고하면 당신은 감옥에 가게 될 거야."

데본은 마치 연습이라도 하고 온 듯 술술 이야기했다.

다시 긴 침묵이 흘렀다. 나는 두 번 정도 말을 하려다 그만두었다. 한마디라도 실수를 했다가는 상황이 더 악화될 것이다.

"나는 그런 적 없어." 드디어 헬레나가 데본에게서 눈을 떼지 않고 말했다.

"나는 그런 말을 한 적이 없어."

모든 걸 부인하는 헬레나의 말을 들은 데본은 오히려 더 용기가 나는 것처럼 보였다.

"정말 그런 식으로 나올 거야?"

"난 정말로 네가 무슨 말을 하는지 모르겠어. 난 그런 말을 한 적이 없는데. 안 그래, 매튜?"

헬레나는 고개를 돌려 나를 보았다. 누구라도 깜박 속을 법한 순진무구한 표정이었다. 리와 함께 사느라 거짓말하는 실력이는 것일까? 헬레나의 자기 방어 능력이 당황스러우면서도 대단해 보였다.

"그러게. 그런 말은 한 적이 없는데. 완전 말도 안 되는 이야기야. 난 지금 이게 무슨 웃어야 할 농담거리라도 되는 건지 헷갈리네."

데본은 고개를 저으며 혀를 찼다. 그러고는 주머니에서 휴대전화를 꺼내 화면을 톡톡 두드렸다.

곧 휴대전화 스피커에서 헬레나 목소리가 흘러나왔다.

왜? 내가 리를 죽였다고 하면 사람들이 날 그렇게 부를 게 분명한데. 악한 간호사를 항상 '다크 에인절'이라고 부르잖아. 자기 남편을 죽이는 아내는 '블랙 위도'라고 부르고. 나도 '사람을 죽이는 여자들' 방송 같은데 나가게 될 거야….

음질 한번 선명하다고 감탄하던 중 어젯밤 오두막 앞 유리창을 열어뒀던 게 기억났다. 반박할 여지없이 헬레나의 목소리였다. 이 파일이 법정에서 재생된다면 완벽한 증거가 될 것이다.

"이건 일부예요. 당신이 로히프놀에 관해 한 이야기, 경찰을 부르고 안도해서 울었다는 이야기까지 다 녹음됐어요." 데본이 말했다.

헬레나는 눈을 크게 뜨고 두 손으로 입을 막았다.

"내 휴대전화를 가져가서 없애면 된다는 생각은 하지도 마요. 백업 파일이 있으니까."

데본은 즐거운 듯 의기양양했다. 반면 나는 시공간에 갇힌 것처럼 몸도 생각도 마비됐다. 헬레나가 목소리를 가다듬으며 천천히 입을 열었다.

"뭘 원하니, 데본?"

지금껏 늘어놓은 데본의 말로 미루어 짐작한 내가 말했다.

"돈."

데본은 대답할 기회를 빼앗겨 실망이라는 표정을 지었다.

"만약 내가 네 협박에 굴복해 돈을 준다면, 그 다음에는 어떻게 하려고?" 헬레나가 데본에게 물었다.

예상 밖의 질문에 당황한 듯 순간 데본의 태도에서 거만함이 가셨다. 데본은 헬레나가 완전히 겁에 질려 비밀을 지켜달라며 애원할 것이라고 예상한 모양이었다. "파일을 삭제할 거야. 당신 눈앞에서 유에스비를 파기할게. 곧바로 떠날 거고 모든 걸 잊을 거야. 내가 아는 사실을 아무에게도 누설하지 않을게."

헬레나는 관자놀이를 손가락으로 눌러가며 물었다.

"정확히 얼마로 이 침묵을 살 수 있는 거니?"

"나 그렇게 욕심 많은 사람 아니야. 당신 재산이 거의 이 집에 묶여 있을 것도 예상이 되고. 50만 파운드면 돼."

나는 데본을 빤히 쳐다보며 되물었다.

"50만 파운드?"

데본은 끼어들지 말라는 듯 신경질적인 눈빛으로 나를 노려보았다.

"더 요구할 수도 있어요. 하지만 말했듯이 욕심이 별로 없는 편이어서."

"데본, 네 말대로 내 재산은 거의 이 집에 묶여 있어. 그런데 50만 파운드를 바로 너한테 줄 수 있을 거 같아?"

"못 주겠죠. 그래도 집을 팔면 줄 수 있을 거 같은데."

"그렇게 한다 해도, 은행이랑 국세청에는 뭐라고 설명하지?"

"그것도 생각해 봤어요." 데본은 마치 비즈니스 미팅에서 브리핑하듯 말했다.

"우리가 아이슬란드에서 만났을 때 내가 사업 아이디어를 설명했고 당신이 감명받아 투자를 했다고 하는 거예요. 그런 걸 에인절 투자가[27]라고 부르는 것 같던데."

"사업 아이디어가 뭔데?" 내가 묻자 데본은 나를 마치 바보 취급하듯 쳐다보았다.

27—신생 기업이나 벤처 기업에 투자하는 사람

"그게 중요해요? 웹사이트나 앱 같은 거라고 하면 되죠. 내 인플루언서 사업에 자금을 댄다고요."

나는 헬레나에게 고통스러운 눈빛을, 헬레나는 나에게 골똘히 생각에 잠긴 듯한 눈빛을 보냈다. 헬레나는 데본의 제안을 진지하게 고려한다는 듯 입을 열었다.

"다시 정리해 볼게."

"내가 너한테 50만 파운드를 주면 너는 이 음성 파일들을 모두 삭제하고 유에스비도 파기한다는 거지. 그리고 다시는 내 앞에 나타나서 괴롭히지 않겠다고?"

"제대로 이해했네요."

"그럼 아무에게도 이 파일을 들려준 적은 없어? 내용을 말해 주거나?"

"없어요."

"돈을 안 주면 정말 경찰에 고발할 거야? 내가 겪어온 일을 다 듣고도?" 헬레나는 입술에 혐오를 담아 물었다.

데본은 코웃음 쳤다.

"그건 당신 주장이지!"

"뭐라고?"

"보아하니 이 큰 집이랑 리가 남긴 재산을 모두 꿀꺽하고 싶은 것 같은데. 매튜에게도 리가 나쁜 놈이었다고 헛소리를 해서 신고는커녕 꼼짝 못 하게 만들었잖아."

이제는 헬레나가 부들부들 떨 차례였다. 그녀의 마음 깊은 곳에서 솟아오르는 분노와 격분이 고스란히 전해졌다.

"어떻게 네까짓 게 감히! 이 집에 들어와서 나를 협박해? 그리고 어떻게 내가 겪어온 일을 모두 거짓이라고 할 수 있어!"

헬레나가 데본을 한 대 칠 것 같아 나는 두 여자 사이를 가로막았다.

"지금이 마지막 기회야. 아니면 난 저 문을 열고 나가 곧장 경찰서로 갈 거야."

"꺼져." 헬레나가 말했다.

데본은 비틀거렸다. 표정만 봐도 알 수 있었다. 데본은 헬레나가 자신이 하는 요구에 곧바로 응할 거라고 확신했다. 무엇보다 헬레나가 이 집에 지금 혼자 있다고 생각했을 것이다. 공항에서 나와 헬레나는 각자 집으로 돌아간다고 이야기했기 때문이다. 헬레나가 혼자가 아니라는 걸 알았을 때 데본은 분명 다시 돌아갈까 생각했을 것이다.

아니면 내가 있는 걸 알고 오히려 더 안심했을 수도 있다. 헬레나가 사람을 죽인 적이 있다는 걸 아는 데본은 행여 위험한 상황이 벌어지면 내가 도와줄 수 있을 거라고 생각했을지도 모르겠다.

데본은 입을 열었다가 다물더니 가까스로 입을 뗐다.

"정말 감옥에 가고 싶은 거야?"

"꺼지라고."

"좋아. 알았어."

헬레나는 문을 향해 걸어가는 데본 앞을 막아섰다.

"비켜." 데본은 헬레나를 지나쳐 가려고 했지만, 헬레나는 데본의 두 팔을 꽉 붙잡았다.

"이거 놔!"

"전화기 내놔." 헬레나가 다그치며 데본의 점퍼 주머니에 손을 넣으려 했다. 한쪽 팔이 자유로워지자마자 데본은 나머지 팔도 거칠게 풀더니 문으로 달려갔다.

나는 데본을 막으러 뛰어갔다. 나를 보고 놀란 데본은 황급히 내 옆으로 돌아가려고 했지만, 그러기에는 너무 느렸다. 내가 덥석 손을 잡자 데본은 방향 감각을 잃고 뒤에 있던 커피 테이블에 발이 걸려 넘어지면서 미니 냉장고에 머리 뒤쪽을 쿵 하고 부딪혔다.

그러고는 움직이지 않았다.

오후에만 벌써 두 번째로 나는 얼어붙었다. **데본이 죽었어.** 최악의 시나리오로 나를 놀리기를 좋아하는 마음속 목소리가 속삭였다. 헬레나와 나는 데본의 옆에 쭈그려 앉았다. 데본은 옆머리가 부어오른 듯했지만 숨은 쉬고 있었다. 하느님, 감사합니다.

헬레나가 데본의 점퍼 주머니에서 화려한 무늬의 천 지갑과 추잉검 한 통, 그리고 집 열쇠 꾸러미를 꺼냈다.

"다른 쪽도 한번 봐봐." 헬레나가 말했다.

나는 다른 쪽 주머니에서 휴대전화를 꺼내 헬레나에게 건넸다. 헬레나는 잠시 궁리하더니 휴대전화를 데본의 얼굴 앞에 대고 잠금 상태를 풀었다. 그러고 나서 다시 내게 건넸다.

"설정 바꿔서 잠금 풀어놓는 방법 알아?"

"응."

나는 자동 잠금을 '설정 안 함'으로 바꿔놓았다.

"좋아."

헬레나는 일어서서 문을 향하다가 그대로 앉아 있는 나를 돌아보고 말했다.

"어서 와."

"뭐야, 데본을 여기 두고 가자는 거야?"

"그럼 어떻게 할까? 우리 생각할 시간이 필요해."

나는 머뭇거렸다.

"지하실에서 나가는 방법은 이 문뿐이야?"

"응."

내 발끝에서 데본이 끙끙대는 소리를 내며 다친 머리를 손으로 더듬거렸다.

"걔 안 죽어. 머리는 아프겠지만 그게 다일 거야. 얼른 와."

헬레나가 말했다.

혹시 데본이 뇌진탕이라도 걸린 것은 아닐까? 하지만 나야말로 정신을 차릴 수 없을 정도로 놀란 상태였고 데본이 걸어나가 경찰서에 가는 것만큼은 절대 바라지 않았다.

헬레나를 따라 내가 지하실에서 나오자마자 헬레나는 문을 밖에서 잠갔다. 계단을 중간쯤 올라가는데 데본이 부르는 소리가 들렸다.

“이봐요.”

헬레나는 나를 떠밀어 계단 위에 있는 문밖으로 나가게 한 뒤 그 문도 잠갔다.

우리는 주방으로 갔다. 헬레나는 곧바로 개수대를 향해 컵에 물을 가득 따르더니 단숨에 마셨다.

“헬레나.” 내가 불렀다.

나를 향해 고개를 돌린 헬레나는 들고 있던 유리컵을 싱크대에 떨어뜨렸다. 곧 유리와 금속이 생각보다 크게 부딪히는 소리를 내며 산산조각이 났다. 무턱대고 유리 조각을 집던 헬레나는 헉 소리를 내뱉고는 손가락을 얼굴 위로 들어 올렸다. 파자마 안쪽 소매부터 팔 아래까지 붉은 피가 흘러내렸다.

발아래에서 쿵쿵 소리가 들리기 시작했다. 고함도 함께.

나는 이제 모든 게 전과 같지 않으리라는 것을 직감했다.

Part Two

12

헬레나는 주방 안 테이블 앞에 앉았다. 손가락이 꽤 깊게 베여 밴드를 붙였다. 데본은 두드리고 소리를 지르는 것을 보니 심하게 다치지는 않은 모양이었다. 아래에서 들려오는 쿵쿵대는 소리는 지칠 대로 지친 나와 헬레나의 신경을 계속해서 자극했다. 데본이 문을 두드리거나 소리를 지를 때마다 우리는 누가 찌르기라도 하는 듯 움찔거렸다. 새벽 세 시가 되어서야 데본은 잠잠해졌다.

이제 어떡하지? 그 생각뿐이었다.

깨진 유리 조각을 치우고 핏자국을 모두 닦았지만 불안해서 몸을 계속 움직였다.

"제발, 매튜. 좀 앉아 있어. 네가 계속 북극곰처럼 왔다 갔다 하니까 집중이 안 되잖아."

"미안해."

자리에 앉은 나는 다리를 떨기 시작했다. 데본이 왜 이렇게 조용하지? 지쳐서일까? 잠이 들었나? 아니면 정말 뇌진탕이라도 걸린 것일까?

일시적으로 의식을 잃은 게 분명하다. 그때 병원에 데려갔어야 했다.

그러나 우리는 데본을 지하실에 가두었다.

지금 데본을 풀어주면 데본은 경찰서에 가서 헬레나의 살인뿐만 아니라 감금한 사실까지 고발할 것이다. 헬레나와 나는 같이 데본을 감금했다. 게다가 데본을 넘어뜨려 머리를 다치게 한 것은 바로 나다!

헬레나가 리를 죽였다고 말한 순간 경찰서에 가지 않은 것이 죄가 되는지는 잘 모르겠지만 지금 이 상황은 분명한 범죄였다.

"매튜!" 헬레나가 몸을 숙여 내 무릎을 잡았다.

"다리 그만 떨어."

나는 다리를 떨지 않으려고 노력했다.

"고마워. 이제 제발… 제발 가만히 있어봐. 알았지?"

"알았어."

헬레나는 심호흡하더니 다시 데본의 휴대전화를 살펴보았다. 음성 메모 앱에 녹음된 자신의 목소리를 들어보고는 삭제했다.

"내가 파일을 삭제하려니까 클라우드 백업 파일도 삭제하겠냐고 물어보네? 당연히 삭제…. 매튜, 내 말 듣고 있는 거야?"

"응? 응, 듣고 있어."

"집중해. 알겠어?"

"그래. 집중할게."

헬레나는 나를 보며 눈썹을 치켜뜨고는 계속 말했다.

"지금 문자랑 이메일을 보고 있는데 이 휴대전화로는 다른 사람에게 파일을 공유한 것 같지는 않아. 내가 지금까지 봤을 땐 그래 보여. 왓츠앱을 많이 쓰네."

"그래. 알았어. 그런데 인제 그만 휴대전화 전원을 꺼놔야 하지 않을까?"

헬레나는 고개를 끄덕이더니 전원을 껐다.

많은 범죄 드라마에서 경찰이 휴대전화로 위치 추적을 했던 게 생각났다. 가장 가까운 송신기에서 받은 최신 신호를 추적하는 식이었다.

그러다 순간 생각을 멈추었다. 내가 왜 경찰이 데본을 찾을 거라는 생각을 하지? 그런 일은 생기지 않을 거잖아? 아직은 아니다.

"누가 데본의 행방을 궁금해하기 전에 얼른 상황을 해결해야 해." 불안감에 목소리가 높아졌다.

"나도 알아."

"너는 참 침착하다."

"내가? 글쎄, 잘 모르겠는데." 헬레나는 다친 손으로 주먹을 쥐었다가 펴며 움찔거렸다.

"아파?"

"당연히 아프지."

자리에서 일어선 헬레나는 주전자에 물을 올리러 주방으로 갔다. 그리고 찬장에서 머그잔을 꺼내다가 또 미끄러뜨렸다. 머그잔은 조리대 위에 떨어졌지만 다행히 깨지지는 않았다. 헬레나는 깜짝 놀라 뒤로 물러서며 손바닥으로 가슴을 눌렀다.

"앉아 있어. 내가 할게."

나는 할 일이 생겨 마음이 놓였다. 머그잔에 각각 설탕을 넣고 냉장고에서 우유를 꺼냈다. 완성된 차를 테이블에 올려두고 헬레나의 맞은편에 앉았다.

헬레나는 절망적인 목소리로 간신히 말했다.

"이럴 수가. 도대체 내가 뭘 한 거지?"

나는 손을 뻗어 헬레나의 다치지 않은 손을 꼭 잡아주었다.

"네가 아니야. 우리야."

"끔찍한 비밀을 가진 건 나야."

"헬레나. 우리는 한배를 탔어. 데본을 지하에 가둔 일에는 우리 둘 다 책임이 있어. 그리고 우리는 이 일을 함께 해결할 거야."

차를 한 모금 마시고서 헬레나는 머그잔을 노려보았다.

"빌어먹을 데본. 도대체 뭐 하는 애야? 협박하면서 만족해하는 거 봤어?"

이를 악무는 헬레나의 턱이 움직이는 게 보였다.

"자신만만해하던 표정을 그 애 얼굴에서 지워버리고 싶어."

"이미 그렇게 한 거 같은데."

"하."

잠시 둘 다 입을 다물었다. 살금살금 다가오던 드렐라가 스트레스 가득한 분위기를 느꼈는지 뒤돌아 가버렸다.

"내 생각에는 말이야." 헬레나는 심호흡을 하더니 입을 열었다.

"증거는 녹음 파일뿐이야. 데본이 경찰서에 가서 내가 남편에게 약을 먹였다는 이야기를 했다고 고발할 수는 있겠지만 난 부인하면 그만이야. 나는 범죄 경력도 없고 내가 당한 가정 폭력에 대해 누구에게도 말한 적이 없어. 다들 내가 완벽한 결혼 생활을 했고 남편을 죽일 이유 따위 없다고 알고 있어. 경찰이 보기에 나는 법을 준수하는 평범한 시민일 뿐이야."

"일기장에는 아무것도 쓰지 않았지? 데본이 사진이라도 찍어 둘 만한 이야기 말이야."

"아니라니까. 날 뭐로 보는 거야."

나는 우리가 같은 편이니 우리끼리는 감정이 상하지 않게 하자고 말하려다 그만두었다. 헬레나가 얼마나 긴장했는지 이해할 수 있었으니까. 우리에게 싸워서 헤어지는 일은 절대 일어나서는 안 된다.

"알았어. 일단 지금 상황을 빠져나가는 데에 집중하자. 녹음된 고백만이 너를 기소할 수 있는 유일한 증거 맞아. 그러니까 우린 녹음 파일을 모두 찾아서 삭제해야 해. 그래야 데본을 풀어줄 수 있고, 데본이 하는 모든 주장도 부인할 수 있어."

"듣기에는 간단하네."

"왜냐면 정말 간단하니까. 데본이 여러 개 복사해서 여기저기에 뿌리지만 않았다면."

"아, 안 돼." 헬레나는 두 손으로 얼굴을 감쌌다.

"그런데 그렇게까지 하지는 않았을 거야. 거만한 모습 봤잖아. 분명 네가 자기 협박에 수긍할 거라고 생각해 여기까지 온 거야.

그 애가 뭐라고 했지? 녹음 파일을 삭제하고 백업해 둔 유에스비도 파기해 버리겠다고 했지. 그 유에스비. 한 개야. 데본은 따로 백업해두는 방법밖에는 다른 보호책이 없다고 생각한 게 틀림없어. 지금 이걸 해결하기 위해 가장 좋은 방법은 데본이 사는 집으로 가는 거야. 데본이 쓰는 컴퓨터를 찾아서 거기에 저장해둔 모든 파일을 삭제하고, 히스토리를 뒤져서 혹시 어디 다른 데 올렸는지, 누군가에게 보낸 흔적이 있는지 찾아보는 거지."

"그래, 좋은 방법 같아."

테이블 위에 데본의 지갑과 집 열쇠 꾸러미가 나란히 놓여 있었다. 지갑을 열어보니 체크카드와 동전 몇 개뿐이었다.

"휴대전화에서 주소를 찾을 수 있을 거야." 헬레나가 말했다.

빈 과일 그릇 옆에 둔 휴대전화를 보았다. 핑크색 케이스를 낀 구형 아이폰으로 액정 화면의 한구석이 깨져 있었다. 나는 온 세계가 여기로 달려올 수 있게 유도등을 켜주는 꼴이 될까 봐 전원을 켜기가 두려웠다.

그러나 달리 방법이 없었다. 데본이 사는 주소를 찾아야만 했다.

휴대전화를 들어 전원을 켰다. 한참 기다린 끝에 애플 로고가 나타났다. 브라이턴 해변의 부둣가를 배경으로 몸에 딱 맞는 수영복 바지만을 입은 채 조석점에 서 있는 한 남자의 뒷모습 사진이 배경 화면으로 떴다. 누가 봐도 자기가 좋아하는 남자를 찍은 사진 같았다.

나는 연락처 앱을 열고 맨 위에서 데본의 이름을 찾았다. 전화번호와 이메일 주소와 집 주소가 있었다. 그런데 브라이턴 주소가 아니었다. 체스터에 있는 주소였다.

나는 헬레나에게 보여주며 말했다.

“본가 주소 같은데.”

“이메일을 봐봐. 아니면 쇼핑 앱 같은 것. 아마존이나 아소스[28] 같은 거.”

아마존에서 온 이메일이 있었다. 아이슬란드 여행을 떠나기 직전에 저렴한 배낭을 하나 주문한 내역이었다.

“멀스콤. 맞아, 거기에 산다고 말했잖아.” 헬레나는 자기 휴대전화로 지도 앱을 열어 주소를 입력했다.

“그래, 변두리에 있네. 캠퍼스랑 가까운 곳이야.”

그때 데본의 휴대전화가 울리는 바람에 화들짝 놀란 나는 전화기를 떨어뜨렸다.

“깜짝이야. 나 완전히 예민해졌나 봐.”

전화기를 주워 들은 헬레나가 내 옆에 섰고 우리는 함께 화면을 들여다보았다. 왓츠앱 메시지가 밝힌 빛으로 액정 화면에 난 금이 구석에서 중앙으로 더 선명하게 보였다.

데본, 어디야?

“로빈이야. 데본의 룸메이트.” 헬레나가 말했다.

거의 곧바로 또 다른 메시지가 왔다.

28—영국 SPA 의류 브랜드

지금 새벽 세 시야. 방에 없던데. 걱정되니까 전화해 줘. 알았지?

"어떡하지?"

헬레나는 아무 말이 없었다.

"헬레나?"

"조금 기다려봐! 생각 중이잖아." 헬레나는 숨을 깊게 내뱉은 후 내 손을 꼭 잡으며 말했다.

"미안해. 그냥… 집중하게 해줘, 응?"

헬레나가 그렇게 말하는 도중에 또 메시지가 왔다.

이거 보자마자 바로 답장 보내, 알았지?

엄지 두 개로 메시지를 입력하는 헬레나는 마치 10대 아이 같았다.

뭐야, 걱정하지 마! 난 잘 있어.

메시지를 보내자마자 또 다른 메시지를 입력했다.

'로빈이 입력 중'임을 나타내는 점 세 개가 화면에 떴다가 사라졌다. 데본이 답하기를 기다리려는 것이었다.

나 누구랑 만나서 놀고 있어. 넌 모르는 사람이야. 여기서 하루나 이틀 있다가 갈 거 같으니까 먼저 자!

헬레나는 머뭇거리며 물었다.

"키스 이모티콘 보내야 하나? 다른 이모티콘이라도?"

화면을 밀어 올리며 데본이 로빈에게 보냈던 메시지들을 확인했다. 키스 이모티콘은커녕 웃는 이모티콘도 하나 없는 건조한 메시지가 대부분이었다. 헬레나는 이모티콘 없이 메시지를 그대로 전송했다.

곧바로 답장이 왔다. 로빈의 메시지에는 충격받은 얼굴, 엄지척 이모티콘과 함께 몇 마디가 뒤따랐다.

조심히 놀아, 알았지!

"로빈이 걱정이 많네." 헬레나는 마지막 답장을 입력하기 전에 웅얼거렸다.

걱정 그만해. 별일 없으니까. 곧 봐!

헬레나는 로빈의 이름 옆에 있는 작은 사진을 확대했다.

비쩍 마른 체형, 숱 많은 갈색 머리칼, 헐렁한 운동복을 입은 20대 초반의 남자가 부드럽게 웃고 있었다. 성은 바커였다.

메시지는 더 오지 않았다.

"위험했어. 데본은 로빈이 룸메이트라고 했지만 둘은 같이 자는 사이일 수도 있잖아. 그런데 로빈에게 질투심을 유발하는 메시지를 보낸 거면 어쩌려고."

헬레나는 데본이 최근에 주고받은 다른 메시지들을 보느라 정신없어 보였다.

"아까 다른 사람들한테 내 이야기를 했나 확인하느라 봤는데 파티 어쩌고 했던 것 같아…. 이거다, 젠장."

헬레나는 데본의 엄마가 보낸 메시지를 다시 살펴보았다.

기차표랑 아빠 생신 선물 살 수 있게 조금 더 송금했어. 토요일에 보자. XXXX.

"토요일이 데본의 아버지 생신이야." 헬레나가 말했다. "그때는 본가에 나타나야 해."

"그럼 지금…." 나는 며칠이 남았는지 계산이 되지 않았다. 우리가 아이슬란드에서 돌아온 게 화요일이었고, 지금은 수요일 새벽이었다.

"사흘 남은 거네. 괜찮아. 그렇게까지 오래 걸리지는 않을 거야."

자리에서 일어난 헬레나는 휴대전화를 조리대로 가져가 충전기에 연결했다.

"그렇게 두게?"

"그래야 할 것 같지 않아? 만약 로빈이나 데본의 엄마가 메시지를 보내기라도 하면 우리가 답장을 보내서 안심시켜야 하잖아."

그때 갑자기 헬레나는 겁에 질린 표정을 지었다.

"왜 그래?"

"우리 뭘 한 거야, 매튜? 우리가 무슨 짓을 하고 있는 거지?"

나는 헬레나를 끌어안았다.

"선택지가 없었잖아. 데본은 네 인생을 망치려고 찾아왔어. 이건 우리가 원해서 하는 게 아니야."

"그렇지만 우리는 여자애 하나를 우리 집 지하실에 가뒀어."

"지금 당장은 그렇지. 하지만 네가 감옥에 갇히는 것보다는 낫잖아."

헬레나를 안아주자 헬레나는 깊은 숨을 길게 내쉬었다.

"쉬어야겠다. 너무 걱정 마. 아침이면 다 해결될 거야. 우리는 할 수 있어."

나는 계단으로 걸어가는 헬레나를 바라보았다. 헬레나가 화장실을 쓰는 동안 나는 지하실로 향하는 복도로 내려가 귀를 기울였다. 아무 소리도 들려오지 않았다.

스스로 믿을 수 있을 때까지 나는 몇 번이고 되뇌었다.

내일이면 모든 게 해결될 거야.

13

잠깐 눈을 붙여야지 했는데 눈을 뜨니 오전 아홉 시였다. 어디선가 쾅쾅거리는 소리가 들렸다.

여기가 도대체 어디지? 곧 무슨 일이 일어났었는지 한꺼번에 기억났다. 여기는 헬레나 집이다. 쿵쿵 치는 소리는 누군가 대문을 두드리는 소리가 아니다. 택배를 전해주러 온 집배원이라면 행복한 마음으로 일어났겠지만, 저 소리는 자신을 꺼내 달라고 데본이 내는 소리였다.

헬레나가 아무 걱정 없이 더 자도록 나는 벌떡 일어나 옷을 주워 입었다.

지하실로 내려갈수록 쾅쾅거리는 소리가 점점 커졌다. 마치 드럼 연주를 바로 옆에서 듣는 것처럼 데본이 쿵쿵 문을 칠 때마다 내 속도 쿵쿵 울렸다.

"뒤로 물러서."

나는 문을 열면 데본이 덮칠 것을 대비해서 소리쳤다. 왜소하고 가벼워 보이는 데본이 나를 제압할 순 없겠지만 그 안에서 무기로 쓸 만큼 무겁고 날카로운 무언가를 찾아냈을 수도 있었다.

"문에서 여섯 발자국 떨어져. 거기서 날 불러봐."

"꺼지세요!" 데본이 소리쳤다.

독이 오른 데본의 목소리가 문 너머 멀리서 들렸다. 나는 몸이 스르륵 미끄러져 들어갈 정도로만 문을 열었다. 그러고는 들어가자마자 문을 재빨리 잠그고 열쇠를 바지 주머니 안쪽에 깊숙이 찔러 넣었다.

데본은 창고 어딘가에서 구한 담요를 어깨에 두르고 덴 중앙의 커피 테이블 앞에 서 있었다. 어젯밤 발에 걸려 넘어진 그 테이블이었다.

"나 화장실이 급해요." 데본이 처음으로 한 말이었다.

리는 지하실에 왜 화장실은 안 만들고 빌어먹을 냉동실만 만들어 놓은 거야?

"널 풀어줄 수는 없어."

"제발요, 매튜." 데본이 구슬리듯 불렀다. "정말 급해요."

나는 이런 상황을 예상했어야 했다. 하지만 이제 와서 어쩌랴?

"잠깐 기다려 봐."

나는 밖으로 나와 문을 잠그고, 계단을 올라가 두 번째 문을 열고 나가 또 잠갔다. 그러고 나서 곧장 헬레나에게 갔다.

"무슨 일이야?" 흰색 가운을 입은 헬레나가 물었다. 주전자에서 물이 끓는 소리가 들렸다.

"별일 없지?"

물론 있지. 지금 지하실에 젊은 여자가 갇혀 있잖아. 그러나 나는 대답 대신 숨을 깊게 들이마셨다. 화를 낸다고 해서 좋을 건 하나도 없었다.

"저 애 소변이 마렵대. 급하다는데."

"아, 그렇겠다. 잠시만."

나는 헬레나를 따라 주방으로 갔다. 헬레나는 다용도실에서 검은색 양동이를 들고 나왔다.

"이걸 쓰게 하자."

나는 양동이를 쳐다보았다. 우리가 점점 더 끔찍한 일을 저지르고 있는 것 같았다.

너희는 납치범이야. 마음속 목소리가 말했다. **유괴범들.**

"양동이에 볼일을 보게 하려고?"

"다른 방법 있어?"

없었다. 내가 양동이를 받아 들자 헬레나가 말을 이었다.

"이것도 필요할 거야." 두루마리 휴지와 물티슈였다.

"정말 싫다." 내가 말했다.

"알아. 나도 그래. 그래도 그 애가 사고 치기 전에 얼른 갖고 내려가 봐."

"넌 안 내려가?"

헬레나는 코끝을 찡긋거리며 말했다.

"조금 이따가. 가봐. 얼른."

나는 서둘러 계단을 내려갔다. 지하실 문을 열고 들어가 곧바로 다시 문을 잠그는데 나를 쳐다보는 데본의 눈빛은 바닥에 내려둔 플라스틱 양동이를 녹이기라도 할 것처럼 뜨거웠다.

"불평하지 마." 나는 데본이 뭐라 말하기 전에 입을 열었다.

"지금으로선 이 방법밖에 없어."

"그럼 적어도 나가주세요."

"마실 것 갖다줄게. 먹을 것도. 배고파?"

데본은 대답 대신 양동이를 들고 문에서 보이지 않는 장소를 찾아 둘러보았다. 나는 악마라도 된 기분이었다. 내가 어쩌다 이 지경까지 됐지? 지하실을 도망치듯 빠져나와 계단을 올라왔다.

헬레나는 주방에 서서 창밖을 바라보고 있었다. 회색 구름으로 가득한 어두운 하늘에서 비가 내렸다.

"데본의 커피 취향 기억해?" 내가 물었다.

"처음부터 안 적도 없던 거 같은데."

아이슬란드 여행 중 온천 근처의 카페에서 데본이 커피를 주문하는 것을 봤다. 두유인가 오트 우유를 함께 주문했던 것 같은데….

"장 보러 가야 해." 뒤에 있던 헬레나가 말했다.

거의 비다시피 한 냉장고에는 조금 남은 우유와 빵 한 덩이, 버터 조각이 있었다. 나는 토스트를 굽고 블랙커피와 우유를 담은 단지, 버터와 나이프를 쟁반에 함께 올렸다.

"이게 뭐야? 룸서비스?" 헬레나가 물었다.

"굶길 수는 없잖아."

"농담이었어. 그냥…. 저 애만 생각하면 화가 나. 아무것도 먹지도 마시지도 못하게 하고 싶어. 저 애가 뭐라고 커피 마시는 취향까지 맞춰줘야 하는 건지 모르겠어."

"이해해."

헬레나가 지하실 쪽을 가리키며 말했다.

"우리가 이렇게 된 것은 저 애 때문이야. 리가 나한테 어떻게 했었는지, 내가 얼마나 절망적이었는지 너에게 털어놓은 걸 들었잖아? 그런데도 여기까지 찾아와서 돈을 요구하고 경찰에 고발하겠다고 협박하다니."

"알아, 헬레나. 그렇지만 지금, 적어도 데본이 여기 있는 동안만큼은 최대한 인간적으로 행동해야 해. 데본을 굶길 수는 없어. 데본 목에 칼을 대면서 녹음 파일 복사본이 어디에 있는지 말하라고 강요할 수도 없어."

"그래. 그렇게 한다 해도 저 애가 하는 말이 어디까지 진실인지 알 수 없을 테니까."

"그런 말이 아니잖아."

헬레나는 크게 한숨을 내쉬었다.

"어쨌든 지금은 네가 가서 데본을 상대하는 게 낫겠어. 내가 가면 칼이 필요할지도 몰라."

"헬레나…."

헬레나는 휘이휘이 손을 흔들며 말했다.

"네 말이 맞아. 인간적으로 행동해야 해. 우리는 나쁜 녀석

들이 아니야. 보니와 클라이드가 아니라고."

우리는 잠시 서로를 쳐다보았다. 나는 헬레나도 같은 생각을 하는지 살폈다. 보니와 클라이드라니! 매력적이고 흥분되는 뭔가가 있긴 했지만 우리가 처한 현실을 생각하니 망상은 금방 사라졌다. 지금 이것은 영화가 아니었다. 실제 상황이었다.

"가서 옷 갈아입고 올게. 괜찮겠어?" 헬레나가 물었다.

"걱정하지 마. 데본을 풀어주진 않을 테니까."

—

쟁반을 들고 지하로 내려가 이번에도 데본을 문 뒤로 물러서게 한 다음 안으로 들어갔다. 데본에게 소파 주변에 있으라고 지시한 뒤 양동이를 들어 문밖 계단에 내놓고 쟁반을 커피 테이블에 올려놓았다.

"채식하는지 모르겠지만."

"안 해요."

데본은 쟁반에 놓인 물컵을 들어 물을 단숨에 들이켜고 토스트에 버터를 발라 몇 주는 굶은 사람처럼 먹어 치운 후 커피에 우유를 타서 벌컥벌컥 마시더니 말했다.

"지금 풀어주면 곧장 떠날게요. 당신들 눈에 다시는 띄지 않게 멀리요."

"그러면 좋겠지만, 네가 그러지 않을 거라는 건 우리 다 알잖아. 그렇지?"

"그건…."

데본이 대꾸하려는 걸 끊고 나는 계속해서 말했다.

"나도 널 믿을 수 있다면 좋겠어. 하지만 나는 네가 곧장 경찰서로 가거나 헬레나에게 엄청난 금액을 요구할 거라는 걸 알아. 그리고 헬레나가 너에게 돈을 준다 해도 넌 계속해서 더 많은 돈을 요구하거나 녹음 파일을 경찰에게 넘길 수도 있겠지. 익명으로 말이야."

데본은 나를 노려보았다.

"우리는 너를 해칠 마음이 없어. 그냥 녹음 파일 복사본을 모두 찾아 삭제할 때까지 네가 다른 문제를 일으키지 않게 이곳에서 지내게 하려는 것뿐이야. 네 전화기랑 클라우드에 있던 파일은 이미 삭제했어. 그러니 네가 말한 유에스비가 어디에 있는지만 말해주면 돼. 백업 파일을 만들 때 썼던 컴퓨터도 어떤 건지 알려주고."

"내가 그걸 왜 알려줘야 하는데요?"

"왜냐하면, 모든 녹음 파일과 그 복사본을 다 삭제해야 널 풀어줄 수 있으니까."

데본은 토스트를 두 개째 물어뜯으며 말했다.

"좋아요. 절 나가게 해주세요. 그러면 당신 눈앞에서 파일을 삭제할게요."

"우리는 바보가 아니란다, 데본."

"그러면 저랑 같이 가요."

"아니. 넌 여기에 있을 거야. 그냥 유에스비가 어디에 있는지 말해. 뭘로 백업했어? 노트북? 데스크톱?"

데본은 입가에 토스트 가루를 묻힌 채 웃기만 했다.

"여기서 나가고 싶지 않구나?"

"난 돈을 원해요. 돈을 주면 복사본들이 어디에 있는지 알려 줄게요." 의기양양한 투로 돌아온 데본이 나는 달갑지 않았다.

"당신들은 감옥에 갈 거예요, 매튜. 내 의지와 상관없이 날 여기에 가두고 있잖아요? 불법감금이라고들 하지요, 아마."

급기야 나도 짜증이 났다. 헬레나가 왜 여기에 내려오지 않으려 했는지 이제 알겠네! 슬슬 나가고 싶어진 데본이 협조를 해올 것으로 기대했던 나는 당돌하게 거절하는 데본의 태도에 기분이 상했다.

"헬레나가 돈을 줄 거라고 기대하다니 어처구니가 없다." 내가 말했다.

"그건 제 돈이에요."

"네 돈이라고? 어째서?"

데본은 눈을 가늘게 뜨며 대답했다.

"그건 내 침묵에 대한 대가예요."

나는 데본을 향해 걸어갔다.

"난 당신이 무섭지 않아요. 사람들이 날 찾으러 올 거고 반드시 찾을 거예요. 당신은 20년 만에 겨우 헬레나랑 만났죠? 서로 다른 감옥에 갇히면 어떨 것 같아요? 다시 만나기 위해 20년을 더 기다리고 싶어요?"

진정하자.

“좋아.” 내가 말했다. 나는 뒤돌아 문을 향해 걸었다. 데본이 이 상황을 주도하는 것을 막아야 했다.

“어딜 가요?”

내가 걸음을 멈추고 말했다.

“네가 말해주지 않는데, 여기 있을 필요가 없잖아.”

나는 문을 열고 나가 다시 잠갔다. 계단을 급하게 오르려다가 양동이를 거의 찰 뻔했다. 안에 든 액체가 출렁거렸고 나는 애써 진정하며 차가운 벽에 몸을 잠시 기댔다.

—

헬레나는 주방 안 테이블 앞에 앉아 있었다. 무릎 위에서 가르랑거리는 드렐라를 쓰다듬으며 마음의 안정을 찾는 듯했다.

내가 데본과 나눈 대화 내용을 전하자 헬레나는 놀랍지도 않다는 듯 말했다.

“오만한 것. 그래도 바뀌는 건 없어. 계획대로 데본이 사는 집에 가서 녹음 파일 복사본을 찾자. 어차피 데본이 하는 말을 다 믿을 것도 아니었잖아.”

헬레나가 자리에서 일어서자 드렐라는 바닥으로 내려가 주방 밖으로 나갔다.

“잠깐, 내 생각에 둘 중 한 명은 여기에 있어야 할 것 같아. 데본을 여기에 혼자 둘 수는 없잖아. 내가 다녀올게.”

"정말이야?"

"그럼." 나는 데본의 집 열쇠를 낚아채듯 집었다. 집 주소는 이미 외웠다.

"로빈이나 다른 사람들한테 메시지 온 것 있어?" 나는 현관문을 나서며 물었다.

"없어. 아무것도."

"좋아. 내 생각엔…."

그때 초인종이 울렸다. 우리는 화들짝 놀랐다. 그리고 거의 동시에 데본이 지하실 문을 두드리기 시작했다. 쿵쿵거리는 소리와 고함이 함께 들렸다.

"여기요! 도와주세요! 저 사람들이 날 가두었어요!" 정확하지는 않아도 알아들을 수 있는 목소리였다.

헬레나와 나는 창문으로 뛰어갔다. 어떤 여자가 길에 서서 집을 바라보며 작은 기자 수첩에 무엇인가를 적고 있었다. 다행히 여자에게 창문 너머의 우리가 보이거나 지하에서 외치는 데본의 소리가 들리는 것 같지는 않았다.

"아는 여자야?" 내가 속삭였다.

"그때 펍에서 헨리랑 같이 있던 여자 같아."

"부동산 일을 한다는?" 나는 이름을 기억하려고 애썼다. 캐시… 뭐였더라?

"멍청한 인간! 헨리가 저 여자한테 내가 집을 팔고 싶다고 말했나 봐."

다시 초인종이 울렸고 지하실에서는 쿵쿵 소리와 고함이 더 크게 들려왔다. "도와주세요! 도와주세요!"

"젠장, 저 여자가 듣겠어." 헬레나가 말했다.

나는 캐시를 집 안에 들이고 지하실로 끌고 가 데본과 함께 가두는 장면을 상상했다. 이 집을 찾아오는 다음 사람, 또 그다음 사람도 가두어 결국 온 동네 사람을 가두는 것이다. 히스테리 상태가 되기에 충분한 상황이었다.

"뭐가 웃겨서 실실대?"

헬레나가 거실을 가리키며 말했다.

"얼른 가서 텔레비전이라도 틀어. 데본 목소리가 묻히도록 볼륨을 최대로 높이고. 캐시는 내가 쫓아 보낼게."

헬레나는 현관으로 성큼성큼 걸어갔고 나는 그대로 거실로 뛰어가 텔레비전을 틀어 음악 채널을 찾았다. 미시 엘리엇[29]이 미친 듯이 노래하고 있었다. 나는 베이스 소리가 방 안을 가득 채우도록 볼륨을 높였고, 헬레나는 문밖으로 나갔다.

29—독창적이고 파워풀한 래핑을 선보인 미국의 래퍼로 여성 최초로 코큰롤 명예의 전당에 올랐다.

나는 주방으로 돌아가 헬레나의 전화기를 집어 현관 카메라를 볼 수 있는 앱을 켰다. 미시 엘리엇의 노래가 시끄러워 휴대전화의 볼륨도 최대치로 키워야 했다.

캐시는 가격을 매기려는 듯 몇 발자국 뒤로 물러서서 집 전체를 올려다보았다. 거실 쪽을 보면서 인상을 찌푸리기도 했다. 그때 헬레나의 뒤통수가 화면에 나타났다. 휴대전화의 작은 화면을 통해서 보았지만 나는 헬레나가 얼마나 긴장했는지 알 수 있었다.

"어쩐 일이세요?" 앱에서 헬레나의 목소리가 튀어나왔다.

캐시 리드는 곱슬머리에 얼굴형이 둥근 정 많은 인상이었고 나이는 서른다섯 살쯤 돼 보였다.

"방해해서 죄송해요." 캐시가 웃으며 사과했다. "헨리 매그레인이 메시지를 남겼어요. 집을 내놓고 싶으시다고요? 사무실 나가는 길에 마침 생각이 나서, 지금 가보면 어떨까? 직접 만나서 이야기 나누면 어떨까? 하고 들렀어요." 말끝마다 질문하는 것이 그녀의 말버릇인 듯했다.

음악 소리가 꽤 컸는데도 내게는 데본이 문을 두드리고 고함치는 소리가 들렸다. 밖에 있는 캐시에게도 이 소리가 들릴까? 지금은 들리지 않는 것 같지만 간주 부분에 데본이 목소리를 높인다면? 아니면 캐시가 집 안으로 들어오기라도 한다면?

"괜찮으세요?" 캐시가 물었다.

헬레나는 잠시 뜸을 들였다.

"그럼요. 그저 지금은 그런 대화를 할 준비가 안 돼서요."

"아." 캐시는 미소를 거두었다.

"죄송해요. 저는…." 말끝을 흐린 캐시는 어깨 너머로 바다를 힐끔 바라보며 말을 이었다.

"리는 정말 유감이에요."

"고마워요."

"그렇게 사람을 편하게 대해주는 사람도 없었는걸요. 제가 직업상 다양한 사람들을 만난다는 것 아시죠? 리는 항상 깍듯하고 정중했어요. 정말 좋은 사람이었잖아요?"

"그랬죠." 헬레나가 대답했다.

현관 카메라에 빗방울이 떨어졌고 캐시가 하늘을 올려다보았다.

"하늘에서 내리는 눈물일까요?" 캐시가 슬프다는 듯 고개를 저으며 말했다.

이 말을 들은 헬레나가 어떤 표정을 짓고 있을지 나는 무척 궁금했다.

캐시는 머리를 갸우뚱하더니 말을 이어나갔다.

"정말 슬픈 일이에요. 그리고 아직 부동산 직원이랑 말할 준비가 되지 않은 것도 당연해요. 저는 헨리 말만 듣고…."

"전화번호 남겨주시겠어요?" 헬레나가 간신히 물었다. "전화 한번 드릴게요."

"물론이죠."

캐시가 가방에서 명함을 찾느라 대화가 잠시 끊겼다. 바로 그때 미시 엘리엇의 노래가 끝났고 데본의 고함이 길게 들렸다. 캐시는 집 안을 보며 눈을 깜박거렸다. 소리를 들었을까? 그렇다면 우리는 이 여자도 납치해야 한다…. 하지만 그때 캐시가 웃으며 말했다.

"갑자기 찾아와 죄송했습니다. 마음의 준비가 되면 저에게 연락 주세요. 아셨죠?" 나는 안도했다.

캐시는 헬레나의 어깨를 몇 번 두드리고는 급히 차로 돌아갔다. 헬레나는 캐시가 차를 몰고 가는 것까지 보고 나서야 집 안으로 들어왔다.

나는 텔레비전을 껐다. 데본은 아직도 문을 두드리고 있었다.

"저 여자가 들은 거 같아?" 나는 헬레나가 들어오자마자 물어보았다.

"모르겠어."

나는 바닥을 향해 손짓하며 물어보았다.

"너는 들었어?"

헬레나는 두 손을 머리카락 사이에 넣고 눈을 크게 뜬 채 가만히 있었다. 조금만 더 있으면 공황 발작이라도 일으킬 것처럼 보였다.

"아니. 음악 소리만 들렸어. 바깥은 큰길에서 차가 다니는 소리도 들렸고. 갈매기들 우는 소리랑."

나는 숨을 내뱉었다.

"그럼 괜찮을 거야." 나는 잠시 쉬었다 물었다.

"아직도 이 집 팔고 싶어?"

헬레나는 캐시가 준 명함을 소파에 던지며 대답했다.

"그래. 매물 리스트에 우리 집 소개 글이 어떻게 쓰일지 궁금하네. 절벽 꼭대기에 있음. 침실 세 개, 거실 두 개. 완벽한 홈시네마가 설치된 넓은 지하실에 납치 피해자 한 명 있음."

크게 웃은 나와는 달리 헬레나는 건드리면 조각조각 부서질 것처럼 떨었다.

"이리 와." 나는 헬레나를 끌어안았다.

"정말 더는 참을 수가 없어. 데본을 내보내야 해. 누가 우리 집 초인종을 누를 때마다 이럴 수는 없잖아. 헨리가 내가 집을 팔고 싶다는 얘기를 퍼뜨리기라도 했으면 어떡해? 저 여자가 아니더라도 찾아올 거야. 이 동네 부동산 업자들은 모두 올 거라고."

데본이 마침내 조용해졌다. 포기한 것이다. 어쨌든 지금은 그렇다.

"해결할 수 있을 거야. 내가 가서 파일 복사본을 찾아내면 누가 찾아와도 걱정할 필요가 없어."

헬레나는 울 것 같은 표정으로 고개를 끄덕였다. 그러고는 심호흡을 하고 똑바로 일어섰다.

"네 말이 맞아. 차 키 가져다줄게."

—

테슬라 키는 열쇠고리 장식처럼 조그마했다. 헬레나에게 전기차 작동법을 간단히 배운 뒤, 커다란 화면에 있는 내비게이션 바에 데본의 우편번호를 치려고 고개를 숙이자 헬레나가 나를 제지했다.

"우리가 데본의 아파트에 갔다는 기록을 내비게이션으로 남길 필요는 없잖아. 그치?"

"좋은 지적이야." 나는 바보다. 만약 신의 뜻으로 이러한 일이 계속 벌어진다면 스스로 실력을 끌어올려야 할 텐데.

"나한테 종이로 된 도로 지도가 있어. 잠깐 기다려."

차고에 들어간 헬레나는 많이 헤진 AA[30] 도로지도를 들고 나왔다.

30—Automobile Association의 약자로 영국 자동차 협회를 뜻한다.

"와, 완전 구식이네. 이거 쓴 지 몇 년은 된 것 같아."

"멀지 않아. 8킬로미터 정도야. 브라이턴 시내로는 안 들어가는 게 나을 테니까, 이 길로 가."

헬레나가 지도를 펴서 길을 알려주었다. 돌아가기는 해도 시내를 통과하지는 않았다.

헬레나는 열린 차창 안으로 몸을 기울여 내 입술에 짧게 입맞춤했다.

"최대한 빨리 올게." 나는 말했다.

"하지만 속도위반은 안 돼. 경찰한테 걸리면 안 되니까. 게다가 너는 이 차에 보험도 안 들었잖아."

혹시 이게 소위 '파멸에 이르는 길'일까? 법 하나를 어기면 곧 다른 법도 어기게 되는 식의.

헬레나는 잠시 뜸을 들이더니 말했다.

"매튜…."

"왜 그래?"

"넌 그냥 이 상황에서 빠져나가도 돼. 알잖아? 이 모든 건 너랑은 관계없는 일이야. 그 누구의 죽음도 네가 책임질 일이 아니야. 협박을 받는 사람도 네가 아니고."

"나도 알아. 하지만…."

"나는 네가 이 상황에 함께 엮인 게 끔찍해. 내 비밀을 알게 된 것만으로도 큰 부담일 텐데 이런 상황까지 끌려왔잖아." 헬레나는 집을 가리키며 말했다.

"이 길로 네가 집으로 돌아가서 우리가 재회한 것 따위는 잊는다고 해도 비난하지 않을게."

내가 이 말에 혹했을까? 속이 울렁거리고 머리가 빙글빙글 돌았다. 하지만 헬레나를 두고 떠나버린다는, 그래서 헬레나가 이 모든 걸 혼자 감당하게 한다는, 내가 다시는 헬레나를 보지 못한다는 생각은 더 싫었다.

나는 헬레나의 손을 잡았다. 손가락에 붙인 밴드가 말라 있었다.

"말했잖아. 우리는 한배를 탄 거라고. 난 널 떠나지 않을 거야. 게다가 이제는 나도 공범이잖아. 안 그래?"

"내가 구속당하더라도 너랑은 상관없는 일이라고 말하면 돼."

"아니야, 헬레나."

헬레나는 갈라지는 목소리로 말했다.

"정말이야?"

"그래. 100퍼센트 진심이야." 나는 사랑한다고 말하고 싶었다. 하지만 말도 안 되는 미친 짓이 일어나고 있는 이 순간에 고백은 성급하다는 생각이 들었다.

14

매튜가 차를 몰아 도로로 빠져나가는 것을 보고 헬레나는 주방으로 들어와 허망한 심정으로 냉장고 안을 쳐다보았다. 헬레나는 요리를 즐기는 사람이 아니었다. 리가 죽은 후에는 식사를 꼬박꼬박 준비하지 않아도 돼 좋았다. 뭔가 먹어야겠다는 생각이 들면 식당에서 포장을 해오거나 콩 통조림을 올린 토스트나 캔 수프를 간단히 차려 먹었다. 워홀은 캠벨 수프만으로 20년을 살았다는데. 헬레나 역시 요리할 필요를 느끼지 못했다.

그러나 지금 헬레나는 죽을 만큼 배가 고팠다. 게다가 굶겨야 마땅한 데본까지 먹여야 했다. 협박하러 온 애한테 식사까지 바쳐야 하다니. 헬레나는 밴드를 붙인 손가락의 고통을 즐기며 주먹을 꽉 쥐었다. 자신을 압도하는 분노와 싸워 이기기 위해 깊게 숨을 들이마셨다.

나가자. 동네를 산책하고 쇼핑도 하면 기분을 가라앉힐 수 있겠지. 일석이조다.

데본이 어디로 갈 수도 없었고, 부동산 여자가 다시 올 것 같지도 않았다. 집배원도 이미 쓸데없는 편지를 두고 갔고, 전화도 오지 않았다.

헬레나는 결혼사진을 떼어 낸 빈 벽과 매튜의 재킷이 걸린 현관을 지나 밖으로 나갔다.

내가 매튜와 다시 사귀는 걸 알게 된다면 리가 얼마나 격분할까? 노발대발하는 리를 상상하니 웃음이 절로 나왔다. 네가 설계하고 지은 이 집에 내가 매튜와 함께 있는 모습을 지옥에서 실컷 구경하렴.

헬레나는 현관문을 열었다. 이 집에 이사 왔을 때 헬레나가 궁금했던 것 중 하나는 왜 문을 안과 밖에서 모두 잠글 수 있어야 하는가였다. 리는 보안 때문이라고 했다. 그러나 곧 자신을 집에 가둬야 했기 때문이라는 걸 알게 됐다.

어쨌든 지금까지는 문을 안팎으로 잠글 수 있는 게 유용했다. 데본이 지하실에서 빠져나와도 집 밖으로는 나올 수 없을 테니까.

밖으로 나온 헬레나는 열쇠를 가방에 넣고 언덕을 올랐다. 바닷바람이 거세게 불어와 고개를 숙이며 걸었다. 하늘은 어두웠고 날은 추웠다. 헬레나는 팔짱을 낀 채 발걸음을 재촉했다.

—

2001년 6월이었다. 햄프턴 코트 근처에서 하우스 파티가 열렸다. 사이먼이 시험이 끝난 기념으로 수업을 함께 들은 친구들을 집에 초대했다.

강을 따라 정원이 기다랗게 경사진 집은 거대했다. 세상을 몽땅 태워버릴 만큼 더운 날이었다. 얼음물을 채운 커다란 양동이에 맥주를 담가 차갑게 식혔다. 헬레나의 친구들은 속옷만 입은 채 둑 위에 앉아 일광욕했다. 속옷 차림으로 일광욕이라니…. 피부암 걸릴 일 있나?

헬레나와 매튜가 사귄 지는 한 달밖에 되지 않았다. 둘은 학생회관에서 열린 댄스파티에서 처음 만났다. 디제이가 프라이멀 스크림, 스웨이드, 더 쉐이멘[31] 등 90년대 초반 밴드의 음악을 틀었고 맥주는 500cc가 1파운드였다. 그날 밤 헬레나는 술에 취해 춤을 추었다. 그러다 매튜와 눈이 마주쳤고 둘은 30분 뒤 회관 구석에서 진한 키스를 나누었다.

31—모두 스코틀랜드 및 영국 출신 록 밴드다.

매튜는 귀엽게 생긴 편이었고 음악과 미술, 특히 영화에 관심이 많았다. 다들 열광하는 월드컵에는 별로 관심이 없었다. 헬레나는 매튜를 볼 때면 설레었다. 매튜가 마음에 들었다. 키스도 잘했다.

매튜는 같은 과 친구들과 함께 집을 빌려 살았다. 그 집 매튜의 방에서 헬레나는 처음으로 성관계를 가졌다. 스물한 살이었다. 첫 경험은 예상보다 더 괜찮았다. 그리고 점점 더 좋아졌다.

오늘 둘은 2학년의 마지막 시험을 모두 치르고 하우스 파티에 참석했다. 매튜는 양동이에서 맥주 두 병을 꺼내 뚜껑을 딴 뒤 하나를 헬레나에게 건넸다. 옆에는 잔디 위에 돗자리를 깔고 앉아 마리화나를 돌려 피우는 무리가 있었다. 대형 오디오에서는 지겹도록 들은 에미넴의 〈더 마셜 매더스 LP〉가 폭발하듯 울리고 있었고 친구들은 음악에 맞춰 몸을 흔들거나 랩을 따라 했다.

그다음 주부터 시작될 여름 방학을 헬레나와 매튜는 따로 보내기로 했다. 헬레나는 런던에서 계속 지내기에는 돈이 많이 들어 고향인 라이[32]로 돌아가 이모, 삼촌과 지낼 예정이었고 매튜는 런던에 있는 브롬리에서 부모님과 지낼 예정이었다. 개학할 때까지 매튜를 한번 볼 수나 있을까? 그때 마리화나를 피우던 무리 중 하나가 말했다.

32—영국 남부 해안가에 있는 서식스 주의 소도시

"여기 계속 있다가는 열사병에 걸려 죽겠어. 수영할 사람?"

순간 일제히 강으로 향하는 내리막길을 바라보았다. 오후의 햇빛이 수면 위에서 반짝거렸다. 몇 명이 자리에서 일어서 옷을 벗어 던졌다.

"수영하러 갈래?" 매튜가 돌아보며 물었다.

"글쎄."

"가자, 재미있겠다. 여기 이러고 있다가 쪄 죽겠어."

"그래도 물속은 얼음처럼 찰 텐데." 헬레나는 생리 중이었다.

"먼저 들어가. 나는 조금 있다가 들어가든지 할게."

"같이 가자, 헬레나." 매튜가 보챘다.

"그래, 같이 가자." 멜리사였다. 빨간 머리에 예쁘장한 얼굴, 브래지어가 터질 듯 가슴이 큰 멜리사는 겉옷을 벗어 던진 지 오래였다.

"에이, 시시하게 굴지 말고."

헬레나는 억지로 미소를 지었다.

"난 여기서 맥주나 마실래."

"그냥 두자, 매티." 멜리사가 말했다. 매티?

"지루한 게 좋으면 그러라고 해."

멜리사는 큰 가슴을 출렁거리며 강둑으로 뛰어 내려갔다. 그러고는 꺅 소리를 지르며 점프하더니 물속에 있던 남학생들과 물장구치기 시작했다.

매튜는 어깨를 으쓱하고는 멜리사를 따라 물에 뛰어들었고, 소리를 지르며 친구들과 물장구를 치기 시작했다.

헬레나는 웬 그림자가 다가오는 걸 느꼈다. 리가 옆에 와서 앉았다.

건축 관련 도서를 겨드랑이에 낀 리는 자신도 서식스에서 왔다고 소개했다. 얼핏 들어본 적 있는 듯한 마을, 솔트딘에서 왔다고. 리와는 다른 파티에서 만나 잠시 이야기를 나누어봤을 뿐 잘 알지는 못했다. 헬레나와 같은 과인 여학생과 짧게 사귄 적이 있고, 1학년 때 리와 한 기숙사에서 생활한 매튜가 '바람둥이'라며 험담하는 것을 들은 일이 전부였다.

"가서 수영 안 해?" 리가 맥주 병을 비틀며 물었다.

"물에 젖고 싶지 않아." 헬레나는 당황해하며 말을 이었다.

"이렇게 말하니까 나 되게 꽉 막힌 애처럼 보이네."

"멜리사 말은 신경 쓰지 마. 걘는 그저…."

"발랑 까졌다고?"

웃음이 터진 리가 윙크하며 대답했다.

“뭐야, 나 이래 봬도 페미니스트야. 그런 표현 절대 쓰지 않는다고.”

물에서 놀던 멜리사가 점프해서 매튜의 등에 업혔다. 커다란 가슴으로 매튜의 목덜미를 누르고 턱을 매튜의 정수리에 올린 멜리사는 친구들을 향해 “공격!” 하고 외쳤다.

“정말 물놀이 안 해?” 리는 물었다.

“응.”

둘은 말없이 음악을 들었다. 헬레나는 리가 레코드 가게에서 음반을 고르듯 머릿속으로 화젯거리를 찾고 있다는 것을 알았다.

“헬레나, 우리 둘 다 서식스에서 왔잖아? 그러니까 혹시 심심하면….”

리는 말끝을 흐렸다. 그때 흠뻑 젖은 매튜가 강둑에서 나와 물기로 발자국을 찍으며 헬레나와 리를 향해 뛰어왔다. 헬레나는 상했던 마음이 설렘으로 바뀌었다. 매튜가 멈춰 서자 순간 리에게 물이 튀었다.

“이봐! 조심해.” 벌떡 일어선 리가 주먹을 쥐며 말했다.

매튜가 두 손을 들어 올리며 말했다.

“미안, 그냥 물이잖아.”

순간 헬레나는 리가 매튜의 얼굴에 주먹을 날릴까 봐 걱정했다.

“어쨌든.” 겁에 질린 헬레나의 표정을 본 리는 다행히 자리를 떴다.

매튜는 자리에 앉으며 헬레나 너머로 멀어지는 리를 보았다.

“리가 치근덕대기라도 한 거야?”

“그 말은 좀 황당하네.”

“어?”

“너랑 멜리사 말이야. 너야말로 멜리사에게 푹 빠졌던데.”

매튜는 정말 충격받은 표정이었다.

“아니야, 아니야! 잠깐, 내가 멜리사와 썸 탄다고 생각하는 거야?”

무릎을 질질 끌며 헬레나에게 다가가며 매튜는 말을 이었다.

“맹세해, 헬레나. 나 멜리사에게 전혀 관심 없어. 그 애는 너무 뻔하잖아.”

“그래, 뻔하게 섹시하지.”

매튜는 찬 손으로 헬레나의 손을 잡았다.

“아니야. 네가 더 섹시해.”

헬레나는 매튜의 키스를 허락했다. 리가 보고 있는 걸 알았고 그 사실 또한 즐겼다.

—

헬레나는 동네 주민들이 장을 보는 슈퍼마켓을 어슬렁거리며 과거에 잠겼다. 결혼한 지 얼마 지나지 않아 리는 그날의 일을 끄집어내며 헬레나 때문에 자존심이 뭉개졌다고 말했다.

“뭐야, 내가 모르는 남자도 아니고 남자친구에게 키스한 걸로?”

"그놈은 형편없는 놈이었어."

"내 첫사랑이야."

리는 헬레나에게 주먹을 날렸다. 그때 처음으로 리에게 말대답해서는 안 된다는 것을 알았다. 헬레나는 충격으로 입을 다물지 못했고, 리는 헬레나의 손목을 휙 잡아 몸 뒤로 팔을 꺾으며 말했다.

"내가 너의 첫사랑이야. 네가 사랑하는 단 한 사람은 바로 나야. 그 재수 없는 새끼가 아니라. 말해봐."

헬레나는 그대로 말했다. 그러나 그 뒤로도 몇 년 동안 매튜라는 이름은 계속 등장했다. 리의 폭력에 못 이겨 헬레나가 몸을 웅크리고 울 때면, 리는 "어디 한번 네 첫사랑에게 연락해 봐. 매튜가 와서 구해주나 보자" 하고 말하곤 했다.

헬레나는 술 판매대에서 보드카 한 병을 들었다. 쇼핑 바구니는 빵, 달걀, 파스타, 신선한 과일과 채소, 밀키트 등으로 꽉 차 있었다.

"헬레나!"

헨리의 목소리를 듣고 헬레나는 바구니를 떨어뜨릴 뻔했다.

"미안해요. 놀라게 할 생각은 아니었는데." 헨리는 눈썹을 찡그리며 걱정스레 말했다.

헬레나는 머리를 굴려야 했다.

"괜찮아요. 딴 생각하느라 놀란 거예요."

헨리가 미소 지으며 답했다.

"모쪼록 좋은 생각이었기를 바라요. 여기서 아주 멀리 떨어진,

열대 지방에 있는 섬 같은?"

"와, 너무 좋은데요?"

둘은 함께 웃었다.

헨리는 반바지에 폴로 셔츠를 입고 있었는데 셔츠 단추 사이로 철사같이 뻣뻣한 흰 털들이 삐져나왔다. 웬일로 정장 차림이 아니지? 헨리는 사립학교 교육을 받은 상류층이었다. 개와 말이 있는 교외의 전원주택에서 자란 헨리는 지금도 조부모에게 물려받은 숲에 집을 짓고 살았으며 웰링턴 부츠[33]를 신고 엽총을 들고 다녔다. 유람용 보트도 소유한 헨리는 매일 아침 바다에서 수영하는 리에게 "나를 절대 수영에 끌어들이진 못할 거야. 난 물 위에 있는 게 더 좋으니까"라며 농담을 던졌다. 나이도 훨씬 많고 성향도 다른 헨리가 리의 동업자라니, 헬레나는 처음에 의아했다.

33—무릎 아래까지 오는 장화로 영국 웰링턴 공작이 만든 후 대중화되었다.

그러나 곧 헬레나는 상반된 둘의 특징이 사업 파트너로서는 시너지 효과를 낸다는 것을 깨달았다. 헨리의 고급스러운 말투와 고풍스러운 매력은 리가 강압적으로 두드려도 열 수 없는 상류사회의 문을 열어주었다. 그리고 리는 뇌조 사냥 등 헨리가 즐기는 취미 몇 가지를 배워 전원 취미 생활을 함께했다.

"캐시가 바로 찾아갈 줄은 몰랐어요. 불편했을 텐데 미안해요." 헨리가 말했다.

"괜찮아요." 헬레나는 집으로 돌아가고 싶은 마음이 간절했다.

"집을 팔고 싶은 생각이 바뀐 거예요?"

"지금은요."

"그래요? 왜요?"

제발 조용히 꺼지세요. 하지만 리가 죽은 뒤 지나치다 싶게 잘해준 헨리에게 무례하게 굴 수는 없었다. 물론 진실을 말해줄 수도 없지만.

지금 당장은 우리 집에 아무도 들일 수가 없어요. 지하실에 젊은 여자 한 명을 가둬놨거든요.

"저는 그저… 미안한 마음이 들어서요. 리가 지은 집이잖아요. 아주 애정 어린 집이었거든요."

헬레나는 거짓말을 술술 내뱉는 제 모습에 감탄했다.

헨리가 안타깝다는 듯 말했다.

"리는 당신이 행복하길 바랄 거에요. 이사하고 싶은 마음도 분명 이해할 거예요. 그 집에 계속 사는 게 쉽지는…." 헨리는 말끝을 흐렸다. "미안해요."

"사과하실 필요 없어요. 당신 말이 맞아요. 그런데 그것 때문만은 아니에요. 집을 살펴보니 매물로 내놓기 전에 수리할 부분도 있고요. 리가 죽은 후로 그대로 둔 곳이 많아서요."

헨리는 부드럽게 웃었다.

"이해해요. 어떤 부분이요?"

"일단… 샤워기 하나가 말썽이고." 헬레나는 더듬거리며 할 말을 찾았다.

"민망하지만 드렐라가 위층 카펫에 계속 오줌을 싸서 냄새가 배었어요. 집을 내놓으려면 카펫도 교체해야 해요."

거짓말을 이어가며 헬레나는 몸을 움츠렸다. 집 안에서 한 번도 사고를 친 적 없는 천사 같은 드렐라.

"제가 잘 아는 카펫 기술자가 있어요. 연락처 줄게요. 샤워기는 제가 한번 가서 봐줄까요? 어디에 있는 거죠?"

"음… 안방에 딸린 화장실에 있는 건데… 도와주지 않으셔도 정말 괜찮아요."

"전혀 문제없어요. 가끔은 손을 더럽히는 일을 꽤 즐긴답니다."

"정말 걱정하지 않으셔도 돼요."

"제가 도와드리고 싶…."

"헨리! 아니라고요!"

이게 소리를 지를 일이냐는 듯 헨리가 눈을 가늘게 떴다. 헬레나는 얼굴이 붉어지는 것을 느꼈다. 헨리는 두 손을 들어 올리며 말했다.

"여기까지 합시다."

그러고는 헬레나의 어깨 너머로 무엇을 보았는지 달갑지 않은 표정을 지었다. 헬레나는 뒤를 돌아보았다.

제이미 크로울리였다. 초콜릿 바 선반을 둘러보고 있는 뒷모습만 보아도 알 수 있었다. 항상 입고 다니는 갈색 가죽 재킷을 입고 있었으니까. 그런데 제이미를 보는 헨리의 표정이 가관이었다. 동네 건달이 슈퍼마켓에 있는 게 몹시 불쾌하고 소름이 끼친다는 표정이었다.

"계산하러 갑시다."

헨리는 헬레나를 밀다시피 하며 물었다. 제이미는 아직도 부스트와 마스[34] 중에서 고민하고 있었다. 온종일 체력 단련을 하고 단백질 쉐이크나 마실 것처럼 생긴 크로울리가 여기서 초콜릿을 사고 있다니 놀랍기는 했다. 제이미의 알몸은 어떨까?

34—초콜릿 바 상품명

계산을 마치고 밖으로 나와 헬레나가 물었다.

"왜 그랬어요?"

"뭐가요? 이리 와요. 댁까지 태워드리지요."

차 문을 연 헨리는 헬레나의 장바구니를 재촉했다. 하는 수 없이 장바구니를 헨리의 스포츠카 트렁크에 싣고 조수석에 앉았다.

"테슬라는 어때요? 엔진 소리가 그립지는 않나요?" 헨리가 언덕을 오르며 물었다.

"전혀요."

계속해서 말을 거는 헨리가 성가셔 헬레나는 건성으로 대답했다. 헬레나의 집에 거의 도착했을 때 헨리가 말을 꺼냈다.

"제이미 크로울리가… 저를 보고 있었나요?"

"네? 크로울리가 당신을 왜 봐요?"

"아니 그냥요. 아니면… 요즘 크로울리와 자주 마주쳤나요?"

"아니요. 전혀요. 왜 그러세요?"

헬레나는 뱃속을 긁어내는 듯한 공포를 느꼈다. 제이미 크로울리가 바로 마약 딜러였기 때문이다. 헬레나가 로히프놀을 사갔다고 떠들고 다녔을까? 아니다. 그런 것이라면 헨리가 크로울리를 보고 겁낼 필요가 없다.

"혹시라도 또 마주치면 나에게 전화해요. 알았죠?"

"헨리, 무섭게 왜 그래요."

헬레나의 집 앞에 차를 세운 헨리는 미소를 지으며 헬레나의 손을 쓰다듬었다.

"아무 걱정 말아요."

당황한 헬레나가 아무 말도 못 하는 사이 헨리가 차에서 내려 장바구니를 꺼냈다.

"들어가서 샤워기 좀 봐줄까요? 그리고 카펫만 교체하면 집을 바로 내놓을 수 있겠어요."

헬레나는 집을 향해 걷는 헨리를 막아야 했다. 헨리에게서 장바구니를 빼앗아 들었다.

"매튜가 안에서 자고 있어요."

헨리는 얼굴을 찌푸리며 물었다.

"대학 친구요? 여기서 지내나요? 알겠어요. 그럼 친구 이상인 거군요? 사귀는 건가요?"

헬레나는 횡설수설하기 시작했다.

"리가 죽은 지 8개월밖에 안 됐다는 것 알아요. 하지만 매튜는 그보다 훨씬 오래 알았고…."

"헬레나, 설명할 필요 없어요. 매튜가 자신이 얼마나 운이 좋은지나 알았으면 좋겠네요."

헨리는 이야기하며 집을 한 번 더 힐끔거렸다.

"그렇다면 더 이 집을 팔아야 하지 않을까요? 내가 매튜라면 다른 남자가 살던 집에서 지내는 게 정말 오싹할 거 같아서요."

한참 연설을 늘어놓는데 헨리의 휴대전화가 울렸다. 돋보기를 안 쓰고 버티는 중년 남자가 하듯 팔을 뻗어 휴대전화를 들어 올리고 화면을 확인하더니, 표정이 창백해져서 아직 시동을 끄지 않은 차로 돌아갔다.

"미안해요. 약속이 있는 걸 깜박했어요. 다음에 다시 이야기해요!" 차창 밖으로 소리치며 헨리는 떠났다. 자동차가 속도를 내자 부릉부릉하는 소리가 울려 퍼졌다. 대체 무슨 일일까?

헨리에 대한 걱정 따위는 접어두기로 했다. 그럴 시간이 없었다.

신경 써야 할 일이 잔뜩 있었으니까.

15

마을을 빠져나갈 무렵 나는 운전에 익숙해졌다. 오전이라 출근하는 차는 많았지만 어둑한 하늘과 강한 바람 때문인지 사람은 보이지 않았다. 이러한 날씨에 거친 파도로 회색빛 물거품을 일으키는 바다를 보니 런던 남부에 살던 어린 시절 바닷가로 떠났던 가족여행이 기억났다. 주로 헤이스팅스, 마게이트, 이스트본[35] 같은 곳으로 갔는데, 여동생 루시를 여왕벌로 착각하는 말벌들에 쫓겨 소리 지르며 도망치던 타는 듯한 더운 날, 아니면 어두운 하늘 아래 비가 마구 쏟아지는 날이었다. 자동차 뒷좌석에 앉아 식초맛 감자 칩을 먹으며 차창으로 떨어지는 빗물을 닦아내는 와이퍼의 끽끽거리던 소리를 들었던 기억이 선명했다. 이제 부모님은 모두 돌아가셨고, 나와 같이 자동차 뒷좌석에 앉았던 여동생은 뉴질랜드 남자와 결혼해 뉴질랜드에서 산다. 인제 그만 추억은 기억에서 밀어내자. 집중해야 한다.

35—모두 런던에서 남쪽 끝에 있는 해안가 마을이다.

북쪽 도로를 따라 시골길로 들어섰다가 국도로 합류했다. 축구 경기장을 지나서 남쪽을 향해 멀스콤에 진입했다. 브라이턴의 시내는 꽤 많이 가봤지만 주택가는 처음이었다. 걸어서 등하교가 가능할 만큼 캠퍼스에서 가까워 학생들에게 인기라던 일대가 오늘 같은 날씨에는 마치 유령도시처럼 보였다.

데본의 집은 큰길에서 멀리 떨어진 한적한 거리에 있었다. 한쪽 벽면이 옆집과 붙은 신축 건물로 창문은 청소가 필요해 보였다. 집 앞에 차가 한 대도 세워져 있지 않아 다행이었다. 로빈이 집에 있으면 나는 그가 밖으로 나올 때까지 한없이 기다려야 하니까. 하지만 집 앞에 차를 세우고 보니 헬레나의 차가 꽤나 눈에 띄었다. 부촌이 아닌 이곳에는 6, 7년 된 해치백, 혹은 드물게 밴이 세워져 있었다. 거리에 나다니는 사람이 없다고는 해도 밝은 대낮이어서 집 안의 누군가 창문 커튼 사이로 볼 수도 있다는 생각이 든 나는 차를 빼 몇 골목 떨어진 곳에 다시 주차했다. 재빨리 도망쳐야 할 경우를 대비해 차의 머리를 도로 방향으로 두는 것도 잊지 않았다.

마침내 데본이 살던 집의 현관문 앞에 다다랐다. 창문을 통해 본 거실에는 아무도 없었고 텔레비전이나 음악 소리조차 새어 나오지 않았다. 로빈은 출근한 걸까? 나는 현관문을 가볍게 노크해 보았다. 로빈이 나오면 옆 동네에서 고양이를 잃어버려 찾고 다니는 중이라고 해야지. 그러나 어떤 응답도, 어떤 기척도 없었다.

갖고 온 데본의 열쇠로 문을 열자 벽에 자전거가 기대어진 복도가 나왔다. 복도를 따라 가는데 멕시칸 음식 냄새가 희미하게 났다. 주방 쪽으로 머리를 쑥 내밀어보니 싱크대 옆에 쌓인 설거지거리와 조리대 위에 있는 올드엘파소 타코 키트가 보였다. 로빈이 어제 저녁으로 먹은 모양이었다.

심장이 빠르게 뛰었다. 허락 없이 남의 집에 들어간 일은 난생처음이었으니까. 그리고 이것은 내가 절대 하고 싶지 않은 일들(어쩐지 점점 늘어나는) 목록 중 첫 번째 일이기도 했다.

집 안을 살펴보니 자칭 빈털터리라고 한 데본의 처지가 이해가 됐다. 물론 나도 대학을 갓 졸업하고 비슷한 집에 살았다. 게다가 런던에 있었기 때문에 집세를 내려면 코피가 터질 정도로 일해야 했다.

네모반듯한 거실에는 이케아 소파, 텔레비전, 책장이 놓여 있었다. 뒤뜰이 보이는 작은 창문을 통해 바람이 솔솔 들어왔지만 퀴퀴한 실내 공기를 바꾸어놓기에는 역부족이었다. 커피 테이블은 간밤에 로빈이 올려둔 듯한 먹다 남은 음식이 담긴 접시, 맥주캔 여러 개, 마리화나 꽁초가 담긴 재떨이로 지저분했다. 로빈은 혼자서는 살림할 능력이 안 되는 덩치만 어른인 녀석일까?

거실에 노트북 따위의 기기는 보이지 않았다. 당연하다. 아직 대학생처럼 사는 데본이라면 자기 물건은 다 자기 방에 두었을 것이다. 데본의 방을 우선 찾아야 한다.

살금살금 위층으로 올라갔다. 고요한 집 안을 희미하게 울리는 것은 웅웅거리는 냉장고 소리와 희미하게 들리는 전자기기 소음뿐이었다. 2층에는 문이 세 개 있었다. 하나는 닫혔고, 하나는 열려 있었는데 화장실이었다. 그리고 조금 열린 또 하나의 문. 발끝으로 조심조심 걸어 안으로 들어갔다. 레일형 벽걸이에 걸린 옷가지와 의자 뒤에 아무렇게나 벗어둔 브래지어, 화장대에 올려둔 향수병 몇 개가 눈에 들어왔다. 데본의 방이었다.

우선 창밖을 살폈다. 주변 집의 지붕이 보였다. 그리고 방 안을 둘러보았다. 확실히 아래층 거실보다는 깨끗하게 정리돼 있었다. 작은 방은 더블 침대만으로도 꽉 차 보였는데, 저렴해 보이는 책상과 책장, 깨끗한 유리잔이 한 개 놓인 테이블, 벽에 붙은 파리와 뉴욕의 흑백 사진이 눈에 들어왔다. 데본이 아이슬란드에서 메고 다니던 배낭은 침대 옆 바닥에 놓여 있었다.

나는 책상 서랍 제일 위 칸을 열었다. 문구류, 콘돔, 오래된 열쇠, 은행 카드, 고장 난 것 같은 핏비트[36]가 있었다. 바로 아래 서랍을 열었다. 뒤엉킨 충전기 연결선을 비롯해 갖가지 컴퓨터 용품이 들어 있었다. 맨 아래 서랍은 논문 인쇄물, 시간표, 노트로 가득 차 있었다.

36—웨어러블 의료 기기를 개발 및 판매하는 미국 기업으로 대표 상품은 스마트 밴드다.

책상 위에는 서류 더미와 스케치북이 있었다. 나는 서류를 빠르게 훑어보았다. 영수증이나 입출금 명세서 등이었다. 스케치북을 여니 아이슬란드에서 그린 듯한 그림이 나왔다. 산등성이, 야생 조랑말, 분화구에 사람들이 모여 구경하는 모습 따위. 감탄이 나올 정도로 데본은 그림 실력이 상당했다. 몇 장을 더 넘기자 등산복을 입은 헬레나를 스케치한 그림이 있었다. 연필로만 스케치한 그 그림은 빼어난 솜씨였음에도 어딘가 이상했다. 그림을 들어 자세히 보니 헬레나의 얼굴을 의도적으로 변형해 그려놓았다는 것을 알 수 있었다. 실제보다 두 눈 사이는 멀게, 입술은 더 얇게, 못나 보이게.

그림 감상을 하고 있을 때가 아니다. 대체 그놈의 컴퓨터는 어디에 뒀을까? 로빈은 출근한 게 아니라 잠시 마트에 간 것일 수도 있다. 로빈이 집에 오기 전에 컴퓨터와 유에스비를 찾아야 했다.

침대 옆에는 충전기 두 개가 꽂혀 있었다. 하나는 휴대전화용이고 다른 하나는 노트북용일 텐데 기기는 보이지 않았다. 책장 선반에는 꿈을 좇으라고 응원하는 자기계발서가 주를 이루었고 간간이 헝거 게임이나 해리 포터 시리즈 따위의 소설, 자취생을 위한 요리, 심리학 전공 책도 있었다. 분명 방 안에 있어야 맞는데….

갑자기 복도에서 노랫소리가 들렸다.

나는 그대로 굳어버렸다. 로빈이 집에 있었구나! 문이 닫혀 있던 방에 있던 거였다. 올리비아 로드리고의 '굿 포 유'라는 노래를 틀어놓고 따라 부르고 있었다. 실력은 형편없었다.

달칵하고 로빈의 방문이 열리자 노랫소리가 복도를 가득 채웠다. 나는 데본의 방문 뒤에 숨었다. 똑바로 서서 숨을 참았다. 로빈이 방으로 들어오면 어떡하지? 온몸이 차갑게 식고 혈관을 타고 아드레날린인가 코르티솔인가 하는 게 마구 흘렀다. 로빈을 공격하고 싶지 않다. 하지만 로빈이 날 공격하면? 어쨌든 로빈은 경찰을 부를 테고 경찰은 헬레나의 집에서 데본을 찾아내 나와 헬레나를 따로따로 감옥에 가둘 것이다….

메가폰에 대고 지르듯 노래를 부르며 로빈이 방에서 나온 뒤, 바로 다른 문이 쾅 닫히는 소리가 났다. 화장실에 가려고 나온 모양이었다. 물소리가 나는지 귀를 기울였지만 잠잠했다.

어서 이 집에서 나가야 했다.

데본의 방에서 최대한 조용히 나와 계단을 뛰어 내려갔다. 발이 미끄러지는 순간, 나는 화장실에서 나온 로빈이 계단 아래서 목이 부러진 채 누워 있는 낯선 남자를 발견하면 어떤 반응을 보일까? 완전히 놀라 자빠지겠지? 그리고 내가 돌아가지 않으면 헬레나는 어떡할까? 하는 생각을 하면서 중심을 간신히 잡았고 무사히 현관문을 나가 빈 거리를 내달렸다.

테슬라에 시동을 걸고 나서야 내가 무슨 짓을 저질렀는지 깨달았다. 데본의 집 열쇠를 책상 위에 두고 왔다. 찾아야 할 물건은 찾지도 못한 채 다시는 집 안으로 들어가지도 못하게 되어버렸다.

16

"그래서?"

나는 헬레나에게 데본의 집에서 있었던 일을 이야기했다. 집 열쇠를 두고 온 부분은 빼고. 그것만큼은 차마 말할 수가 없었다.

"로빈이 널 못 본 것은 확실해?"

"응." 나는 대답하며 주방으로 갔다. 심장이 아직도 쿵쾅댔다. 냉장고 문을 열고 와인을 쳐다보았다. 술 마시기에 너무 이른 시간은 아니겠지? 스토브 위에는 냄비가, 조리대 위에는 그릇이 놓여 있었다.

"저 애 점심으로 파스타를 만들고 있었어." 헬레나가 말했다.

"그래, 잘했네. 노트북을 어디에 뒀는지 데본에게 물어봐야겠어. 같이 갈래?"

"아니 별로."

나는 음식이 준비되기를 기다리며 데본에게 갖다줄 물을 한 잔 따랐다. 깊은 생각에 빠진 듯 헬레나는 말없이 파스타에 소스를 붓고 섞었다. 데본에 대한 분노가 이제는 누그러진 것일까?

데본을 괘씸하게 여기는 것은 오히려 나였을까? 헬레나는 어떤 감정도 느끼지 않는 사람처럼 그저 지쳐 보였다.

파스타를 접시에 옮기며 헬레나가 말했다.

“네가 원한다면 같이 내려갈게. 그 애를 보면 소리 지를 것 같지만, 그러지 않도록 노력해 볼게.”

“괜찮아. 좀 쉬는 게 어때, 헬레나?”

넋을 놓은 듯한 헬레나를 보니 나는 혼자 움직이는 게 좋겠다는 생각이 들었다.

데본은 팔짱을 낀 채 소파에 앉아 있었다. 옆에는 책이 펼쳐져 있었는데 내가 선 위치에서는 제목이 보이지 않았다.

“별일 없지?” 식사를 가져온 내게 데본이 눈을 치켜떴다.

“어때 보여요?”

“점심 가져왔어.”

“먹고 싶지 않아요. 배 안 고프다고요.”

“먹어야 해.”

내가 문을 잠그고 커피 테이블 쪽으로 다가가는데 데본이 벌떡 일어섰다.

“말했잖아요! 안 먹고 싶다고요. 가까이 오지 말아요.”

“널 해치려는 게….”

아니야. 라고 말하고 싶었다. 그러나 데본은 내 말을 끝까지 듣지 않고 홈 시네마 쪽으로 달아났다. 음식을 커피 테이블 위에 두고 따라가 보니 데본은 최대한 나에게서 멀리 떨어지려고 구석에 가 있었다.

"말했잖아요. 가까이 오지 말라고요." 데본이 말했다.

진정하라는 듯 두 손을 들어 올리며 내가 말했다.

"알았어. 여기에 있을게."

눈을 가늘게 뜨고 노려보는 데본의 눈빛에서 나를 얼마나 증오하는지 느낄 수 있었다.

"우리는 널 해칠 마음이 없어." 내가 말했다.

"내 집에 갔다 왔죠? 내 노트북을 찾았어요? 이제 날 풀어주는 거예요?"

"아니, 데본. 못 찾았어. 로빈이 있어서 빨리 나와야 했어."

나는 데본과 눈을 마주쳤다. 방금 데본은 파일을 백업할 때 노트북을 사용했다는 것을 말해버렸다. 그렇다면 유에스비는? 노트북에 꽂혀 있을까?

"너 여기서 나가고 싶지 않구나, 그렇지?"

"헐."

"나가고 싶으면 얼른 노트북이 어디에 있는지 말해. 그럼 풀어줄게."

데본은 얼굴을 찌푸렸다. 버르장머리 없는 여자아이가 원하는 장난감을 얻지 못할 때 지을 법한 표정이었다. 나는 하마터면 웃음을 터뜨릴 뻔했다.

"말해 봐. 어디에 숨겼어?"

데본은 대답 대신 열심히 잔머리를 굴렸다. 나 또한 머릿속이 복잡했다. 만약 데본이 누구라도 찾을 수 있는 곳에 노트북을 두고 나왔다면? 설마 데본도 제가 어디에 두고 나왔는지 기억이 안 나는 것일까?

"협조해야 해, 데본. 여기서 나가고 싶다면 말이야."

데본은 앓는 소리만 낼 뿐이었다.

"로빈은 회사에 다녀?"

묵묵부답.

"로빈이 주로 언제 집을 비우는지 말해줘야 내가 너희 집에 들어가서 노트북을 찾을 수 있고 그래야 이 지긋지긋한 실랑이를 끝낼 수 있어. 그러고 나면 여기서 일어난 모든 일은 잊고 각자 삶으로 돌아가는 거지. 너도 그러고 싶지 않아?"

데본은 앵무새처럼 목소리를 변조해 내 말을 따라 했다.

"너도 그러고 싶지 않아?"

나는 호흡을 가다듬었다.

"어떻게 할래? 로빈이 언제 나가는지, 네 노트북이 어디에 있는지 말할래?"

데본은 내 두 눈을 똑바로 바라보며 말했다.

"아니요."

나는 주먹을 쥐었다.

"이봐, 데본. 우리는 이 상황이 길어지기를 바라지 않아."

"스트레스 좀 받나 봐요?" 데본은 손가락으로 천장을 가리키며 말했다.

"가여운 헬레나가 견디기 힘들다고 하나요?" 우리가 아직 노트북과 유에스비를 찾지 못했다는 사실에 힘을 얻은 듯 데본은 약을 올리는 여유를 부렸다.

"난 당신들에게 협조하지 않을 거예요. 난 내 돈을 원해요. 사실 금액도 지금 막 75만 파운드로 올렸어요. 앞으로 제가 여기 있는 날이 하루하루 늘어날 때마다 10만 파운드씩 올릴 거예요."

"말도 안 되는 소리 하지 마." 나는 인내심을 최대한 끌어올려 보았지만 지치고 스트레스가 쌓인 탓에 결국 화를 참지 못했다.

"너 지금 협박을 하는 사람이 너라고 생각하는 거야?"

"그럼 **당신**이에요?"

"뭐라고?"

"당신이 협박하는 위치에 있다고 생각해요? 착각하지 말아요. 난 내 몫의 돈을 받아야 떠날 거예요. 가서 헬레나에게 전해요. 돈만 주면 난 떠날 거고 다시는 당신들 앞에 나타나지 않겠다고. 아무에게도 당신들이 날 납치, 감금했다고 말하지 않을게요. 유에스비도 파기할 거고, 그럼 다 끝인 거예요."

지금 지하실에 갇혀 있는 건 너야. 아이를 타이르듯이 데본을 상대하는 것은 어떨까? 물론 아이를 키워본 적은 없지만. 빈말로 협박하지 않는다는 것은 육아의 기본이라고 들었다.

"나를 해치지 않을 거라고 했죠. 그러는 당신이 좋은 사람인 것처럼 포장하고 있고요. 하지만 혹시라도 나한테 무슨 일이 생기면 경찰이 와서 볼까 봐 그러는 것 아니에요? 내 DNA가 여기 지하실만 해도 여기저기에 널려 있다고요."

"경찰이 네가 여기 있는 걸 어떻게 알까?"

"당연히 내 전화기로 알겠죠. 당신도 그 정도는 알잖아요? 누군가는 내가 실종됐다고 신고를 할 테고, 그럼 경찰이 제 휴대전화가 마지막으로 어디에 있었나 확인해 보겠죠."

빌어먹을 현대 기술.

"아무 탈 없이 이 상황을 끝낼 방법은 하나예요." 데본이 말을 이었다.

"내가 원하는 걸 줘요. 그러면 당신 눈앞에서 유에스비를 파기한다고 약속할게요. 당신이랑 헬레나는 자유롭게 살아가면 돼요. 모두가 행복해지는 거예요."

나는 뭐라고 대답을 하려다 말았다. 만약 그게 **내 돈**이었다면 어떻게 했을까? 만약 내게 헬레나보다 더 큰 비밀이 있었다면? 이 상황을 끝내기 위해 돈을 그냥 줘버렸을까?

알 수 없었다.

데본은 방 가장자리를 따라 걸어서 프로젝터와 DVD들이 쌓여 있는 선반 쪽으로 갔다. 지난밤부터 프로젝터는 스탠바이 모드로 전환돼 화면이 꺼진 채였다. 데본이 버튼을 누르자 프로젝터에서 쏜 빛이 빈방을 가로질렀고 화면에 페이 더너웨이와 워렌 비티가 나타났다.

"설마 지금 당신이랑 헬레나가 보니와 클라이드라도 된다고 생각해요? 서로 사랑하는 남녀가 같이 법을 위반하는?" 데본이 비웃었다.

내 피부에 닭살이 돋았다. 인정하고 싶지 않았으나 부인할 수도 없었다.

"그렇게 믿는다면 우리가 훨씬 더 무섭겠네."

"허, 보니와 클라이드는 결국 총알 세례를 맞아 죽지 않았나요?"

"결국은 그랬지."

데본은 프로젝터의 렌즈 초점 레버를 만지작거렸다.

"당신들이 나를 여기 가두고 있다는 게 알려지면, 물론 알아내겠죠. 무장한 경찰이 와서 총격전을 벌일 거예요. 텔레비전에서 본 적이 있어요."

"그럼 넌 돈을 받지 못하겠지."

"받을 거예요. 어떻게 해서든요. 신문 기자만 해도 내 이야기를 돈 주고 살 걸요? 어쩌면 책을 내자고 출판사가 달려들 수도 있고요. **블랙 위도의 지하실에서 살아남은 자의 이야기.**"

데본의 손장난에 보니와 클라이드가 작아졌다 커지기를 반복했다.

"그것 좀 그만해!" 내가 소리쳤다.

데본은 내가 자기를 물기라도 할 것처럼 손을 휙 치우고 눈을 휘둥그레 떴다.

나는 후회할 만한 말이나 행동을 저지르기 전에 그곳을 나와야 했다.

지하실 문을 열자 데본이 내게 한마디 했다.

"헬레나한테 전하는 것 잊지 말아요. 75만 파운드."

—

내가 거실에 들어가자 소파에 누웠던 헬레나가 일어나 앉으며 머리카락을 귀 뒤로 쓸어 넘겼다. 헬레나의 두 눈은 충혈되었고 눈 밑 그늘은 진하게 올라왔다. 워홀이 그린 매릴린 먼로 초상화가 인쇄된 헐렁한 회색 티셔츠를 입은 헬레나는 대학 시절의 모습과 거의 똑같았다. 대학 시절 사귀었고 헤어진 뒤 다른 남자와 결혼했던 그녀가 이제는 다시 나와 함께 있다. 그때 좋아하던 것들을 아직도 좋아한다. 모든 문제가 해결되면 나는 헬레나가 이 집뿐만 아니라 (나를 제외한) 모든 것을 훌훌 털어버리고 새로운 삶을 살도록 응원할 것이다.

그렇지만 달콤한 미래가 지금으로서는 요원해 보인다. 나는 지하실에서 나눈 대화를 헬레나에게 전했다.

"젠장." 헬레나가 자리에서 일어나 손으로 얼굴을 문지르며 말했다.

"그 애 전화기 어디 있지?" 내가 물었다.

"주방에서 충전 중이야. 왜?"

나는 휴대전화를 가지러 갔다. 그 사이 로빈에게서 온 메시지가 있었다. 나는 메시지를 큰 소리로 읽었다.

혹시 집에 왔었어? 네 소리가 들리는 것 같았는데 아무도 없더라.

5분 뒤: **내 메시지 봤어? 답장 좀 해줘!**

그리고 또: **정말 걱정돼. 진심이야. 전화해!**

그리고 마지막: **네가 있나 보러 네 방에 들어갔는데 집 열쇠가….**

나는 읽다가 멈췄다. 젠장.

"뭐라는 거야?" 헬레나가 물었다.

창피해진 나는 나머지 내용을 읽었다.

집 열쇠가 책상 위에 있더라.

헬레나가 노려보며 물었다.

"집 열쇠를 두고 나왔어?"

나는 신음했다.

"로빈한테 걸리는 줄 알았어. 진짜 긴장되는 순간이었다고. 로빈이 무슨 짓을 할지 걱정돼. 실종 신고만큼은 하지 않기를 기도하자."

"기도한다고 해결되지 않아. 전화기 줘봐."

데본의 전화기를 건네자 헬레나가 메시지를 입력했다.

걱정 마! 난 잘 있어. 옷 갈아입으러 잠깐 들렀어. 그게 다야. 앞으로 이삼일은 침대에서 안 나갈 작정이야. 그간의 사연을 좀 들려주고 싶었는데 네가 피곤해 할까 봐.

바로 답장이 왔다.

로빈: **집에 왔으면 왔다고 말해주지 그랬어.**

헬레나: **깨우고 싶지 않아서.**

로빈: **집에서 이상한 느낌이 들었어. 누가 있었던 것처럼.**

헬레나는 머뭇거리다가 답장했다. **그래, 나였다니까!**

로빈: **어쨌든 별일 없으면 좋겠어.**

헬레나는 답답한 듯 화가 치민 목소리로 말했다.

"와, 이 남자 데본을 사랑하나 봐."

그러고는 마지막 답장을 입력했다.

알았어요. 아빠! 걱정은 그만 붙들어 매. 이번 주말에 봐. xx.

"데본이 문자메시지에 키스는 안 넣는 것 같던데." 전화기를 내려놓는 헬레나에게 말했다.

"이 정도는 괜찮을 거야. 제발 더는…."

그때 우리는 동시에 들었다. 진입로로 들어오는 자동차 소리였다.

"누구든 초인종을 누르게 해서는 안 돼." 나는 벌떡 일어서며 말했다. 지난번 부동산 여자가 들렀을 때처럼 데본이 소리를 지르고 문을 두드리는 일을 또다시 겪고 싶지 않았다. 창문 앞으로 뛰어가 밖을 보았다.

"포르쉐를 탄 남자야."

헬레나는 벌써 현관으로 가고 있었다.

"헨리야."

"리의 동업자?"

"집에 갔다가 곧장 여기로 온 게 분명해. 도대체 뭘 원하는 거지?"

“집에 갔다 온 거라니 무슨 말이야?”

“나중에 설명할게.” 현관 앞에 선 헬레나가 대답했다.

헨리는 주차하고 차에서 나왔다. 빈티지 포르쉐인 진녹색 카레라[37]였다.

곧장 차 뒤로 가 트렁크를 열더니 천으로 된 가방을 꺼냈다. 그러고는 트렁크를 닫으며 창을 사이에 두고 사이로 나와 눈이 마주쳤다. 고개를 끄덕이는 헨리에게 나도 눈인사를 건네는데 현관 밖으로 뛰어나간 헬레나가 헨리를 불렀다.

37—폭스바겐 그룹 산하의 독일 자동차 제조사 포르쉐에서 생산한 대표 스포츠카

“왔어요?”

창문이 이중으로 되어 있어 둘의 대화를 들을 수는 없었다. 헬레나의 휴대전화도 보이지 않아서 현관 카메라 앱을 켤 수도 없었다. 금방이라도 데본이 소동을 부릴 것 같아 조마조마해하며 창밖을 지켜보는 수밖에 없었다.

헨리가 천 가방을 열었고 거기에는 공구가 가득했다. 대체 무슨 이야기를 나누는 걸까? 헬레나는 고개를 저었고 헨리는 미소를 잃지 않았지만 실망한 기색을 띠었다. 그리고 집을 계속 힐끔거렸다. 순간 오싹했다. 뭔가를 의심하는 걸까? 데본을 가둔 사실을 눈치챘을까? 아니다. 그럴 리가 없다. 그래서는 안 됐다.

끝날 것 같지 않던 5분이 지나고 헬레나가 집 안으로 들어와 현관 잠금장치 두 개를 모두 걸어 잠갔다. 헨리는 아직 떠나지 않은 채 포르쉐 바퀴 뒤에 서서 휴대전화를 보고 있었다.

"대체 뭐야?" 거실로 들어오는 헬레나에게 내가 물었다. 아픈 사람처럼 창백한 게 얼마나 긴장했는지 내게도 생생히 느껴졌다.

"샤워기 고쳐준다고 왔어. 왜 집을 내놓지 않느냐고 하길래 샤워기가 고장이 났다고 핑계를 댔거든. 고양이가 오줌을 싸놓아서 카펫도 교체해야 한다고도 했고."

우리는 안락의자에서 평화롭게 자는 드렐라를 쳐다보았다.

"어쨌든 잘 돌려보낸 거야?"

"샤워기 고치는 일 같은 건 너도 잘한다고 말했어. 내가 장보러 간 사이에 이미 다 고쳐놓았다고."

"내가 손재주가 있긴 하지."

"참으로 좋은 정보네. 여튼 계속 집에 더 손볼 곳 없냐고 묻는 거야."

"이럴 수가. 무슨 포르노 영화 초반부 같네."

헬레나가 얼굴을 찡그리며 말했다.

"제발 그러지 마. **헨리는 진짜 내 스타일 아니야**."

평범한 연인처럼 이렇게 농담이나 주고받으며 지낼 수 있다면 얼마나 좋을까?

"잠깐만, 우리 둘이 사귀는 것 비밀로 하는 줄 알았는데. 마을 전체가 수군거리는 게 싫다고 했잖아." 내가 말했다.

"알아. 나도 어쩔 수 없었어. 집에 들어오겠다는 걸 막아야 하잖아."

"그래서? 어떻게 말했어?" 헬레나가 누군가에게 우리 관계를 이야기했다는 것 자체가 기뻤다.

"뭐, 그냥. 정말 진심으로 사귀는 건지 묻더라."

나는 기대에 차 물었다.

"그래서? 뭐라고 했어?"

"너랑은 대학 때부터 알던 사이라고 했어."

"진심으로 사귀냐는 질문에는 뭐라고 대답했어?"

"정확하게 대답하지는 못했어. 얼굴이 빨개지고 바보처럼 말도 더듬느라."

"그러니까…. 나 우쭐해도 되는 거지?"

"네 판단에 맡길게."

"헨리가 너 좋아하는 거 같지 않아? 이혼했다며."

"그 사람은 처음부터 나한테 관심 없었어. 나한테 관심이 있었다면 왜 내게 남자친구 생길 때까지 질질 끌었겠어? 거기다 헨리는 너무 늙었어."

"모를 일이지. 네가 아직도 남편을 잃은 슬픔에 빠져 있다고 생각할 수도 있고."

"빌어먹을. 정말 싫어." 헬레나는 창문으로 향하며 말했다.

"헨리가 아직도 안 갔어. 차 안에 앉아 있어."

"뭐 하는데?"

"그냥 자리에 앉아서 이 집을 쳐다보고 있어."

나도 헬레나 곁으로 가 헨리를 엿보았다. 얼굴에 개미 떼라도 계속 기어다니는지 두 손으로 얼굴을 비벼대고 있었다. 헬레나를 대할 때의 서글서글하던 모습은 온데간데없었다.

"설마…. 리의 죽음에 대해서 의문을 가지는 것은 아니겠지?" 내가 물었다.

"아닐 거야! 그런 말은 전혀 안 했는데."

순간 엔진 소리가 나더니 자갈 위를 지나는 바퀴 소리가 들렸다. 동시에 비가 내리기 시작했다. 헨리의 차가 시야에서 사라지자 오싹하고도 끔찍한 느낌이 몰려왔다. 마치 누군가 내 무덤 위를 걷는 것 같았다. 지금까지 먹은 게 없어 허기진 데다 스트레스가 극에 달한 탓이겠지.

이제 데본의 집에는 들어갈 수 없다. 헬레나의 집에는 우리가 감금한 손님을 찾으러 온 누군가가 금방이라도 문을 두드릴 것만 같다. 조만간 이 상황에서 벗어날 수 있을 거라는 자신감이 빠르게 빠져나갔다.

17

오후 내내 비가 내렸다. 나는 저녁 식사를 갖다주러 아래층으로 내려가 데본이 싹 비운 파스타 그릇을 챙겨왔다. 양동이를 비우고 소독해 갖다 줄 때 나가고 싶으면 협조하라고 다시 한번 회유해 보았지만 데본은 제 돈을 원한다고만 했다.

나는 데본이 읽던 책을 집어 들었다. «악당들의 은신처: 솔트딘과 피스헤이븐의 밀수 역사 이야기»

"재미있어 보이네." 내가 빈정거렸다.

"정말 재미있더라고요." 데본은 내 손에 들린 책을 휙 낚아챘다.

"어디서 났어? 여기에서 책은 못 봤는데."

데본은 창고를 가리켰다.

"저기서요. 읽을 만한 것은 이거 하나밖에 없었어요. 어디 야한 잡지라도 숨겨놨나 했는데."

데본처럼 어린 친구가 그런 잡지를 안다는 사실이 놀라웠다.

"자, 노트북 어디에 뒀어?" 내가 물었다.

"똑같은 말 계속 반복할까요?"

나는 일단 그만 두었다. 어쩌면 여기서 하룻밤 더 지내면 마음을 바꿀지도 모른다. 날도 추워지는데 지하실 난방시설을 끄고, 전기도 끊어버리면? 더는 먹이지 않고 양동이도 비워주지 않으면? 세상에, 내가 지금 무슨 생각을 하는 거지? 난 잔인한 사람이 아니다. 단지 악몽 같은 상황에 놓인 보통 사람일 뿐이었다. 나도, 헬레나도 좋은 사람들이다.

위층으로 다시 올라가 주방으로 갔다. 분위기는 숨이 막힐 듯 무거웠다. 그치지 않는 비로 햇빛 한 줌 없는 하늘 아래 온 세상이 어두웠다. 헬레나는 바 앞에 앉았다.

"데본의 집에 다시 가봐야 해. 어쨌든 자기가 노트북으로 파일을 복사했다고 시인했잖아. 그걸 찾기만 하면 돼."

"그러게. 그런데 집 열쇠를 잃어버렸으니 안됐네."

"헬레나, 너였어도 로빈에게 걸리기 직전이었으면 정신 못 차렸을 거야."

"그랬겠지." 그럴 리가 없다는 듯한 헬레나의 말투에 나는 기분이 팍 상했다.

"미안, 너야말로 그런 경험을 했다는 걸 걸 내가 잊었…." 나는 말하기를 멈췄다.

"계속 말해봐." 헬레나는 말했다.

"헬레나…."

"어서. 뭐라고 하려고 했어? 법을 어긴 경험? 범죄자가 된 경험?"

헬레나는 내 손을 대차게 뿌리쳤다.

"아니야, 나는 그냥 **극심한 스트레스 상황을 경험했다**고 말하려고 했어. 그게 다야."

"흠." 주방에는 우리가 재회한 뒤 처음으로 불편한 침묵이 깔렸다.

"헬레나, 생각해 본 다른 대안은 있어?" 내가 먼저 입을 열었다.

"무슨 소리야?"

"그러니까… 데본에게 돈을 주는 방법 말이야. 돈을 받으면 정말로 데본은 우리 앞에 다시 나타나지 않을지도 몰라. 너도 아무 일 없었다는 듯 살아갈 수 있을 테고."

헬레나는 소리치며 일어섰다.

"아니, 절대! 그리고 먼저 말해두는데, 어차피 지금 당장 75만 파운드는 고사하고 50만 파운드도 없어. 게다가 돈을 준비하려면 엄청난 대출을 받아야 한다고. 그리고 이건 돈 문제가 아니야."

"아니면 이 집을 팔던가."

"그래. 저 애가 여기 있는 한 이 집을 팔 수 없다는 건 우리 둘 다 너무나 잘 알지. 그리고 집을 매매하는 것도 금방 되는 게 아니야…. 자동차나 보석, 리가 소장했던 수집품 같은 것을 팔 수도 있겠지. 제임스 본드 영화 소품이 몇 개 있는데 지금 값을 꽤 받을 거라고 하더라. 〈스타워즈〉 소품도 있고…."

나는 내 귀를 의심했다.

"〈스타워즈〉 소품?"

헬레나는 짜증 난다는 듯 한숨을 쉬며 말했다.

"리랑 헨리가 폐가를 하나 샀는데, 알고 보니 집주인이 스타워즈를 제작한 스튜디오에서 일했었나 봐. 그 사람이 영화 대본과 의상 따위를 버려두고 간 거지."

"대단하다! 정말 이 집에 있어?"

헬레나는 두 눈을 굴렸다.

"너도 별수 없구나. 리도 그것들을 징글징글하게 아꼈거든."

"제발 그렇게 말하지는 말아줘."

"뭘?"

"내가 리만큼이나 별로라는 말."

"알았어. 미안. 당연히 그런 뜻은 아니었어."

나는 스타워즈 수집품들을 손에 넣을 수도 있다는 생각에 순간적으로 들뜬 마음을 감추지 못했다.

"팔면 정말 거금을 받을 수 있을 텐데. 그렇지? 팔아서 데본에게 현금을 주면 안 돼?"

"아니. 리가 영화 관련 전문 경매사한테 보여줬는데, 데본이 원하는 금액의 근처에도 못 가. 그리고 지금 중요한 문제는 그게 아니야. 만약 나에게 돈을 받은 데본이 영원히 사라져준다면, 그래서 나도 남은 생을 안전하게 보낼 수 있다면 더 고민할 필요도 없겠지. 그렇지만 데본은 언제나 어딘가에 활화산처럼 존재할 거야. 내가 있는 곳이라면 어디든 단층선처럼 따라다닐걸. 내가 마음 편히 살 수 있는 방법은 녹음 파일의 복사본을 몽땅 찾아 삭제하는 것밖에 없어."

"그러니까 결국 이야기는 데본의 노트북과 유에스비로 돌아오는구나."

"그래. 내 생각엔 우리가 같이 그 집에 가야 할 거 같아. 네가 데본의 노트북을 찾는 동안 내가 로빈을 상대해야 할 수도 있고."

"나쁘지 않은데?" 내가 대답했다.

"이게 내가 생각한 최선의 방법이야."

"그런데 로빈을 어떻게 따돌리지?"

"모르겠어, 매튜. 가면서 생각해보자. 너도 뭔가 방법을 찾아봐."

헬레나가 아직도 나에게 화가 나 있나? 아니, 그보다 더 안 좋은 상황이다. 이 상황을 벗어날 만한 뾰족한 대책을 찾아내지 못한 나에게 실망한 것이다. 중압감에 떠밀려 내가 입을 열었다.

"나한테 더 나은 생각이 있어. 로빈을 밖으로 꾀어내자. 데본인 척 메시지를 보내서 밖으로 나오게 하고 로빈이 집에서 나오면 그다음에 집 안으로 들어가는 거야."

"좋아. 그런데 우리에게는 그 집 열쇠가 없지."

욕이 나왔다. 내가 그 망할 집 열쇠를 두고 나온 사실을 어떻게 잊을 수가 있지? 하지만 헬레나에게 인정받고 싶은 욕망이 내 뇌를 두 배로 굴리게 한 게 틀림없었다. 왜냐하면 나는 마침 유용한 정보를 기억해 냈기 때문이다.

"집 뒤편에 있는 거실 창문. 그 창문이 열려 있었어."

"정말이야?"

"100퍼센트 확실해. 출창[38]이었어. 위아래로 여닫는 창. 로빈에

38—벽면보다 밖으로 튀어나오게 만든 창문. '내달이 창'이라고도 한다.

게 왓츠앱으로 메시지를 보내서 급하게 집에서 나오게 하면 로빈은 창문을 열어둔 채 그대로 나올 거야."

나는 요가로 단련해 온 헬레나의 몸을 살피며 말했다.

"너 정도면 충분히 들어갈 수 있을 거야."

"좋아. 한번 해보지 뭐."

"어두워질 때까지 기다리자. 거기서는 테슬라가 엄청 눈에 띄더라고. 거기다 정원에서 창문을 통해 들어가야 하니까 날이 밝을 때는 하지 않는 게 나을 것 같아."

"알겠어."

"어두워지자마자 로빈에게 연락해서 펍이든 어디든 동네 반대편으로 불러내자. 그리고…."

"나만 갈게. 넌 여기 있어."

"뭐라고?"

"초인종 소리만 나면 데본이 난리를 치잖아. 그리고 헨리가 언제 또 올지 모르고. 우리 중 한 명은 여기 있어야 해."

헬레나 말이 맞았다.

"그럼 내가 갈게." 내가 말했다.

"아니야. 들어보니까 창문 틈으로는 나만 들어갈 수 있을 것 같아. 내가 갈게."

헬레나는 지하실을 노려보았다.

"넌 여기서 데본을 감시해."

18

헬레나는 천천히 운전해 데본의 집 앞을 지나치며 고개를 빼고 집 안에 아무도 없는지 살폈다. 출발 직전에 헬레나는 데본의 휴대전화로 왓츠앱에 접속해 로빈에게 메시지를 보냈다.

로빈, 너랑 상의할 게 있어. '크라운'에서 아홉 시 반에 만날까?

데본이 주고받은 메시지들을 보며 로빈과는 '크라운'이라는 펍에서 주로 술을 마셨던 걸 알아냈다. 브라이턴과 호브[39] 경계에 있는 바다를 향한 지저분한 펍이었다.

데본과 로빈이 사는 집 앞에 차는 없고 현관문 옆에 자전거가 세워져 있는 것을 보고서 헬레나와 매튜는 로빈이 자전거를 타고 다닌다고 확신했다. 둘의 집에서 펍까지는 자전거로 30분. 혹시라도 펍에서 데본을 만나지 못한 로빈이 집으로 곧장 돌아온다 해도 헬레나가 노트북을 찾을 시간은 충분하다.

로빈은 곧바로 답장을 보냈다.

무슨 일이야? 집으로 와서 말해주면 안 돼?

39—잉글랜드 남부 이스트서식스 주에 인접한 항구 도시

그러한 반응을 예상한 헬레나와 매튜는 곧바로 맞받았다.

안 돼. 사람들 있는 데서 만나고 싶어.

로빈은 이번에도 빠르게 답장을 보냈다.

알았어. 거기서 봐. 네가 사는 거야!

역시 로빈을 도발해 시내로 불러내는 것쯤은 식은 죽 먹기다.

집에 불이 모두 꺼져 있는지 확인하며 헬레나는 너만 술을 마시고 싶은 게 아니라고 혼잣말했다. 불빛 하나 없는 거리에 차를 세웠다. 보드카나 한 병 들고 침대에 누우면 좋으련만. 아니다, 술로 도피하는 것은 끔찍한 생각이다. 물론 헬레나는 평소에도 술을 마셨다. 완전히 끊은 적은 한 번도 없었다. 하지만 리와 데이트하던 시절만큼은 아니었다.

당시 헬레나는 엉망진창이었다. 매일 술을 마셨는데, 와인 한 잔 홀짝이는 수준이 아니었다. 평일에는 매일 와인 한 병을, 주말엔 두 병을 밤마다 마셨다. 헬레나는 자신이 알코올 중독자라고 생각하지는 않았다. 알코올 중독자는 아침에 잠에서 깬 순간부터 술을 마시는 사람일 테니까. 어쨌든 자신은 점심시간까지는 술을 마시지 않고 버텼으니까. 당시 헬레나는 완전히 벼랑 끝에 서 있었다.

리를 만난 그날 밤, 헬레나는 완전히 취해 있었다. 직장 동료이자 가장 친한 술친구인 쇼나와 점심시간부터 와인을 마신 날이었다. 사무실에 돌아와서 책상에 겨우 앉아 오후 내내 눈을 제대로 뜨고 있으려 안간힘을 썼다. 머리가 깨질 듯이 아픈 상태로 업무를 아슬아슬 처리하는 날들이 늘어나고 있었다. 줄곧 들이부은 커피로 머리는 계속 윙윙거렸고 기분은 더 불쾌해졌다. 쇼나가 만났다 헤어지기를 반복하는 남자친구 루크와의 성생활에 대해 메시지를 보냈다. 루크는 쇼나를 통해 헬레나와 함께 셋이 성관계를 하고 싶다고 재촉해 왔다. 매일 술에 취해 밤을 보내던 헬레나는 머지않아, 아니 오늘이 그날이 될 수도 있겠다고 생각했다.

오후 네 시 반쯤 헬레나는 심한 두통과 복통에 시달리며 퇴근했다. 혼자 포장 음식을 먹고 텔레비전을 보며 저녁 시간을 보내고 다음 날 아침에는 일찍 일어나 수영장에 가겠다고 마음먹었다. 그런데 오후 다섯 시에 쇼나가 연락했다. 피리 부는 사나이처럼 딱 한 잔만 마시자며 헬레나를 꾀어냈다. 물론 곧 두 잔이 되고 석 잔이 되고 넉 잔이 되었지만.

바에서 리가 알아본 헬레나는 몹시 취한 상태였다. 반면 리는 너무나 반듯했다. 자기 집으로 같이 가자는 헬레나를 리가 택시에 태우며 다음 날 전화하겠다고 했을 때에는 어찌나 수치스럽던지. 그리고 다음 날 놀랍게도 리가 전화했다. 그렇게 만난 둘은 몇 주 동안 데이트했다. 리는 헬레나에게 방탕한 생활에서 나올 수 있도록 도와주겠다고 했다. 헬레나는 도움을 요청하지 않았는데도 먼저 자신을 구해야 한다고 나서는 리가 고마웠다. 나중에 가서야 헬레나는 리가 자신을 교묘히 조종했음을 알았다. 헬레나는 자신이 강해질 수 있도록 응원을 북돋아주는 누군가가 필요했고, 리는 그러한 헬레나를 수치스럽게 하고 주변 사람들과 분리했다. 일을 그만두게 했고 도움이 안 되는 사람이라며 쇼나를 비롯한 친구들을 끊어내게 했다. 헬레나가 가진 모든 결점을 지적하면서 그럼에도 헬레나를 사랑한다고 했다. 자신은 헬레나 앞에서 술을 마시고 약을 먹었으나 헬레나에게는 그녀가 나약해 스스로 감당할 수 없을 거라고 조롱했다.

리는 헬레나를 구한 게 아니었다. 헬레나가 있던 우리에서 빠져나오게 한 뒤, 자기가 만든 우리에 넣었을 뿐이었다.

결국 헬레나는 리의 우리에서 스스로 탈출했다. 창살이 아무리 반짝거려도 다시는 어떠한 우리에도 자신을 가두지 않을 것이다.

차에서 내린 헬레나는 데본의 집을 향해 도보를 따라 걷다가 매튜가 이야기한 지저분한 앞뜰로 들어갔다. 집 외관은 페인트칠이 벗겨지고 보안 알람도 허술했다. 이 동네에는 대학생이나 갓 졸업한 취업준비생이 살겠구나. 마을 방범대 같은 것에 관심을 가질 인간은 하나 없겠는걸? 헬레나는 한결 마음이 편해졌다.

뒤뜰로 들어가는 것 역시 어렵지 않았다. 금속으로 된 낮은 문이 있긴 했으나 열려 있었고 그 옆에는 울타리가 높이 쳐 있어서 밖을 내다보더라도 헬레나가 문을 열어 정원으로 들어가는 짧은 통로로 가는 걸 보기는 어려웠다.

뒤뜰 역시 풀들이 마구잡이로 자라 지저분했다. 어둠 속에 작은 곁채가 보였고 매튜가 말한 창문이 눈에 띄었다. 그리고 아래에 작은 틈이… 열려 있다! 하지만 망할. 창문이 어깨높이에 있다고 말해주지는 않았잖아. 헬레나는 주변을 둘러보다가 정원용 플라스틱 의자를 하나 발견했다. 그 의자를 창문 아래에 둔 때였다.

이웃집에서 불빛이 흘러나왔다. 텔레비전 불빛이었다.

헬레나는 잠시 행동을 멈췄다. 지금 내가 뭘 하는 거지? 어쩌다가 이 지경까지 왔을까? 불법 침입이라니. 경찰에 신고를 당하기라도 한다면 완전히 망할 것이다. 모든 게 밝혀질 것이다.

하지만 선택권이 없다. 들어가야 한다.

의자에 올라가 열린 창문 틈으로 머리를 집어넣었다. 결코 기품있는 행동은 아니었다. 허리까지 창문 안으로 간신히 밀어 넣고 두 손으로 충격을 완화하며 머리부터 거실 카펫 위로 떨어졌다. 아프지만 견딜 만했다.

집 안으로 들어왔다.

이제 노트북만 찾으면 끝이다.

19

차를 몰고 가는 헬레나를 보던 나는 집 안으로 들어왔다. 텔레비전이라도 틀어서 주의를 돌려보려고 했으나 화면만 멍하니 바라볼 뿐이었다. 텔레비전을 도로 끄고 아래층에 있는 데본에게 갔다. 저녁 식사 그릇을 가져와야 했다.

지하실의 홈 시네마에서 데본은 DVD 케이스 더미에 둘러싸여 있었다. DVD 선반의 절반이 비었다.

"뭐 하는 거야?" 보고도 묻는 내가 바보 같았다.

"알파벳 순서대로 정리하려고요. 너무 지루해서요. 괜찮죠? 뭐라도 해야겠어서."

실소가 나왔다. DVD를 장르별로 정리해둔 리가 본다면 질색할 노릇일 것이다.

데본은 선반 제일 위층에 있는 DVD 더미를 향해 고갯짓했다. 케이스에는 온갖 변태적인 복장을 한 여자들이 있었다.

"헬레나가 이런 걸 좋아할 거라고 누가 생각하겠어요. 당신이랑 헬레나도 이렇게 즐길 건가요?"

"참 재미있네." 어이없는 와중에 사진과 같은 복장을 한 헬레나의 모습을 떠올리고 말았다. 침대 프레임에 두 손목을 묶인 채 헬레나를 올려다보는….

"어머나, 그런가 보네." 데본은 역겹다는 듯이 말했다.

"닥쳐라." 나는 머릿속에 찬물을 끼얹었다.

"그건 리 거였어."

데본은 비웃으며 말했다.

"리는 여자를 지하실에 가두는 남자가 아니에요."

내가 미처 대답하기도 전에 데본은 제임스 본드 시리즈 DVD 옆에 쭈그리고 앉으며 말을 이었다.

"로빈이라면 이 영화 다 좋아했을 텐데. 항상 UHD 플레이어를 갖고 싶어 했거든요. 헬레나는 이 구석에 놓고 먼지가 쌓이도록 들여다보지도 않는 것을."

"로빈이랑은 데이트라도 하는 사이야?"

"훗, 로빈은 그러고 싶겠죠."

"그러니까 전 남자친구 같은 사이가 아니야?"

데본은 눈살을 찌푸리며 물었다.

"왜 로빈에 대해서 그렇게 궁금해해요?"

"그냥."

한참 조용하더니 데본이 말했다.

"로빈은 나랑 가장 친한 친구예요. 어쩌면 유일한."

데본은 무덤덤하게 털어놓았다. 그러고는 팔짱을 꼭 낀 채 계속 방 안을 둘러보더니 갑자기 입을 열었다.

"헬레나한테서 이 집이 귀신 들렸다는 소리 못 들었어요?"

무슨 뚱딴지같은 소리인가 싶어 되물었다.

"뭐라고?"

"여기 말이에요. 여기 귀신 들렸다고 하지 않아요? 무슨 소리를 듣거나 헛것을 본 적은 없대요?"

내가 처음 이 집에 온 날 밖에서 들린 발소리를 떠올렸지만, 그건 데본이었다.

"난 그런 거 믿지 않아."

"내가 알아봤어야 했는데. 당신은 감각이 둔한가 봐요. 헬레나는 분명 알겠죠."

마치 유령이라도 있다는 듯 방을 두리번거리는 데본을 보니 자칭 현실주의자인 나도 소름이 돋았다.

"리가 이 집을 지었다고 했지요? 나라면 나를 죽인 아내가 내가 지은 집에 계속 산다면, 어디에 나타나서 누구에게 겁을 줘야 할지 정확히 알겠어요."

"데본, 유령은 존재하지 않아."

"그런 말은 하지 않는 게 좋을걸요?"

"왜지?"

"유령을 화나게 할 테니까요. 유령이 존재한다는 사실을 당신이 믿게 하고 싶을 거예요."

데본은 다시 두 팔을 꼭 감싸며 지하실을 둘러보았다. 진짜 오싹하고 두려운 모양이었다.

"여기서 뭘 봤다고 말하려는 거 아니지?"

데본은 아주 천천히, 심각하게 고개를 끄덕였다.

"뭐야, 리의 모습을 한 유령이 구석에 희미하게 보이기라도 했어?"

"바보 같은 소리 집어치워요. 난 느꼈어요. 어떤 존재를요. 리일 수도 있고, 옛날 밀수자 중 한 명일 수도 있겠죠."

데본이 하는 이야기가 터무니없다는 것을 알면서도 내 두 팔에 닭살이 돋았고 머리카락마저 쭈뼛 섰다. 두려움에 전염성이 있는 것일까? 슬슬 내게도 무언가가 느껴지는 것 같았다. 가까이에서 내 시야를 피해 숨은 존재가 있는 것처럼. 이 방에 촛불이 켜져 있다면 지금이 바로 깜박거릴 때였다.

의자 옆에 있던 밀수 이야기 책 표지에는 17세기 의복을 입은 두 남자가 랜턴을 들고 굴 안으로 기어들어 가는 그림이 그려져 있었다.

"이 책은 그만 읽는 게 좋겠다. 저런 영화도 보지 말고." 나는 공포 영화 DVD들이 쌓여 있는 곳을 가리켰다. 맨 위에는 여자들이 동굴 속을 탐험하는 공포 영화 〈디센트〉가 놓여 있었다.

"하나는 분명하네요. 리가 유령이 되어 이 집에 있다면 분명 당신이랑 헬레나를 쫓을 거라는 걸요."

나는 한숨을 쉬었다.

"잘 자, 데본. 좀 자도록 해. 이것들 정리가 끝나면 말이야."

나는 DVD 더미를 손짓하며 말했다. 하마터면 '그리고 모든 게 잘 끝나면, 내일은 너도 집에 갈 수 있을 거야'라고 덧붙일 뻔했다.

물론 말로 내뱉지는 않았다. 그것이야말로 운명을 시험하는 것처럼 느껴졌기 때문이다.

—

위층으로 올라온 나는 데본의 말이 계속 신경 쓰였다. 유령? 말도 안 되는 소리였다. 하지만 그림자조차 거슬려 불을 다 켜고 다녔다. 만약 유령이 된 리가 누구라도 겁을 주려 한다면 그건 헬레나와 나일 것이다. 리가 벽을 관통하며 집 안을 돌아다니다가 나를 보면 어떤 느낌일까? 불쾌한 표정을 지을 리를 상상하니 조금은 웃음이 나왔다. 괜히 불리한 증거를 남길 필요 없으니 서로 메시지를 주고받지 말자고 약속했지만, 그래도 헬레나에게 온 메시지가 있는지 휴대전화를 확인했다.

지금쯤이면 헬레나는 데본의 집에 들어갔겠지? 예상대로 창문이 열려 있었다면 말이다. 데본은 친한 친구로만 두려는 로빈이 친구 이상을 '원한다는' 이야기는 꽤 흥미로웠다. 친구 사이라는 울타리 안에 갇혀 상대를 매일 봐야 하다니, 로빈은 그 관계가 무척 애달플 것이다. 로빈을 위해서도 데본과 잠시 헤어져 있는 게 나을지도 몰랐다.

나는 가만히 있을 수가 없었다. 데본의 집에 간 헬레나가 계획대로 일을 잘 처리했을지 궁금해 미칠 지경이었다. 돌아오기에는 이른 시간인 걸 알면서도 나는 위층으로 올라가서 창문으로 밖을 내다보았다.

누군가 집 앞에 서 있었다.

순간 나는 창 옆으로 숨었다. 그러고는 고개만 내밀어 밖을 다시 살폈다. 이른 저녁부터 하늘을 가득 메우던 구름이 모두 흩어져 하늘은 달과 별을 내비쳤고 덕분에 바깥이 아주 어둡지는 않았다. 진입로 맨 끝쪽으로 산울타리가 보였다. 그리고 울타리 뒤에 서서 누군가가 머리만 내밀고 집을 염탐하는 게 보였다. 헬레나를 귀찮게 하려고 다시 온 헨리일까? 아니다, 차가 없다. 그리고 훨씬 마른 체형이다.

그의 손에서 불빛이 보였다. 휴대전화다. 동시에 집 안에 있는 휴대전화가 울렸다. 아이폰의 기본 벨 소리. 주방에서 울리는 것은 데본의 휴대전화였다.

밖에 있는 사람이 데본에게 전화를 걸고 있다.

나는 침착하려고 애쓰며 아래층으로 뛰어 내려갔다. 저게 누구든 지금 데본이 이 집에 있다는 것을 알거나 의심하고 있다. 도대체 누구지? 어떻게 알았지? 무슨 일이 일어나고 있는 거지?

주방으로 달려가 데본의 전화기를 집어 들었다. 화면에 발신자 이름이 떴다.

로빈이었다.

20

헬레나는 몸에서 먼지를 털어냈다. 청바지 주머니에서 휴대전화를 꺼내 손전등 앱을 켜고 현관 복도로 갔다. 자전거는 없었다. 로빈은 '크라운'까지 자전거를 타고 간 모양이었다.

위층으로 올라가 좁은 층계참에 섰다. 침실 문 두 개가 열려 있었는데 대충 봐도 어디가 데본 방이고 어디가 로빈 방인지 알 만했다.

로빈의 방에 들어가자마자 악취가 헬레나의 코끝을 찔렀다. 오래된 우유에서 나는 시큼한 냄새와 퀴퀴한 마리화나 연기가 섞여 있었다. 아니나 다를까, 벗어둔 옷가지는 빨래 바구니가 아니라 방구석에 아무렇게나 쌓여 있었다. 침대는 정리되지 않았고 바닥에는 음식 포장지가 내동댕이쳐 있었다. 테이블에는 재떨이로 사용하던 콜라 캔이, 책상 위에 데스크톱 컴퓨터와 노트북이 놓여 있었다.

헬레나는 노트북을 집어 들었다. 로빈의 것일까, 데본의 것일까? 데스크톱 컴퓨터는 윈도우를 썼지만, 노트북은 조금 오래된 맥북이었다. 데본은 아이폰을 사용했으니 헬레나는 노트북이 데본의 것이라고 확신했다.

유에스비는 노트북 포트에 꽂혀 있었다. 헬레나는 유에스비가 꽂힌 그대로 두었다. 흥분되었다. 내가 정말 이것 때문에 여기까지 온 건가? 노트북을 여니 잠금 해제 화면에 데본의 이름과 얼굴 사진이 떴다. 이거다.

이렇게 빨리 노트북을 찾다니 헬레나는 믿을 수 없었다. 로빈의 침대에 앉아 키보드 위 허공에다 대고 손가락을 까딱거렸다. 매튜라면 노트북 잠금장치를 해제할 수 있을 테니 곧바로 집으로 돌아가야 한다는 생각을 하면서도 헬레나는 혹시 백업 파일을 찾아내거나 데본이 또 다른 백업 파일을 만들었는지, 누군가에게 보냈을 만한 증거가 있을지 궁금해 참을 수 없었다.

데본이 설정한 비밀번호는 무엇일까? 헬레나는 데본에 대해 아는 게 별로 없었다. 반려동물을 키웠는지, 어머니의 결혼 전 성이 무엇인지, 좋아하는 연예인이 누구인지, 아니면 생일이 언제인지, 하나도 알지 못했다. 그런데 이 노트북은 왜 로빈 방에 있지? 로빈이 데본의 허락을 맡고 빌린 걸까 아니면 그냥 가져온 걸까? 만약 후자라면 로빈 역시 비밀번호를 직접 알아내야 했을 것이다.

책상 위 맥북이 있던 자리 옆에 공책이 있었다. 자리에서 일어선 헬레나는 로빈이 비밀번호를 알아내기 위해 노력한 흔적을 찾았다. 펼쳐진 공책에 가능성 있는 비밀번호 리스트가 쭉 적혀 있었다. 장장 두 페이지에 걸친 이 리스트에 틀린 비밀번호는 줄을 그어 지워놓았다. 온갖 이름들과 장소명들이 조합되어 있는 걸 보니 로빈은 확실히 데본에게 관심이 많았다. 그리고 맨 마지막 줄에 데본 혹은 로빈이 한때 살았을 동네 이름이 있었다. '3Stanmer.'

입력하자 순식간에 잠금장치가 풀렸다.

화면은 사진 섬네일로 가득했다. 로빈이 데본의 사진첩을 열어본 모양이었다. 헬레나는 화면을 그대로 두고 자신이 고백한 녹음 파일을 찾아보려 했다. 그때 화면 아래 구석에 있는 사진 파일이 눈에 띄었다.

헬레나를 찍은 사진이었다.

옆에도, 그 옆에도 헬레나의 사진이었다.

데본이 페이스북에 올린 이상하게 나온 사진들이 아니었다. 매튜나 다른 일행들도 찍혀 있었지만 아이슬란드 여행 내내 헬레나를 찍은 듯했다. 그중 10여 장은 헬레나의 얼굴을 클로즈업해 놓았다. 데본의 짓이겠지?

헬레나는 화면을 스크롤업 했다. 다른 일행은 몰래 찍지 않았다. 페이스북에 올린 것처럼 평범한 일행 사진도, 풍경 사진도 있었다. 그 외는 전부 유명 인사인 헬레나를 파파라치인 데본이 몰래 찍은 듯한 사진이었다. 이 사진을 모두 헬레나가 리의 죽음에 대해 고백한 후 찍었다면 이해할 법도 했다. 하지만 아니었다. 모두 여행 초반에 찍은 사진이었다.

헬레나는 혈관이 얼어붙는 걸 느꼈다. 이게 무슨 의미일까? 무슨 일이 일어나고 있는 걸까?

열심히 머리를 굴려보는 동안 다른 게 눈에 들어왔다. 화면 왼쪽에 **당신만 볼 것**이라는 폴더였다. 폴더를 더블클릭했다.

데본의 셀카가 가득했다. 나체이거나 속옷만 입은 데본의 사진. 보고 있기 민망해 곧바로 폴더를 닫았지만 이미지는 마치 밝게 빛나는 전구를 쳐다본 여파처럼 뇌리에 남았다. 사진 속에서 데본은 포르노 배우들이 지을 법한 표정을 하고 카메라를 똑바로 바라보고 있었다.

당신만 볼 것. '당신'이 누굴까? 로빈은 아닐 것이다.

이 노트북에 자신의 사진이 없었다면 데본의 벗은 사진 따위 상관하지 않았을 것이다.

그러나 사진은 분명 무언가를 경고하고 있다.

헬레나는 노트북을 닫고 겨드랑이에 낀 채 고약한 냄새가 진동하는 로빈 방에서 나와 비로소 숨을 크게 들이마신 뒤 데본의 방으로 들어갔다.

매튜가 훑어봤다던 스케치북이 책상 위에 놓여 있었다.

아무 페이지나 펼쳐 그림을 본 헬레나는 하마터면 노트북을 떨어뜨릴 뻔했다.

연필로 그린 익숙한 몸과 낯익은 얼굴.

리였다.

데본의 스케치북은 리의 나체 그림으로 가득했다.

21

전화기가 물기라도 할 듯 나는 펄쩍 뛰며 뒤로 자빠졌다. 로빈이 여기서 뭘 하는 거지? 왜 우리가 유인한 대로 펍에 가지 않은 거지? 메시지를 보냈을 때 로빈이 의심하는 기색은 없었다. 그래서 당연히 크라운으로 갔을 거라고 확신했다. 그런데 로빈은 지금 헬레나의 집 앞에 와 있다.

로빈이 대문을 두드린 후 소리쳤다.

"데본! 여기 있어?"

나는 온몸이 얼어붙었다. 로빈의 목소리를 듣고 데본이 경찰을 부르라며 고함을 지르는 장면이 눈앞에 펼쳐졌다. 그럼 모든 게 끝이다! 헬레나와 나는 납치 및 감금으로, 말할 것도 없이 헬레나는 살인으로 구속될 것이다. 막아야 한다.

대문 앞으로 달려가 문을 활짝 열자 로빈이 입을 벌린 채 서 있었다. 실제로 본 로빈은 예상보다 더 마른 데다 키도 작고 얼굴도 아기처럼 동그랬다. 손에 휴대전화를 든 로빈은 나를 보더니 뒷걸음질했다. 홈 시네마로 영화라도 보는지 데본 쪽은 잠잠했다. 데본이 눈치채기 전에 로빈을 조용히 돌려보내야 한다.

로빈을 들인 뒤 문을 닫았다.

"지금 안에서 누가 자고 있어요. 도대체 누구시길래 여기서 소란을 피우는 겁니까?" 내가 낮은 목소리로 물었다.

로빈은 자신 없는 듯 대답했다.

"전 데본을 찾고 있어요."

"데본? 여기서 서쪽으로 320킬로미터 정도 가면 나오는데요."

로빈은 나를 얼간이 취급하듯 말했다.

"웃기시네요. 난 친구를 찾으러 왔어요. 여기 있는 것 알고 왔다고요."

"친구 이름이 데본인가요? 그런 이름은 들어본 적이 없는데요. 아무래도 잘못 찾아온 것 같군요." 내가 말했다.

로빈은 눈을 가늘게 떴다.

"거짓말하지 말아요. 데본은 여기에 있어요."

로빈이 집 안을 향해 걸어가기 시작했다. 나는 급히 로빈을 막아섰다.

"도대체 무슨 소리 하는지 모르겠네요. 어떻게 데본이라는 사람이 여기 있다고 확신하는 거죠?"

거짓말을 내뱉는 내 표정은 어땠을까? 지금껏 심장이 쿵쾅대는 것을 감추고 차분한 척하며 거짓말을 해본 적이 없었다. 얼빠진 외계인처럼 보이지나 않았을지.

"데본이 여기에 있는 걸 알아요." 로빈이 다시 말했다.

"난 모르는 일…."

"데본의 노트북에서 '내 전화 찾기' 앱을 켜봤어요. 데본의 전화기가 바로 여기에 있다고 했어요."

"뭔가 오류가 있었나 보네요." 망했다.

"아니요. 오류일 리 없어요. 이 부근에는 이 집밖에 없잖아요. 데본은 여기에 있어요. 확실해요."

나는 핑곗거리를 생각해 내려고 애썼다.

"그런 게 항상 맞지는 않을걸요. 어쩌면 데본이란 사람은, 글쎄요. 전화기를 바닷가에 흘렸을 수도 있지요. 확인해 봤나요? 그리고 데본이란 사람은 당신이 자기 노트북에 로그인해서 위치추적을 한다는 걸 알고 있나요? 당신이야말로 수상해 보이네요."

"헛소리하지 말아요!"

로빈이 갑자기 소리쳐 나는 마치 강풍이라도 맞은 듯 뒷걸음질했다.

"난 당신이 누군지 알아요." 로빈은 말을 이어갔다.

"데본이랑 같이 아이슬란드에 갔던 사람이잖아요. 데본이 찍은 사진에서 봤어요. 검은 머리를 한 그 여자랑 같이요. 데본이 완전히 꽂힌 그 여자요. 도대체 무슨 일을 꾸미는 거죠? 문자메시지는 데본이 보낸 게 아니에요. 데본이 쓰는 말투가 아니라고요. 왜 나를 크라운으로 불러내려고 한 거예요? 지금 데본을 감금이라도 하고 있는 거예요?"

이쯤 되니 내 표정이 감정을 숨기지 못하고 있다는 게 느껴졌다. 감정을 숨기려는 노력은 오히려 로빈이 묻는 말에 더 괴로워하고 충격을 받는 것으로 보였으리라.

"이럴 수가. 데본을 죽였어요?"

"아니요. 말도 안 되는 소리 말아요."

로빈의 두 눈이 얼굴 밖으로 튀어나올 것 같았다.

"맞네, 당신 데본을 죽였군요. 왜 그랬어요? 섹스 게임이라도 하다 뭐가 잘못됐나요?"

"아니에요! 로빈…."

"아, 이제 내가 누군지 알고 있다는 걸 인정했네요!"

젠장. 나는 입을 다물었다.

"이럴 수가. 혹시 오늘 아침에 우리 집에 왔었나요?"

이 상황에서 벗어나려면 무슨 말이라도 해야 했지만 가슴만 쿵쾅거릴 뿐이었다.

"데본에게 무슨 짓을 한 거예요? 무슨…?"

로빈은 거의 발작하듯 소리 지르고 있었다. 나는 로빈을 꽉 붙잡고 한 대 쳐주고 싶었다.

"진정해! 데본은 안 죽었어. 아무도 죽지 않았어." 내가 말했다.

"그렇지만 이 안에 있나요? 당신 집 안에?"

이제는 부인해도 소용없어 보였다. 나는 어서 말꼬리를 돌려야 했다. 최대한 침착하게 목소리를 가다듬고 달래듯이 말했다.

"좋아요. 인정해요. 데본은 여기에 있어요. 하지만 이렇게 된 건 다 데본이 자초한 일이에요. 알겠어요? 아이슬란드에서 친해졌고 우리가 잠시 와서 지내도 된다고 했어요. 데본이 며칠 동안 혼자 있고 싶다고 해서요."

로빈은 내 말을 믿어보려고 노력하듯 고개를 저었다.

"데본을 봐야겠어요. 직접 보기 전에는 데본이 안전하다고 믿을 수 없어요."

로빈은 다시 한번 나를 지나치려 했다. 하지만 나 역시 계속 버티고 섰다.

"그건 안 될 거에요. 데본은 당신을 보고 싶지 않다고 했으니까요."

"날 보고 직접 이야기하라고 해줘요." 로빈은 처음에는 떨리더니 나중에는 칭얼대는 목소리로 말했다. 로빈이 여기까지 찾아온 이유가 고작 이것이라니. 데본이 로빈을 피하려고 했다는 나의 임기응변은 그럴싸했다. 로빈이 여기에 온 것은 데본이 다칠까 봐이기도 하지만 오히려 자기를 버릴까 봐 두려웠기 때문이었다. 자신을 보살펴주는 데본과 정식으로 사귀고 싶은 덩치 큰 이 소년은 데본과 멀어지는 게 무서웠던 것이다.

"마음이 정리가 되면 직접 말하겠죠. 하루 이틀 정도 시간을 주면 데본은 집으로 돌아갈 거에요. 데본은…. 데본은 잠시 당신과 떨어져 있고 싶다고 했어요. 그러니까 그만 돌아가 보는 게 좋겠군요."

로빈은 전혀 내 말을 듣지 않았다.

"나랑요? 내가 뭘 했는데요? 그냥…. 그때는 내가 취했다고 설명했어요. 다시는 그러지 않을 거라고. 우리 소중한 우정만큼은 지켜야 한다고요."

오호라, 흥미로운 이야기였다. 로빈은 데본에게 고백했다가 차인 게 분명했다.

"데본은 생각할 시간이 필요해요. 알겠어요? 집으로 돌아가요. 아니면, 펍 같은 데 가서 한잔하는 건 어때요? 원한다면 같이 가줄 수 있어요. 나한테 털어놔도 괜찮아요."

로빈은 실눈을 뜨며 말했다.

"왜 자꾸 나를 펍으로 보내려는 거에요? 크라운에서 데본을 만나게 하려던 이 메시지는 뭐죠? 무슨 일이 일어나고 있는 거잖아요."

"지금 일어나고 있는 일은 데본이 잠시 혼자 있는 것뿐이에요." 나는 로빈의 어깨를 잡고 뒤돌아 진입로 끝을 향해 서도록 했다. 타고 온 자전거가 문기둥에 기대어 있었다. 어깨를 으쓱하며 내게서 빠져나간 로빈은 휴대전화를 들었다.

"지금 한 말 다 못 믿겠어요. 데본을 만나게 해주지 않으면 경찰에 신고할 거예요."

"로빈, 내가 말했…."

"됐어요. 경찰 부를 거예요."

로빈은 휴대전화 화면을 누르기 시작했다. 9. 이어서 다시 9를 눌렀다.

나는 로빈이 들고 있던 휴대전화를 뺏었다. 앞으로 어떻게 할지는 생각할 겨를도 없었다. 경찰을 부르는 것만큼은 못하게 해야 했다. 그게 다였다.

"뭐 하는 거예요!" 로빈은 다시 휴대전화를 가져가려 하자 나는 재빨리 머리 위로 올렸다.

"잠깐 이야기 좀 해요." 머릿속이 미친 듯이 날뛰었다. 이 상황에서 어떻게 빠져나가야 하지?

방법은 하나뿐이었다.

"집 안으로 들어와요. 데본이 괜찮다는 걸 보여줄게요. 직접 말을 걸어도 좋아요. 그러고 나서 휴대전화를 돌려줄게요."

만약 로빈을 집 안으로 들여 지하실로 내려보낼 수 있다면…. 그렇다면 이제 두 명을 지하실에 가두게 되는 셈이다. 둘은 나와 헬레나에 불리한 증언을 할 것이다. 하지만 녹음 파일만 모두 삭제하고 나면 곧 둘을 풀어줄 것이다.

리가 죽은 사건과 자신들이 감금당한 사건으로 나와 헬레나를 고발한다 해도 증거가 없다. 어쩌면 아주 끔찍한 선택일 수 있으나 지금 당장 경찰이 오는 것보다는 나았다.

내게서 떨어진 로빈은 뒤로 주춤했다. 의심스러운 나의 제안을 듣고 완전히 겁에 질린 표정이었다.

"어서요. 안으로 들어와서 데본과 이야기해 봐요."

로빈이 머릿속으로 잔머리를 열심히 굴리는 게 보였다. 데본이 진짜 괜찮은지 보고 싶지만 생판 모르는 사람이 제안한 게 꺼림칙하겠지. 게다가 경찰에 신고하겠다니까 내가 휴대전화를 빼앗은 것도 수상했을 것이다. 로빈이 경찰을 부른다고 할 줄 알았다면 나는 그를 처음부터 집 안으로 들여 아래층으로 내려가라고 했을 것이다.

"안 들어가요. 경찰을 부를 거예요."

자전거를 세워둔 곳으로 가려는 로빈을 막아섰다. 그리고 로빈의 셔츠를 움켜잡았다. 로빈은 내 손을 거칠게 뿌리쳤고 나는 로빈을 다시 잡았다. 급기야 로빈이 주먹으로 내 얼굴을 가격했다.

생각보다 강한 펀치를 맞고 쓰러지면서 콘크리트 바닥에 엉덩방아를 찧었다. 내가 넘어지면서 놓친 로빈의 휴대전화가 나에게서 멀리 떨어졌다. 로빈은 휴대전화를 주워 달리기 시작했다. 나는 곧장 로빈을 뒤따랐다. 자전거 앞에서 잠시 망설이던 로빈은 자전거에 올라타는 동안 나에게 잡힐 것 같다고 생각했는지 나를 흘끗 보고는 주위를 살피는 동시에 방향을 틀어 뛰었다. 뒤뜰로 향하는 통로를 따라 테라스로 이어지는 돌계단 앞으로 갔다. 로빈은 계단 앞 낮은 대문을 재빨리 열고 들어가 문을 세게 닫고 계단을 올랐다. 조금이라도 경찰을 부를 시간을 벌려는 게 틀림없었다.

로빈을 막아야 했다. 계단 대문을 다시 열고 계단을 올라 로빈을 따라갔다. 나보다 젊고 날렵하고 재빠른 로빈을 온 힘을 다해 쫓은 결과, 드디어 1미터도 안 되는 거리까지 따라잡았다. 나에게 잡히기 직전, 2층 테라스에 다다른 로빈은 숨을 헐떡이며 테이블과 의자가 있는 쪽과 그 반대 방향을 둘러보았다.

"로빈, 이리 와요. 이야기 좀 합시다." 나도 숨이 가쁘긴 마찬가지였다.

"꺼져."

로빈은 경찰을 부르기 위해 휴대전화를 들었다. 나는 테이블 위에 있던 두툼한 실외용 초를 들어 로빈에게 던졌다. 가슴팍을 맞은 로빈은 화들짝 놀라 나를 쳐다보았다. 나는 테이블을 들어 로빈의 허벅지를 누르며 힘껏 밀었다. 로빈은 휘청거며 넘어지더니 뒤에 있던 철책에 부딪혔고, 그 충격으로 휴대전화가 떨어져 테이블 아래로 미끄러졌다. 내가 먼저 달려가 휴대전화를 집었다. 화면을 보니 아직 전화를 걸기 전이었다. 나는 잽싸게 휴대전화를 주머니에 쑤셔 넣었다.

우리는 가쁜 숨을 몰아쉬며 테이블 반대편에서 서로 마주보았다.

"안으로 들어가요. 데본이랑 이야기해 봐요." 내가 말했다.

"아니요. 안 들어가요."

로빈은 테이블을 돌아 어깨로 나를 세게 밀치고 계단을 향해 질주했다. 나는 다시 두 팔을 뻗어 로빈을 잡으려고 뒤쫓아갔다.

빠른 속도로 뛰고 있던 로빈이 계단 꼭대기에서 갑자기 멈칫했다. 발을 헛디뎌 넘어질까 봐 그러는 듯했는데, 나는 미처 속도를 늦추지 못했고 로빈과 그대로 부딪혔다.

계단 위에서 무릎을 꿇고 넘어진 나는 로빈이 계단 아래로 굴러떨어지는 모습을 보았다. 쿵쿵 소리가 연달아 이어지더니 뼈가 부러지는 소리와 함께 로빈이 어둠 속으로 떨어졌다. 소름이 끼쳤다.

기겁을 한 나는 로빈의 이름을 부르지도 못하고 겨우 일어나 계단을 내려갔다. 두 다리의 움직임조차 무감각했다. 계단을 몇 개 남겨두고 감당하기 힘든 공포감에 휩싸여 발걸음을 멈췄다.

콘크리트 바닥 위에 옆으로 누운 로빈은 조금도 움직이지 않았다.

온몸이 떨렸고 토할 것 같았다. 힘겹게 비틀거리며 마지막 계단을 내려갔다. 목이 꺾인 로빈의 모습이 드러났다. 맥박이 뛰는지, 숨은 쉬는지 확인할 필요도 없다는 걸 알았다.

로빈은 죽었다.

22

나는 가까스로 평정심을 유지하며 주방을 서성거렸다. 주방을 200바퀴는 돌았을 것이다. 로빈이 죽었다. 내 책임이다. 내가 로빈을 죽였다. 이러한 생각이 머릿속을 빙빙 맴돌았다. 물이라도 마시려고 걸음을 멈추었지만, 어차피 타임머신을 타고 과거로 갈 수 없다면 지금은 알코올만이 나를 진정시켜 줄 수 있을 것 같았다. 두 손을 얼마나 떨었는지 보드카는 잔에 담기는 양보다 바닥에 흘리는 양이 더 많았다.

로빈이 떨어질 때 나던 목뼈가 부러지는 소리가 귓가에 맴돌았다. 나는 사람을 죽이는 것은 고사하고 시체를 직접 본 일도 없었다. 경찰이나 구급차를 부른다는 생각은 하지도 못했다. 도움을 구하기에는 이미 늦었다. 앞으로 나에게 무슨 일이 일어날까? 나와 헬레나에게, 그리고 데본에게. 분명 해결책이 있을 것이다.

하지만 그게 뭔지는 알 수 없었다.

헬레나라면…. 어쩌면 헬레나는 우리를 구해낼 수 있지 않을까? 진입로에 들어오는 차바퀴 소리가 들렸다. 헤드라이트가 거실 창문을 비추기까지 몇 시간은 흐른 것 같았다. 창밖으로 경찰도 로빈의 지인도 아닌 헬레나가 나타나자 나는 안도했다.

나는 현관문을 열고 뛰어나갔다. 차마 로빈의 시신을 볼 수 없어 차고에서 방수포로 가져다 덮어두었다. 어두운 콘크리트 바닥 위에는 검은 얼룩이 번져 있었다.

헬레나와 나는 동시에 입을 열었다.

"일이 생겼어." 내가 말했다.

"할 말이 있어." 헬레나가 말했다.

우리는 둘 다 멈칫했다.

"먼저 말해봐." 헬레나가 기다렸지만 나는 입을 뗄 수가 없었다.

헬레나가 다가오며 물었다.

"무슨 일이야?"

"그러니까…." 입안에서 혀가 움직이지 않았다.

"내가…."

헬레나는 내 두 어깨에 손을 올리며 물었다.

"데본이야?"

나는 고개를 저었다.

"매튜, 심호흡해. 왜 이렇게 떨어. 안으로 들어가자. 어서 와."

집 안으로 들어가며 헬레나가 두 손으로 내 어깨를 비벼대며 말했다.

"몸이 얼음장이네. 이러다가 쇼크 오겠어. 내가 목욕물을 받아줄게."

"아니야, 헬레나…."

그러나 헬레나는 이미 가고 없었다. 계단 아래에 앉은 나는 양팔을 감싸며 위층에서 헬레나가 욕조 수도를 트는 소리를 들었다. 물이 쏟아져 나왔다. 나는 두 눈을 감고 떨리는 몸을 진정시키려 노력했다.

헬레나가 아래층으로 내려와 나를 데리고 올라가더니 옷을 벗겨 들여보냈다. 욕조 안에서 몸을 어깨까지 담그고 나서야 나는 떠는 걸 멈췄다.

헬레나는 욕조 옆 변기 위에 앉아서 나라면 절대 할 수 없었을 인내심을 보여주더니 말했다.

"이제 말해봐."

나는 모든 걸 털어놓았다.

헬레나는 손으로 입을 막으며 일어섰다.

"이럴 수가. 아, 매튜."

"사고였어. 로빈이…. 여기에 찾아오지만 않았다면… 그렇게 무턱대고 덤벼들지만 않았다면…. 나는 그냥 내쫓을 생각이었어. 그런데 돌아가려고 하지를 않는 거야. 경찰을 부르겠다고 했어. 나는 경찰이 와서 대본을 찾아낼까 봐…."

헬레나는 두 손으로 머리를 감싸며 욕실의 바닥 타일을 노려보고 있었다.

"헬레나, 무슨 말이라도 해줘."

마침내 헬레나는 타일에서 나에게로 눈길을 돌리며 물었다.

“정말이야? 로빈이 정말로 죽은 게 확실해?”

“100퍼센트 확실해.”

“젠장, 매튜!”

“말했잖아. 사고였다고. 난 쫓아가다가 갑자기 멈춘 로빈과 부딪힌 게 다야. 대본을 찾으려는 로빈을 막아야 했다고. 널 보호하기 위해서 말이야.”

“넌 이게….” 헬레나는 말을 하려다 말았다. 숨을 깊게 들이마셨다 뱉더니 욕실을 나가며 말했다.

“생각을 좀 해봐야겠어.”

나를 감싸는 따뜻한 물 밖으로 나가고 싶지 않아 그대로 앉아 있었다. 여기서 나가면 현실과 마주해야 했다.

넌 사람을 죽였어.

헬레나가 다시 들어왔다. 방금 전보다 진정되어 보였다. 욕조 옆에 쭈그리고 앉아 헬레나가 말했다.

“잘 들어. 네가 한 게 아니야. 로빈이 혼자 그런 거야. 혼자 달리다가 멈춘 거야. 너는 멈출 수가 없었고. 그러니까 로빈이 잘못한 거야.”

정말 그랬나? 갑자기 모든 게 흐릿해졌다.

“로빈이 혼자 떨어진 거야. 그게 다야. 사고야. 그리고 지금 우리는 시체를 처리해야 해.”

나는 헬레나를 쳐다보았다. 헬레나가 옳았다. 그건 사고였다. 로빈이 혼자 뛰다가 갑자기 멈추지만 않았다면 나와 부딪히지도 않았을 테고 그러면 떨어지지도 않았을 것이다.

"매튜, 내 말 듣고 있어? 우리가 시체를 처리해야 한다고."

"그래. 하지만… 어떻게?"

헬레나는 수건을 갖고 와서 욕조 끝에 올려두었다.

"닦고 침실로 와."

침대 위에는 검은 티셔츠, 검은 후드 티, 검은 조거 바지가 올려져 있었다. 그것들이 리가 입던 옷이라는 걸 알았지만 나는 불평하지 않고 옷을 입었다. 기억 속의 리는 나보다 키가 작고 다부졌다. 바지 길이는 5센티미터 정도 짧았고 허리둘레는 5센티미터 정도 컸다. 티셔츠는 나를 삼킬 것처럼 컸다. 지금 뭘 따지겠나? 헬레나 역시 온통 검은 옷으로 갈아입었다.

"사랑해." 나는 침대에 걸터앉아 운동화를 신으며 말했다.

헬레나는 잠시 내가 무슨 외국어로 말하기라도 한 듯 나를 쳐다보았다. 그리고 역시 아무 감정 없는 톤으로 말했다.

"나도 사랑해. 그럼, 이제, 그 사랑을 보여줘 봐."

—

뒤뜰에 가보니 로빈은 내가 두고 온 바로 그 자리에 누워 있었다. 당연히 거기 있었다.

지금이 무슨 핼러윈도 아니고 로빈이 기적적으로 다시 살아날 리도, 복수를 하겠다고 칼을 휘두르며 덤벼들 리도 없었다.

방수포를 들어 올리자 로빈이 계단 아래서 머리가 기괴하게 비틀린 채 뻗어 있었다. 고개를 돌린 내 옆에서 헬레나가 고개를 저으며 속삭였다.

"아, 매튜."

"이제 어떡해?"

"생각 좀 해보자." 시간은 더디게 흘렀다. 달 위로 구름이 지나갔다. 데본은 지하에서 자고 있었다.

"우리가 로빈을 모르는 사람이라고 할 수는 없어. 갑자기 누가 우리 집 뒤뜰 계단에서 우연히 떨어질 수는 없으니까. 경찰은 우리 관계를 금방 알아챌 거야. 우리는 죽은 사람의 룸메이트와 아이슬란드 여행에서 만났잖아."

잠시 후 헬레나는 계획을 말해주었다. 일단 로빈을 차에 싣는다. 집 앞에 주차해둔 차의 뒷좌석을 접어 평평하게 만들고 트렁크 안에 공간을 확보했다. 그리고 로빈의 시신과 최대한 가깝게 차를 뒤로 대었다. 그 후 우리는 아무 말 없이 집 뒤뜰로 가 누워 있는 로빈의 양 끝에 섰다.

나는 길게 심호흡했다.

"뭘 기다려?" 시신을 향해 구부리는 헬레나의 눈빛이 어스름하게 빛났다. 헬레나는 로빈의 발 끝에, 나는 머리 앞에 서 있었다.

나도 두 팔을 로빈의 팔 아래에 넣어 들어 올려보았다. 그제야 '데드 웨이트, 완전히 힘이 빠진 상태의 무게'이라는 말을 이해할 수 있었다. 나는 겨우 상체 윗부분만 땅에서 들어 올릴 수 있었다.

트렁크까지가 지독히 멀게 느껴졌다.

"할 수 있어! 어차피 다른 방법도 없고. 최대한 바닥에 끌지 않으려고 해봐, 알았지?" 헬레나가 말했다.

시체를 들면서 나는 **우리에게 다른 방법이 있었지 않았나** 하는 생각이 들었다. 우리는 경찰을 부를 수 있지 않았나? 자수할 수도 있지 않았나? 그러나 나는 당시에 그런 생각은 하지도 못했다. 어떻게든 이 상황을 모면해야 한다는 생각뿐이었다. 모든 걸 없던 일로 하고 싶었다.

나는 다시 로빈의 팔 아래로 손을 밀어 넣었고 헬레나와 셋을 센 후 동시에 들어 올렸다.

사후경직이 되기까지 얼마나 걸리는지는 몰라도 로빈은 아직 완벽히 굳지 않아 들어 올리기가 쉽지 않았다. 상상인지 현실인지 분간되지 않지만 썩은 내와 가스 악취가 나는 것도 같았다.

나와 헬레나는 있는 힘껏 작고 마른 로빈을 집 옆까지 끌고 나왔다. 그러고는 또 한 번 초인적인 힘을 발휘해 로빈을 트렁크에 집어넣었다.

자동차 서스펜션이 튕겼다. 내가 구토를 참으며 서 있는 사이 헬레나는 방수포 양옆으로 시신을 감싸 로빈을 숨겼다. 그러고 나서 앞 좌석에 말없이 가만히 앉으니 긴장이 풀려서 그랬는지 온몸 구석구석이 쑤시고 아팠다.

차를 빼는 헬레나에게 내가 소리쳤다.

"잠깐만!"

헤드라이트가 로빈이 타고 온 자전거를 비추었다. 나는 차에서 뛰어 내려 자전거를 끌고 와서 차 트렁크를 열고 잠시 멈칫했다. 자전거는 로빈 위에 놓아야만 차에 실을 수 있었다. 만약 로빈을 방수포에 싸지 않았다면, 만약 시신이 눈앞에 바로 보였다면 나는 자전거를 싣지 못했을 것이다. 이미 죽은 인간에게 주는 마지막 치욕처럼 느껴졌기 때문이다. 하지만 나는 자전거를 로빈 위에 싣고 조용히 트렁크를 닫았다.

"로빈 휴대전화는 챙겼어?" 헬레나는 물었다.

"응."

"데본 휴대전화도 챙겨야 해. 주방에 있어. 고무장갑도 가져와. 싱크대 아래에 있을 거야."

나는 아무것도 묻지 않았다. 집 안으로 뛰어들어가 데본의 전화기와 싱크대 아래 수납장을 뒤져 고무장갑 두 켤레를 챙겨 차로 돌아왔다.

영화 속 범죄자처럼 헬레나는 천천히 조심스럽게 운전했다. 신호와 속도를 정확히 지켰다. 길에는 차가 많지 않았지만 그래도 뒷창문을 틴팅해둔 게 다행이라고 생각했다.

헬레나는 로빈의 집 앞에 차를 세웠다. 나는 전기차의 조용함에 다시 한번 감사했다. 엔진 소음 하나 없이 그저 아스팔트 위에 쉭 하고 닿는 타이어 소리뿐이었다. 주변에는 아무도 없었고 어느 집 창문에서도 불이 새어 나오지 않았다. 막다른 골목이었기 때문에 자동차 통행도 거의 없었다. 시간을 확인하니 새벽 두 시였다.

헬레나가 열쇠 꾸러미를 들었다.

"데본이 쓰는 책상 위에서 찾았어. 네가 올려둔 곳."

헬레나는 여전히 내게 화가 나 있었다. 나는 '내가 이 모든 일에 연루된 것은 다 널 지키기 위해서야!' 같은 말이라도 해서 자존심을 지키고 싶은 마음이 굴뚝같지만 참아야 했다.

내 표정을 본 헬레나가 곧바로 말투를 부드럽게 바꾸었다.

"잠깐만 기다려."

헬레나는 고무장갑을 끼고 밖으로 나갔다. 차 문을 닫지 않은 채 집 쪽으로 걸어가 현관문을 열었다. 곧이어 차로 다시 돌아오더니 트렁크를 열었다. 나도 장갑을 꼈다. 두 손을 감싼 밝은 핑크색이 우스꽝스러우면서도 끔찍해 보였다. 트렁크에서 자전거를 꺼내 재빨리 집 안으로 들이고 어제 본 대로 자전거가 있던 자리에 그대로 기대어 놓았다. 순간 장갑을 끼지 않고 자전거를 차에 실었다는 게 생각나서 나는 문 앞에 걸린 목도리를 집어 자전거 프레임을 닦았다.

다시 차로 돌아와 주변을 둘러보았다. 이 거리에 사는 사람 중 불면증으로 잠 못 이루고 있는 누군가가 분명 있지 않을까? 제발 그들이 창밖의 일 따위 신경 쓰지 않고 텔레비전을 보거나 오디오 북을 듣고 있기를….

우리는 조심스럽게 방수포를 들어 로빈의 시체를 트렁크 밖으로 꺼냈다. 집 안까지 약 6미터 정도 떨어져 있었는데, 그보다 열 배는 더 먼 것처럼 느껴졌다. 갑자기 누군가 나타나 도대체 뭘 하고 있냐고 묻는다면? 그러면 우리는 그 사람을 죽여야 할 테고 또다시 나타나는 다른 사람도 죽여야 할 것이다. 살인과 은폐는 끝나지 않을 것이다. 드디어 집 안으로 들어간 우리는 시체를 최대한 얌전히 복도에 내려놓았다. 내가 방수포를 벗기는 동안 헬레나는 현관문을 닫고 들어왔다. 로빈의 얼굴과 비틀어진 목을 보니 나는 다시 토할 것 같았다. 눈을 감지 못한 로빈은 피부가 늘어지고 입술에 남아 있는 핏자국에서 냄새가 났다.

“토하지 마. 정신 차려.” 헬레나가 속삭였다.

수많은 감정이 소용돌이쳤다. 공포와 두려움은 당연했고 메스껍도록 고동치는 죄책감까지 한데 섞여 휘몰아쳤다. 하지만 이 모든 감정 아래 어딘가에서 나는 너무나 냉정한 헬레나에 감명받지 않을 수가 없었다. 물론 나를 위해 도와주는 모습에 감사하기도 했다. 어쨌든 지금 이 순간 나는 헬레나가 간절히 필요했다. 절벽에 매달린 헬레나에게 내가 필요했던 것처럼 말이다. 헬레나가 없었다면 정신이 갈기갈기 찢겼을 나는 뭘 어떻게 해야 하는지 나에게 지시해주는 헬레나가 있어 다행이었다. 그리고 인정하고 싶지는 않지만, 와중에 불쾌하면서도 아찔한 전율이 있었다. 로빈에게 일어난 일을 떠나서, 이럴 수가. 물론 그 일을 없던 일로 할 수만 있다면 내가 가진 무엇이든 내놓겠지만, 나와 헬레나 사이에 끈끈한 유대감이 생겼다는 점 말이다.

로빈을 계단 아래까지 데려다 놓는 것은 생각보다 훨씬 더 힘들었다. 우리의 계획은 로빈이 헬레나의 집 계단이 아니라 자기 집 계단에서 혼자 굴러떨어져 목이 부러진 것처럼 보이게 하는 것이었다.

처음에 헬레나가 이 계획을 말해주었을 때는 그럴듯하다고 생각했다. 그런데 지금 와서 로빈을 옮기고 보니, 전혀 말이 안 돼 보였다. 경찰이 정말 로빈이 자기 집 계단에서 굴러떨어져 목이 부러졌다고 믿을까? 그게 물리적으로 말이 될까? 나는 경찰의 눈으로 사건을 바라보려고 했다. 로빈이 헬레나의 집에서처럼 얼굴로 먼저 떨어진 걸 재현하기 위해 나와 헬레나는 로빈을 엎드려 눕혔다. 계단은 높고 가팔랐다. 그래, 이만하면 경찰이 믿을 수도 있을 것 같다. 로빈이 술이나 약에 취해 있었을 수도 있으니까. 빠른 속도로 계단을 내려오려다 꼭대기에서 발이 걸려 넘어진 것으로 볼 수도 있겠다.

나는 로빈이 신고 있던 닥터 마틴 부츠 끈을 장갑 낀 손으로 겨우 풀어 벗겨냈다. 하나는 맨 위 층계에, 하나는 바로 아래 층계에 옆으로 눕혀놓았다. 마치 로빈이 계단 꼭대기에 부츠를 벗어두었다가 그중 한 짝에 발이 걸려 넘어졌고 그 때문에 부츠 한 짝이 한두 계단 아래로 떨어진 것처럼 보이게. 그러고 나서 거실에서 전에 봤던 재떨이를 찾았다. 아직 비우지 않은 재떨이에는 타고 남은 마리화나 몇 대가 섞여 있었다. 나는 재떨이를 로빈 방으로 들고 가 침대 옆에 두었다. 방은 이미 마리화나 냄새가 가득해서 아주 그럴듯해 보였다.

다시 아래층으로 내려간 나는 로빈 옆에 섰다.

"너무 어두워. 안 보여."

"휴대전화 손전등을 켜 봐."

나는 손전등 앱을 켜서 로빈을 자세히 관찰했다. 흙이나 먼지, 벽돌에서만 묻을 수 있는 긁힘 등 밖에서 낙상한 흔적이 남아 있지 않도록 확실히 해두고 싶었다.

로빈이 굴러떨어진 헬레나 집 테라스 계단은 감사하게도 아주 부드럽고 깨끗했다.

마지막으로 나는 로빈의 휴대전화를 로빈 얼굴 앞에 대고 잠금장치를 풀었다. 펍에서 만나자고 한 데본과의 최근 메시지들을 삭제했고 그날 저녁에 로빈이 다른 누군가와 메시지를 주고받지 않았는지 확인했다. 그는 아무와도 연락하지 않았다.

나는 휴대전화를 로빈 방에 올려두었다. 책상 위에 있던 소독용 물티슈 팩에서 티슈를 한 장 뽑아 휴대전화를 닦고 옆에 있던 재떨이에 버렸다.

나는 방수포를 챙겨 헬레나와 차를 몰고 동네를 빠져나오면서 아드레날린이 솟구치는 걸 느꼈다. 멀스콤을 떠나며 사건을 머릿속으로 다시 정리했다. 실은 달리는 차창 밖으로 머리를 내밀고 바람 속으로 소리를 내지르고 싶었지만 참았다. 헬레나와 내 DNA는 분명 로빈의 몸과 로빈의 집에 남았을 터였다. 로빈의 몸을 밟은 발자국 흔적이나 흙먼지 입자도 있을 것이다. 하지만 경찰은 부러진 목과 마리화나, 벗겨진 부츠만 보고 충분히 수사 결과를 낼 것이다. 더 조사를 해보았자 돈 낭비, 시간 낭비일 것이다. 예산과 인력이 얼마나 부족한지 늘 투덜대는 게 경찰이니까. 이 사건을 조사하려고 굳이 타인의 DNA까지 검사할까?

무엇보다 나와 헬레나는 DNA는 물론 지문도 등록되어 있지 않다. 우린 어떤 일로도 체포된 적이 없으니까. 그러므로 경찰 데이터베이스에 존재하지 않는다. 경찰이 우리를 찾을 일은 절대로 없을 것이다. 단, 목격자만 없다면.

이제는 데본의 휴대전화만이 유일한 걱정이었다. 그건 정말 큰 문제였다. 경찰들이 로빈의 시신을 찾아내면 당연히 데본의 행방을 궁금해할 것이다. 그리고 요즘 시대에 사람을 찾는 가장 쉬운 방법은 휴대전화 위치 기록을 확인하는 것이다. 그건 누구나 다 아는 사실이다. 데본 역시 내게 말했다. 물론 이 모든 게 금방 끝날 거라고 믿었던 처음엔 별일이 아니었다. 그런데 지금은? 아주 큰 문제가 되어버렸다.

"정신 차려, 정신 차려." 나는 헬레나가 했던 말을 중얼거렸다. 헬레나가 나를 흘겨보며 고개를 살짝 흔들었다. 나는 손가락 관절이 하얗게 될 때까지 주먹을 세게 쥐었다. 나는 마치 턴테이블에 걸린 레코드판에서 나는 소리처럼 머릿속에서 맴도는 정신 차려, 라는 말을 떨치기 위해 이마를 세게 쳤다.

휴대전화, 휴대전화. 우리는 그것을 데본의 집에 두고 오거나 파기시킬 수도 있었다. 하지만 경찰들은 삼각측량법[40]을 이용해 최근 며칠 동안 헬레나의 집 근처에 있었다는 걸 쉽게 알아낼 것이다.

40—GPS 추적기가 삼각 측량이라고 불리는 프로세스를 사용하여 세 개의 GPS 위성으로부터 거리에 따라 물리적 위치를 결정하는 것

만약 우리가 아이슬란드 여행에서 데본을 만나지 않았더라면, 소셜 미디어에 착실히 사진을 올리지 않았더라면 이렇게 엮이지 않았을 것이다. 불행하게도 우리와 데본 사이에는 아이슬란드라는 연결고리가 있었다. 경찰은 데본의 휴대전화가 마지막으로 울린 장소 근처에 그녀를 아는 누군가가 살고 있다고 추측할 것이다. 그곳으로 데본을 찾으러 오겠지. 헬레나의 집을 두드리겠지.

하지만 헬레나는 아직 차 안에 있는 데본의 전화기를 어떻게 처리할 것인지 설명하지 않았다.

집으로 이어지는 길을 지나쳤다.

"어디로 가는 거야?" 내가 물었다.

"할 일이 있어."

피스헤이븐과 뉴헤이븐, 시포드를 통과해 이스트본을 향하는 해안 길을 따라 30분 정도를 더 달렸다. 그리고 헬레나는 시내로 들어가기 전에 오른쪽으로 꺾었다. 비치 헤드 로드. 그제야 나는 우리가 어디로 가고 있는지 알 수 있었다.

비치 헤드. 영국에서 가장 악명 높은 자살 장소다. 주차장 끝에 차를 세운 헬레나는 데본의 휴대전화를 내게 주었다.

"뭘 해야 할지 알지?"

나는 전화기를 바라보며 물었다.

"하지만 왜? 어쩌려고?"

"나중에 설명할게. 일단, 가서 하고 와."

"하지만…."

"매튜, 너 오늘 사고 친 거야. 다시 이야기하고 싶지 않으니까 그냥 내 말 좀 들어, 응?"

나는 차에서 내려 절벽을 향해 걸어갔다. 영국에서 가장 높은 백악질 절벽은 낮에 왔다면 해협 너머로 보였을 경치가 끝내줬을 것이다. 오른쪽으로는 오랫동안 사용되지 않은 벨투 등대[41]가 보였고 아래쪽으로는 파도가 휘몰아치는 바다 위에 작동 중인 흰색과 빨간색 줄무늬의 등대가 어둠 속에 솟아 있었다.

41—영국 비치 헤드 절벽 끄트머리에 건설된 등대로 1832년부터 1902년까지 사용됐다. 절벽이 깎여나가며 무너질 것을 대비해 1999년 절벽 안쪽으로 위치를 옮겼다.

절벽 끝에 서서 나는 데본의 휴대전화를 최대한 세게, 그리고 멀리 던졌다. 떨어지는 휴대전화를 깜깜한 어둠이 집어삼켰다.

돌아가는 길에 우리는 말이 없었다. 집 앞에 지친 몸으로 도착해서도 우리는 차 안에 계속 앉아 있었다. 생각할 힘조차 남아 있지 않았다. 헬레나가 먼저 내려 방수포를 차고에 다시 갖다놓더니 말했다.

"아침이 되면 이 방수포는 버려야겠어. 계단이랑 차 내부도 표백제로 깨끗이 닦고. 난 들어가서 샤워할래."

나는 옷을 벗자마자 곧바로 침대에 쓰러졌다. 자리에 눕자마자 바로 잠이 들 줄 알았는데 머릿속은 붕붕거리고 심장은 쿵쾅거렸다. 헬레나도 샤워를 끝낸 축축한 몸으로 어둠 속에서 내 옆에 누웠다. 아무도 입을 열지 않았다. 조용해서 먼저 잠이 든 줄 알았던 헬레나가 내게 다가와 키스했다. 처음에는 가볍다가 점점 강도가 거세지더니 곧 헬레나는 내 위에 올라와 두 다리를 벌리고 앉았다. 그러고는 손을 아래쪽으로 내려 내 성기를 움켜잡았다. 이내 자신의 몸 안으로 나를 끌어들였다. 우리는 말없이 사랑을 나누었다. 거친 숨소리만 들릴 뿐이었다. 내 감각이 그렇게 생생했던 적은 한 번도 없었다. 내 몸에 닿는 헬레나의 손끝 하나하나가 내 피부 신경 끝에서 불꽃놀이를 터뜨렸고 내 눈꺼풀 뒤에서는 파랗고 검고 빨간 패턴이 춤을 추며 빙글빙글 돌았다. 헬레나는 손톱 끝으로 내 살갗을 찌르며 가슴을 할퀴고 이빨로 어깨를 깨물었다. 나는 욕망으로 미쳐 날뛰며 헬레나를 뒤로 돌리고 그녀의 안으로 밀고 들어갔다. 헬레나는 거의 울부짖었고 머리카락이 아래로 흘러 목 뒤의 그 흉터가 드러났다. 이 모든 일의 시작점이 떠오르면서 리에 대한 증오가 불타올랐다. 전부 리의 잘못이다! 헬레나는 베개 속에 묻힌 목소리로 계속해서 내 이름을 부르고 또 불렀다. 우리는 차례로 절정에 다다랐고 한동안 나는 육체 없이 영혼만 살아 있는 것 같았다. 마치 다른 차원의 세계로 몸이 내던져진 것 같았다. 내가 처한 문제들과 내가 저지른 일들이 모두 흔적 없이 사라지고 잊혔다. 그야말로 황홀한 망각 상태였다. 아주 잠깐이었지만.

23

잠에서 깨어보니 헬레나와 나는 각자 침대의 반대편에서 공처럼 몸을 둥글게 말고 있었다. 깊은 잠에 빠져 있는 헬레나를 그대로 둔 채 옷을 챙겨 입고 커피를 마시러 아래층으로 내려오니 벌써 오전 열 시 반이었다. 무채색의 하늘이 낮게 깔린 음울한 날씨였다. 로빈이 죽은 장소를 보고 싶지 않아서 나는 주방 창문에서 최대한 떨어져 있었다. 예상대로 온몸은 종일 체육관에서 근력 운동을 한 후처럼 뻐근했고 머리 또한 지끈거렸다. 두려움, 후회막심 따위의 끔찍한 감정이 나를 덮쳐왔다. 그러나 생각을 하려면 계속 몸을 움직여야 했다.

커피를 들고 지하실로 내려갔다. 데본이 으르렁거리며 말했다.

"굶어 죽는 줄 알았어요. 그리고 저것도 좀 치워주세요."

데본은 코너에 있는 양동이를 보지도 않고 가리켰다.

"알았어." 나는 들어가서 양동이를 들었다.

"헬레나한테 맞았어요?" 데본이 물었다.

"뭐?"

데본은 자기 얼굴을, 정확히 말하면 눈 바로 아래를 가리켰다. 데본을 따라 정확히 내 눈 아래를 만져본 나는 순간 찡그렸다. 로빈이 주먹으로 때린 부분이었다. 맞은 이후 지금까지도 아픈 줄을 전혀 몰랐다.

"아무것도 아니야." 나는 양동이를 들고 돌아섰다.

"잠깐만요."

나는 고개를 돌려 데본을 보았다. 고개만 돌려도 통증이 심했다.

"헬레나한테 할 이야기가 있다고 전해주세요. 생각을 해봤는데 어쩌면 합의가 가능할 것 같기도 해요."

나는 눈을 깜박거리며 말했다.

"마음이 바뀐 거구나?"

데본은 과장하듯 어깨를 크게 으쓱하더니 말했다.

"생각할 시간이 많았으니까요. 헬레나를 싫어하는 건 아니에요. 정말이에요. 그리고 당신도요. 모두를 위한 해결책이 분명 있을 거예요."

데본이 어제 이렇게만 나왔어도 좋았을 텐데…. 아직도 나는 로빈이 죽었다는 사실이 실감이 안 났다. 어제까지만 해도 모든 게 아주 간단한 일처럼 보였다. 나와 헬레나가 녹음 파일 복사본을 모두 찾아 삭제하면 끝이었다. 그러면 데본도 풀어줄 수 있었다. 지금은 모든 게 더 복잡해졌다. 지독히도 끔찍하게 꼬였다.

"전해줄게." 나는 양동이를 들고 지하실 밖으로 나왔다. 문을 잠그고 계단 위를 올라갔다.

헬레나가 주방에서 커피를 마시고 있었다. 테이블 위에는 맥북이 놓여 있었다. 유에스비 포트가 있는 오래된 모델이었는데 유에스비가 그중 하나에 꽂혀 있었다.

“찾았구나!” 내가 외쳤다.

“어, 그랬지.”

헬레나는 화라도 났는지 신경이 날카로워 보였다.

“잠깐. 어젯밤에 너도 집에 돌아와서 할 말이 있다고 했지? 그러다 그걸 다 처리하느라…. 할 말이 뭐였어?”

헬레나는 커피 잔을 내려놓고는 휴대전화를 들어 보여주었다.

“이것 좀 봐.”

헬레나가 준 휴대전화에는 한 남자를 스케치한 그림이 있었다. 남자는 발가벗은 채 침대에 비스듬히 기대고 있었다.

“데본의 스케치북에서 찍어온 거야. 이런 그림이 더 있었어. 이게 누군지 알아보겠어?” 헬레나가 물었다.

재수 없는 미소. 지난 20년 동안 마주친 적도 없었지만, 게다가 옷도 안 걸친 상태였지만, 표정만큼은 알아볼 수 있었다. 재수 없는 저 미소.

“리? 왜 데본이 발가벗은 리를 그린 거야?” 혼란스러워진 나는 물었다.

“거기다가 데본의 노트북에 내 사진도 엄청 많이 있었어.”

“네 사진?”

“그래. 아이슬란드에서 우리 대화를 엿듣기 전부터 나를 몰래 찍고 있었어.”

“뭐? 진짜야?”

“그래, 농담하는 거 아니야. 내려가서 이야기해 봐야겠어. 같이 갈래?”

나는 헬레나를 따라 지하실로 갔다. 데본은 소파에 앉아 내가 가져다준 커피를 마시고 있었다. 헬레나는 데본에게 성큼성큼 다가가더니 휴대전화를 들어 보였다. 리를 그린 그림이 화면에 열려 있었다.

“도대체 이게 뭔지 설명 좀 해볼래?” 헬레나가 따져 물었다.

데본은 전화기 화면을 보더니 헬레나에게로 시선을 돌렸다. 전혀 놀랍지 않다는 표정이었다. 물론 데본은 우리가 자기 노트북을 찾으러 가리라고 예상했을 것이다. 그리고 발견하리라는 것도. 데본은 머그잔을 테이블에 내려놓더니 헬레나 앞에 서서 머리카락을 뒤로 넘기며 시선을 똑바로 마주쳤다.

“그래, 맞아. 리는 내 남자친구였어.”

24

“둘이 어떻게 만났지?” 헬레나가 차가운 목소리로 물었다.

“우리 학교에 리가 초청 강연자로 왔어. 나는 건축을 공부하는 친구를 따라 갔고.” 옷깃을 만지작거리는 데본의 목이 분홍색으로 달아올랐다. 리를 처음 마주한 날이었나 보다. “강의가 끝나고 바에서 한 번 더 마주쳤는데, 그때 리가 나에게 전화번호를 줬어. 며칠 후부터는 사귀기 시작했고.”

지칠 대로 지친 내 머릿속은 쉴 틈이 없었다. 데본이 **리의 내연녀**였다고?

“그게 언제야?” 헬레나가 물었다. 나보다 더 여유로워 보였다. 어젯밤에 그림들을 보자마자 알아차렸을 테니 나보다는 고민할 시간이 더 있었으리라.

“2019년 11월. 첫 번째 록다운 전까지는 일주일에 한두 번씩 쭉 만났어. 그 뒤로는 보기가 조금 힘들었지. 끔찍했어. 하지만 코로나 상황이 풀리면서 다시 만났어. 브라이턴에 있는 호텔에서 오후를 같이 보내곤 했어.”

"오후를 같이 보냈다."

헬레나는 으르렁거리듯 낮은 목소리를 냈다. 리가 바람을 피우고 있었다. 물론 그것이 혼인 서약서를 반하는 배신이라서 헬레나가 놀라거나 화가 난 것은 아니었다. 헬레나는 바람 상대가 데본이라는 데에 화가 난 것이다. 어느 날 집 앞에 나타나 금전을 요구하고 협박하던 여자가 리의 내연녀였다니. 아이슬란드 여행에 데본이 나타난 것도 결코 우연일 수가 없었다. 분명 헬레나를 따라왔을 것이다. 이것은 지금까지 일어난 모든 일보다도 더 황당했다.

"그럼 둘이 언제 헤어졌어?" 헬레나가 물었다.

다시 한번, 데본은 헬레나를 똑바로 바라보며 대답했다.

"네가 리를 죽였을 때."

"그때까지도 둘이 만나고 있었다고?"

"그래, 우리는 그다음 주에 만나기로 했거든. 그런데 리가 죽었다는 소식이 뉴스에 나온 거야." 데본은 목이 메는 듯했다. 지하실 조명에 비친 그의 눈은 촉촉했다.

"장례식장에 가고 싶었지만 간신히 참았어. 가면 화가 폭발해 후회할 짓을 할 거 같았으니까."

"여기도 왔었어? 이 집에서도 리랑 잤니?" 헬레나가 물었다.

"아니, 당신이 항상 집에 있었잖아. 언제나 리가 날 찾아왔어."

헬레나는 덴 안을 어슬렁거리다 되돌아왔다.

"오해하지 마. 리가 다른 여자를 만나든 말든 난 상관없어. 알았다면 오히려 축복해줬을 거야. 이럴 수가, 다른 여자가 리를 나에게서 떼어내 줬다면 정말 좋았을 텐데…. 물론 그 여자에게 끔찍한 운명이 닥치길 바라는 건 아니지만."

"리는 절대…."

"닥쳐, 말하는 사람은 나야. 리랑은 어떻게 연락한 거야? 리가 죽고 내가 그의 휴대전화랑 이메일을 전부 확인했는데, 너는 물론이고 다른 어떤 여자들하고도 주고받은 게 없었어."

"리는 나랑 연락하는 용도로 휴대전화를 따로 갖고 있었어. 당신이 알아내면 질투에 휩싸여서 엄청 화낼 거라면서."

헬레나는 고개를 저었다.

"질투? 꺼지라고 해. 아이슬란드에는 왜 따라온 거야? 우연이었다고 대답하면 네 얼굴에 한 방 날릴 테니까 똑바로 말해."

"당연히 우연이 아니지. 당신이 어떤 사람인지 알아낼 기회라고 생각했어. 오히려 당신과 친해지려고 했어. 몇 달이 걸리더라도 당신이 날 믿고 의지하게 하려고 했지. 그래서 리에게 진짜 무슨 일이 일어났던 것인지 털어놓도록."

"그럼 너는 헬레나가 리를 죽였다고 의심한 거야?" 내가 물었다.

"그래요. 리는 뛰어난 수영 선수였어요. 누가 일부러 그런 게 아니라면 물에 절대로 빠질 리가 없었다고요. 그리고 헬레나가 자기를 싫어한다고 했었어요. 미친 여자 같다면서요."

"그랬겠지." 헬레나가 말했다.

"이렇게 나를 자기 집 지하실에 가둔 것만 해도 당신이 미쳤다는 걸 알 수 있어. 폭력으로 날 위협하고 있잖아."

"다시 말해 봐. 헬레나랑 친해지려고 아이슬란드 여행에 따라왔다고?" 내가 물었다.

"맞아요." 데본은 헬레나에게서 눈을 떼지 않았다. "그런데 당신 근처에도 갈 수 없었어. 여행 내내 둘이 붙어 다녔으니까. 서로 어찌나 사랑하던지. 나는 멀리서 지켜보는 수밖에 없었지. 여행 마지막 날 밤이 돼서야 당신이 지내던 오두막에 찾아갔어. 마지막 기회라고 생각하면서. 당신이 절벽에서 떨어졌을 때 괜찮은지 걱정하는 척하며 필요한 건 없는지 물어보려고 했어."

그러니까 그때 데본은 우리에게 나와서 오로라를 보라고 알려주러 온 게 아니었다.

"그렇게 오두막 문 앞까지 갔는데 당신이 리 이야기를 하는 걸 듣고 얼마나 놀랐는지. 매튜에게 속마음을 다 털어놓았잖아. 밖이 너무나 고요해서 당신이 하는 이야기가 다 들렸어. 게다가 창문까지 열려 있었으니까. 나는 휴대전화를 꺼내서 녹음 버튼을 눌렀지. 참 나, 굳이 당신이랑 친하게 지낼 필요도 없었던 거야. 난 전부 녹음했어. 만약 내가 이걸 하나하나 다 계획했다면 절대 성공하지 못했을 거야. 녹음까지 할 수 있었던 건 정말 행운이었어."

"잠깐만. 내가 아이슬란드에 갈 거라는 건 어떻게 알았어?"

"당신이 인스타그램에 올렸잖아. 여행사 이름까지 같이 말이야."

데본은 한심하다는 듯 고개를 저으며 말했다. "대단한 비밀을 가진 사람치고는 신중하지가 못하더라."

헬레나는 아무 말도 못 했다. 그 사이 데본이 다시 입을 열었다.

"그래서, 우리 집에 갔다 왔구나. 내 노트북도 찾았겠네."

내가 막 대답하려는 찰나 초인종이 울렸다.

나는 헬레나와 마주 보았다.

"전화기 갖고 있어? 누군지 볼 수 있어?"

헬레나는 고개를 저었다. 동시에 데본은 소파에서 뛰어 내려오더니 문을 향해 뛰었다. 주먹으로 문을 두드리며 소리치기 시작했다.

"도와주세요!"

나는 데본을 붙잡아 한 손으로 입을 막으며 문에서 떨어뜨렸다. **로빈 시체에 비하면 어찌나 가벼운지** 들어 올리는 게 전혀 어렵지 않았다. 데본은 몸부림을 치며 나를 물려고 했지만 입을 열지도 못하도록 꽉 붙드는 내 힘을 이기지 못했다.

"저기 안으로." 헬레나가 말했다.

"냉동실?"

"그래. 어서. 저기 들어가야 소리가 들리지 않을 거야. 진짜야. 어서."

헬레나는 냉동실 문을 열었다. 냉동실 내부가 보이면서 얼음처럼 차가운 공기가 느껴졌다. 안에 있는 선반들은 거의 비어 있었다.

데본은 아직도 뒤척거리며 나를 물려고 했다. 나는 다른 선택지가 없었다. 데본을 데리고 냉동실 안으로 들어갔다. 냉기 속으로.

"최대한 빨리 돌아올게." 헬레나가 말했다.

그러고는 나와 데본을 안에 두고 문을 닫았다. 우리는 냉동실 안에 갇혀버렸다.

25

나는 주머니에서 휴대전화를 꺼내 손전등 앱을 켰다. 냉동실 내부가 흐린 빛으로 채워졌다. 지하실 안은 휴대전화 신호가 잡히지 않았고 냉동실을 둘러싼 두꺼운 벽 덕분에 와이파이도 연결되지 않았다. 데본과 나는 고립되었다. 헬레나가 열어주지 않으면 나갈 방법이 없었다.

나는 청바지에 티셔츠를 받쳐 입고 그 위에 스웨터를 덧입고 있었고, 데본은 이곳에 도착했을 때 입고 있던 청바지에 후드 티 차림이었다. 곧 둘 다 덜덜 떨기 시작했다. 데본은 양팔로 몸을 감싸고 나를 바라보았다. 자기 연민과 혐오 사이 그 무엇이 담긴 눈빛이었다.

이 집에 처음 와서 헬레나와 〈보니와 클라이드〉를 보며 왜 집에 업소용 냉동실을 두었냐고 물었다.

“식당 같은 데나 냉동실이 따로 있는 줄 알았어.”

“나도 그랬어. 그런데 리는 가정집에 냉동실이 있는 게 멋져 보였나 봐. 정육점에서 통돼지나 커다란 소 고깃덩이 같은 것을 사 오고는 했어. 사냥해서 잡은 동물들도 그 안에 저장했고. 토끼 같은 것 말이야. 어떤 날은 헨리랑 같이 보트를 타러 나가기도 했었는데 생선도 엄청 많이 잡아왔지. 팬데믹이 시작되고 다들 마트에서 사재기할 때는 여기 저장해둔 것만으로도 몇 달은 버틸 수 있을 거라면서 엄청 만족스러워하더라."

"넌 채식주의자잖아."

"해산물 채식주의자야. 해산물은 먹어. 어쨌거나 난 리가 다른 이유로 그랬다고 생각해. 지하실에 죽은 동물을 보관하는 것을 내가 얼마나 싫어하는지 알았거든. 그러면서 나한테 무슨 일이 생기면 내 시신을 보관할 곳이 있다는 '농담'까지 했었어."

이쯤 되면 헬레나가 리를 죽인 것은 공익적인 행동 아닐까?

"리가 죽고 냉동실에 있던 고기는 모두 브라이턴에 있는 노숙자 보호소에 갖다줬어." 헬레나는 말했다.

"저 냉동실 자체를 없애고 싶은데 공사가 클 것 같아서 못했지."

냉동실 안 선반에는 음식이 든 타파웨어 몇 개와 얼음이 전부였다. 거기에 방금 살아 숨 쉬고 있는 인간 두 명이 추가됐다.

"우리 죽겠네요." 데본이 말했다.

"아니, 얼어 죽지는 않을 거야."

"헬레나가 문을 열어줄지 어떻게 알아요?"

"당연히 열어줄 거야."

"그렇겠죠. 파리 한 마리도 죽이지 못하는 여자니까요, 그렇죠?"

그때 나는 헬레나가 뭘 하는지, 누구와 무슨 이야기를 하고 있을지 궁금해졌다. 만약 여기로 돌아오지 못하게 된다면? 데본과 나는 계속 갇혀 있을 것이다. 나와 데본이 숨을 쉴 때마다 이 밀폐된 공간에서 산소는 줄어들고 이산화탄소가 늘어날 것이다. 아니, 그렇다고 해도 냉동실 안이 꽤 넓으니 산소가 부족한 상태까지 가지는 않을 것이다. 죽는다면 산소 부족보다는 저체온증으로 죽겠지. 아니, 헬레나가 나를 이렇게 두진 않을 것이다. 만약 경찰에게 잡히더라도 우리가 어디에 있는지 말은 해줄 것이다.

그렇겠지?

"당신도 같은 생각을 하고 있죠? 헬레나가 우리를 이 안에 가둔 게 아닐까 하는."

"아니, 당연히 아니지."

데본이 조롱하듯 미소 지었다.

"집어치워요, 매튜. 당신은 매 순간 헬레나를 의심해야 해요. 어쨌든 리를 죽였잖아요. 헬레나가 어디까지 할 수 있는지 알잖아요. 우리 둘 다 죽으면 헬레나는 모든 문제가 해결된다고요. 아닌가요?"

"뭐? 자기 집 냉동실에 시신 두 구를 두고 산다고?"

입을 움직여 말을 하기가 더욱 힘들어졌다. 얼굴이 굳기 시작했고 언 공기가 내 혈관과 뼛속으로 슬금슬금 스며들었다. 소름이 끼쳤다.

"우리만 사라지면 다 해결되니까요. 우리를 얼려 죽이고, 시체를 토막 내는 거예요. 잘게 자르는 거죠. 얼었으니 자르기 더 쉬울 거예요. 그러고는 어딘가에 묻어버리겠죠. 우리를 찾는 사람들이 나타나면 우리 둘이 같이 도망갔다고 할 거예요. 아, 아이슬란드에서 둘이 눈이 맞았다고 할 수도 있겠네요. 당신이 없어지면 경찰에 신고해서 찾을 사람 있어요?"

날 찾을 사람이 있을까? 여동생은 뉴질랜드에 있다. 친구들은 각자 가족들과 지내느라 바쁘다. 직장 동료도 이제는 없다. 데본의 말이 옳았다. 내가 사라져도 아무도 날 찾지 않을 것이다.

"우리 부모님도 날 신경 안 써요. 내가 없어진 걸 알면 반길 수도 있어요. 어쨌든 서로 만나지도 않는 사이니까요."

"아버지 생신 파티는? 이번 주 토요일 아니야?"

데본은 나를 노려보았다.

"내 전화기에서 봤군요." 마치 나와 헬레나의 행동을 이해하려는 듯 데본은 잠시 쉬고 다시 말했다.

"그냥 내가 얼굴만 비추길 바라는 거예요. 그래야 제멋대로인 딸내미는 어디 있냐고 친구들이 묻지 않을 테니까요. 내가 정말로 파티에 오기를 바라는 건 아니라고요."

여기에 들어온 지 얼마나 된 거지? 그래 봤자 5분에서 10분밖에 안 됐을 테지만 체감은 더 오래된 것 같았다. 밖에 누가 온 걸까? 헬레나가 쫓아 보내지 못하면 어쩌지? 나는 점점 추워져 숨을 쉬기도 힘들었다. 말을 할수록 실내 산소를 더 소비할 테니 조용히 있는 게 나았다. 하지만 데본의 말에 반박하면서 데본 뿐만 아니라 나 자신도 안심하고 싶었다.

"헬레나는 나를 여기에 가두지 않을 거야. 헬레나는 날 사랑해." 내가 말했다.

데본이 웃음을 터뜨렸다.

"왜?"

"아주 확신에 찬 말투는 아니네요. 비난하지는 않을게요. 그 여자가 미친 건 확실하니까. 리가 다 이야기해 줬어요. 헬레나는 환상만 좇는다고요."

"리가 헬레나를 상습적으로 폭행했다는 이야기는 믿지 않는 거야?"

"리는 나에게 다정하고 온순했어요."

나는 짜증을 냈다.

"그래, 당연히 그랬겠지. 그런 놈들은 처음엔 다 그래. 넌 리의 한쪽 면만을 본 거야. 하지만 난 리를 알아. 대학 때부터 쓰레기였어."

"솔직히 말하면, 내 눈엔 당신도 만만치 않은 쓰레기로 보이는데요."

"무슨 소리야?"

"리가 말해줬어요. 헬레나가 얼마나 엉망이었는지요. 대학 때 사귀던 어떤 나쁜 놈이랑 헤어졌는데, 그 뒤로 몇 년을 엉망으로 살고 있었다고요. 리가 그런 헬레나를 구해줘서 정상으로 돌려놨다고요."

"그래, 리라면 그렇게 자화자찬하며 매력 어필을 하고도 남지."

"매튜, 무슨 말인지 모르겠어요? 아이슬란드에서 헬레나가 당신들이 어떻게 만났는지 이야기해 주자마자 난 알았어요. 당신이 그 나쁜 놈이라는 걸요. 당신이 헬레나를 몇 년간 힘들게 한 놈이라고요."

"리가 그랬어?"

"누군지 이름을 말하지는 않았어요. 하지만 당신이랑 헬레나가 대학 때 사귀지 않았어요? 당신이 아니면 누구겠어요?"

폐가 아플 정도로 추워서 대화를 이어가기가 힘들었다. 치아가 딱딱거리며 떨리기 시작했다. 데본과 나 사이에서 나의 날숨과 데본의 날숨이 하나로 합쳐져 하얗게 변하는 걸 바라보았다.

"리가 거짓말을 한 거야." 나는 겨우 입을 열었다.

"나와 헬레나는 서로 원만하게 헤어졌어. 리가 해준 우리 이야기는 모두 거짓말이야. 네게 유부남이라는 경계심을 풀고 환심을 사려고 지어낸 이야기라고."

하지만 데본은 능글맞게 웃었다.

"내가 당신이라면 더 조심할 거 같아요, 매튜. 어쩌면 복수하려고 이를 갈고 있는지도 모르니까요. 제 생각엔 리를 죽인 것도 리가 다른 여자를 만나는 걸 알고 그런 것 같거든요. 그러다가 자길 버리기라도 하면 지금껏 누리던 부를 잃게 될 테니까요. 이 집도, 편했던 생활도요. 불쌍한 헬레나는 나가서 일자리를 구해야 하겠죠. 리는 헬레나가 말한 것처럼 괴물이 아니었어요. 사랑스러운 남자였다고요. 거짓말을 한 건 헬레나예요. 헬레나는 절대로 우리에게 돌아오지 않을 거예요."

데본은 잠시 말을 쉬었다.

"이 문을 안에서 여는 방법, 없는 게 확실해요?"

자리에서 일어난 데본이 문을 살펴보며 물었다.

"포기해. 밖에서만 열 수 있어." 나는 아직 데본의 이야기에서 헤어나지 못한 채였다.

데본은 주저앉았다.

"젠장, 여기서 당신이랑 죽고 싶지 않단 말이에요."

"헬레나는 내가 죽게 내버려두지 않을 거야." 나는 쪼그리고 앉아 앉아 입김을 두 손안에 불어넣었다.

우리는 각자 몸을 덜덜 떨 뿐 더는 아무 말도 하지 않았다. 헬레나는 왜 이렇게 오래 걸리는 거지? 아니면 그저 몇 분밖에 지나지 않은 건가? 시간관념이 없어져 똑바로 생각할 수가 없었다. 이미 저체온증에 걸린 건가? 피부가 파랗게 변하고 있나? 두 손을 확인해 보려 했지만 휴대전화 불빛으로는 어림없었다. 데본의 속눈썹에 얼음 결정이 맺힌 듯했다. 나는 눈을 깜박거리고 다시 보았다. 역시 상상이었다. 하지만 헬레나가 문을 열어주러 오지 않으면 우리 둘의 속눈썹은 머지않아 성에로 뒤덮일 것이다. 일어나서 왔다 갔다 하면 조금 덜 추울까? 아니면 가만히 앉아서 에너지를 아끼는 게 좋을까?

데본은 꼼짝도 하지 않고 있었다. 혹시라도 의식을 잃을까 봐 걱정돼 데본에게 계속 말을 시켰다.

"어쨌든 지금은 헬레나가 너랑 거래하고 싶지는 않은 것 같아."

내가 말했다.

"흠."

"혹시 후회돼? 여기까지 찾아와서 헬레나를 협박한 것."

데본은 한참 있다 대답했다.

"여기 오기 전에 무기도 챙기지 않고 헬레나가 혼자 있는지 확인도 하지 않았던 게 후회돼요. 차라리 어디 사람 많은 곳에서 만나자고 해야 했나 봐요."

나를 회유하려고 하기보다 끝까지 제 입장에서만 생각하는 데본이 이제는 존경스럽기까지 했다. 나였다면 반드시 비밀을 지키겠다고 약속하면서 나를 내보내도 안전하다는 것을 증명해 보이려고 뭐라도 했을 것이다. 그런데 데본은 그럴 생각이 추호도 없어 보였다. 자기가 하는 생각이 무조건 옳다고 여길뿐더러 이곳에 찾아온 것 역시 도덕적으로 전혀 문제가 되지 않는다고 확신하고 있었다.

아니면 혹시 자기 연인을 죽인 여자, 헬레나를 향한 복수심 때문에 이렇게 당당한가? 아니다, 데본은 그저 자기 몫이어야 했던 것을 받아내러 왔을 뿐이다.

"무슨 소리야?"

데본이 점점 느리게 말했다. 겨우 입을 열고 말을 뱉어냈다.

"리는… 헬레나를 떠나서… 이혼을 하려고… 그리고 내가… 이 집에 들어와서 살기로…. 결혼하려고 했어요."

"넌 속은 거야. 리는 절대 그러지 않았을 거야. 헬레나를 죽이기 전까지는 말이야. 전 부인을 죽였던 것처럼."

데본은 나를 노려보며 말했다.

"그건 사고였어요. 화재 사고. 잘못 알고 있는 건 당신이라고요."

다시 침묵이 찾아왔다. 냉동고가 윙윙거리며 돌아가는 소리와 우리가 숨 쉬는 소리만 들릴 뿐이었다.

나와 마주 앉은 데본은 반항심 가득한 표정을 지었다. 나는 덜덜 떨면서 몸이 점점 마비되는 것을 느꼈다. 내가 내뱉는 숨이 얼굴 앞에서 구름처럼 뭉쳤고 무언가가 시야 끝에서 깜박거렸다. 나는 두 눈을 비비고 다시 보았다. 헬레나인가?

데본이 뭐라고 속삭였다. 얼마나 작게 말한 것인지 나는 알아듣지 못했다. 나는 자기 집 계단 아래에 누워 있을 로빈이 떠올랐다. 어느새 그는 냉동실 안으로 와 나와 데본 사이에 앉아 있었다. 고개가 옆으로 확 비틀린 채 두 눈이 나에게 고정되어 있었다. 검은 혈관으로 가득한 피부가 퍼렇게 변해 있었다. 나는 데본에게 지금 로빈이 보이냐고 묻고 싶었지만 데본은 고개를 숙이고 두 팔로 자기 몸을 감싸고 있었다. 로빈이 나를 계속 노려보았다. 모든 걸 다 아는 눈빛. 나를 비난하는 눈빛으로.

로빈은 휘청거리며 자리에서 일어서더니 천천히, 아주 천천히 나를 향해 발을 질질 끌며 걸어왔다. 나는 두 눈을 꼭 감고 환영을 떨쳐내려 했다. 헬레나, 도대체 뭐 하는 거야? 정말 내가 여기서 죽기를 바라는 건 아니지?

그게 헬레나의 해결책이야. 작은 목소리가 내 마음속에서 울렸다. **자기가 처한 끔찍한 상황에서 벗어날 방법은 바로 이거거든. 데본과 너를 얼어 죽일 셈이야.** 뭐? 이럴 수가. 우리 시신을 처리할 수 있을 때까지 그냥 이곳에 버려둘 생각이구나. 그리고 정원에 묻어버리겠지. 우리 몸은 땅속에서 분해될 거야. 우리를 잘게 썰어서 고기처럼 평생 이곳에 저장하겠구나.

갑자기 이 모든 게 기정사실처럼 다가왔다. 마치 얼음으로 된 덩굴손이 머릿속을 꽉 쥔 것 같았다. 데본이 속삭이는 말들 때문에 나는 과다망상에 시달렸다. 산소도 부족한 것 같았다. 머리가 홱 꺾인 로빈이 유령이 되어 돌아와 파래진 입술을 움직이며 이 모든 게 사실이라고 중얼거렸다. 헬레나는 나를 증오해 왔고 지금 복수하는 거라고.

나는 순간 벌떡 일어나 냉동실 문을 쾅쾅 두들겼다. 데본이 나를 쳐다보았고 로빈은 입가에 웃음을 띠며 천천히 걸어왔다.

"문 열어! 문 열어!"

26

헬레나는 깊게 숨을 들이마시고 쇄골 위를 손바닥으로 지그시 누른 후 천천히 다시 내뱉었다. 입으로 들이마시고 코로 내쉬었다. 리가 죽고 난 후 온라인 명상 교실에서 배운, 마음을 진정시키는 호흡법이었다.

그러나 지금은 통하지 않았다.

초인종이 다시 울렸다.

"나가요." 헬레나는 현관문 잠금장치를 풀었다.

헨리였다. 헨리가 다시 왔다. 현관 계단에 서서 입김으로 스파이홀을 뿌옇게 만들어놓은 헨리는 문을 열고 나가려는 헬레나를 지나쳐 거실까지 성큼성큼 들어왔다. 헨리가 지나간 자리에는 술 냄새와 땀 냄새가 진동했다. 휴대전화로 시간을 확인해 보니 아직 오전 열한 시밖에 되지 않았다.

"저는 들어오라고 안 했는데요." 거실로 따라 들어오던 헬레나는 소파에 앉는 헨리를 보며 말했다. 창밖으로 진입로에 삐뚤게 주차해 놓은 헨리의 포르쉐가 보였다.

"음주 운전 했어요?"

"할 애기가 있어요."

헨리의 두 눈은 붉게 충혈되어 있었고 혀가 꼬여 발음이 정확하지 않았다. 헨리가 술을 좋아한다는 사실은 알고 있었다. 리가 항상 헨리의 술주정을 놀려왔기 때문에 심술이 난 헨리가 리의 결혼식에서 만취해 화분에 소변을 보고 장렬히 전사하기도 했었다. 하지만 오전부터 취한 모습은 처음 보았다. 전날 밤부터 계속 마신 건지, 일어나자마자 마신 건지 알 수 없었다. 순간 헬레나는 간밤에 매튜가 따놓은 보드카 한 병이 주방에 있던 게 생각났다. 헬레나야말로 술이 간절했다. 차라리 헨리에게 보드카를 한잔 권하며 같이 마시는 게 나을까?

헨리는 중얼거렸다.

"나는 정말 최선을 다했어요…. 노력 중이라고요. 날 믿죠? 그렇죠?"

"헨리, 도대체 무슨 말을 하는 거예요?"

"난 중간에 꼈어요. 이러지도 저러지도 못하고 있다고요."

횡설수설하다가 갑자기 울기 시작하는 헨리를 보고 헬레나는 기겁했다.

"이럴 수가." 헬레나가 중얼거렸다.

"물 좀 가져다줄게요."

헬레나는 지하 냉동실에 있는 매튜와 데본이 생각났다. 둘은 지금 갇혀 있다. 그 안이 얼마나 추울까? 헨리를 쫓아내야만 했다.

하지만 헨리가 왜 여기까지 와서 헛소리하고 있는지도 알아야 한다. 헬레나는 얼른 헨리에게 물 한 잔을 가져다주었다. 헨리는 반은 쏟으며 벌컥벌컥 마셨다.

헨리 옆에 앉은 헬레나는 최대한 코로 숨을 쉬지 않으려고 노력하며 물을 다 마신 아니, 다 쏟은 헨리에게 휴지를 건넸다. 코를 크게 푼 헨리가 젖은 휴지를 다시 주려고 하자 헬레나는 그냥 갖고 있으라는 손짓을 하며 피했다.

"우선 심호흡해요. 그리고 이야기해 봐요. 무슨 일이에요? 저한테 해야 할 말이 뭐예요?"

"크로울리요."

"크로울리요?"

이름을 듣자마자 헬레나는 가슴이 철렁했다. 지난번 슈퍼마켓에서 제이미 크로울리를 본 헨리가 얼마나 어색한 표정을 지었는지가 기억났다. 리가 죽기 직전에 헬레나가 로히프놀을 샀다는 소문이라도 난 걸까, 헬레나도 순간 겁에 질렸다.

"헨리. 무슨 일인지 말해봐요." 헬레나는 침착하게 유도했다.

헨리는 코를 훌쩍거리며 말했다.

"그들은 돈을 원해요."

"왜요?" 헬레나는 머리가 지끈거렸다. 로히프놀을 구매했던 이야기를 제이미 크로울리가 헨리에게 말하며 헬레나에게 메시지를 전해주라고 시켰나? 그렇다면 또 다른 협박이었다.

헨리는 코를 손등으로 닦으며 입을 열었다.

"그가 다 망쳤어요."

"잠시만요. 그요? **리**를 말하는 거예요?"

"그래요. 팬데믹이 시작되면서 일이 많이 줄었을 때였어요…. 사업이 힘들어졌죠. 우리는 돈이 필요했고 리가 크로울리와 거래를 했어요. 그런데… 재수가 너무 없었어요."

"어떤 거래요?"

헨리는 고개를 저었다.

"내가 크로울리네를 계속 구슬리고 있었어요. 하지만 그 사람들은 만족하지 않았죠. 우리에게 충분한 시간을 줬는데도 갚지 못하면…."

헨리가 말끝을 흐리는 바람에 헬레나는 그 뒤를 상상해야 했다.

"잠시만요, '우리'라니 무슨 말이에요?"

헨리는 빨개진 코에 젖은 눈빛으로 말했다.

"그래서 제가 지금 미리 경고해 주러 온 거예요. 크로울리는 날 먼저 찾아왔어요. 내가 리의 동업자였으니까요. 리를 돈에 환장한 놈이라고 불러왔죠." 헨리는 씁쓸하게 웃으며 말을 이었다.

"이제는 당신을 좇을 거예요."

"뭐라고요?"

"당신이 리의 아내였잖아요. 다음 순서는 당신이에요. 지금껏 제가 시간을 끌긴 했는데…."

"헨리, 도대체 리가 얼마나 빚진 거예요?"

"정말 말도 안 되는 그 이자까지 합치면, 지금쯤 아마 50만 파운드가 조금 넘을 거예요."

"50만 파운드요?"

헬레나는 웃음을 터뜨릴 뻔했다. 데본이 와서 요구한 금액과 같은 액수였다. 헬레나는 다시 중얼거렸다.

"50만 파운드라…."

"당신은 이 집이 있잖아요. 아마 팔면 100만 파운드는 거뜬히 받을 수 있을 거예요."

"그래서 계속 저한테 집을 팔라고 말씀하신 거였군요? 어떻게든 집을 매물로 내놓게 해서 얼마나 받을 수 있을지 알아보고 동네 가족 갱단이 그 반값을 요구할 거라고 저한테 알려주시려고요?"

당황한 헨리의 표정은 헬레나가 옳다는 걸 인정했다.

"당신 집을 파는 건 어때요? 숲속에 큰 저택이 한 채 있잖아요. 적어도 이 집만큼은 받을 수 있을 것 같은데요."

헨리는 얼굴을 찡그리며 말했다.

"못 팔아요. 이혼하면서 그 집은 샐리 명의가 됐어요." 샐리는 헨리의 전 부인이었다.

"동네에서 이 집만큼 멋들어진 집도 없잖아요. 이 집에서 보이는 풍경을 보면 사람들은 얼마든 돈을 내려고 할 걸요?"

"돈을 구할 다른 방법은 없는 거예요?"

"내 애마를 팔 수는 있죠, 포르쉐요. 그렇지만 그 돈으로 변제할 수 있는 금액은 빙산의 일각일 뿐이에요."

"은행을 통해 대출을 받을 수 없었던 이유가 뭐예요?"

"그게…. 정확히 말하면 대출이라고 할 수도 없어요. 불법적인 사업을 하려고 돈을 꾼 거니까요. 경찰이 연루될 수도 있으니 더는 말씀드리지 않는 게 좋겠어요. 모르는 게 나을 테니까요."

헬레나는 속으로 몇 번이고 욕을 했다. 마약과 관련된 일일테지. 하지만 지금 헬레나가 알아야 할 것은 이게 다였다. 더는 필요 없었다. 갑자기 웃음이 터져 나와 헬레나는 깜짝 놀랐다. 닥친 일을 더는 감당할 수 없을 때, 스트레스로 머릿속이 완전히 무너졌을 때 나오는 발작적인 웃음이었다. 아직 술이 덜 깬 헨리마저 헬레나를 미친 사람인 양 쳐다보았다.

"괜찮아요?" 헨리가 물었다.

"아, 네. 안 괜찮을 게 뭐가 있겠어요?" 헬레나는 계속해서 터져 나오는 웃음을 막지 못했다.

"미안해요, 헬레나. 제 이야기에 충격이 크다는 것 알아요. 하지만 크로울리에게 돈이 준비되고 있다고 말할 수만 있다면 당신은 건드리지 않을 거예요. 당신이 이 집을 팔아서 돈을 준비하겠다고 말한다면요…."

헬레나는 똑바로 생각할 겨를이 없었다. 당장 헨리를 쫓아내고 매튜와 데본을 냉동실에서 꺼내주어야만 한다. 그리고 해결해야 할 악몽 같은 일 목록에 한 가지를 더 추가해야 한다. 정말 이 집을 팔아서 돈을 준비해야 할지도 모르겠다. 현금을 구해놓고 데본과 제이미 크로울리가 서로 싸우게 할까? 헬레나는 다시 웃었다. 웃고 또 웃고 배가 아플 때까지 계속 웃었다.

"생각을 해봐야겠어요." 진정한 헬레나가 말했다.

"헬레나, 시간이 별로 없어요."

"제가 생각을 좀 해봐야겠다고요. 알겠어요?" 헬레나가 쏘아붙였다.

헨리는 뒤뚱거리며 자리에서 일어서다 제 발에 걸려 소파에 도로 주저앉았다. 헨리가 이 상태로 운전하도록 둬도 될까? 혹시 사고를 내서 누구라도 죽이면 어쩌지? 헬레나는 무고한 사람들이 더 죽게 되는 일을 양심상 도저히 받아들일 수가 없었다.

"택시 불러줄게요."

헬레나는 지역 택시 회사에 전화를 걸었다. 5분 내 도착한다고 했다. 헨리를 데리고 밖으로 나갔다. 축축한 가을 공기를 들이마시고 술이 조금 깬 것 같은 헨리와 그 옆에 선 헬레나는 오지 않을 것 같은 택시를 말없이 기다렸다.

택시가 도착했고 헬레나는 헨리를 뒷좌석에 태웠다. 헨리는 고개를 숙였다.

"손님, 아프신 건 아니죠?" 택시 기사가 물었다.

"아니에요. 그런데… 그럴 수도 있겠네요."

택시 기사는 어리둥절한 표정을 짓더니 출발했다. 저 택시에 같이 탈 걸 그랬나, 아니면 헨리의 포르쉐라도 타고 어디론가 가버릴까. 헬레나는 모든 걸 뒤로한 채 낯선 곳에서 새출발하고 싶었다.

발아래 어딘가에 있는 냉동실에서 덜덜 떨고 있을 매튜와 리의 애인이었다는 데본을 생각했다. 리에게 애인이 있었다니, 슬프지는 않아도 충격적이기는 했다. 리가 그냥 데본과 도망쳤더라면 좋았을 텐데. 아니면 헬레나를 쫓아내고 그 자리에 데본을 데려왔다면 오히려 좋았을 것이다. 그리고 마침내 깨달았다. 데본이 자신의 몫이라며 돈을 요구하는 이유를. 리는 데본에게 사랑한다고 말한 것이다. 또한 언젠가는 리가 모든 재산을 데본에게 줄 것이라고도.

어떻게 보면 데본도 헬레나만큼 리의 희생자인 셈이다.

헬레나는 잠시 서서 어떤 선택을 해야 할지 고민했다. 제이미 크로울리까지 가세했지만, 이 모든 걸 해결할 기회가 아직 있음에도 지금 도망친다는 것은 바보스러운 선택일 것이다.

한숨을 쉬며 지하실로 향했다. 뛰다시피 냉동실 문 앞에 도착했다. 마침 매튜가 문에 매달려 열어달라고 문을 두드리고 있었다.

27

나는 담요를 두른 채 소파에 웅크리고 앉아 몸을 덜덜 떨었다. 헬레나가 따뜻한 차 한 잔을 가져와서 내게 마시라고 권했지만 두 손이 떨려 마실 수가 없었다.

"미안해. 빨리 쫓아 보낼 수가 없었어." 헬레나는 말했다.

"왜 온 거래?"

"그러니까…. 술이 떡이 돼서 횡설수설하더라고."

"또 너한테 집적댄 건 아니고? 만약 그랬다면…."

"아니야. 하, 진짜 그런 거 아니라고 했잖아. 그냥 말도 안 되는 소리를 지껄이다 갔어. 최근에 이혼을 한 데다 동업자까지 잃은 외로운 사람이잖아."

"정말 그게 다였어?"

"그래."

분명 무언가 숨기고 있는 것 같아 따져 물으려고 했다. 하지만 옆에 앉은 헬레나는 두 팔로 나를 감싸안으며 차가운 내 뺨에 자기 뺨을 갖다 대고 담요를 덮은 내 등을 쓸어내렸다. 연신 미안해하면서 다행히 헬레나의 체온으로 내 몸은 서서히 녹았고 손발에 감각이 돌아왔다.

지하실에 있는 데본 역시 헬레나가 갖고 온 두꺼운 담요와 뜨거운 물병으로 몸을 녹이고 있을 터였다.

“미안.” 내가 말했다.

“뭐가 미안해?”

나는 고개를 숙였다.

“널 의심한 거.”

“날 의심해? 잠시만, 설마 내가 너를 냉동실에 가둔 채 돌아오지 않을 거라고 생각한 건 아니겠지?”

“데본이 그랬어. 데본 말을 듣고 그만….” 나는 차마 헬레나를 바라볼 수 없어 고개만 저을 뿐이었다.

“그래, 맞아.” 나는 이제 거의 속삭이고 있었다.

“네가 나랑 데본을 냉동실에 가두고 돌아오지 않을 수도 있겠다고 생각했어.”

“이런, 매튜.”

“데본이 네가 처음 리를 만났을 때 완전 ‘엉망으로’ 살고 있었다고 이야기를 해줬어. 그리고 그게 다 나 때문이었다고.”

헬레나는 나에게서 살짝 떨어지며 물었다.

“너 때문에?”

그때 갑자기 나와 헬레나가 처음에 어떻게 헤어졌는지 모든 게 기억났다. 우리는 다른 친구들과 웸블리 아리나에서 열린 매닉스[42] 콘서트를 보러 갔었다. 이번에 동창 모임을 주최해 나와 헬레나가 다시 만날 수 있게 해준 데이브와 멜리사를 포함해 여자애들 몇 명도 함께였다. 군중 속에서 내가 헬레나를 잠시 놓쳤을 때였다. 음악은 계속 흘렀고 멜리사는 취해 있던 나에게 추파를 던졌다…. 아니지, 이건 마치 가만히 있는 나에게 멜리사가 혼자 그런 것처럼 들린다. 솔직히 나와 멜리사는 함께 시시덕거렸다. 두 팔을 서로에게 감싸고 음악에 맞추어 몸을 흔들었다. 머리와 입술이 가까웠다. 내가 반쯤 감았던 눈을 떴을 때는 헬레나가 우리를 노려보고 있었다. 멜리사는 바로 헬레나에게 가려고 하는 나를 붙잡았고 나는 저항하지 않았다. 그 후로 헬레나는 내가 보낸 문자에 답을 하지 않았다. 헬레나를 찾아가면 룸메이트가 대신 나와 보고 싶지 않다는 말을 전했다. 그게 끝이었다. 그렇게 우리 사이는 끝났고 곧 졸업했다.

42—Manic Street Preachers: 영국의 락밴드로 줄여서 매닉스 Manics라고 부른다.

"그래 놓고 나는 네게 사과 한마디도 하지 않았더라. 이제라도 사과하고 싶어. 그날 밤은 내가 정말 어리석었어. 그렇게 바보같이 행동한 적이 한두 번이 아니었을 거라는 것도 알아. 햄프턴코트에서도 그랬고. 변명하려는 건 아니지만, 정말 멜리사랑 키스하지 않았다는 건 말해주고 싶어."

헬레나는 나를 잠시 바라보더니 웃음을 터뜨렸다.

"아니 지금 무슨 말을 하는 거야. 정말 내가 그것 때문에 아직도 너에게 화가 나 있을 거라고 생각해?"

"그럴 수도 있지."

헬레나는 양손을 들어 올리며 말했다.

"이럴 수가, 매튜. 내가 지금까지 겪어온 일들이 있고, 우리가 앞으로 해결해 나가야 할 일들이 있는데, 20년 전 네가 키스를 했는지 안 했는지도 모르는 어떤 여자애를 아직도 내가 마음에 두고 있을 거라고 생각하는 거야?"

"네가 그렇게 말해준다면…, 하지만 리가 그랬다고 데본이…."

"뭐? 리를 만나기 시작했을 때 내가 엉망진창이었다는 거? 내가 이래저래 취약했다는 거? 그래, 그랬어. 직업도 별로였고 술도 많이 마셨지. 아주 우울했고. 그런데 너 때문은 아니었어. 내가 만나던 다른 남자들은 하나같이 별로였어. 학생 때 부모님을 동시에 잃은 일에서 벗어나지도 못했고. 체력도 약했고 자존감도 낮았어. 온갖 안 좋은 일이 모두 내게만 일어나는 것 같았어. 그렇다고 해서 그게 다 대학 시절 만나던 멍청한 남자친구 때문은 아니었어! 와, 남자들 자존심이란." 헬레나는 고개를 저었다.

내가 끼어들어 보려고 했지만, 헬레나가 곧바로 다시 말을 이어갔다.

"리는 네가 나한테 얼마나 형편없이 대했는지 말하면서, 자기를 만난 건 행운이라고 했어. 하지만 리가 나쁜 놈이 아니라 100점짜리 남편이었다 해도 난 네가 날 형편없이 대했다고 생각하지는 않았을 거야. 넌 그냥 보통 남자애들과 똑같았어. 몸만 어른이었지 속은 어린애 같았다고. 그러니까 20년도 더 된 일 때문에 내가 너한테 복수를 계획하고 실행하고 있다는 생각은 안 했으면 좋겠다."

나는 부끄러운 모습을 들키지 않으려고 애를 썼다.

"아래층에 있는 멍청이를 믿고 리가 하는 말에 귀를 기울이면 이런 일이 벌어지는 거야."

방을 가로질러 나에게 다가온 헬레나가 두 손으로 내 손을 감싸며 말했다.

"우리는 이제 어른이야, 매튜. 그리고 지금 같은 배에 타고 있고. 내가 널 정말 좋아하고 믿지 않는다면 리와 있던 일을 말해줬겠어? 지금 네가 내 옆에서 힘이 되어주고 있는 걸 내가 고마워하지 않는다고 생각하는 거야? 널 다시 만난 건 지난 몇 년간 내가 겪은 일 중 최고로 좋은 일이야. 어쩌면 내 평생에서 가장 좋은 일일 수도 있어. 이제 네가 날 못 믿겠다고 하면 너에 대한 내 마음도 바뀌겠지. 제발 그런 일이 일어나게 하지는 말아줘."

"난 널 믿어. 정말 미안해. 난 그저…."

"알아. 지금 정신없다는 것. 나도 이해해. 하지만 우린 약해져서도, 흔들려서도 안 돼. 알았지?"

"알았어."

나는 헬레나를 안고 키스했다.

헬레나는 캑캑거리며 내게서 떨어졌다.

"이럴 수가. 이건 무슨 얼음에 키스하는 것 같네."

"침대로 가자. 그러면 좀 따뜻해질 거 같아."

"너도 참."

헬레나는 어이가 없다는 듯 두 눈을 굴리면서 웃었다.

자리에서 일어나 주방으로 간 헬레나는 데본의 맥북을 갖고 왔다. 며칠 사이 살이 많이 빠진 헬레나를 보고 깜짝 놀랐다. 그러고 보니 헬레나가 먹는 것을 거의 보지 못했다. 나 역시 마찬가지였다. 생각이 여기까지 미치자 기다렸다는 듯 배 속에서 꼬르륵 소리가 났다.

"뭐 먹을래?" 헬레나가 물었다.

"그러자. 샌드위치나 토스트라도. 너도 좀 먹어야 해. 데본도 그렇고."

"그러시겠지. 어쨌든 그 비밀번호는 숫자 삼 스탠머야. 알파벳 에스는 대문자로, 띄어쓰기 없이."

헬레나는 주방으로 돌아갔고 나는 노트북을 열었다. 몇 년 전 내가 쓰던 노트북과 같은 모델이었다.

나는 비밀번호를 입력하고 유에스비 안에 있는 내용부터 확인했다. 음성 파일이 딱 하나 있었다. 재생해보니 헬레나의 목소리가 나와 바로 정지시켰다. 파일명을 적어두고 유에스비를 뽑았다. 이제 이 노트북 안에 복사본이 있는지, 다른 곳에 저장했거나 전송한 흔적이 있는지 찾아내기만 하면 됐다.

데본의 노트북을 뒤지고 있는 동안 주방에서는 음식 냄새가 솔솔 풍겨 나왔다. 배 속에서 다시 꼬르륵 소리가 났다. 노트북을 다 확인한 나는 일어나서 주방으로 향했다. 헬레나는 토스트에 버터를 바르고 있었고 요리판 위에는 스크램블드에그가 놓여 있었다.

"케첩 줘?"

헬레나의 그 말이 새삼스러웠다. 평범한 일상을 보내는 것처럼 어떻게 이렇게 아무렇지 않을 수 있을까?

"응, 고마워. 넌 안 먹어?"

"지금은 먹으면 토할 거 같아. 이것 좀 내려주고 올게. 데본도 먹을 자격이 있다니까."

내가 뭐라고 대꾸를 하기도 전에 접시를 들고 내려간 헬레나는 데본과는 한마디도 나누지 않은 듯 거의 곧바로 올라왔다. 그때까지 나는 게걸스럽게 토스트를 먹어치우고 있었다. 다 먹은 토스트 접시를 옆으로 밀어두자 헬레나는 내 옆에 있는 소파에 앉아 물었다.

"그래서?"

"노트북을 샅샅이 뒤져봤어. 삭제된 파일이나 이메일을 찾아내는 프로그램까지 돌려서 말이야."

"그런데?"

"다운로드 폴더에 있는 음성 파일 한 개가 전부였어. 아마 아이폰에서 에어드롭으로 전송한 것 같아. 다른 누군가에게 이메일을 보냈거나 다른 백업 서비스에 올린 흔적도 보이지 않거든. 파일 이름을 바꿔놨거나 다른 파일로 나눠서 저장했을 수도 있으니까 최근에 열었던 모든 음성 파일은 다 찾아 들어봤는데 아무것도 없어."

"그러니까 복사본은 이 노트북에 있는 게 다라는 소리네?"

"그런 것 같아."

"**그런 것 같아?** 확실해야 해."

"100퍼센트 확신할 수는 없어. 하지만 다른 데 저장했거나 백업을 만든 흔적은 없어. 클라우드도 확인했는데 없었고. 내 생각엔 우리를 협박해 보고, 안 되면 파일을 바로 경찰에게 이메일로 보내면 된다고 생각한 것 같아. 그러니까 복사할 필요도 못 느낀 거지. 네가 당연히 자기 요구를 들어줄 거라고 생각하지 않았겠어? 자기 휴대전화랑 노트북에만 파일이 있으면 괜찮다고 생각한 거야."

나는 파일이 저장돼 있던 다운로드 폴더를 열어 파일을 '삭제'하고 '휴지통 비우기'를 클릭했다. 휴지통을 비우는 소리가 마치 로빈의 목이 부러졌을 때처럼 으드득거리는 소리로 들렸다.

"됐어. 이제 없어."

"삭제된 파일들이 복구될 리는 없겠지? 혹시 경찰이라도?"

"하드 드라이브까지 부수면 복구 못 하지. 망치 있어?"

헬레나는 어딘가에서 망치를 들고 왔다. 나는 노트북을 바닥에 두고 망치로 힘껏 내리쳤다. 노트북은 플라스틱 조각과 금속 조각으로 깨져 엉망이 되었다. 나는 유에스비도 마찬가지로 카펫 위에 두고 망치로 내리쳤다.

이마에서 땀이 줄줄 흘렀다. 더는 춥지 않았다.

헬레나는 바닥에 어질러진 파편을 내려다보며 물었다.

"이게 다야? 이렇게 쉬운 거였어?"

"'쉽다'라는 말이 상황에 맞는지는 모르겠네. 한 남자가 죽어서 우리가 이렇게 할 수 있었잖아."

헬레나가 내 손을 쥐며 말했다.

"매튜, 지금 어떤 기분인지 알아. 이해해. 하지만 그건 사고였어. 그리고…."

"그리고 뭐?"

"그 남자야말로 소름 끼쳤잖아. 자기 노트북도 아닌데 뭘 하려고 한 걸까? 여기 저장돼 있던 사진들, 어쩌면 리에게 보냈을 나체 사진들을 찾고 있었을지도 몰라. 정말 저질이야."

"그게 죽을죄는 아니야."

"물론 아니지."

눈을 감으니 로빈의 시신이 눈앞에 떠올랐다.

냉동실에서 보았던 환영 그대로였다. 부러진 목은 끔찍했고 시취도 나는 듯했다. 온몸이 쑤시는 데다 로빈의 무게마저 느껴졌다.

"내가 죽였어. 내가 로빈을 죽였어." 나는 감정을 억누르고 헬레나를 올려다보며 물었다.

"죄책감은 어떻게 견디고 살아? 어떻게 받아들이고 살 수 있는 거야?"

"뭐야, 내가 무슨 전문가라도 된다고 생각하는 거야? 말했잖아. 난 리를 죽인 데 죄책감을 느끼지 않는다고. 죽어 마땅한 남자였어. 로빈은… 나도 모르겠다. 로빈에 관해서는 어쩌면 영영 죄책감에 시달릴 수도 있어. 네가 죽는 순간에 그의 얼굴이 떠오를 수도 있겠지."

"오, 하느님. 이제 어떻게 살아가지? 헬레나, 내가 멀쩡히 살 수 있을지 모르겠어!"

순간 무언가 헬레나의 두 눈을 스쳤다. 짜증이었을까? 분노였을까? 나에게 휴대전화를 건네며 말했다.

"그럼, 경찰에 신고해. 자수할 게 있다고 말해. 그렇게 해야 네가 살 수 있다면. 내가 다 뒤집어쓸게. 리가 죽은 것부터 데본을 감금한 것까지. 다 내가 시킨 일이라고 증언할게."

"헬레나…."

"내 말 아직 안 끝났어. 이게 나 때문에 시작된 거잖아. 안 그래? 다 내 잘못이야. 넌 이 일과 아무 상관 없는 그저 무고한 사람일 뿐이야."

헬레나가 휴대전화 끝으로 내 팔을 쿡쿡 찌르며 말했다.

"자, 경찰 불러. 그만 끝내자."

나는 팔을 휙 빼며 소리쳤다.

"그만 좀 해!"

놀란 헬레나가 두 눈을 휘둥그레 뜨고 콧구멍을 벌렁거렸다. 재회한 이후 내가 헬레나에게 소리를 지른 것은 처음이었다. 비로소 내 마음속 깊은 곳에서부터 끓어오르는 감정을 제대로 느꼈다. 스트레스와 죄책감으로 꽉꽉 채워진 용광로 같이 뜨거운 감정이었다. 내 안에서 굉음을 내며 폭발하기 직전의 불꽃이 활활 타올랐다. 불끈 쥔 두 주먹으로 조리대를 세게 치며 소리라도 지른다면 기분이 나아질 것 같았다. 타오르는 불꽃은 내 안에서 나오기를 간절히 바라고 있었다.

그러나 아직은 아니다. 아직은 감정을 제어할 수 있다. 나는 소리를 지르고 발광을 하는 대신 옆에 있는 테이블에 있던 물컵을 들었다. 물을 단숨에 마셔서 내 안의 불꽃을 진압했다.

헬레나 역시 화가 나 있었다. 부글부글 끓는 분노가 보였다.

헬레나가 자리에서 일어섰다. 다시 입을 열었을 때는 목소리가 평소대로 돌아왔다.

"경찰한테 자수할 생각이 없으면 더는 그 입을 열지 않는 게 좋을 거야. 거기 앉아서 궁상맞게 자책만 하지 말고 앞으로 잘 살아갈 방법이나 찾으란 말이야."

나를 밀치고 문 쪽으로 걸어가는 헬레나를 불렀다.

"기다려 봐."

헬레나는 멈춰 섰다.

"이제 어떻게 할 거야? 데본은?"

"나도 모르겠어, 매튜. 좋은 생각이라도 있어?"

"아니. 음성 파일은 모두 삭제했는데 이제 로빈이 죽었어. 나도 모르겠어. 어떻게 해야 할지 모르겠어."

이마를 문지르며 문틀에 기대는 헬레나는 무척이나 피곤해 보였다.

"일단 가서 좀 자."

"그래야겠다. 너도 잘 거야?"

"아니, 자기엔 너무 신경이 곤두서 있어서."

"안 잘 거면 로빈이 죽은 계단이나 닦아 봐. 차도 좀 닦고.

그리고 저것들도 다 치워버려."

헬레나는 어질러진 노트북 잔해들을 가리키며 손가락을 퉁겼다. 그러고는 계단 위로 올라가더니 침실 문을 닫았다.

아니, 정정해야지. 헬레나는 침실 문을 쾅 하고 세게 닫았다.

—

나는 싱크대 아래에서 표백제를, 다용도실에서 대걸레를 찾았다. 그걸 가지고 밖으로 나가 계단과 테라스 표면을 박박 문질러 닦았다. 그러고 나서 한 시간 동안 차 내부를 진공청소기로 밀고 닦았다. 하지만 아무리 열심히 청소해도 로빈의 흔적을 다 지웠는지는 알 길이 없었다.

청소 용품들을 정리한 나는 로빈을 쐈던 방수포를 찾았다. 이것이야말로 없애야 했다. 고무장갑을 끼고 방수포와 부서진 맥북 조각을 넣은 쓰레기봉투를 버리러 밖으로 나왔다. 헨리의 포르쉐 때문에 아슬아슬하게 빠져나왔다. 헨리는 차를 언제 가져가기로 한 걸까?

쓰레기장은 차로 10분 거리에 있었다. 나는 쓰레기장을 들락날락하느라 몇 분을 더 소비하고 솔트딘 집으로 돌아왔다. 피곤에 절어 헬레나 옆에 곧장 누울 생각이었다.

그러나 집에 도착하자마자 텔레비전 소리가 들렸다. 거실로 들어가 창백해진 헬레나를 보자마자 뱃속이 울렁거렸다.

아, 안 돼! 또 무슨 일이지?

28

헬레나는 소파 맨 가장자리에 걸터앉아 시선을 텔레비전에 고정한 채 손톱을 물어뜯었다. 내가 거실로 들어가자 드렐라 역시 신경이 곤두선 듯 내 옆을 순식간에 지나쳤다.

"무슨 일이야?" 나는 물었다.

"경찰이 로빈을 찾았어."

나는 다시 냉동실로 들어간 것처럼 온몸이 얼어붙었다.

"벌써?"

헬레나는 텔레비전 화면을 멈추더니 앞으로 되돌렸다.

"뉴스에 나오길래 녹화했어. 이것 좀 봐봐."

다시 재생을 누르자 지역방송 아나운서가 말했다.

"브라이턴 경찰은 오늘 오전 멀스콤에 위치한 한 집에서 젊은 남성의 시신을 발견한 후 목격자를 찾고 있습니다."

뒤이어 데본과 로빈의 집 외관을 따라 경찰통제선이 둘러 있고 구경꾼들이 여럿 모여 있는 화면이 나왔다.

"토할 거 같아."

아나운서가 다시 말을 하자 헬레나는 '쉿' 하라고 손가락을 입에 갖다 대었다.

"시신은 소포를 배달하던 기사가 우편함을 살펴보다가 누군가 계단 발치에 엎드려 있는 모습을 보고 경찰에 신고해 발견됐습니다. 시신은 최근에 대학을 졸업한 스물세 살 남성 로빈 바커로 이 집에 거주하고 있었습니다."

페이스북이나 인스타그램에서 퍼온 듯한 로빈의 사진이 화면에 나타났다. 부두 앞을 산책하고 있는 로빈이 과자를 먹으며 웃고 있는 모습이었다. 곧바로 '활기가 넘친다'라는 표현이 떠올랐다. 텔레비전 화면에 브라이턴 경찰서 앞에서 제복 입은 경찰이 인터뷰하는 모습이 나왔다.

"저희는 지금 원활한 수사를 위해 바커 씨의 룸메이트였던 데본 매덕스 양을 찾고 있습니다. 매덕스 양은 이 뉴스를 보면 최대한 빨리 서식스 경찰서에 연락해 주시기 바랍니다."

다시 로빈 사진이 화면에 나타나자 헬레나는 일시 정지를 눌렀다.

"데본도 찾고 있네." 나는 자리에서 일어서 왔다 갔다 하기 시작했다.

"내 말이."

"이럴 수가. **경찰들이 데본을 찾고 있어**."

"나도 안다고, 매튜!"

거실로 돌아온 드렐라는 마치 인간이라는 한심한 종자들에 관한 야생 다큐멘터리라도 보듯 문간에서 나를 노려보았다.

"숨이 막힌다." 내가 말하자 헬레나는 눈을 부릅뜨고 쳐다보며 말했다.

"한 대 때려줄까? 진정해. 알았어?"

나는 심호흡을 몇 번이나 했다. 발아래가 기름으로 뒤덮인 벼랑 끝에 서 있는 기분이었다. 정신을 똑바로 차려야 했다. 헬레나도 나와 같이 인내심이 최대치에 달한 듯했지만 차마 비난할 수 없었다. 나야말로 강해져야 했다. 우리 둘 다 이 상황에서 벗어나는 데 도움이 되도록 정신을 똑바로 차려야 했다.

나는 공기를 들이마시며 방 안을 서성거렸다.

"입으로 들이마시고, 코로 뱉는 거야. 도움이 될 거야." 헬레나가 알려준 대로 나는 숨을 쉬어보았다.

"아니, 더 천천히…. 그래, 그렇게. 더 낫지?"

나는 아직도 심장이 쿵쾅거렸지만, 고개를 끄덕였다. 적어도 이제 말은 제대로 할 수 있었다.

"경찰은 데본이 로빈을 밀었다고 의심하는 걸까?" 내가 물었다.

"모르겠어, 매튜. 아무래도 로빈이 자기 집 계단에 굴러떨어졌다는 거랑 같이 사는 여자가 행방불명이라는 게 석연치 않겠지. 어쨌든 우리가 이 상황은 예상했잖아. 그래서 데본의 휴대전화를 바다에 던져버린 거고."

나는 걸음을 멈추고 물었다.

"그랬어? 내 말은, 일이 이렇게 될 거라고 예상했다고?"

"비치 헤드로 가는 동안 내가 설명했잖아."

헬레나는 분명 설명한 적이 없었다.

"다시 말해줘. 내 머릿속이 엉망이라 잊었나 봐."

"휴, 알았어. 보험이라고 생각해 봐." 자리에 앉은 나는 똑바로 생각해 보려고 했다. 어젯밤 그 두려웠던 순간에 헬레나가 무얼 계획했는지 이해하려고 애썼다.

"경찰들이 데본을 찾을 거라는 거지. 우리가 알고 있었듯이 데본을 찾는 가장 쉬운 방법은 휴대전화 위치를 추적하는 거야. 그렇게 마지막으로 휴대전화 신호가 잡힌 곳은 비치 헤드라는 걸 알게 될 거고." 내가 말했다.

"맞아. 그리고 그 전에, 전화기는 데본 집에 있었어."

"하지만 그 전에는 **데본이 여기 있었다**는 것도 알게 되지 않을까? 그리고 로빈은? 로빈의 휴대전화 위치를 추적해 보면 어젯밤 여기에 왔었다는 걸 알게 될 거야."

"나도 알아." 다시 짜증이 올랐는지 헬레나는 발끈했다. "그러니까 내가 먼저 신고를 해야겠어."

"지금 장난하는 거지?"

"아니. 네가 말한 대로 경찰들은 휴대전화 기록만 보고도 데본과 로빈이 둘 다 여기에 있었다는 걸 알아낼 거야. 그러니까 우리가 먼저 왜 그들이 여기에 왔었는지 설명해 주면서 선수를 치자는 거지. 내가 전화할게." 헬레나는 잠깐 숨을 고르더니 코로 내쉬었다. 신경이 곤두섰다는 뜻이다.

"이제 계획을 말할게. 집중하고 잘 기억하는 게 좋을 거야. 집중하고 있어, 매튜?"

"당연하지."

"좋아. 아이슬란드에서 만난 데본은 룸메이트인 로빈이 귀찮게 해서 조금 떨어져 있고 싶은데 좀처럼 따돌릴 수가 없다는 이야기를 우리에게 했어."

나는 끄덕였다.

"영국에 도착해서 다른 집을 구하는 동안 우리 집에서 며칠 지내도 된다는 내 제안에 데본은 좋다며 수락한 거고. 내가 데본이 지냈을 만한 손님방 하나를 꾸며둘 거야."

좋다. 나는 이런 상황에서도 영리하게 머리를 굴리는 헬레나에게 다시 한번 감탄했다. 헬레나는 이야기를 계속 이어갔다.

"그런데 어젯밤에 데본이 우리와 지내고 있다는 걸 알아낸 로빈이 자전거를 타고 찾아온 거야. 그래서 네가 로빈에게 지금은 데본이 혼자 있고 싶어 한다고 말해준 거지. 술에 한껏 취한 로빈은 꽤 공격적이었지만 결국은 집에 돌아갔어. 그러자 데본도 미안해져서 로빈과 대화로 풀어보려고 집으로 돌아갔지.

그 뒤로 우리는 데본에게 연락이 없었기 때문에 아니, 뉴스도 보지 않아서 로빈이 죽은 것도 몰랐던 거고. 데본이 어디로 갔을지도 아니, 데본이 정말 로빈을 계단 아래로 밀었는지도 모르는 거야. 어쨌든 로빈에 대한 인상은 좋지 않았지. 참다못해 데본이 뭘 어떻게 했는지, 그 집에서 무슨 일이 일어났는지도 전혀 모르는 거야.”

드렐라는 이제야 조금 흥미로워진다는 듯 가까이 다가왔다. 아니면 입을 벌렸다 다물었다 하며 이야기에 몰입하는 내가 거대한 물고기 같아 보여서 그랬는지도 모르겠다.

“그러니까 너는 데본이 로빈을 죽이고 후회를 못 이겨 비치헤드에서 몸을 던졌다고 경찰들이 믿도록 하고 싶은 거지?”

“난 그저 경찰이 입장을 발표할 수 있게 그럴듯한 이야기를 던져주고 싶은 거야. 수사 방향을 완전히 틀 수 있도록. 우리를 수사 대상에서도 제외할 수 있도록 말이야. 어쩌면 데본이 휴대전화를 절벽 아래에 던지기만 하고 어디론가 도망쳤다고 생각할 수도 있겠지.”

이야기를 듣던 나는 뭔가 말이 되지 않는다고 느꼈다. 그러나 그게 뭔지 입 밖으로 말하지는 않았다. 너무나 끔찍했기 때문이다.

“왜 그래?”

헬레나는 관자놀이에 핏줄을 세웠고 두 손을 덜덜 떨었다. 헬레나 역시 너무나 두려우면서도 꾹 참고 있는 것 같았다. 적어도 둘 중 한 명은 침착해야 했다. 우리가 탄 배를 저을 사람은 있어야 했으니까.

“그런데 여기에 중요한 문제가 하나 있어.” 나는 떨리는 목소리로 말했다.

“우리가 데본을 풀어주면 분명 데본은 경찰에게 우리가 한 이야기가 모두 거짓이라고 말할 거야.”

나를 바라보는 헬레나의 눈빛에 내 온몸에 있는 모든 털이 곤두섰다. 지금 헬레나가 무슨 생각을 하는지 나는 정확하게 알 수 있었다.

"안돼, 헬레나. 그럴 수는…."

그때 쿵쿵거리는 소리가 났다. 순간 나는 분명 경찰이 왔다고 생각했다. 벌써 여기까지 찾아왔으니 곧 문을 부수고 들이닥칠 것이고 나와 헬레나는 고개를 숙이고 수갑을 찬 채 구속될 일만 남았다.

그런데 아니었다. 헬레나 머릿속에 있는 생각을 알아버린 내 심장 소리도 아니었다. 상상도 못 한 데서 나는 소리였다. 지하실이었다.

"내가 가볼게." 내가 말했다.

"같이 가."

갑자기 한 10년은 늙어 보이는 헬레나가 자리에서 일어섰다. 얼마나 지쳤는지 서 있기조차 힘들어했다.

"정말 뭐라도 좀 먹어야 해." 내가 걱정하며 말하자 헬레나는 손을 들어 올렸다.

"제발! 잔소리 그만해."

나는 헬레나를 따라 지하실로 내려갔다. 데본은 문 바로 앞에 서 있었다. 데본은 이틀이 아니라 마치 몇 주는 여기에 갇혀 있었던 것처럼 보였다. 머리카락은 마구 헝클어졌고 턱에는 뾰루지가 나 있었다. 암내와 입냄새도 풍겼다. 책으로 문을 두드린 것인지 밀수에 관한 이야기책이 데본 옆 바닥에 놓여 있었다.

"당신한테 따로 말할 게 있어요. 여자 대 여자로요." 데본이 나를 힐끔 쳐다보며 헬레나에게 말했다.

헬레나는 나를 돌아보고는 자리를 비켜달라는 눈빛을 보냈다.

나는 머뭇거렸다.

"가봐, 매튜. 괜찮을 거야." 헬레나가 말했다.

나는 지하실에서 나와 계단에서 기다렸다. 데본이 무슨 이야기를 하려는 건지 궁금했다. 조금 있다가 나온 헬레나는 무척 지쳐 보였지만 아무 감정도 내비치지 않았다.

"데본이 샤워할 수 있게 해주려고."

"뭐? 미쳤어?"

"그럴지도 몰라. 어쩌면 나 정말 제정신이 아닐지도 모르지. 그런데 이런 상황에 누가 제정신일 수 있겠어, 안 그래?"

나는 헬레나의 포기한 듯한 말투와 표정에 내심 놀랐다. 우리 둘 중에서 흐트러지지 않는 자세를 유지해온 것은 줄곧 헬레나였다.

"헬레나…."

"생리 시작했대. 휴지를 두껍게 말아서 속옷 안에 넣어두고 앉아서 생리통을 참고 있었어. 아프기도 하고 더럽기도 할 테니 제정신이 아닐 거야. 그리고 난 좀 착해지고 싶네. 알았지?"

착해진다고? 나는 불과 조금 전에 우리가 데본을 풀어주면 데본이 경찰에 바로 신고할 거라고 말하는 나를 바라보던 헬레나의 눈빛을 떠올렸다.

그렇다면 이건 뭐하자는 거지? 최후의 만찬 같은 건가? 나는 그 말을 뱉으려다가 곧바로 마음을 다잡았다. 내가 틀렸다. 헬레나는 그런 사람이 아니다. 헬레나는 좋은 사람이다.

"위층에 올라가서 커튼이랑 블라인드 다 닫아줘. 현관문이 이중으로 잠겨 있는지도 확인하고." 헬레나는 말했다.

"알았어."

나는 계단을 뛰어 올라가 헬레나의 지시가 말한 대로 했다. 그래, 우리는 동정심이 있는 상식적인 사람들이다. 잠시 곤란에 빠진 것뿐이었다. 우리는 살인자나 유괴범이 아니다. 우리는 좋은 사람들이다. 그래서 헬레나는 제 몫의 괴로움을 견디면서, 정신을 똑바로 차리라고 내 쪽도 단속했던 것이었다. 헬레나는 절대 차갑고 계산적인 살인자가 아니다. 데본을 죽이려고 계획하는 모습이 아니라 이렇게 다정한 모습이 진정한 헬레나다.

헬레나는 뒤따라 올라오는 데본과 함께 복도에 모습을 나타냈다. "따라와." 헬레나가 데본을 데리고 1층으로 올라갔다.

나는 둘을 앞세우고 계단을 올라갔다. 데본은 배를 손으로 감싼 채 살짝 허리를 구부리고 있었으나 매사 반항하는 듯한 태도는 그대로였다.

헬레나는 수건을 꺼내 데본에게 건네주었다.

"여기서 기다려."

헬레나는 화장실 안에 들어가서 면도날처럼 날카로운 물건과 배스 오일이 든 유리병처럼 무거운 물건을 모두 가지고 나왔다.

"저기 열어보면 탐폰 있어." 헬레나는 턱짓으로 가리키며 데본에게 말했다.

"샤워실 안에 샤워 젤이랑 샴푸 있을 거야. 갈아입을 옷 갖다줄게."

헬레나는 침실로 돌아와 화장실에서 갖고 나온 물건들을 침대 위에 던져놓고 티셔츠, 후드 티, 운동복 바지와 깨끗한 속옷 등 옷가지 몇 벌을 가지고 나왔다. 옷을 화장실 안에 넣어두고 데본에게 말했다.

"여기 새 칫솔. 치약은 세면대에 있고. 혹시 진통제 필요해? 알레르기 있는 약 성분 있어?"

"아니요, 알레르기는 없어요."

"알았어. 샤워 다 하고 나오면 줄게. 화장실 문은 잠그지 마."

"뭐라고요?"

"안 훔쳐 봐. 그냥 잠그지만 말라고. 알았어? 5분 줄게."

"5분이요? 적어도 15분은 줘야죠."

"10분."

"그러시던지요."

아랫입술이 툭 튀어나온 채 바닥을 노려보는 데본은 마치 투표할 수 있는 나이도 되지 않은 아이처럼 보였다. 데본은 화장실로 들어가 문을 닫았다. 곧바로 샤워기 소리가 들렸다.

"나 어쩌면 실수한 건까?"

헬레나는 데본이 듣지 못하게 작은 목소리로 말했다.

“왜?”

“나는 지금까지 데본이랑 어떤 감정도 연결하지 않으려고 노력해 왔어. 그래서 최대한 지하실에 내려가지 않고 웬만하면 너를 보낸 건데. 지금 갑자기 짜증 나게 미안해지네.”

헬레나는 마치 스스로가 역겹다는 듯 말을 뱉어냈다.

“그래도 좋은 현상이야. 우리가 괴물이 아니라는 증거잖아. 우린 좋은 사람들이야.” 내가 말했지만 헬레나는 듣지 않았다.

“데본한테는 동정심도 사치야. 다 제가 자초한 일이라고. 리의 내연녀였어. 아이슬란드까지 나를 따라왔고 내가 어떤 일을 겪었는지 알면서도 날 협박하려고 했어.”

헬레나는 마치 지금이라도 데본을 끌어내 계단 아래로 밀어버릴 것처럼 화장실 문을 노려보았다.

“데본은 그걸 믿지 않으니까. 리가 무슨 성인군자인 줄 알잖아.”

“그래, 당연히 그렇겠지. 매력적인 모습만 봐왔을 테니. 만약 데본이 내가 한 짓을 듣고 너무 화가 나서 바로 경찰서에 가서 신고라도 했다면 나도 인정해. 적어도 진실성은 보이니까. 그런데 내가 보기에 저 애는 이 모든 일의 도덕적인 면은 전혀 신경 쓰지 않는 것 같아. 리가 죽었다는 것도 개의치 않는 것 같고. 그저 제가 원하는 것만 얻어내면 다라고 생각하고 있어.”

“어쩌면 데본이야말로 괴….”

“아니, 너는 무슨 말만 하면 괴물 타령이야! 데본은 자기 걸 빼앗겼다고 생각하고 있어. 분명히 리가 나랑 이혼하면 이 큰 집이랑 좋은 차는 모두 제게 쥐여줄 거라고 약속받았을 거야. 그러니까 당연히 자기 몫을 받아내려고 날 협박하려 든 거고."

순간 내게 좋은 생각이 났다.

"우리가 다른 거래를 제안하는 건 어때? 로빈이 사고를 당한 이야기부터 지금 벌어진 상황을 모두 이야기해 주고 입단속 값으로 원하는 금액을 주는 거야. 나는 런던에 있는 아파트를 팔고 너도 차를 팔아서."

"그건 그냥 협박에 굴복하는 거잖아!"

"그럴지도 모르지. 하지만 다른 수가 없으니까."

고개를 흔드는 헬레나의 눈빛이 매서웠다. 역시 데본을 죽여야겠다고 생각하는 게 틀림없었다.

나는 헬레나를 설득할 다른 방법이 없을지 머리를 굴려보았다.

"아니면, 데본이 경찰에 신고하겠다고 협박하면, 아예 우리와 같은 공범으로 만들어버리는 거야."

"어떻게?"

"모르겠어. 생각을 해봐야지. 그래도 그게 나을…."

그때 물소리가 멈췄고 갑자기 찾아온 고요함에 나도 말을 거두었다. 우리는 데본이 몸을 닦고 옷을 갈아입을 때까지 기다렸다. 데본이 젖은 머리카락을 늘어뜨린 채 화장실에서 나왔다. 헬레나가 준 옷을 입은 데본은 엄마 옷을 입은 아이 같아 보였다.

"이리 와. 다시 내려가야지." 헬레나가 말했다.

데본은 움직이지 않았다.

"부탁이에요. 잠시라도 여기 있게 해주세요. 정말로 지하실에는 다시 내려가고 싶지 않아요."

"미안하지만, 안 돼."

"헬레나, 어쩌면 지금이 데본과 제대로 이야기를 나눌 수 있는 마지막 기회인지도 몰라. 혹시라도 이야기가 잘 풀릴지…."

"아니."

"그래도 어쩌면 잘 해결될…."

헬레나는 이를 악물며 말했다.

"매튜, 나중에 얘기해."

나는 나중에 얘기하고 싶지 않았다. 데본을 죽이는 것만이 모든 상황을 끝낼 유일한 방법이라는 말이 헬레나에게서 나오는 것을 원치 않았다. 지금까지 외면해 온 인간적인 감정을 끌어내고 싶었다. 어쩌면 데본도 우리에게 마음을 열지 모를 일이었다. 진흙탕에 빠져버린 우리가 해결책을 찾으려면 결국 셋이 함께 노력해야 했다.

"일단 내려가서 찻물을 끓이자. 앉아서 이야기하자고. 우리 셋이 딱 원하는 해결책이 반드시 있을 거야. 그렇지, 데본?"

내가 설명하지 않아도 데본이 스스로 처한 상황을 눈치채길 바랐다. 하지만 데본의 태도는 여전히 뚱했다.

헬레나는 나를 쏘아보았다.

"그럼…."

순간 데본이 헬레나를 지나쳐 계단을 향해 뛰어갔다. 우리 둘 다 어리둥절한 사이 데본은 이미 계단을 절반 내려가며 빠르게 도망치고 있었다.

나는 재빨리 따라갔다. 내가 계단을 내려가는 동안 복도를 나가 현관문까지 뛰어간 데본은 손잡이를 힘차게 돌려 당겼다. 문은 꿈쩍도 하지 않았다.

계단을 다 내려간 내가 말했다.

"그 문 잠겼어. 열쇠는 나한테 있어."

주변을 둘러보던 데본은 좌우를 살폈다. 주방을 향해 달려가려는 데본 앞에 마침 내려온 헬레나가 길을 막아섰다. 무시무시한 표정을 한 헬레나가 아무 무기도 들고 있지 않아 나는 안심했다. 데본은 몸을 돌려 내게 돌진했고 어깨로 나를 힘껏 밀치며 거실로 들어갔다. 나는 데본의 뒤를 바짝 쫓았다.

안락의자에 앉아 있던 드렐라가 눈을 크게 뜨고 우리를 구경했다. 데본은 드렐라를 들어 올리더니 꽉 안고서 손으로 고양이 목을 감쌌다. 발버둥 치던 드렐라가 데본의 손을 할퀴어 피가 나자 데본은 욕지거리를 내뱉었다. 하지만 헬레나가 빌려준 옷의 헐렁한 소매로 드렐라 몸통을 감아 다리를 움직이지 못하게 했다.

드렐라는 데본을 물기 위해 안간힘을 쓰며 머리를 가로저으려 했지만 헛수고였다.

"날 내보내주지 않으면 고양이를 죽일 거예요."

헬레나는 두 눈을 크게 뜨고 소리 질렀다.

"드렐라를 내려놔!"

"아니. 당신이 **나를** 내보내줘. 안 그러면 고양이를 목 졸라 죽일 거야." 데본은 옷소매 안에서 몸부림치는 드렐라를 한쪽 팔로 꽉 감아 안고, 다른 쪽 손으로 드렐라의 목을 움켜잡았다.

드렐라는 초록색 눈을 번뜩였다.

"이러지 말고, 우리 앉아서 차라도 마시면서…."

"닥쳐! 매튜." 헬레나와 데본이 동시에 말했다.

"내 고양이 다치게 하기만 해, 널 죽일 거야." 헬레나가 말했다.

"넌 진짜 악랄한 년이야." 데본이 텔레비전 쪽으로 뒷걸음질쳤다. 텔레비전 화면은 꺼져 있었다. 드렐라가 목청 깊은 곳에서부터 그르렁대는 소리를 냈다. 금방이라도 날카로운 이빨과 발톱을 휘두를 태세였다.

"문을 열어서 나를 내보내. 안 그러면 이 고양이는 죽어. 다섯까지 셀 거야. 하나, 둘…."

헬레나는 마음이 찢어지는 듯 고통스러워했다. 끔찍했던 지난날을 드렐라와 함께 견뎠기 때문이다.

"셋…."

돌진하는 헬레나에 놀란 데본은 뒷걸음질 치다가 손에 힘이 약간 풀렸다. 그 틈을 타 몸부림치던 드렐라는 앞발을 옷소매 속에서 꺼내어 데본의 손을 세게 할퀴었고 데본은 소리치며 드렐라를 놓쳤다. 드렐라는 소파 위로 점프하는가 싶더니… 리모컨 위에 착지했다. 갑자기 텔레비전 화면이 켜지고 밝은 불빛과 시끄러운 소리가 한번에 쏟아졌다. 셋은 아나운서의 목소리를 따라 텔레비전 화면으로 고개를 돌렸다.

로빈의 사진이 화면을 가득 비추었고 아래에는 '경찰이 브라이턴에서 죽은 채로 발견된 남자를 수사하기 위해 도움을 요청한다'는 자막이 나왔다.

텔레비전을 끄려고 했지만 이미 늦었다. 데본이 화면을 다 본 후였다.

"젠장." 나는 중얼거렸다.

충격을 받은 듯 데본이 물었다.

"뭐야? 무슨 짓을 한 거야?"

"데본, 이야기 좀 하자."

"세상에! 당신들이 죽인 거지? 당신들이 로빈을 죽인 거야!"

우리 셋 다 잠시 말을 잃었다. 드렐라가 거실을 나갔다. 뭘 어떻게 해야 할지 몰라 나는 리모컨을 들어 텔레비전을 껐다. 적어도 날 바라보는 로빈의 얼굴은 사라졌다.

"로빈이 날 찾으러 여기 왔던 거지요? 그렇죠?"

나는 지하실로 다시 내려보내야겠다는 생각에 데본의 팔을 잡으려 했지만 데본은 홱 뿌리치며 뒤에 있던 창문에 기대어 섰다. 닫혀 있는 블라인드가 달가닥거렸다.

"나한테서 떨어져!" 데본이 소리쳤다.

헬레나는 현관 앞에 가만히 서 있었다. 숨을 크게 쉴 때마다 가슴이 오르락내리락할 뿐이었다. 데본을 쳐다보는 헬레나의 모습에 또 한번 사고가 일어날 것 같은 예감이 들어 나는 둘 사이에 섰다.

데본은 이 집에 갇히고 처음으로 두려운 표정을 짓고 있었다. 자신을 쳐다보는 헬레나의 눈빛에서 살의를 느낀 게 분명했다.

29

나는 데본을 데리고 지하실로 내려갔다. 데본도 평소와는 다르게 군말 없이 따라왔다.

“이따 다시 올게.”

지하실 문을 닫으려 데본이 나를 불렀다.

“매튜! 잠시만요.”

문틈 사이로 데본이 보였다.

“무슨 일이에요? 로빈한테 무슨 일이 있었던 거예요?”

“지금은 말해줄 수가 없어.”

“당신이 죽였군요.”

“아니야.”

데본이 계속 의심하게 둬서는 안 됐다. 나는 다시 지하실 안으로 들어가 등 뒤로 문을 잠갔다.

“젠장! 당신이라면 여기 갇혀 있는 동안 로빈이 죽은 게 우연이라고 믿겠어요? 저 여자가 죽였어요? 아까 날 바라보는 눈빛이 이상했어요. 마치 다음 순서는 나라는 것처럼. 헬레나는 그런 여자예요. 처음엔 리, 이제는 로빈까지. 나를 진심으로 생각해 주던 두 남자가 죽었다고요."

"난 나가봐야겠다."

데본이 돌아서는 나를 붙잡았다.

"제발요, 매튜. 당신은 좋은 사람이잖아요. 당신은 날 다치게 하지 않을 거라는 걸 알아요. 하지만 헬레나는…. 헬레나는 리를 죽였고, 그리고 로빈까지…. 다음은 내 차례인 거예요?"

로빈을 애도하는 건지 자기를 연민하는 건지 데본은 눈물을 글썽거렸다. 나는 다시 돌아섰다.

"제발 헬레나가 날 죽이게 두지 말아요." 문을 열고 나가는 내 뒤에서 데본이 애원했다. 계단을 올라가는 내내.

"제발요, 매튜! 제발요!"

나는 두 손으로 양쪽 귀를 막았다.

—

영국 해변 지역 특유의 회색빛 보슬비가 창문을 적셨다. 주방에는 넋을 놓은 헬레나와 헬레나의 무릎에 웅크린 드렐라가 있었다.

"드렐라는 어때?"

"놀란 것 같긴 한데 괜찮아."

드렐라는 무릎에서 뛰어 내려와 사료 그릇의 냄새를 맡아보더니 유유히 걸어갔다.

"부재중 전화가 왔어. 음성 메시지를 남겼어."

헬레나는 멍한 목소리로 말했다.

"정말? 경찰이야?"

헬레나는 고개를 저었다.

"네가 들어봐."

헬레나가 건네주는 전화기를 귀에 대자 친숙하면서도 교양 있는 목소리가 들렸다.

헨리였다.

"헬레나, 내 말을 잘 들어요." 헨리는 숨을 헐떡이고 있었다. 겁에 질린 게 분명했다.

"크로울리가 다시 날 찾아 왔었어요. 돈을 준비하지 못하면 날 죽일 거고 그다음은 당신이 될 거예요. 스물네 시간을 준다고 했어요. 헬레나, 제발. 나 너무 무서워요. 빚 못 갚으면 우리 둘 다 끝이라고요!"

나는 휴대전화를 내려놓으며 물었다.

"이 사람 뭐라는 거야?"

"오늘 아침에 날 찾아온 이유야. 헨리랑 리가 크로울리 패거리랑 어떤 거래를 했나 봐. 그런데 그게 잘못돼서 지금 50만 파운드를 빚진 상태래. 헨리 말로는 크로울리가 더는 기다려주지 않을 거라고 했어."

"하지만 그게 너랑 무슨 상관이야?"

"당연한 거 아니겠어? 헨리가 그 돈을 갚을 능력이 안 되니까 그다음 타자를 찾는 거야. 리의 미망인, 나잖아. 전에 내가 이 집을 팔고 싶다고 했을 때 헨리가 과하게 관심을 가졌던 이유가 바로 이거였어. 이 집을 팔아서 크로울리한테 빚진 돈을 갚고 싶었던 거야."

"만약 돈을 안 갚으면?"

"어떨 것 같아? 크로울리 일당은 크레이스 형제[43] 같은 존재야. 기마 세관원들이 해변을 순찰하던 시대부터 밀수업을 해왔다고."

43—갱스터로 전향한 복서 출신 쌍둥이 형제. 60년대 영국을 지배한 밤의 대통령이라고도 불리며 난폭하고 잔혹하며 무자비한 폭력으로 지하세계를 접수한 뒤 경찰과 법원, 의회를 매수해 절대 권력을 누렸다.

나는 지금 들은 이야기들을 정리해 보려고 노력했다.

"설상가상이지?" 헬레나는 기가 차다는 듯 웃었다. 나는 헬레나가 웃음을 멈출 때를 기다려 물었다.

"이제 어떻게 할 거야?"

"나도 비치 헤드에 몸이나 던져 데본의 휴대전화나 찾아볼까 생각 중."

"제발 그런 말 하지 마."

말하는 내내 나와 눈도 마주치지 않던 헬레나는 그제야 나를 보며 말했다.

"모르겠어, 매튜. 크로울리까지 신경 쓸 수가 없어. 사실 내가 할 수 있는 일이 전혀 없잖아. 그렇지 않아? 데본이 집에 있는 한 집을 팔 수도, 돈을 갚을 수도 없다고."

어떻게 이런 일이 동시에 일어날 수가 있지? 우연이라고 하기엔 너무나 말이 안 되는 상황이었다.

헬레나는 다시 한번 내 마음을 읽었다.

"내가 신들을 화나게 했나 봐. 내 멋대로 리를 벌주겠다고 죽인 게 신들의 마음을 거스른 거지. 그래서 그때 절벽에서 날 떨어뜨려 죽이려고 했던 거야. 그러다 안 되니까 데본을 보냈고 이젠 크로울리 가족까지 보냈어. 다음엔 메뚜기 떼라도 나타나 기승을 부릴 거 같아. 아니면 해일이 일어난다거나 온몸에 종기가 올라온다거나?"

헬레나는 실성한 것처럼 키득거렸다.

"신과는 아무 관계도 없어. 이건 그냥…. 인과관계일 뿐이야. 일련의 사건들이 일어나고 있는 것뿐이라고." 내가 말했다.

"일련의 사건들? 완전히 엉망진창인데!"

순간 천지가 개벽이라도 했는지 창문을 두드리던 보슬비가 폭우로 바뀌었고 빗방울은 창문을 깨부술 듯 세차게 내리쳤다.

"봤지? 신들이 짜증이 날 대로 난 거라고."

우리는 잠시 빗소리에 귀를 기울였다.

"뉴스에는 로빈에 관련된 새로운 소식 없었어?"

"응. 그런데 경찰이 데본을 찾고는 있으니까, 우리가 예상한 대로 데본의 휴대전화를 추적하겠지. 아마 벌써 끝냈을지도 몰라."

우리 둘은 아무 말도 하지 않았지만, 침묵은 많은 말을 쏟아냈다.

"우린 데본까지 죽이지는 않을 거야." 내가 입을 열었다.

"그럼 지하에 영원히 가둬야겠네. 리가 남긴 빚 때문에라도 이 집을 팔 때 세입자가 한 명 있다고 설명해 줘야지."

"헬레나, 지금 농담하자는 거 아니잖아."

"나도 알아."

또다시 침묵이 흘렀다. 떨어지는 빗방울이 창문을 세차게 때렸다.

"데본이랑 대화로 풀 수 있을 거야. 이제는 상황이 더 쉬워졌는지도 몰라. 우리를 두려워하고 있으니까. 우리가 자기를 죽일 수도 있다고 생각하면 마음을 바꿔 우리에게 협조할 수도 있잖아."

헬레나는 한숨을 쉬며 말했다.

"그래, 뭐든 약속하겠지. 당연히 그럴 거야. 하지만 이 집에서 나가는 순간 경찰서로 향할걸. 지금 똑같은 대화를 몇 번이나 하는 건지 모르겠다."

헬레나는 두 손으로 얼굴을 비벼댔다.

"난 믿을 수가 없어…. 네가 진짜로 그럴 생각이라니 믿고 싶지 않아."

"무슨 생각?"

차마 내 입으로 말하고 싶지 않았다.

헬레나가 몸을 숙여 다가와 속삭였다. "데본을 죽이자." 헬레나의 목소리가 원래대로 돌아왔다. "난 이미 살인자야."

"하지만…. 그건 리였잖아. 다른 상황이었다고. 리는 가정폭력가해자였고, 넌 고통에서 벗어나려 했을 뿐이야.”

“그럼, 지금은 내가 고통스럽지 않다고 생각해? 이대로 감옥에 갈 수는 없어. 절대로. 그리고 나 혼자만의 일도 아니야. 우리 다 종신형을 선고받을 테고, 그러면 늙어 죽기 전까지 서로 보지도 못할 거야. 이게 네가 바라는 거야? 게다가 몇 번을 말해. 우리가 길 가던 무고한 데본을 납치한 게 아니잖아. 제 스스로 이 불길에 들어온 거라고.”

“그렇다고 우리가….”

“나라고 좋아서 이래? 그럼 네가 현실적으로 가능한 해결책을 제시해 보던지.”

“도망치는 건 어때? 영국이랑 범죄인 인도 조약이 체결되지 않은 다른 나라로 떠나는 거야.” 내가 말했다.

헬레나는 한심스럽다는 듯 대꾸했다.

“내가 그 생각을 안 해봤을 거 같아? 공식 조약이 없더라도 요청이 있을 때 범죄인 인도를 하는 국가도 있다는데, 그게 어떤 국가인지 찾는 건 그야말로 사막에서 바늘 찾기야. 거기다 대부분은 정치적으로 혼란스럽거나 영국에 적대적인 국가들인데, 일단 그런 나라는 일단 입국하기도 힘들어. 입국하더라도 그 나라에서 체포돼서 감옥에 갇히지 말라는 법도 없고. 은행털이범들이 브라질로 넘어가서 유유자적하며 호화롭게 살 수 있던 시절은 끝났어. 그리고 무엇보다 남은 인생을 도망 다니면서 살고 싶지는 않아. 넌 안 그래?”

나는 창 너머 진입로에 세워진 헨리의 포르쉐를 바라보았다. 그리고 지하실에 있는 데본을 떠올렸다. 또 어딘가에 있을 크로울리 패거리와 로빈에게 무슨 일이 일어난 건지 캐고 다닐 경찰을 생각했다.

불현듯 아이디어가 솟았다. 그러자 머릿속이 신나게 굴러갔다.

"매튜, 너는 그러지 않냐고 내가 물어보…."

"잠깐, 나 생각 중이야."

나는 창가로 가서 계속 생각해 보았다. 잘되면 가능한 일이다…. 하지만 잘될 수 있을까? 어쩌면… 가능하다. 지금까지 일어난 문제 중 하나를 이용해서 다른 문제를 해결할 수 있을 것 같다.

"내가 헨리에게 차를 갖다주고 올게." 나는 말했다.

"뭐, 지금?"

"응. 운전을 하면 생각이 정리될 것 같아. 집에 올 땐 택시를 타고 올게."

포르쉐 차 열쇠는 조리대 위에 있었다.

내가 열쇠를 집어 들자 헬레나가 말했다.

"우리 어떻게 해야 할지 결정을 해야 해. 시간은 계속 흐르고 있다고, 매튜."

"알아. 그래서 지금 운전을 하려는 거야. 돌아와서 이야기할게. 그때는 뭐라도 결정할 수 있을 거야. 약속해. 알았지?"

"알았어."

우리는 서로 안았다. 헬레나는 따뜻했다. 나는 지금이라도 내 계획을 말해 헬레나가 나를 말리게 하고 싶은 마음이 앞섰지만 그대로 집을 나갔다.

30

포르쉐에 내장된 내비게이션으로 헨리가 사는 주소를 알아냈다. 차로 30분 정도 가면 나오는 사우스다운스는 버지스힐과 플럼턴 그린이라는 작은 마을 사이에 있었다.

날은 이미 어두웠다. 빗물을 닦는 와이퍼에서 끼익끼익 소리가 났다. 속은 울렁거리고 머릿속은 윙윙거렸다. 광기의 끝자락에서 있는 게 이런 느낌이겠구나. 내가 완전히 미쳐버린 것인지도 몰랐다.

만약 계획이 성공하면 나와 헬레나와 데본은 자유를 되찾을 것이고 제이미 크로울리도 만족할 것이다. 모두가 제 삶을 살아나갈 수 있을 것이다. 로빈에게 일어난 일에 대한 죄책감은 내가 평생 안고 살아야 하겠지. 이기심을 버리고 쓸모 있는 시민으로서 대의를 위해 헌신할 것이다. 계단에서 떨어지면서 났던 뼈가 으드득 부러지는 소리와 집 안으로 시신을 옮길 때 느꼈던 로빈의 무게는 언제나 나를 따라다니겠지만, 그래도 나름 좋은 인생을 꾸려나갈 수 있을 것이다.

그래서 내 계획이 무엇이었냐고?

나는 무엇보다 집에서 풀려난 순간 경찰서로 달려가지 않도록 데본의 입을 막을 수 있는 확실한 방법을 찾아야 했다. 그러기 위해 데본을 협박하기 위한 수단이 필요했다. 돈에 대한 그의 집요한 욕망을 단념시킬 수 있는 수단이.

헬레나에게 제이미 크로울리에 관한 이야기를 들었을 때 나는 처리해야 할 일이 하나 더 늘었다고만 생각했다. 서로의 존재를 모르는 두 인물, 데본과 제이미 크로울리가 돈을 요구하고 있었다. 둘 다 헬레나에게 자유로운 인생을 허락하지 않는 절대적인 위협 인물이었다.

하지만 내가 둘 중 하나를 이용하여 나머지 하나를 무효로 할 수 있다면?

헨리가 원하는 건 뭐였지? 크로울리 일가가 가혹하게 빚 독촉을 하지 않도록 돈을 갚아야 했다. 돈을 마련하기 위해서는 헬레나가 집을 팔아야 하지만 헬레나는 지하실에 갇힌 여자 때문에 집을 팔 수가 없다.

전형적인 캐치-22[44] 상황이었다.

하지만 헨리라면 이 악순환을 끊을 수 있을 것이다.

어떻게?

헬레나가 무죄라는 걸 입증시키면 된다. 헬레나가 리를 죽였다고 주장하는 데본을 맞고발하는 것이다.

44—미국 작가 조지프 헬러가 쓴 소설 «캐치-22»에서 유명해진 표현으로 진퇴양난, 딜레마라는 의미가 있다.

헬레나의 고백이 담긴 음성 파일은 모두 삭제했다. 데본이 헬레나가 유죄라고 주장할 증거가 없다. 반대로 우리에게는 데본이 유부남 리와 사귄 사실을 입증하는 그림이 있다. 게다가 데본이 다니던 학교에서 리와 다니던 모습을 본 목격자들도 있을 것이었다. 만약 데본이 경찰서에 가서 헬레나가 남편을 살해했다고 고발한다면 헨리가 나서서 "**그건 사실이 아니다**"라고 증언해 줄 수 있다. 오히려 헨리는 내연녀 데본이 리를 협박했다고 증언해 줄 것이다. 리가 둘의 관계를 끝내려고 하자 발끈한 데본이 자신을 떠난다면 죽여버리겠다고 위협했다고.

나는 마침내 시간 순서에 따라 전체적인 시나리오를 완성했다. 내가 설계한 진실 속에서 리는 죽던 날 아침 헨리에게 데본과 따로 연락하던 휴대전화로 전화를 걸었다. 데본과 마지막 밤을 보냈고 내연 관계는 이제 끝이라고 하는 리의 말을 듣고 화가 머리끝까지 난 데본은 리에게 대가를 치르게 될 거라고, 자신을 버리고는 아무데도 가지 못할 거라고 소리쳤다. 리는 그런 데본을 내버려두고 집으로 돌아가 아침 수영을 하러 가야겠다고 헨리에게 말했다.

헨리는 데본이 뭘 어떻게 했는지는 모르지만 아마도 약을 먹인 게 아닐까 하고 의심했다. 어쩌면 리는 데본의 집에서 커피를 마시고 나왔을지도 모른다. 데본이 그 커피에 약을 탔을 수도 있다. 어쨌든 리가 익사하자마자 헨리가 바로 경찰에 가지 않은 이유는 충분한 증거가 없다고 생각했기 때문이었다. 우연일 수도 있으니까. 중요한 것은 헨리는 오직 리만을 사랑했던 아내 헬레나에게 상처를 주고 싶지 않았다는 것이다. 리가 바람을 피우고 있었다는 사실을 알려주는 사람이 굳이 자신이 되고 싶지는 않았다.

그런데 데본이 터무니없는 내용으로 헬레나를 고발하자 헨리는 자신이 나서야겠다고 결심했다. 데본은 미친 게 틀림없다고, 헬레나를 아이슬란드까지 따라와 스토킹해서 일부러 친해진 뒤 나중에는 헬레나가 사는 집에 머무르려고 계획까지 했다. 마침 사귀던 남자친구이자 동거인 로빈과 헤어진 참이다. 그러고 나서 일어난 일을 살펴보자. 로빈마저 죽었다. 두 남자의 죽음은 우연일까? 혹시 데본이 연쇄 살인범은 아닐까? 확실히 조사해 볼 만하다.

나의 상상은 이 이야기로 법원에 출두한 장면까지 나아갔다. '정숙한 미망인과 새파란 팜 파탈.'

저열한 비유라는 것은 물론 알지만 배심원을 속여 넘기기는 쉬운 구도다. 게다가 언변이 능란하고 사립학교에 다닌 데다 포르쉐를 몰고 다니는 마을의 유명인사 헨리가 남편이 바람을 피우는데도 묵묵히 살아온 헬레나의 편에 선다면 배심원들이 누구의 손을 들어줄지는 뻔했다. 결국 경찰은 데본을 구속할 것이다.

성공 가능성이 충분한 계획이라고 나는 확신했다.

헨리가 우리와 뜻을 함께하는 조건으로 크로울리 일당에게 진 빚을 대신 갚아주겠다고 설득하는 일만 남았다. 헨리가 내 제안을 받아들이면 헬레나에게 내 계획을 모두 설명해야지. 그러면 데본을 안전하게 풀어주고, 집을 팔아 빚을 갚고, 우리는 자유다!

내 완벽한 계획을 헬레나가 받아들인다면 내가 헬레나를 오해했다는 것도 증명되는 셈이다. 만약 헬레나가 데본을 죽이는 것만이 해결 방법이라고 고집한다면 난….

이 계획은 반드시 성공해야 한다.

다른 방법이 없다.

—

헨리가 사는 곳은 알테리움 포도원에서 가까운 숲속 지역이었다. 내비게이션 안내를 따라 디츨링 마을을 북쪽으로 통과해 골프 클럽을 지났다. 헨리라면 이 골프 클럽의 회원이겠지. 부족할 것 없이 건실한 사회 구성원이라는 헨리의 이미지는 증언에 신뢰성을 보태줄 것이다. 아무리 리가 범죄에 연루돼 있었더라도 사망한 동업자를 나쁘게 이야기하는 것은 평판에 도움이 안 된다. 굳이 진실을 알릴 필요가 없다.

골프 클럽을 서서히 벗어나자 도로는 더 좁아지고 주변 나무들은 더 울창해졌다. 도시에서 나고 자란 나는 상점과 불빛, 교통 체증에 둘러싸이는 게 익숙했다. 도대체 이런 숲속에서 사는 이유는 뭘까? 나에게 깊고 어두운 숲속은 아이들이 마녀들에게 잡아먹히거나 땅에 묻히고 그 시신조차 절대 찾을 수 없는 곳이었다.

나는 내비게이션 화면에 찍힌 목적지를 향해 나무 사이를 계속 달렸다. 다른 집이나 건물은 전혀 보이지 않았고 차선은 하나로 좁아졌다. 혹시라도 다른 차량이 모퉁이에서 튀어나올까 봐 주의를 기울이며 운전했다. 다른 차와 추돌하는 일이 있어서는 안 됐다.

10분쯤 더 달리자 내비게이션 안내음이 들렸다.

"목적지에 도착했습니다."

"그런 것 같지 않은데."

나는 도로 한복판에 서서 주변에 집이 있는지 살폈다. 헤드라이트가 튀어나온 나뭇가지를 비추었다. 차에 치여 죽은 무언가가 도로 위에 뭉개져 있는 걸 보니, 다른 차들도 이 길을 다닌 적이 있기는 한 모양이었다. 하지만 헨리의 집은 대체 어디지? 나는 시속 24킬로미터로 속도를 더 줄이고 창문을 내려 목을 길게 빼고 둘러보았다. 저 멀리 보이는 게 불빛이 맞나? 나는 두 눈을 비비고 재차 보았다.

그때 무언가가 나타났다. 차를 오른쪽으로 홱 꺾었다. 그러고는 열려 있는 대문을 통과해 들어가니, 길이 끊기고 나타난 빈터 중앙에 커다란 집이 한 채 있었다.

나는 아이비 넝쿨이 지붕을 향해 자라고 있는 빛바랜 건물 앞에 포르쉐를 세웠다. 지은 지 200년은 넘은 것 같았다. 집 앞에는 이끼가 낀 천사 석상 두 개와 말라버린 연못이 있었다. 집 왼쪽 별채에는 조부모가 살았을까? 헬레나가 했던 이야기가 기억났다. 헨리는 최근까지 결혼 생활을 이어오다가 아이들이 자라고 독립을 하자마자 아내의 이혼 선언을 들었다. 루이스[45]에서 온 골동품 딜러와 살겠다며 헨리를 떠났다는 것

45—잉글랜드 남부 이스트서식스 주의 주도

이다. 헨리는 직계 가족들이 몇 세대에 걸쳐 살던 이 집에 혼자 남겨졌다. 그런데 이 집마저도 이혼 합의금으로 전 부인에게 넘겨주고 집세를 내고 있다고 했다.

"그래서 지금 그 집에서 혼자 산대. 개나 고양이 같은 반려동물도 없이."

헬레나가 말했었다.

문 앞에 서 있는 날 보면 헨리가 어떻게 반응할지 궁금했다.

차에서 내려 현관문을 향했다. 텔레비전을 틀어놓았는지 집 안에서는 화려한 불빛이 새어 나왔다. 아마도 거실에서 흘러나오는 빛이겠지? 초인종 없이 커다란 황동 쇠고리만 달린 문 옆 벽에는 '까치네 작은 집'이라고 쓰인 도자기 명판이 붙어 있었다. 문을 두드리기 전 나는 시간을 확인했다. 저녁 아홉 시가 되기 전이었다. 남의 집을 방문하는 데 아주 늦은 시간은 아니다.

나는 쇠고리를 들어 문을 두드렸다.

31

데본에게 줄 저녁 식사 쟁반을 들고 지하실로 내려가던 헬레나는 극심한 스트레스가 뼈와 근육 깊숙이 스며들어 온몸이 무겁다는 사실을 깨달았다. 리가 바다에서 사라진 후 경찰이 시신을 찾아내길 기다릴 때도 이와 비슷한 증상이었다. 계단을 한 층 한 층 내려가는 게 쉽지 않았다. 하지만 계속 내려가야 했다.

"데본?" 헬레나가 쟁반을 들고 지하실 문 안으로 들어섰다. 데본이 어디에 있지?

홈 시네마에 있는지 들어가 보려는데 창고 문이 열리면서 데본이 나타났다.

"뭐 하는 거야?"

데본은 대답하지 않았다. 대신 영악한 아이처럼 잔머리를 굴렸다.

"뭐 읽을 만한 게 있나 찾아보고 있었어요. 그래야 진정할 수 있을 것 같아서요. 저 책은 이미 다 읽었거든요."

데본은 소파 위에 엎어놓은 지역 밀수업자에 관한 책을 가리켰다.

헬레나는 커피 테이블 위에 쟁반을 내려놓았다. 병아리콩 카레와 난, 쌀밥이었다. 망고 처트니와 포파덤[46]도 곁들였다. 그러고는 라거 맥주 한 병을 따서 플라스틱 컵에 따랐다. 혹시라도 데본이 병을 무기로 쓸 수도 있기 때문이었다. 아이슬란드에서 일행들과 음식에 관한 이야기를 나누었을 때 데본은 인도 음식을 가장 좋아한다고 말했었다.

46—기름에 얇게 구운 동남아시아 지역의 빵으로 주로 카레와 함께 먹는다.

"뭐예요?" 데본은 의심스럽다는 듯 물었다.

"최후의 만찬인가요?"

"우리는 괴물이 아니야." 헬레나는 매튜의 목소리를 떠올리며 말했다.

"로빈에게나 그렇게 말하지 그랬어요."

헬레나가 다가가자 어린애는 뒷걸음쳤다. 헬레나는 온몸을 타고 흐르는 전율을 느꼈다. 리도 헬레나가 두려움을 내비쳤을 때 이런 기분이었을까? 먹잇감을 눈앞에 두고 흥분한 포식자의 온몸에 피가 도는 느낌이 이런 걸까?

이런 헬레나의 생각을 알아차린 듯 데본은 더 멀리 뒷걸음질쳤다.

"로빈도 깨끗하지만은 않았어. 네가 없을 때 네 노트북 갖다 쓴 것 알아? 비밀번호를 알아내서 네가 저장해둔 사진도 훔쳐봤다고."

"그래서요? 그게 죽을죄는 아니잖아요." 평소보다 기세가 죽은 데본이 말했다.

"아니지. 하지만 우리만큼 너도 잘못이 있어. 우리 셋 모두 로빈이 죽은 사고에 책임이 있다고. 로빈의 잘못도 친다면 넷이지. 어쩌면 리도 포함해야 할지도 몰라. 네가 내 남편을 만나지만 않았어도, 네가 아이슬란드까지 날 따라오지만 않았어도, 네가 날 찾아와서 협박하지만 않았어도 이렇게까지 되진 않았을 거야. 네 죄도 내 죄 못지않아. 하지만 그거 알아? 난 이제 이런 말 하기도 지겹다는 거야. 이 모든 상황이 지겹고 피곤해. 난 그저 내 인생을 되찾고 싶어. 리가 이미 내 소중한 몇 년을 빼앗았는데 이제 네가 내 남은 인생을 빼앗으려고 하잖아."

데본이 무슨 말을 하려고 입을 열었다.

"그런데도 지금 네가 그대로 로빈한테 한 짓이 다 내 탓이라고 말한다면, 한 대 칠 거야."

데본은 입을 다물었다.

"나도 널 어떻게 해야 할지 모르겠다, 데본."

"날 내보내주면 되잖아요. 내가 아무에게 아무 말도 하지 않겠다고 약속하겠다면요?"

"그럼 난 널 거짓말쟁이라고 부르겠지."

데본은 금방이라도 울 듯 얼굴을 찌푸렸다. 여기서 이틀이나 갇혀 로빈이 죽었다는 소식을 들었고 이제 자신에게 무슨 일이 일어날지 모르겠다는 두려움까지 덮쳤다. 데본은 마침내 꺾였다. 반항심으로 가득했던 영혼은 깨져버렸다. 그래서 더 안쓰러워 보이기도 했지만, 포식자의 전율이 그대로 남아 있는 헬레나는 데본을 향해 움직였다.

헬레나는 다른 여자의 목을 조르는 자기 모습을 상상했다. 헬레나가 목을 조를수록 숨을 쉬지 못해 꺽꺽대는 데본의 소리가 들리는 것 같았다. 바닥에 쓰러진 데본의 모습까지 상상하자 헬레나는 마음이 급해졌다.

데본은 소파 뒤에서 몸을 움츠렸다.

“왜 나를 그런 눈으로 봐요?”

순간 현실로 돌아온 헬레나는 고개를 숙여 두 손을 쳐다보았다. 손가락 끝을 모두 구부린 채 뭐라도 할퀼 기세였다. 살인자의 손이었다.

헬레나는 지하실에서 나가고 싶었다. 지금 당장.

“저녁이나 먹어.”

돌아선 헬레나가 지하실 문을 열려고 하자 데본이 말했다.

“모든 게 개인적인 이유 때문만은 아니었어요, 헬레나. 그것만은 알아줬으면 해요.”

헬레나는 걸음을 멈추고 뒤돌아 데본을 바라보았다.

“어쩌면 다른 생에서 우린 친구가 될 수도 있을 거예요.”

“말도 안 되는 소리 하지 마.”

지하실을 나간 헬레나는 등 뒤로 문을 쾅 하고 닫았다.

—

계단을 올라 1층 복도에 다다르자 헬레나는 피부가 얼얼해지고 겨드랑이 아래에 땀이 찼다. 복도 거울 앞에 섰다. 거울 앞으로 가까이 다가간 헬레나는 자신이 보고 있는 걸 믿을 수가 없었다. 거울 속에는 낯선 사람이 헬레나를 바라보고 있었다. 볼은 움푹 꺼졌고 눈은 붉게 충혈되었다.

데본이 여기 온 지 이틀밖에 지나지 않았는데 스트레스가 헬레나를 마음속 깊은 곳부터 집어삼키고 있었다.

"넌 완전히 망가졌어."

헬레나는 거울 속 여자에게 말했다. 왜 매튜가 말해주지 않았는지 궁금했다. 아니, 말해줬나? 기억이 나지 않는다. 마지막으로 언제 무엇을 먹었는지 기억나지 않았다. 뭐라도 좀 먹으라고 했던 매튜의 잔소리는 기억이 났다. 매튜는 대체 무슨 생각일까? 왜 헨리에게 포르쉐를 가져다주겠다고 했을까? 정말 무슨 계획이라도 있는 것일까? 헬레나가 매튜에게 복수할지도 모른다는 어처구니없는 오해를 했다는 점은 아직도 화가 났지만, 매튜는 꽤 괜찮은 사람이었다. 어쩌면 헬레나보다 더 나은 사람일지도. 헬레나만큼 강심장이 아닐 수는 있어도.

매튜가 기적적인 해결책을 갖고 돌아오지 않는다면, 헬레나의 생각에는 데본을 죽이는 일만이 유일한 방법이었다. 당연히 데본을 죽이고 싶지는 않다. 하지만 데본이 다 자처한 일이잖아? 오히려 그렇게 해달라고 부탁한 것 아니야? 자동차 엔진 소리에 헬레나는 생각을 멈추었다. 창밖으로 어둠을 뚫고 진입로에 들어오는 헤드라이트가 보였다.

경찰차였다.

헬레나는 손톱으로 팔뚝을 꾹꾹 누르고 쉬쉬 소리를 내며 진정하려고 애썼다.

"정신. 똑바로. 차리자."

데본이 알아차리기 전에 경찰을 돌려보내기 위해 헬레나는 경찰들이 차에서 내리자마자 밖으로 나갔다.

제복을 입은 사람은 여자와 남자, 두 명이었다. 여자 경찰이 맨발에 식은땀을 흘리고 있는 헬레나를 아래위로 훑어보았다.

"요가 중이었어요." 헬레나가 말했다.

"늦은 시간에 죄송합니다. 이 지역을 조사하고 돌아가는 길인데, 이 집만 빠뜨려서요." 남자 경찰이 말했다.

"물론 내일 아침에 다시 와도 됩니다." 여자 경찰이 지금 굳이 이 집을 조사하는 게 고민스럽다는 듯 남자 경찰을 쳐다보며 말했다.

"괜찮아요."

그냥 탐문을 하려는 것뿐이다. 괜찮을 것이다. 아니, 단순한 탐문인 척하며 수사를 하려는 걸까? 형사들을 그냥 돌려보낼까? 그러면 더 의심스러워 보이는 것 아닐까? 순순히 경찰에 협조하는 게 나을 것이다. 형사를 만날 일이 없는 평범한 사람들이라면 당연히 그렇게 할 테니까.

"어떻게 도와드릴까요?"

두 경찰은 집 안으로 들어가보고 싶은지 헬레나 너머 집 쪽을 쳐다보았다. 헬레나는 수상해 보이지 않도록 형사들을 향해 미소 지었다.

"저는 샤르마 경사예요. 이쪽은 윌리스 순경이고요. 제 동료가 말했듯 저희는 이 지역을 탐문하고 있어요. 혹시 이 남자를 본 적이 있나요?" 여자 경찰이 물으며 사진 한 장을 헬레나에게 건네주었다. 당연히 헬레나는 그게 누구 사진일지 알고 있었다. 최대한 적절한 표정을 지어내려고 노력했다. 그런데 자연스러운 표정이 어떤 거였지?

호기심. 경찰들을 도와주고 싶다는 순수한 마음.

로빈이다. 잘 나온 졸업식 사진이었다. 사각모는 쓰고 있지 않았지만 졸업 가운을 입고 있었다. 여드름이 몇 개 난 얼굴은 환하게 미소 짓고 있었다.

네, 형사님. 저기 있는 계단 아래 누워 있는 걸 봤어요. 목은 부러져 있었고요.

헬레나는 몇 초간 사진을 자세히 보는 척하며 머릿속을 굴려보았다. 준비했던 이야기가 뭐였더라? 로빈이 괴롭히는 걸 이기지 못한 데본이 이곳에 와서 지내고 있었다. 그리고 어젯밤에 집으로 돌아갔는데 그 뒤로 들은 적도 본 적도 없다. 이 상황이라면 헬레나가 로빈의 얼굴을 알고 있는 게 맞나?

아니다. 로빈의 이름은 들어봤을 수 있어도 만난 적은 없을 것이다.

"누군지 모르겠는데요." 헬레나가 말했다.

"오늘 뉴스를 본 적이 없나요?" 윌리스가 물었다.

"아니요. 전 뉴스 안 봐요. 너무 우울한 소식들뿐이라."

"이해합니다." 윌리스가 웃으며 말했다.

"이 남자의 휴대전화를 추적해 보니 어젯밤 이 부근에 있었더라고요." 샤르마가 윌리스를 탐탁지 않게 쳐다보며 말했다.

"아홉 시에서 열 시 사이에요. 그 시간에 집에 계셨나요?"

도로 카메라에 테슬라가 잡혔는데 헬레나가 거짓을 말하면 경찰들은 알아낼 것이다.

"아니요, 드라이브 나갔었어요."

"드라이브요?"

"네. 제가… 스트레스 받는 일이 있어서요. 그럴 때 드라이브를 하면 기분이 나아지거든요."

"저도 그래요." 윌리스가 말했다.

샤르마는 두 눈을 굴리며 다시 물었다.

"혼자 사시나요?"

"네. 아, 남자친구랑 같이 지내요."

윌리스는 남자친구라는 말에 실망했는지 얼굴을 찌푸리며 물었다.

"남자친구분과 이야기를 나눌 수 있을까요?"

"지금은 집에 없어요. 볼일을 보러… 나갔거든요. 그런데 어젯밤 아홉 시에서 열 시 사이에 집에 있지는 않았어요. 같이 드라이브 중이었어요."

"알겠습니다. 그래도 저희가 직접 만나야 해서요. 돌아오는 대로 전화 부탁드릴게요." 샤르마는 명함을 건네주었다.

“물론이죠.”

“이 남자 정말 모르는 것 맞지요?”

헬레나는 고개를 저었다. 형사들이 로빈이라는 이름을 말하지 않기를 바랐다. 그러면 그 이름을 들은 적이 있다고 인정해야 하거나 새로운 이야기를 지어내야 했기 때문이다. 그러면서도 형사들이 기대하는 게 뭔지 추측해 보았다. 이 사진 속의 남자가 누구인지, 왜 찾고 있는 건지 물어봐야 하는 걸까?

“이 남자가 없어졌나요?” 헬레나가 물었다.

“아니요. 유감스럽게도 사망했습니다.” 윌리스가 대답했다.

“어머!” 충분히 놀랐다는 듯이 들렸을까? 헬레나는 두렵고 슬플 때 짓는 자신만의 표정을 지어보려고 했으나 잘되고 있는지는 알 수 없었다.

“그런데 바커 씨의 동선이 수상하고 더불어 같이 살던 룸메이트도 행방이 묘연해서요.”

“그렇군요.”

헬레나는 토할 것 같은 느낌이었다. 윌리스는 의심하는 것처럼 보이지 않았으나 샤르마는 분명 헬레나를 꼼꼼히 살폈다. 이럴 수가. 게다가 이제 데본에 관해 물어보려고 한다. 만약 그렇다면 완전히 다른 이야기를 지어낸다 해도 데본을 모른다고 할 방법은 없었다. 둘은 페이스북 친구 사이였다. 아이슬란드 여행을 함께 갔다. 헬레나는 어지러워졌다. 어떻게 말해야 할지 잔머리를 굴렸다.

그때 샤르마의 휴대전화가 울렸다.

"잠시만요." 전화를 받은 샤르마는 집 쪽으로 몇 걸음 걷더니 심각한 표정을 지었다.

헬레나는 샤르마가 무슨 말을 하며 전화를 끊는지 들어보려고 했으나 윌리스가 말을 걸었다.

"집이 정말 멋지네요. 이런 집에서 살다니 정말 행운이군요."

그러더니 뭔가를 기억해 냈는지 어두운 표정을 지으며 말했다.

"아, 혹시. 선생님 남편분이…."

그때 전화를 끊은 샤르마가 걸어오는 바람에 헬레나는 굳이 대답하지 않아도 되었다.

"서로 돌아가야 해요." 샤르마가 윌리스에게 말했다.

"새로 발견된 사실이 있대요. 시간 내주셔서 감사해요. 남자친구분 오시면 꼭 전화 부탁드립니다."

헬레나는 경찰차가 떠나는 걸 확인하고 집 안으로 뛰어 들어왔다.

새로운 사실.

헬레나는 추측해 보았다. 로빈이 자기 집에서 사망한 게 아니라는 증거를 검시관이 찾아냈을까? 데본의 휴대전화를 비치 헤드 아래까지 추적했을까? 뭐가 되었든 헬레나가 생각했던 것보다 수사가 빠르게 진전되었다. 로빈이 죽은 지 아직 스물네 시간도 지나지 않았으니 시간적 여유가 있다고 판단했는데.

경찰이 데본의 휴대전화의 위치를 추적해 여기를 알아냈을 수도 있다. 데본과 헬레나와 매튜의 관계를 알아냈을 수도 있다.

그렇다면 형사들은 다시 찾아올 것이다.

그때는 형사를 집 밖에 세워둘 수는 없을 것이다.

헬레나는 2층 침실로 뛰어 올라갔다. 침대 옆 작은 탁자 서랍에 있던 여권을 찾았다.

남은 인생을 도망 다니면서 살고 싶진 않아.

헬레나는 여권을 쳐다보았다.

하지만 그래야 할 수도 있어.

침대 위에 걸터앉은 헬레나는 손을 머리에 갖다 대었다. 그렇게 앉은 채로 마음이 차분해지기를 기다렸다.

불과 15분 전에 어떤 느낌이었지? 겁을 먹은 데본이 헬레나에게 몸을 숙이며 피했다. 헬레나는 스스로 아주 강해진 느낌이었다.

형사들은 다시 올 것이다. 와서 데본을 찾을 것이다.

헬레나에게는 두 선택지가 있었다.

도망친다. 아니면….

헬레나는 여권을 열어 사진을 바라보았다. 결혼 직후에 찍은 사진이었다. 여권 사진을 찍던 그날 일이 생생했다. 리와 함께 사진을 찍고 돌아오는 길에 헬레나는 리의 사진을 보고 슬며시 웃었다. 여권 사진이 그렇듯 사진 속 리의 표정이 어색하고 심각해 보여서였다. 하지만 리는 잘 나온 제 사진을 헬레나가 비웃었다는 듯이 벌컥 화를 냈다. 그리고 리가 화가 난 날이면 그날밤은 아주 끔찍해졌다.

그러나 헬레나는 리에게서 탈출했다. 직접 리를 없애 스스로 인생을 구한 헬레나는 법망을 잘 빠져나왔다. 그런데 죽은 남편의 내연녀에게 협박을 당하고 힘들게 얻은 자유를 도로 빼앗겨야 하나? 그것은 공평하지 않았다. 옳지 않았다.

왜 내가 도망쳐야 하지?

헬레나는 여권을 베개 아래에 밀어 넣었다. 아래층으로 내려가 주방으로 갔다. 자신이 생각한 방법만이 유일한 해결책이라는 확신 외에는 아무것도 생각할 수가 없었다. 다른 계획이 있다는 매튜를 기다릴 수가 없었다. 매튜에게 뾰족한 수가 있을 것 같지 않았다. 자신을 의심스럽게 바라보던 샤르마의 눈길과 그 전화통화…. 곧 영장을 들고 오겠지. 이 집을 수색하고 데본을 발견할 것이다. 데본은 모든 걸 털어놓을 것이다. 로빈과 리에 관한 모든 이야기까지도.

헬레나는 그러한 일이 일어나도록 내버려둘 수 없었다.

조리대 아래에서 가장 크고 날카로운 칼을 집어 들었다.

그 자리에 가만히 서서 심호흡을 했다. 감정을 차단하고 냉정해지기 위해서였다. 매튜는 화를 내겠지만 결국은 우리를 위한 최선이었다는 것을 받아들일 것이다.

그렇다. 이것이 유일한 해결책이다.

헬레나는 칼을 꽉 붙잡고 지하실로 내려갔다.

32

나는 헨리의 집 현관문을 두드렸다. 기척이 없었다. 다시 두드렸다. 하지만 아무런 대답이 없어 나는 집 앞 유리창으로 다가가 얼굴을 갖다 대고 안을 들여다보았다. 예상대로 작은 램프와 텔레비전은 켜져 있었으나 사람의 흔적은 보이지 않았다. 헨리는 어디에 있을까? 차는 내가 가져왔고 텔레비전도 켜져 있으니 집에 있어야 한다. 이렇게 늦은 시간에 누가 찾아올 일도 없다.

왜 문을 열어주지 않는 걸까?

나는 헨리가 화장실에 있거나 샤워를 하고 있나 싶어 5분 정도 더 기다려 다시 문을 두드렸지만 역시나 대답이 없었다

여기까지 왔건만. 슬슬 짜증이 났다. 헨리를 만나 이야기를 해야 하는데. 내가 여기에 온 목적을 이루지 못하고 빈손으로 돌아갈 수는 없었다. 그때 무언가 내 머릿속을 스쳤다. 어쩌면 헨리는 나를 또다시 협박하러 온 제이미 크로울리나 그 패거리로 오해할 수도 있었다.

몸을 웅크리고 우편함을 통해 소리쳤다.

"헨리? 저 매튜예요." 내 이름을 기억이나 할까? "헬레나 남자친구요!"

조용했다.

혹시 이것도 속임수라고 생각하나? 나는 악명 높은 범죄 패거리가 찾아와 해코지할까 봐 집 안 어딘가에 숨어 있을 헨리를 상상했다. 어떻게든 안으로 들어가서 나라는 걸 확인시키고 안심시켜야 했다.

혹시나 헨리가 문을 잠그지 않았을지도 모른다는 생각에 손잡이를 돌려보았으나, 행운은 따라주지 않았다. 집 앞으로 난 창문도 모조리 잠겨 있었다. 집 가장자리를 따라 뒷문으로 가보았지만 뒷문과 아래층 창문 역시 열린 곳은 하나도 없었다. 창문에 돌을 던져볼까? 아니지, 굳이 헨리를 놀라게 해서 경찰에 신고하게 만들면 안 된다.

게다가 헨리는 총을 지니고 있을 수도 있다. 그럴 만한 남자다. 창문이 깨지는 소리에 놀란 헨리가 엽총을 발사하면 오히려 내가 기겁하겠지만 집 안으로 들어갈 수는 있겠지. 헨리에게 다른 누구도 아닌 나라는 걸 확인시켜 줄 수만 있다면 어떤 위험도 무릅써야 하지 않을까?

헬레나와 내가 처한 끔찍한 이 상황에서 벗어날 다른 방법이 없었다.

위층에 넓게 난 창으로 불빛이 반짝이는 것이 보였다. 나는 사다리를 찾아 헤맸다. 헨리라면 당연히 하나 정도는 갖고 있을 것이다. 잠시 후 작은 정원 구석에서 (온 사방에 숲을 가진 사람이 뭣하러 따로 큰 정원을 갖고 있을까?) 헛간을 발견했다.

다행히 문이 열려 있었다. 나는 문을 열고 들어가 휴대전화의 손전등 앱을 켰다. 헛간 안은 온갖 잡동사니로 가득했고 곳곳에 거미줄이 칭칭 감겨 있었다. 문을 여는 순간 다리가 여덟 개 달린 징그러운 벌레들이 후다닥 숨어들어 갈 것만 같았다. 작업대 위에 있던 커다란 손전등을 켜자 더는 휴대전화를 들고 있을 필요가 없었다. 나는 물건들을 옆으로 치우고 작업대 아래에 놓인 사다리를 갖고 나가 집 앞에서 최대 길이로 세웠다.

사다리를 타고 올라가 2층 창문을 열고 방 안으로 들어갔다. 헨리가 쓰는 침실 같았다. 더블 사이즈 침대는 정리가 되어 있지 않았고 바닥에는 벗어놓은 옷가지가 널려 있었다. 벽에는 개를 그린 그림들이 걸려 있었다. 오리나 꿩을 입에 문 사냥개를 그린 그림이었다.

"헨리? 저 매튜입니다. 헬레나 남자친구 매튜요. 할 얘기가 있어요."

아무 대답도 없었다.

그래, 이건 조금 이상하다. 도대체 어디에 있는 거지? 샤워하는 소리가 들리는지 귀를 기울여보았지만, 집 안은 너무나 조용한 나머지 희미한 휘파람 소리 같은 부드러운 진동 소리만 들릴 뿐이었다.

"헨리?"

나는 침실을 나와 복도를 따라가며 불을 켰다. 열려 있는 문을 밀어보니 화장실이었다. 다른 두 방은 헨리의 아이들이 쓰던 방 같았다. 그중 하나는 실내 운동용 자전거 한 대가 놓였고 록 밴드 포스터가 벽에 붙어 있는 게 다였다. 펑크 음악 밴드인 '패닉 앳 더 디스코'와 '마이 케미컬 로맨스'의 포스터였다.

나는 아래층으로 내려가며 한 번 더 헨리를 불렀다. 수개월 동안 난방을 틀지 않았는지 집 안은 냉기가 흘러 춥고 습했다. 마치 버려진 집 같았다. 숲 한가운데에 지었지만 아무도 살지 않아 결국 자연으로 환원된 집. 내 바로 뒤에서 유령이 죽은 입술로 차가운 공기를 불어대기라도 하듯 팔에 털이 삐쭉삐쭉 서고 목덜미가 따끔거렸다.

사냥 장면을 그린 그림을 지나쳐 계단의 맨 아래로 내려가 현관문 옆 복도에 멈췄다. 왼쪽에 있는 거실로 들어가 텔레비전 화면을 쳐다보았다. 고전 드라마 〈제시카의 추리 극장〉이 낮은 소리로 틀어져 있고, 벽난로 위 선반에는 가족 사진이 놓여 있었다. 지금보다 젊은 헨리와 헨리의 아내, 아이들이 함께 찍은 사진들이었다. 트위드 재킷을 입은 헨리와 진주 목걸이를 한 아내, 세련된 머리 모양을 하고 행복한 표정을 짓고 있는 두 아이는 한눈에 봐도 부유해 보였다.

식당을 지나 주방으로 갔다. 불은 모두 켜져 있었다. 무쇠 레인지 옆에 있던 냄비와 내용물이 남은 캔 수프, 싱크대 안에는 그릇과 접시가 있었고, 오늘 자 「타임스」지는 스포츠면이 펼쳐진 채로 테이블 위에 놓여 있었다. 방금까지 누가 있던 흔적이었다.

“바람처럼 사라져버렸네.” 나는 중얼거렸다. 산책하러 나간 것일까? 하지만 이렇게 어두운데? 개를 키우는 것도 아니잖아? 어쩌면 친구 차를 얻어 타거나 택시를 타거나 자전거라도 타고 친구를 만나러 갔을 수도 있다. 하지만 텔레비전은 왜 켜두었지? 밖에 나가며 텔레비전 끄는 것을 잊어버리는 게 대수는 아니다. 그러나 레인지 옆에 있던 냄비는 미지근했고 수프 냄새도 희미하게 남아 있었다. 그러면 밖에 나갔더라고 해도 오래되지는 않았다는 말인데 내가 숲속을 운전해 올 땐 아무도 지나치지 않았다.

그때 조부모용 별채가 생각났다. 창문 밖을 보니 그 별채 안에서도 불빛이 새어 나왔다. 헨리는 분명 저기에 있다.

나는 현관문 밖으로 나갔다. 혹시 다시 들어와야 할 수도 있으니 문을 살짝 열어두고 빈터를 가로질러 별채로 향했다. 헬레나로부터 헨리가 고령의 조부모와 함께 산다는 이야기를 들은 적은 없지만 가능성은 있었다. 어쩌면 헨리는 별채에 거주하는 85세 어머니를 위해 수프를 끓여 가져갔을 수도 있다. 나는 모자가 이야기를 나누며 무슨 일인지 궁금해하는 모습을 상상했다.

별채에 도착했다. 본채보다 훨씬 최근에 지어진 것처럼 보였다. 20년 정도 된 단층짜리 작은 벽돌 건물이었다.

문을 밀자 끼익하고 열렸다.

“계세요?”

나는 집 안으로 들어갔다. 짧은 복도를 지나자 오른쪽에 문이 열려 있는 게 보였다. 그 안으로 들어가 보았다.

순간 나는 죽은 듯 멈춰 서서 눈 앞에 펼쳐진 광경을 이해하려고 노력했다.

바닥에 헨리가 누워 있었다. 복부에 구멍이 뚫렸고 입고 있던 흰색과 파란색 줄무늬 셔츠가 피로 물들었다. 깜짝 놀란 표정으로 두 눈을 뜨고 입을 벌린 채였다. 헨리가 쓰러진 주변으로 카펫과 싸구려 소파 커버 여기저기에 많은 피가 묻어 있었다.

나는 충격으로 그 자리에 얼어붙어 헨리를 내려다보았다. 피가 채 다 마르지 않았고 파리도 꼬이지 않았다. 금속과 유황 가스. 공기 중에 겉도는 익숙하지 않은 냄새가 사건이 방금 일어났다는 것을 암시했다.

그때 등 뒤에서 화장실 변기의 물을 내리는 소리가 들렸다.

오, 하느님. 크로울리 패거리가 저지른 짓이구나. 드디어 협박을 실행하러 왔고 아직 여기를 떠나지 않았나 보다.

도망쳐야 했지만 발이 떨어지지 않았다. 주변이 느린 동작으로 움직였고 내 두 다리는 말을 듣지 않았다. 곧이어 화장실 문이 열리고 나를 향해 걸어오는 발걸음 소리가 들렸다. 한 남자가 거실로 들어왔다. 고개를 숙인 남자는 옆구리에 엽총을 매달고 있었다.

남자가 고개를 들었다.

나와 눈을 맞췄다.

그럴 리가 없었다. 그럴 리가 없었다.

“매튜?” 남자가 물었다. 나만큼 상대도 놀랐는지 몸을 부르르 떨었다.

"네가 지금 여기서 뭐 하는 거야?" 그리고 웃어댔다.

"너도 같은 생각을 하고 있구나."

남자의 모습은 형편없었다. 그늘이 짙게 드리운 두 눈, 창백하게 부은 얼굴, 엉망으로 흐트러진 머리칼, 면도로 발진이 돋은 양볼까지. 헨리에게서 빌려 입었는지 옷도 헐렁했다.

20년 만이지만 단번에 누군지 알아보았다.

"리." 나는 남자를 불렀다.

"그래, 나야." 리는 나를 향해 엽총을 겨누며 대답했다.

33

헬레나는 아래층으로 내려갔다. 이번에는 식사 쟁반이 아닌 칼을 들었다. 헬레나는 머릿속 이성과 마음속 감성을 다 비우려고 노력했다.

다른 선택지가 없었다. 데본은 죽어야만 했다. 그래야만 헬레나가 리를 살해한 일을 영원히 숨길 수 있다. 헬레나는 한 번쯤 배심원단이 리의 살인에 대해 자비를 베풀어줄 수도 있다는 생각을 해보았다. 그러나 데본의 감금과 로빈의 살인에 대해서 그러한 가능성을 기대하기란 어려웠다.

도망치는 것만이 능사가 아니다. 분명히 언젠가 잡힐 것이다.

그러니 이 방법뿐이다.

지하실 문을 따고 안으로 들어간 헬레나는 마지막으로 봤을 때처럼 데본이 소파에 앉아 있을 것으로 예상했다. 그러나 소파는 텅 비어 있었다.

홈 시네마에 있겠군. 헬레나는 생각했다.

"데본?" 헬레나는 홈 시네마 방문을 잠그고 등 뒤에 칼을 숨긴 채 앞으로 걸어가며 조용히 불러보았다. 그러나 스크린도, 홈 시네마 조명도 모두 꺼져 있었다.

"여기 있어?"

대답이 없다.

방 안 불을 켰다.

데본이 없었다.

말이 되지 않았다. 데본이 있을 수 있는 다른 곳은 없었다. 순간 헬레나는 데본이 자기 뒤에 몰래 숨어 지하실 밖으로 따라 나온 건 아닌가 하는 생각이 스쳐 소름이 끼쳤다. 하지만 아닐 것이다. 헬레나는 분명히 지하실 문을 잠갔다.

데본은 어딘가에 숨어 있을 것이다. 헬레나는 시네마 방의 소파 뒤쪽과 의자 뒤를 모두 확인했다. 데본이 몸을 웅크리고 숨어 있을 만한 곳을 전부 살펴봤다. 하지만 어디에도 데본의 흔적은 보이지 않았다.

헬레나는 지레 겁먹지 않고 이 상황을 받아들이려고 노력하며 다시 덴으로 들어왔다. **데본은 지하실 안에 있어야만 했다**. 문은 분명히 잠겨 있었다. 헬레나가 방금 전 문을 따고 들어왔다. 저 문이 아니면 지하실을 나갈 방법은 없다.

그때 무언가 기억이 났다. 이전에 데본은 리가 온갖 잡동사니를 모아둔 창고에 있었다. 헬레나는 그제야 안도하며 덴을 가로질러 창고 문을 열었다. 데본이 튀어나와 공격할 것에 대비해 손에는 칼을 꽉 쥐었다.

하기만 여기에도 없었다.

헬레나는 상자와 파일이 널브러진 공간을 살피며 지금 상황을 이해해 보려했다. 데본이 증발했을 리가 없다. 당연히 이 안에 있어야만 했다.

잠깐, 혹시 냉동실에 있나?

차라리 스스로 목숨을 끊으려고 한 걸까?

데본의 목을 치러 지하실로 내려왔으면서도 냉동실 안에서 얼었든 질식했든 누워 있을 데본을 생각하니 제 손으로 죽이지 않아도 된다는 안도감보다는 두려움이 앞섰다. 아이러니했다.

그러다 따귀라도 한 대 맞은 듯 정신이 번쩍 들었다. 헬레나는 손에 든 칼을 노려보았다. 무슨 생각을 하고 있던 거지? 리는 괴물이었다. 리는 죽어 마땅했다. 데본은 욕심 많고 멍청한 어린 애였다.

헬레나는 칼을 옆에 던져두고 냉동실로 뛰어갔다. 심장이 쿵쾅거렸다. 바닥에 쓰러졌을 데본을 생각하며 냉동실 문고리를 휙 돌렸다.

그러나 없었다.

헬레나는 뒷걸음질 치며 다시 덴으로 돌아갔다. 지금 눈앞의 상황을 믿을 수 없어 다시 한 바퀴를 돌았다. 재차 확인하기 위해 홈 시네마에 들어간 헬레나는 소파 위 담요를 들추었다. 차라리 데본이 그 안에 쭈그리고 앉아 숨어 있기를 바라면서. 창고에 들어가 선반 아래까지 다시 한번 다 살펴보았다.

정말로 불가능했다.

하지만 부인할 수도, 회피할 수도 없는 사실이었다.

데본이 사라졌다.

Part Three

34

"앉아. 저기 안락의자에. 그리고 두 손은 내게 보이는 곳에 둬."

"난 무기가 없어." 내가 말했다.

"없어? 휴대전화는 당연히 있겠지? 이리 넘겨."

나는 순순히 리에게 휴대전화를 건넸다. 리는 내가 준 전화기를 뒷주머니에 쑤셔 넣었다. 아드레날린이 마구 솟구치는지 나만큼이나 신경이 곤두서 보였다. 헨리의 시체가 내 발끝에 있었다. 나는 눈길을 주지 않으려고 했으나 냄새를 막을 수는 없었다. 죽음의 악취는 초 단위로 심해졌다.

"대체 어떻게 된 거야?" 나는 헨리를 눈으로 가리키며 물었다.

"헬레나에게 새 남자가 생겼다고 헨리가 그러던데." 리는 내 물음에 대답을 피했다.

"그게 너일 것이라고는 생각 못 했네. 헬레나랑 같이 지내고 있다는 매튜가 너일 줄은 몰랐어. 너야말로 어떻게 된 거야? 내가 죽었다는 소리를 듣고 무슨 일인가 냄새라도 맡아보러 왔어? 헬레나 인생을 다시 한번 망쳐볼까 하고 온 거야? 응?"

"난 너에 비하면 아무것도 아니지." 아마도 충격 때문에 이런 말이 튀어나왔을 것이다. 리를 향한 내 증오에서 비롯된 충격, 아니 공포에 사로잡힌 나머지 이성이 마비돼 튀어나온 말일지도 모르겠다. 그러나 지금 리가 무섭지는 않았다.

리는 비웃었다.

"그래, 헬레나가 내가 얼마나 쓰레기였는지 말해줬겠지."

"헬레나 몸에 난 흉터를 실제로 봤어. 리, 네가 헬레나에게 뜨거운 물을 부었지. 집 안에 감금한 것도 모자라 데본이랑 바람까지 피웠어."

리는 눈썹을 치켜들었다.

"그럼 그것도 알아? 헬레나가 나한테 한 짓은 모르나 보네."

"당연히 알고말고. 난 모든 걸 알아."

리는 놀랐는지 총구를 나로 향한 채 노려보며 두 손을 덜덜 떨었다. 차분하고 건방지던 리의 모습이 차라리 나았다.

"그래서 뭐! 제기랄. 어떻게 알았는데? 잠자리에서 말해주디? 아니면 무슨 종교라도 생겼냐? 고백을 다 하고?"

나는 아이슬란드 절벽에서 떨어질 뻔한 헬레나 이야기를 굳이 해서 리를 기분 좋게 만들고 싶지는 않았다. 그 대신 이렇게 말했다.

"헬레나는 날 사랑해. 나에게 모든 걸 털어놓고 싶을 정도로."

나는 고개를 저으며 말을 이었다.

"세상에. 네가 아직 죽지 않았다는 걸 헬레나가 안다면…."

리는 입술을 달싹거리며 말했다.

"참 재미있겠네."

"어떻게? 어떻게 살아 있는 거야? 도대체 뭐가 어떻게 된 거야?"

이번에도 리는 내 질문에 답하지 않았다. 대신 사방을 둘러보며 말했다.

"넌 대체 뭘 하러 여기 온 거야? 그리고 데본은 어떻게 알았지? 설마 데본이 헬레나를 찾아와서 나랑 만났던 사실을 줄줄 읊었다고 하지는 마라. 바보 같은 년."

"이야기하자면 길어." 내가 말했다.

"됐고, 네가 여기서 무엇을 하려던 건지부터 말해."

내가 머뭇거리자 리는 자리에서 일어서 총구로 내 어깨를 꾹 꾹 눌렀다.

"이봐. 잔머리 굴리지 말고 그냥 말해. 아니면 너도 쏴서 갈기 갈기 찢어버릴 테니까. 어디서부터 시작할까? 발부터?"

리는 내 오른발에 총구를 겨누었다.

"알았어! 내가 여기 온 이유는 헨리 때문이야. 크로울리 패거리가 헬레나를 찾아올 거라고 헨리가 말해줬는데 지금 우리가 처한 상황에서 빠져나올 수 있는 계획을… 헨리에게 말해주려고 왔어."

내가 크로울리를 언급하자 리는 살짝 뒷걸음쳤다. 옆에는 여전히 헨리의 시체가 있었다. 리는 히죽거렸다.

"잠깐. 그게 사실이 아니었나? 크로울리네가 헬레나를 쫓는다는 것?"

리는 거짓말이라는 것을 숨기지 않고 씩 웃었다.

"그럼 다 거짓이란 말이야?"

"반은 맞고 반은 아니야." 리는 대답했다.

"그 새끼들 범죄자 무리긴 하지만 완전히 나쁜 놈들은 아니라고. 미망인을 좇지는 않아."

"그럼… 왜지? 헨리는 왜 자꾸 헬레나한테 집을 팔라고 했던 거지?"

그러자 리는 폭발할 것처럼 소리쳤다.

"헬레나 집? 아니, 내 집이야! 내가 설계하고 지은 집이라고!"

나는 두 손을 들어 손바닥을 보이며 말했다.

"이해가 안 되는데."

"모르겠어? 헬레나에게서 돈을 받아내려고 한 것은 맞지만 제이미 크로울리에게 주려고 한 건 아니야. 내가 가지려고 했던 거야."

"그럼 넌 제이미 크로울리에게 빚진 게 없다는 말이야?"

리는 짜증이 난다는 듯 두 눈을 굴렸다.

"빚을 지긴 진 거야? 그러면…. 그래서 죽었다고 위장한 거였어? 크로울리 일행 때문에?"

리는 총을 팔 아래에 끼더니 천천히 손뼉을 쳤다.

"브라보, 친구. 이제야 이해했군."

"하지만 어떻게? 바닷물에서 네 시신을 건져내 경찰이 DNA 확인까지 했잖아. 어떻게 속여 넘긴 거야?"

비웃음을 머금고 활짝 웃는 리의 표정이 얼마나 끔찍하던지 나는 소름이 돋았다. 9개월이나 숨어 지내는 동안 리의 외모는 퍽 망가졌다. 피부는 누렇게 떴고 머리카락은 기름졌다. 리의 몰골 덕에 나는 기분이 조금 나아졌다.

"여기서 갇혀 사는 게 얼마나 지루한지 알아? 말 상대라고는 헨리밖에 없지, 아무 데도 못 가고 아무도 못 만났어. 흥밋거리도 없고 섹스도 못 하고. 차라리 일이라도 하고 싶더라. 몇 개월을 여기 궁둥이 붙이고 앉아서 박스 세트[47]만 바라보고 있었다고. 그런데 오늘은 정말 흥미진진했지. 이제 네가 진짜로 여기서 뭘 하려고 했는지, 데본은 어떻게 알게 되었는지 말해주면 더 행복한 날이 될 거야. 자, 매티. 어서 자세히 설명해 봐."

47—연극 용어로 삼면의 벽과 천장으로 된 무대 배경을 뜻한다.

나는 헨리의 시신을 힐끗 보았다.

"헨리는 신경 쓰지 마. 아무 말도 하지 않을 테니까." 리가 말했다.

리는 무릎 위에 엽총을 내려놓았지만, 손가락을 계속 방아쇠에 걸고 있어서 나는 달리 방법이 없었다. 나는 최대한 간결하고 무심하게 그간의 일을 말했지만 리는 내 이야기를 듣는 내내 마치 블록버스터 영화라도 보는 듯 흥분했다. 나는 대학 동창 모임에서 헬레나와 다시 만난 이야기부터 시작했다. 그리고 헬레나가 소르스뫼르르크에서 떨어져 거의 죽을 뻔했던 일, 리를 죽였다는 헬레나의 고백, 데본의 등장부터 헬레나 음성 파일과 복사본을 찾아 헤매던 일까지 모두 이야기했다. 로빈 이야기를 들을 때에는 리가 신이 났는지 폭소를 터뜨렸다. 샤덴프로이데[48]라는 단어가 바로 이럴 때 쓰는 말이었다.

"내가 데본이랑 자고 다닐 때 로빈을 만난 적이 있어. 확실히 데본을 좋아했지. 나랑 사귄다는 얘기 듣더니 거의 죽을 것 같이 굴더라고." 리는 시끄럽게 웃어 젖혔다. "그런데 네가 그 자식을 없애버렸네."

48—독일어, 남의 불행에 기쁨을 느끼는 나의 뇌를 뜻한다.

마지막으로 내가 여기 온 진짜 이유를 설명하자 리는 또다시 웃음을 터뜨렸다.

"그래서 데본이 아직도 지하실에 갇혀 있다는 말이야?"

"그래 맞아."

"그럼 크로울리네랑 헨리까지 엮인 이 계획이… 다야?"

나는 끄덕였다.

"그러면 헬레나도 이 계획이 성공할 거라고 동의했고?"

내가 바로 대답하지 않자 리는 손뼉을 한 번 치더니 말했다.

"헬레나는 모르는구나, 그렇지? 아직 말 안 한 거지?"

"헨리랑 먼저 상의하고 싶었어."

"와, 내가 몇 개월 동안이나 여기 갇혀 있던 보람이 있네. 지금쯤 두 손을 비틀면서 초조해하고 있는 헬레나가 눈에 선하다! 얼마나 괴로울까? 그래도… 이미 한번 살인을 해봤잖아. 아니, 했다고 생각하겠지. 그럼 데본까지 죽일 생각을 하지 않을까?"

내가 또 머뭇거리자 리가 바로 알아챘다.

"이럴 수가. 정말 재밌다!"

나는 리를 향해 드러나는 혐오감을 숨길 수가 없었다.

"넌 데본이 어떻게 되든 상관없는 거지?"

리는 으쓱했다.

"데본이 예쁘고 어리긴 하지."

"나쁜 새끼. 나도 대학 때는 어리석었지만 지금은 적어도 그때보다는 성장했어. 그런데 넌 하나도 변하지 않았구나."

"누가 어른이 되길 원해? 매튜, 난 서류상으로 죽은 몸이야. 나는 원하면 누구든지 될 수 있어. 나이도 조작할 수 있고. 내 과거를 새롭게 만들어낼 수도 있다고."

"그럴 수도 있겠지. 하지만 넌 네가 살던 곳에서 불과 몇 마일 떨어진 곳에 있는 숲속 작은 집에서 숨어 지냈어. 신분 세탁 따위를 해서 바하마로 떠날 수도 있었잖아? 아무도 널 찾으려고 하지 않았을 텐데."

리는 얼굴을 찌푸렸다.

"이봐, 리. 나는 다 털어놨어. 이제 네 차례야. 어떻게 죽은 거로 위장한 거야? 그리고 헨리는 왜 죽인 거야?" 내가 물었다.

리는 오른손을 총 위에 올리고 다른 손으로 턱에 자란 수염을 긁어대더니 일어서서 입을 열었다.

"일어나."

"뭐?"

"밖으로 나가자고. 두 손은 내가 보이는 곳에 잘 두고."

리는 총으로 나를 쿡쿡 찌르며 별채에서 나가게 했다. 나는 겁이 나기 시작했다. 이렇게 끝인가? 날 죽이려는 건가?

별채에 있는 사이 어두워진 하늘에 달이 떠 있었다. 달빛 아래에서 보니 리의 미소는 더 소름이 끼쳤다. 고삐 풀린 망아지 같은 리의 표정은 당장 무슨 짓을 해도 놀랍지 않을 정도였다.

"지금 뭐 하자는 거야?" 내가 물었다.

"헬레나를 봐야겠어." 빈터를 가로질러 시원한 바람이 불었다. 발아래에서 낙엽이 날았다.

"살아 있는 나를 보면 헬레나가 어떤 표정을 지을까?"

"뭐? 리, 그건…."

"미친 짓이라고? 지금 내가 그런 걸 상관할 것 같아? 그래?"

리는 나를 향해 위협적으로 걸어왔다.

"아니, 내 말은…."

"더는 여기 못 있겠어. 헨리가 없어진 걸 알면 누군가는 여기까지 와서 찾을 거야. 네가 말한 대로 난 사라져야 해. 지금이 사라지기 딱 좋아. 너랑 그 년이 날 좀 도와줘야겠어."

리는 헨리의 포르쉐를 가리켰다.

"운전해."

나는 운전석 문을 열기 위해 다가갔다. 양팔을 든 채였다. 리는 조수석 안에 미끄러지듯 앉았고 계속해서 운전석에 앉는 날 향해 엽총을 겨누었다.

"어떻게 한 거야? 어떻게 죽음을 위장한 거야?" 나는 물었다.

리는 웃으며 치아를 드러냈다. 희미한 불빛 아래에서 보니 몇 주는 양치질을 하지 않은 듯 누런 이가 보였다.

"뭐야, 너도 죽은 거로 위장하고 싶어?"

솔직히 말하면 나쁘지 않은 생각이었다. 정말로 나쁘지 않았다.

뭔가 생각하던 리는 고개를 끄덕이며 말했다.

"좋아. 운전해. 가는 길에 이야기해 주지."

35

2022년 12월

리는 헨리의 주방에 앉아 차를 마시며 제이미 크로울리가 나타나길 기다리고 있었다. 집 안은 너무나 추웠다. 뜨거운 무쇠 레인지에서 뿜어나온 온기만이 주방 안을 데우는 유일한 따스함이었다. 그러나 헨리는 오래된 주방 테이블 앞에 앉아 열어둔 노트북을 향해 몸을 구부린 채 주름진 눈썹 위로 땀방울을 흘리고 있었다. 헨리는 계좌에 찍힌 숫자를 보며 줄곧 절망과 분노가 담긴 탄성을 낮게 질러댔다.

“우리 망했어.” 헨리가 말했다.

헨리와 리는 그동안 계속 망해왔다. 잘못된 투자, 팬데믹, 브렉시트, 치솟는 물가, 공급 문제 등이 연속적으로 일어났다. 부동산 개발업자로서는 끔찍한 시간이었다. 이들은 임금을 지급하지 못해 프로젝트를 끝내지 못했고 6개월 전에 잔고는 이미 바닥이 났다. 최근에 은행은 이들의 대출 요청을 불허했고 헨리는 이혼까지 겪었다.

그렇다. 완전히 망했다.

밖에서 자동차 엔진 소리가 들렸다. 헨리는 자리에서 일어서더니 창가로 갔다.

"왔어."

리도 일어나 현관을 지나 집 앞 빈터로 나갔다. 갈색 가죽 재킷을 입은 제이미가 검은색 랜드로버에서 내렸다. 차가운 날씨에 제이미의 민머리는 분홍빛을 띠었다. 리는 어릴 때부터 제이미와 알고 지냈다. 집에서는 제이미와 사이좋게 지내지 말라고 했으나 학교에서 친구들을 괴롭히던 제이미와 친하게 지내는 것이 자기를 보호할 수 있는 최선의 방법임을 리는 일찌감치 깨달았다.

제이미는 언제나 그랬듯이 카우보이처럼 두 다리를 쩍 벌리고 리를 향해 성큼성큼 걸어왔다. 그 뒤로 누군가가 차에서 내렸다. 이름은 기억이 나지 않았지만 크로울리 밑에서 일하는 막내 중 한 명이었다. 마약 딜러이기도 한 그는 크로울리 일당이 직접 손을 더럽히고 싶지 않은 일들을 도맡았다.

"카일 알지?" 제이미가 물었다.

카일. 그래, 그 이름이다. 20대로 보이는데 이 동네에서 자라지는 않았다. 소문에 의하면 어떤 여자를 따라 이 동네까지 왔다가 크로울리 패거리를 소개받고 눌러앉게 된 떠돌이였다. 카일은 언제나 야구 모자를 쓰고 다녔고 양 볼에는 여드름 자국이 있었다.

헨리의 집 주방으로 들어간 셋은 대물림해 쓴 참나무 테이블에 둘러앉았다. 크리스마스 시즌이었지만 그러한 분위기가 전혀 아니었다. 이혼 후 헨리는 집 안을 방치했다.

“본론만 말할게.” 제이미 역시 크리스마스가 오든 말든 상관하지 않는 타입이었다.

“내 돈은 준비했어?”

리와 헨리가 서로 눈치를 보자 제이미는 실망했다는 듯 한숨을 내쉬었다.

“어째서?”

리는 제이미에게 진실을 말하는 것 외에는 다른 방법이 없었다.

두 달 전, 리는 부동산 시장이 내림세인 상황에서 무엇이든 수익을 낼 기회를 엿보고 있었다. 그러던 어느 날 아침, 리는 수영을 하다가 이주민들이 잔뜩 탄 소형 보트가 해변으로 들어오는 걸 봤다. 배에서 내린 이주민들은 뿔뿔이 흩어졌고 불어를 할 줄 알았던 리는 보트를 운전한 남자에게 물었다. 남자는 난민이든 이주민이든 가리지 않고 밀수해 오는 프랑스 범죄 조직의 일원이었다. 리는 이 사람들이 매일 영국으로 들어오려고 하는 정치적인 이유에는 관심이 없었다.

“저 사람들 다 몰래 데려오는 거요?” 리가 물었다.

그때 어떤 계획이 떠올랐다. 이 프랑스 범죄 조직은 난민들을 데려오는 오는 것뿐만 아니라 유럽 본토에서 약을 들여오는 일에도 큰 관심이 있었다. 코카인부터 진통제까지 영국 땅을 밟자마자 약 가격이 확 오르기 때문이었다. 하지만 이 사업을 개시하고 약을 입수하기 위해서는 착수금이 필요했고 리는 현금이 전혀 없었다. 그게 리가 이 사업에 관심을 둔 진짜 이유였다. 현금을 벌 수 있는 사업.

유감스럽게도 현금이 없다는 말은 사업 동료가 필요하다는 뜻이었고 리는 어릴 때부터 알고 지내던 제이미 크로울리를 제일 먼저 떠올렸다.

제이미를 설득하는 것은 어렵지 않았다. 일단 이 일은 쉽게 돈을 벌 수 있을 듯했고 한때 해안 지역을 지배했던 밀수업자의 후손이라는 제이미의 자부심 또한 채워주었다. 헨리는 이 거래에 직접 참여하지는 않았지만, 사업을 의논할 장소를 제공했다. 모든 게 일사천리로 진행되었다. 해변에서 리가 프랑스 범죄 조직에 건넨 제이미의 돈은 프랑스로 넘어갔고, 첫 번째 배송 마약은 난민 10여 명들과 같이 소형 보트에 실렸다.

그런데 불상사가 일어났다. 태풍이 불어 소형 보트가 바다 아래로 침몰했다. 난민 네 명이 익사했고 마약은 영국 해협 바닥에 가라앉았다. 리가 연락책을 만나러 프랑스로 찾아가자 그들은 자기네 알 바가 아니라며 어깨만 으쓱할 뿐이었다. 환불은 당연히 안 됐다.

"이상이야." 리는 지금 헨리의 주방에서 이야기를 끝냈다. 둘 사이 테이블에는 김이 모락모락 나는 찻잔 여러 개와 헨리가 유일하게 크리스마스를 기념하며 내놓은 민스파이[49] 접시도 놓여 있었다.

"그놈들 절대 돈을 돌려주지 않을 거야."

"그러겠지." 제이미가 아무 감정 없이 말했다.

"그렇다고?"

49—말린 과일, 향신료, 고기 등으로 채워 구운 작은 파이로 영국을 대표하는 크리스마스 디저트다.

"항상 일이 잘 풀리는 건 아니지. 그게 사업이야. 이번엔 너한테 잘 안 풀린 거고, 리."

리가 초조하게 웃었다.

"제이미, 우리 둘 다 손해를 본 거야."

"어, 아닌데. 그건 아니지. 그 현금 중 네 돈이 얼마였지? 내가 말해줄게. 단 한 푼도 없었지." 제이미가 자리에서 일어섰다.

"자, 우린 오래된 친구니까, 뭐 사업 대출이라고 말할 수 있겠다. 그런데 대출이란 게 이자라는 걸 달고 다니거든. 내가 너한테 돈을 빌려주고 2주가 지났으니까 지금까지 네가 갚아야 할 돈은…." 제이미는 휴대전화 화면에 입력된 숫자들을 보여주고 화면을 한 번 치더니 또 다른 숫자들을 보여주며 말했다.

"이거야."

"엄청난 금액인데." 헨리가 말했다.

"젠장 누가 당신한테 물었어?" 제이미가 화난 목소리로 쏘아붙였다.

헨리는 움찔했다. 헨리는 웬만하면 리가 하자는 대로 다 했기 때문에 제이미를 무서워하면서도 이 일을 도와왔다. 헨리는 겁이 많은 남자였다.

"다음 주 이 시간이면 네가 갚아야 할 돈은 이 만큼이야." 제이미는 리에게 더 높은 숫자를 보여주며 말했다.

"자, 이 빚이 감당할 수 없을 정도로 오르는 걸 막기 위해서 내가 실례를 무릅쓰고 상환 일정표를 만들어 봤어. 카일?"

카일은 구겨진 종이 한 장을 주머니에서 꺼내 건네주었다.

리가 여기저기 얼룩진 지저분한 종이를 펴보았다.

"카일이 첫 번째 상환금액을 받으러 월요일에 다시 올 거야." 제이미가 말했다.

"그런데 내가 돈이 없다면?" 리는 물었다.

갑자기 제이미가 민첩하게 몸을 움직여 리의 목을 손으로 감쌌다. 그리고 순식간에 리를 테이블 위로 쓰러뜨렸다. 머그잔이 떨어지며 찻물이 사방팔방으로 튀었다. 제이미가 리 얼굴 위로 침을 튀겨가며 말했다.

"넌 우리가 친구라고 생각하지? 사실은 말이야, 난 항상 네가 등신이라고 생각했어. 내 돈을 하루라도 늦게 갚으면 나는 이쁘장하게 생긴 네 얼굴에 총알을 박아 숲에 묻어버릴 거야."

제이미는 리의 목을 더 조였다. 리는 저항해 봤지만 제이미의 힘이 너무 셌다. 리는 두 눈이 튀어나올 지경이었다. 산소 부족으로 생명이 육체에서 빠져나가는 것 같았지만 꼼짝도 할 수가 없었다.

리의 숨이 넘어가려는 순간, 제이미가 손을 놓았다.

"메리 크리스마스!" 제이미는 입이 찢어져라 웃는 카일을 데리고 자리를 떴다.

—

리는 그다음 주 내내 일에 몰두하려고 애썼다. 제이미는 뱉은 말을 번복할 사람이 아니었고 리는 하루하루 조바심이 나기 시작했다. 두려운 만큼 헬레나를 괴롭혔다. 하필이면 이때 이혼을 해버리는 바람에 자신을 도와줄 처지가 못 되는 헨리를 증오했다. 자신이 쏟아부은 돈은 가져가 놓고 물건을 바다 아래로 빠뜨린 해협 건너의 갱단에게 복수하는 상상도 했다.

리는 '헬레나에게 생명보험을 들어놓을걸' 하고 후회했다. 그러나 리사가 죽었을 때, 집이 불타고 보험금도 뱉어내야 했던 것을 생각하면 다시는 같은 짓을 벌이지 않겠다고 다짐했다. 헬레나가 죽고 난 후 사람들이 자신을 보험금을 노린 살인자라고 의심하는 것도 원치 않았다. 헬레나를 죽이는 건 순전히 쾌락을 위한 짓이어야 했다! 하지만 젠장, 지금 같은 상황이 벌어질 줄 알았다면 리는 위험을 무릅쓰고서라도 뭐든 했을 것이다.

제이미는 첫 번째 상환금을 27일, 월요일까지 갚으라고 했다. 리는 손목시계를 팔았고 헨리는 아버지가 소유하던 오래된 메달을 몇 개 팔아 갚을 돈을 마련했다. 그리고 리는 헨리네 집에 차를 몰고 가서 제이미를 기다렸다. 어쩌면 다시 한번 제이미를 설득해볼 수도 있겠다고 생각했다. 제이미가 돈을 한 번 더 투자한다면 두 달 안으로 손실을 메울 수 있을 것 같았다. 빌린 돈을 다 갚을 때까지는 자기 몫을 기꺼이 포기할 것이다. 제이미는 어쩌면 투자 제안을 흔쾌히 수락할 수도 있을 것이다.

그러나 제이미는 오지 않았다. 카일 혼자 마약 냄새에 절어 꺼덕꺼덕 걸어왔다. 리는 카일에게 돈을 건네주며 제이미와 이야기를 하고 싶다고 했다.

"제이미는 아내랑 런던에 갔어. 내일 올 거야." 그러더니 실실 거리며 말을 이었다. "아, 그런데 네 아내는 도대체 무슨 일인지 모르겠네."

"무슨 소리야?"

"네 아내 말이야. 검은 머리칼에 운동을 열심히 하는 군살 하나 없는 여자. 네 아내 맞지? 공원에서 나한테 루피를 사 갔어."

"루피?"

로히프놀. 데이트 강간에 쓰인다는 그 마약? 리는 지금 무슨 소리를 듣고 있는 건지 알 수 없었다.

휴대전화를 꺼낸 리는 카일에게 사진을 보여주며 혹시 사람을 잘못 본 건 아닌지 확인했다.

"이 여자야?"

"그래. 이 여자. 나한테 돈을 주면서 어찌나 불안해하던지. 그래서 자주 있는 일은 아닌가 보다 했지. 생각해 보니까 여자가 사 간 건 처음…. 이봐, 너 거울 좀 봐봐. 표정이 왜 그래?"

카일은 어찌할 줄 모르는 리에게서 현금을 건네받고 차에 올라타더니 계속 히죽거리며 차를 몰고 떠났다. 리는 빈터에 서서 잠시 생각에 잠겼다. 우중충한 하루 끝에 짧게 떠 있던 해가 낮게 지며 날이 어두워지고 있었다. 리가 집 안으로 들어갔을 때는 하늘이 칠흑같이 깜깜해진 후였다.

헨리는 주방 테이블에 앉아 사업 장부를 확인하는 중이었다.

리가 헨리에게 다가가 말했다.

"헬레나가 날 죽이려고 하는 것 같아."

헨리는 웃었다.

"어떻게? 비스킷 많이 먹여서? 최근에 살 좀 찐 거 같다고 했잖아."

"아니. 헬레나가 진짜로 날 죽이려고 하고 있다고."

리는 카일이 해준 이야기를 털어놓았다. 헬레나가 그런 생각을 하고 있을 줄은 꿈에도 몰랐다. 한편으로는 이렇게까지 적극적인 사람이었나, 인상 깊기도 했다.

"어쩐지 뭔가 이상하다 했어. 지난주였나? 나를 매의 눈으로 관찰하는 거야. 내 생활 습관을 말이야. 아침에 수영하러 나가는 나를 유심히 보던 게 기억나. 그래, 이제야 말이 되네. 내가 아침마다 마시는 커피에 약을 탈 생각인 거야. 루피를 복용하면 얼마 있다가 효과가 나타나지? 20분이었나? 30분?"

"내가 어떻게 알아?"

리는 듣지도 않고 계속 말했다.

"내가 깊은 물속에 있을 때 약 효과가 나타난다면 바로 의식불명이 될 거야. 잘 가, 리. 이런 거구나."

리는 고개를 젓더니 휴대전화로 뭔가를 확인했다.

"그래. 여기 보니까 로히프놀은 스물네 시간 동안만 혈관에 남아 있대. 경찰이 날 발견해서 병리 보고서를 작성하려고 해도 로히프놀 성분은 발견 못 하게 될 거야. 제기랄. 헬레나, 제법이네."

"하지만 헬레나가 왜 널 죽이려고 하겠어?"

물을 필요도 없는 질문이었다. 리의 결혼 생활을 속속들이 알고 있는 헨리는 헬레나가 왜 남편을 죽이려고 하는지 짐작이 갔다. 리는 헬레나를 얼마나 심하게 대하는지 자세하게 말하지 않았고 매일 출근을 하지도 않았다. 전날 밤 아내를 어떻게 고통스럽게 만들었는지 자세하게 이야기하지도 않았다. 그러나 사소하게 알아차릴 법한 태도를 많이 보였다. 헨리는 리가 헬레나와 통화하는 내용을 자주 들었는데, 리는 헬레나에게 심부름을 시키면서 마치 자기 신발에 붙은 더러운 것처럼 여기듯 굴었다. 헨리는 데본도, 그리고 그 전에 리가 만나던 여자들에 관해서도 알고 있었다. 헨리는 리의 여자관계에 대해서도 입 뻥긋하지 않았는데, 리는 혹시 헨리가 헬레나를 좋아해서 끔찍한 결혼 생활에서 구해내려는 속셈은 아닌지 의심할 정도였다. 그러나 단지 동업자를 향한 충성심일 뿐이었다.

헨리는 레드 와인 한 병을 땄다. 그리고 병째 입으로 가져가 한 모금 마셨다. 바닥에는 치우지 않은 깨진 그릇과 찻물 웅덩이가 그대로 있었다.

"이런, 리. 네가 죽었으면 하는 사람이 두 명이나 있네. 카일에게 약을 산 헬레나가 널 죽일까, 아니면 제이미가 널 죽일까."

리는 헨리를 노려보았다.

"왜?" 헨리가 물었다.

"방금 당신이 말한 것 말이야. 제이미가 아닌 헬레나가 나를 죽일 거라는 사실. 그거면 돼."

"미안하지만, 무슨 소리인지 못 알아듣겠는데."

리는 방안을 서성거렸다. 어쩌면 미친 생각이었다. 하지만 생각할수록 말이 되는 게 사실이었다. 됐다.

제이미는 리를 죽일 것이다. 첫 상환금을 제때 갚지 못한다거나 일정이 마음에 들지 않는다거나 아니면 리가 자신을 우습게 보는 것 같다고 생각하면 제이미는 분명히 리를 죽일 것이다.

그리고 이것은 살아남을 방법이 될 수 있었다.

"이것은 황금 같은 기회야. 잠시 사라져서 제이미가 나를 더는 쫓지 못하게 하는 거야." 리는 드디어 입을 열었다.

"뭐야, **죽겠다고?**"

아무리 생각해도 기차게 좋은 생각이라 리는 2분 동안 쉬지 않고 웃어댔다. 겨우 진정해 숨을 고르며 리가 말했다.

"바보같이 굴지 마. 제이미는 물론이고 다른 모든 사람도 내가 **죽었다고 생각하게** 할 거야."

"이건 미친 짓이야. 약을 탄 커피를 마시는 것 보다 집을 팔아 빚을 갚는 게 더 쉽지 않겠어?"

"그건 너무 오래 걸려." 그리고 굴욕적이기도 했다. 집을 파는 일, 모든 걸 헬레나에게 설명하는 일, 어쩔 수 없이 작고 지저분한 어딘가로 이사를 해야 하는 일까지 모든 게 굴욕이었다. 리는 패배를 인정하느니 차라리 죽은 것으로 위장하리라 마음먹었다.

"당분간 남의 눈에 띄지 않도록 여기서 지낼게. 숨어 있기에 완벽한 곳이니까. 지나가는 사람도 하나 없고, 방문하는 사람도 없잖아. 나는 저기 별채에서 지낼게. 같이 실행해 보자. 모든 게 제자리로 돌아가고 다시 이익을 볼 때까지는 당신이 나 대신 다 처리하는 거야. 일이 끝나면 나는 신분 세탁을 해서 다른 곳에서 새롭게 인생을 시작하겠지?"

리는 제이미가 목을 조르던 때를 기억했다.

"정말이지 끝내주는 계획인 것 같아."

헨리는 리가 미쳤다는 듯 쳐다보며 말했다.

"아니야, 다른 방법이 있을 거야."

"뭐가 있는데?"

헨리는 대답할 수 없었다.

리는 구체적인 계획을 20분 가량 더 세웠다. 헨리는 계속 미친 짓이라며 말렸지만 리는 굴하지 않았다. 말이 안 되도 되게 해야 했다. 다른 선택지가 없었다.

자신을 죽이려 하는 여자가 사는 집으로 돌아가려는 리에게 헨리가 말했다.

"제이미가 나한테 돈을 갚으라고 쫓아올 거라는 생각은 안 해봤어?"

"왜 그러겠어? 당신은 이 거래와는 상관없잖아. 제이미는 내가 죽어도 자네를 쫓지는 않을 거야. 그런데 이 계획을 성공시키기 위해서 딱 한 가지 필요한 게 있어."

"뭔데?"

리는 턱을 문지르며 대답했다.

"시체."

36

나는 리가 하는 이야기를 반발심을 가지다 몰입하다를 번갈아 해가며 들었다. 기분 나쁜 녀석인데 말재주는 꽤 좋아서 이야기를 듣는 내내 머릿속에 장면이 생생하게 펼쳐졌다. 헬레나도 이렇게 꼬셨겠지?

솔트딘까지 절반 정도가 남았다. 차창 밖으로 까만 하늘에 달빛만이 전원을 밝히는 풍경이 이어졌다. 리가 부드럽게 감싸 든 엽총 총구가 내 배를 향하고 있지만 않다면, 나와 리는 오래간만에 만나 드라이브를 즐기는 친구 사이로 여겨질 수도 있을 것 같았다. 동시에 헬레나에게 위험 상황을 알리는 비밀 메시지를 보내고 싶은 마음이 굴뚝같았지만, 당연히 불가능했다.

"시체가 필요했다고? 너처럼 비슷하게 생긴?" 내가 되물었다.

"그래. 키나 몸집이나 나이까지도 나와 비슷한 백인이 필요했어. 문신처럼 누가 봐도 알아볼 수 있는 특징 같은 게 없는. 바닷속에서 퉁퉁 불으면 시체가 무거워진다는 건 알고 있었어. 발견되었을 때 이미 부패가 진행된 상태라면 더 좋겠지. 구글에 검색을 해보니, 물에 빠진 시체는 피부색이 검은색과 녹색으로 변하고 게나 물고기들이 와서 살점을 뜯어먹는다고 하더라고."

"이런."

"헬레나가 자기 뜻대로 계획을 성공시켰다면 내가 그 꼴이 되었겠지."

"그래서 그 시체는 누구였어? 아니, 내가 맞혀볼게. 없어져도 아무도 찾지 않을 노숙자를 한 명 구했구나."

리는 진심으로 기분이 상했다는 표정을 지었다.

"뭐라는 거야. 매튜, 난 쓰레기가 아니야. 난 죽어 마땅한 인물을 골랐다고. 소형 보트에 난민들 태워 왔던 프랑스 남자 말이야. 그 자식은 바다에 가라앉은 소형 보트에 타고 있지 않았어. 다른 보트에 타고 있었지. 그 자식이 물에 빠진 약이나 사람들에 관심이나 있었겠어? 그 자식이 뭐라고 했는지 알아? "어차피 그 사람들은 이 보트에 탈 때 그 정도 위험은 감수하고 타요." 그러더라. 사람이 물에 빠져 죽든 약이 바다에 처박혀 흔적 없이 사라지든 아무 상관 없었던 거야."

나는 침을 꿀꺽 삼켰다. 얼마나 무서웠을까. 소형 보트가 바닷물에 가라앉는 모습을 상상하지 않으려고 노력했다. 리나 크로울리 패거리나 보트를 몰았던 이들 모두 최악이었다.

"그런데 그 남자, 너랑 비슷하게 생겼어?"

"나이도 체형도 키도 비슷했어. 머리카락까지 나처럼 짙은 갈색이었고 몸에 문신도 없었지. 내 대역으로 안성맞춤이었달까."

우리는 해안 도로에 들어섰고 리는 먼 바다를 쳐다보았다.

“다음 날 아침, 나는 해변에서 그 자식을 기다렸어.” 리는 저 멀리 바라보며 계속 말했다. 바로 여기서 모든 일이 일어났다.

“그날 배가 왔다 갈 것을 알고 있었거든. 이주민들 10여 명을 태운 노란색 소형 보트가 도착하더니 사람들이 우르르 흩어졌어. 그 프랑스 남자만 다시 돌아갈 준비를 하려고 보트 근처에 있었지. 나는 다가가서 인사를 건넸고, 곧바로 그 자식 머리를 비닐봉지로 감쌌어. 비닐 아래로 손가락 하나도 넣지 못하게 봉지로 목을 꽉 조였지. 미친놈처럼 몸부림치더라. 나는 뒤에서 무릎 꿇고 그 자식이 봉지를 빼지 못하게 안간힘을 썼지. 힘이 빠지기까지 진짜 오래 걸리더라고.”

완전히 몰입한 나는 두려움에 떨며 이야기를 들었다.

“그리고 헨리에게 보트를 타고 와서 이 자식 좀 데려가라고 불렀지. 시체를 직접 처리하는데 겁을 너무 먹어서 완전 쇼를 하긴 했지만. 그래도 어쨌든 무사히 처리했어. 시체를 방수포에 싸서 선창에 보관했다가 나중에 항구에 다시 갖다 놓았지.”

리는 다시 생각해도 만족스러운지 활짝 웃었다.

“정말 완벽했어. 내가 가져온 집에서 쓰던 거랑 똑같은 새 칫솔을 프랑스 남자 입안에 넣고 볼 안쪽이랑 혀를 문질렀어. DNA가 충분히 묻어나게 말이야.”

그래, 인정한다. 기발했다.

“누군가 그 남자를 찾기라도 했으면 어쩌려고?”

"아니. 아마도 범죄 조직에서는 그 남자가 영국에서 새출발하려고 눌러앉았다고 생각했을 거야. 아니면 인간들을 실은 배에서 싸움이 날 수도 있는 일이고. 이 남자가 없어졌다고 해서 경찰에 신고할 수는 없을걸. 안 그래?"

더는 리가 하는 이야기가 매력적으로 들리지 않았다. 아무리 동정할 가치가 없다고 해도 죄책감 없이 프랑스 남자를 질식시켜 죽인 이야기는 소름이 끼쳤다. 각자 한 남자를 죽인 데에 책임이 있다고 해도 리와 나는 달랐다. 물론 앞으로도 결코 같을 일은 없을 것이다.

"그래서… 다음 날 아침이 됐어. 나는 내 대포폰으로 헨리에게 문자를 보냈지. **'오늘이야. 준비해'** 라고."

이야기하는 내내 리는 제 이야기에 취한 것처럼 보였다.

"바로 답장이 오더라고. 헨리도 대포폰을 사용했거든. **'준비됐어'** 물론 나도 약간 긴장은 됐지. 정말로 내가 죽을 수도 있었으니까. 헨리가 시간 계산을 조금이라도 실수하면 말이야."

이제 그런 걱정거리는 다 지나갔다는 듯 리는 손을 들어 저었다.

"그리고 화장실에 있던 내 칫솔이랑 프랑스 남자의 DNA가 잔뜩 묻은 칫솔을 바꿔치기했지."

"그럼 네가 쓰던 칫솔은 어떻게 했어?"

"대포폰이랑 같이 가방에 넣어서 밖에 있는 덤불 아래에 숨겼지. 나중에 헨리더러 가져가라고 하려고. 일단 헨리가 보트 정박지에 도착해 내게 문자 메시지를 보낼 때까지 기다렸어. 헨리의 도착 메시지를 확인한 뒤 나는 아래층에 내려가서 커피를 마셨지. 내 사랑하는 아내가 특별히 준비해 준 커피 말이야."

리는 히죽거렸다.

"헬레나에게 내가 수영을 마치고 돌아올 때까지 아침 식사를 준비해 놓으라고 했는데, 알겠다고 하더라. 무서우면서도 흥분돼 보였어. 이봐, 이 게임을 망치지 않으려고 내가 얼마나 애썼는지 몰라." 리는 고개를 저었다.

"해변에서 로히프놀을 토해내고 싶었는데 못 했어. 헬레나가 이 계획이 성공했다고 믿도록 해야 했거든."

헬레나는 정말 믿었다.

"나는 헨리와 수영 시작 지점부터 동쪽으로 300미터 떨어진 곳에서 만나기로 했어. 절벽이 튀어나와 있어서 우리 집에서는 보이지 않는 곳이었거든. 헨리가 역시 일 하나는 끝내주게 잘한다니까. 정확한 시간에 정확한 장소로 보트를 끌고 나왔어. 날 도울 준비를 완벽히 마친 채. 보트에 오르자마자 약 효과가 나기 시작했어. 얼마나 어지럽던지 한 일주일은 쭉 자고 싶은 마음만 들더라고. 약은 점점 더 빨리 몸속에 퍼졌고 내가 하는 말은 발음이 뭉개졌어. 하지만 헨리는 뭘 어떻게 해야 하는지 잘 알았지. 계획한 대로 보트를 동쪽으로 더 몰다가 남쪽으로 방향을 꺾어 해협 안으로 들어갔어."

"그런데 그 돌출된 절벽 때문에 너희 집에서는 계속 네가 보이지 않았던 거고?"

"바로 그거지. 이봐, 도착해서 난 겨우 몸을 가눌 수 있는 정도였어. 그런데도 선창에서 프랑스 남자의 시체를 꺼내 배 가장자리까지 끌고 오는 걸 도왔지."

리는 무거운 것을 들어 올리는 시늉을 했다.

"우리는 시체가 바다 아래로 가라앉은 채 그 자리에 그대로 있도록 그 자식의 옷 속에 돌덩이들을 넣었어. 그리고 내 롤렉스 시계를 그 자식 손목에 채워줬고. 제정신이었다면 아주 슬픈 순간이었겠지. 우리는 시체를 들어 올려 바닷속에 던졌어. **풍덩!** 곧바로 나는 곯아떨어졌어. 정말 한순간에 잠이 들더군."

헬레나의 집에 가까워 졌다.

"다음 날 나는 헨리의 집 앞 빈터에 세워놓은 헨리의 차 안에서 깨어났어. 그때부터 모든 게 내가 계획한 그대로 흘러갔어. 3주 후에 헨리가 바다로 나가 시체 옷 속에 넣어둔 돌덩이를 모두 꺼냈어. 그 다음은 파도가 도왔지. 해변으로 시체를 끌고 와줬으니까. 구글이 참 정확하더라. 발견된 시체는 피부가 부식돼서 누군지 거의 알아볼 수 없는 지경이었고 예상대로 경찰들은 DNA를 채취해서 신원을 밝혀내야 했어. 그동안 범죄 다큐멘터리를 꽤 봐왔거든. 역시나 내 칫솔에 있던 DNA를 채취하더라고."

"정확히는 네가 아니라 프랑스 남자의 DNA지."

"맞아." 나는 저렇듯 행복에 겨워하는 사람은 본 적이 없었다.

솔트딘에 도착했다. 공포 영화의 한 장면처럼 사방이 칠흑 같은데 나는 지금 여자친구에게 부활한 전남편을 데려가고 있다.

리는 총을 들고 있지 않은 손으로 대시보드를 툭툭 건드리고 엉덩이를 들썩거렸다. 리가 든 총의 끝부분은 발밑 아래 공간을, 총구는 내 얼굴을 향하고 있었기 때문에 리가 움직일 때마다 행여나 발사될까 나는 조마조마했다. 그리고 헬레나와 리 양쪽 이야기를 들어버린 터라 나는 충격 또한 컸다. 지구상에서 이 사건의 진실을 아는 사람은 나뿐이었다.

하지만 진실은 이게 다가 아니었다.

"헨리는 왜 죽였어?"

리는 자리에서 박자 맞추던 걸 멈추었다.

"계획대로 되지 않은 부분이 바로 그거였어."

"제이미 크로울리 말이야?"

"그래. 그 개새끼. 처음에는 헨리를 귀찮게 하지 않았어. 내가 죽은 줄 알았으니까. 그러다 제이미네 사업도 힘들어졌는지 몇 달 지나서 카일을 데리고 헨리를 찾아오더라. 묵은 빚을 수금하겠다는 거야. 크로울리는 헨리가 내 공동 사업자로서, 그리고 프랑스 사업을 은밀하게 공유하던 사람으로서 책임이 있다고 그러더래. 그때부터 헨리는 완전히 겁에 질렸지. 돈을 갚을 능력이 전혀 없었으니까."

"그러니까 네 계획 중 그 부분도 잘 안 된 거야? 사업을 다시 일으켜보려는 것."

리는 짜증이 난다는 듯한 표정으로 나를 보았다.

"쉽지 않았어. 숲에 숨어 지내면서 사업을 일구는 게 얼마나 어려운지 알아? 거기다 헨리가 자꾸 일을 망치잖아. 미팅에 술을 처마시고 나타나질 않나. 쓸모없는 멍청이가 따로 없었다고. 때마침 헨리가 오래된 공장을 찾아냈어. 아파트로 재건축하면 수익을 꽤 낼 수 있었지. 근데 제이미가 나타나서 돈을 요구한 거야. 난 제이미가 거들먹거리는 것일 뿐이니까 겁먹지 말라고 이야기했어. 하지만 헨리는 제이미의 돈을 갚는 방법은 헬레나에게 집을 팔게 하는 방법밖에 없다고 하더라."

리가 죽었을 때 나온 보험금으로 집 대출금을 다 갚았기 때문에 집을 팔면, 돈이 고스란히 통장에 들어올 것이라고 헬레나가 말한 게 기억났다.

"그런데 오늘 저녁에서야 헬레나가 집을 팔 생각이 없는 것 같다고 하는 거야. 행동하는 것도 어딘가 이상하다고. 헨리는 완전히 맛이 간 상태였어."

리는 입술을 오므렸다.

"술에 취해서 별채로 찾아오더니 온갖 욕을 퍼부으면서 나한테 화를 내는 거야. 벼랑 끝에 몰리니까 완전 다른 사람으로 돌변해서는 이 총까지 들고 와서 휘두르더니, 결국 나를 겨누고 말하는 거야. 제이미를 부르겠다고. 나를 넘기고 더는 자신을 쫓지 않게 하겠다고."

어떤 상황인지 그림이 그려졌다.

"그래서?"

"그럴 거면 차라리 죽이라고 했지. 그런데 결정적인 순간에 내가 알던 헨리로 돌아가더라고. 해야 할 일을 하지 못했지."

"그래서 총을 빼앗아 헨리를 쏜 거야?"

리는 한쪽 어깨를 으쓱거렸다.

"그래. 참 안 된 일이지. 나를 위해 많은 걸 해줬는데."

울상을 짓다 이내 기운을 차리더니 솔트딘으로 진입하는 창밖을 내다보았다.

"다시 돌아오니 느낌이 이상하다. 지난 9개월 동안 별채 내부 아니면 나무들만 보고 살았는데 말이야."

우리는 거의 다 왔다. 나는 최대한 천천히 운전했다.

"리, 이제 도대체 어떻게 할 거야?"

"나도 그것을 생각하고 있어. 헨리 계획대로 헬레나가 집을 팔 수도 있지. 그리고 돈을 내게 주는 거야. 어쨌든 내 돈이니까."

"그리고 그 돈으로 사라지겠다?"

"바로 그거야. 그동안 나도 여기 지하실에 숨어 있으면 되겠네."

나는 고개를 돌려 리를 보았다.

"내가 한 말 잊었어? 데본 이야기 말이야. 지금 지하실에 있다고. 머지않아 경찰들이 찾으러 올 거야."

"어차피 너랑 헬레나가 데본과 로빈의 동선을 맞춰놓은 줄 알았는데? 데본이 비치 헤드에서 뛰어내리는 거로 끝나는 이야기 아니야?"

"하지만 데본이 아직 지하실에 있으면 말이 안 되잖아!"

리는 더러운 치아를 내보이며 말했다.

"그거야 바로잡기 쉽지."

리의 말투에 나는 온몸에 소름이 끼쳤다.

"지금 데본을 죽이겠다는 거야?"

"너도 그걸 원하는 거 아니야? 내가 하면 넌 죄책감을 느낄 필요도 없어. 생각해 봐, 매튜. 데본을 죽이면 모든 게 해결된다고."

"그러고 나면 넌 나와 헬레나를 그냥 떠날 거야? 헬레나가 너한테 한 짓을 알고도?"

리는 내 어깨를 쓰다듬으며 말했다.

"그래, 당연하지. 내가 원하는 건 돈이야. 그러려면 네가 살아 있어야지. 내 돈만 받으면 돼. 경찰들이 나를 찾는 '대대적인 범인 수색' 소동은 원하지 않아. 거기다 지금 살아 있는 날 보고 헬레나가 어떤 표정을 지을지 너무나 궁금하기도 하고."

나는 리를 믿지 않았다. 우리 둘의 쓸모가 다하면 살려두지 않을 것이다. 리는 분명 '대대적인 범인 수색'을 피할 교묘한 수법을 쓸 것이다.

"다 왔네. 홈 스위트 홈." 리가 말했다.

나는 진입로로 들어갔다. 내 옆에 앉은 리는 지금 이 순간을 오래도록 기대했다는 듯 두 손을 비벼댔다. 그때 현관문이 열리더니 헬레나가 뛰어나왔다.

나는 재빨리 차에서 내려 차 문을 닫았다. 헬레나가 리를 마주할 때 옆에 있어 주고 싶었고 덜 놀라도록 미리 알려주고도 싶었다.

"헬레나…."

헬레나가 동시에 입을 열었다.

"데본이, 데본이 없어졌어. 없어졌어!"

헬레나의 두 어깨를 감싼 나는 곧 일어날 일을 말해주려고 입을 열었지만 이미 늦었다. 조수석 문을 열고 내려 똑바로 선 리가 차 너머의 헬레나를 바라보며 미소 짓고 있었다.

헬레나는 데본이 없어졌다는 말을 하는데 정신이 팔려 리를 바로 바라보지 못했다.

리가 목청을 가다듬었다.

그때 헬레나가 리 쪽을 바라보았다.

그리고 순간 헬레나의 눈빛에 공포가 서렸다. 지난 9개월간 헬레나가 굳게 믿고 있던 사실이 물거품으로 변하는 순간이었다.

37

헬레나는 총에 맞은 것처럼 비틀거렸다. 똑바로 설 수 있게 나는 헬레나를 붙잡아주었다. 헬레나는 목소리가 나오지 않는지 그저 두 눈을 휘둥그레 뜨고 입을 벌린 채 리를 노려볼 뿐이었다.

"우!" 리가 나와 헬레나를 향해 차 앞으로 돌아오면서 웃었다. 이 장면에 나는 없었다. 오직 둘만의 세계였다. 헬레나와 리. 여자와 결혼했던 남자. 여자가 죽였다고 생각한 남자.

"바로 이 순간이 모든 걸 가치 있게 만드네. 헨리의 별채에서 9개월 동안이나 처박혀 있었는데. 모든 게. 가치가. 있었던 거야."

헬레나는 한쪽 팔에 엽총을 메고 서 있는 리에게서 눈을 떼지 못한 채 물러섰다. 헬레나의 가슴이 빠르게 오르내려 심장마비라도 오는 게 아닌지 걱정이 되었다.

"하지만, 어떻게? 어떻게?" 헬레나가 입을 열었다.

"내가 다 들었어. 내가 설명해 줄게." 내가 말했다.

"좋은 쪽으로 생각해, 여보. 날 죽인 죄로 감옥에 갈 일은 없게 됐잖아. 그런데… 대본이 사라졌다고?"

헬레나는 대답하지 않았다. 충격이 너무나 컸나?

"헬레나." 나는 두 손을 헬레나의 어깨에 부드럽게 올렸다.

"진정하고. 어떻게 된 건지 말해봐…."

리가 다가와 헬레나 얼굴 앞에서 손가락을 튕겼다.

"이봐, 데본이 사라졌다니 무슨 소리야?"

헬레나는 눈을 몇 번 깜박거리고 나서야 제정신으로 돌아온 것 같았다.

"당신 정말 살아 있어."

"살아서 숨 쉬고 있지."

"하지만 그 시체는… 누구였어?"

"별로 중요하지 않은 인간이야." 리는 헬레나를 위아래로 훑어보았다.

"이야 그런데 헬레나, 당신 정말 좋아 보인다. 살이 조금 빠지긴 했지만, 그거 외에는 미망인으로 사는 게 나쁘지 않았나 보네?"

리는 큰 소리로 웃어댔다.

"자, 이제 도대체 뭐가 어떻게 된 건지 빨리 이야기해 봐."

헬레나는 내게 말했다.

"지하실에… 데본을 만나러 내려갔어. 그런데 데본이 사라졌어."

"무슨 소리야?"

"그러니까, 데본이 **사라졌다고**!"

"보나 마나 당신이 착각했겠지." 리가 고개를 저으며 말했다,

"아니야! 지하실 문은 계속 잠겨 있었어. 마치 그냥 증발해버린 것 같다고."

"내가 봐야겠어." 내가 말했다.

"우리가 봐야겠어." 리가 말했다.

나는 헬레나를 따라 집으로 향했고 리는 엽총을 든 채 뒤따랐다. 현관문을 열고 들어가니 복도 바닥에 앉아 있던 드렐라가 리를 보자마자 황급히 달아났다.

"그래도 집은 잘 관리했네."

"아무것도 바뀐 건 없어." 헬레나가 대답했다.

"그러니까. 우리 결혼사진은 안 보이지만."

"다 태워버렸지." 헬레나는 거짓말을 했다.

"당신도 태워버렸어야 했는데. 네가 정말 죽는지 처음부터 끝까지 지켜보며 확인했어야 했어."

계속 기분 나쁘게 실실거리던 리가 처음으로 정색하고 분노를 내비쳤다.

"어디 한번 그렇게 해봐." 리는 아무런 감정 없이 말했지만 메고 있던 엽총을 들어 보이며 지금 누구에게 가장 권력이 있는지를 상기시켰다. 나는 초조했다. 주방으로 뛰어가 칼이라도 집어 들까? 아니다, 불가능할 것이다. 지금 당장 내가 할 수 있는 건 리가 하자는 대로 하는 것뿐이다. 데본을 찾고 리를 경계하면서 기회를 엿봐야 했다.

헬레나는 입술을 꽉 다물며 말했다.

"이제 당신 안 무서워."

"이러지들 마. 데본이 사라졌다는 사실에 집중해야 하지 않아? 도대체 어디로 갔는지 찾아야 한다고!" 내가 나섰다.

"그래, 헬레나. 집중하자고, 착하지?" 리가 뒤따라 회유했다.

리에게 달려들 기세인 헬레나의 팔을 나는 다시 부드럽게 붙잡았다. 그러자 헬레나는 나와 리를 이끌고 지하실로 향했다. 계단을 내려가 헬레나가 침착하게 잠가둔 지하실 문 앞에 섰다.

"데본을 여기에 가둬놨다고?" 리가 물었다. 셋은 안으로 들어갔다.

헬레나는 내가 리에게 그간의 모든 일을 털어놓은 게 못마땅한 눈치였다.

"다 찾아봤어. 냉동실까지."

리는 지하실 안을 천천히 걸었다.

"나 여기가 정말 그리웠어." 리는 홈 시네마로 들어갔다.

"헨리네 집에 있는 동안은 32인치짜리 쓰레기만도 못한 것으로 영화를 봤었는데."

"앞으로 네가 맞이할 영원한 고통보다는 낫겠지." 헬레나가 중얼거렸다.

"저 안도 살펴봤어?" 리가 창고를 가리키며 물었다.

"당연히 봤지."

"과연 그럴까?"

리는 우리를 지나쳐 창고를 열어보더니 말했다.

“데본은 역시 똑똑하다니까. 여기 며칠간 갇혀 있었다면 이걸 충분히 찾아내고도 남지.”

“뭘 찾아?” 내가 물었다.

리는 창고 뒤쪽 벽으로 갔다. 세 명이 간신히 들어갈 정도의 틈이 있었다. 벽에 잠시 기대어 놓은 엽총은 리가 몸으로 가리고 있어 빼앗을 기회가 나지 않았다.

창고 뒷벽에 쌓아두었던 상자 대부분이 옆으로 치워져 있었다. 리가 벽을 톡톡 두드리자 안이 빈 듯한 소리가 났다.

“뒤로 물러서봐.” 리가 말했다. 뒷벽은 달랑 판자 하나였다. 리가 옆의 벽과 경계가 진 판자의 왼쪽 끝 틈에 손가락을 걸어 앞으로 당기자 판자가 손쉽게 떨어져나왔고, 그 틈은 한 사람이 몸을 통과할 만큼은 충분해 보였다.

“이게 도대체 뭐야?” 헬레나가 물었다.

판자 뒤 공간은 더 넓었다. 거미줄이 마구 쳐진 어두운 공간 안으로 돌벽이 마감하지 않은 채 노출돼 있었다. 딱 창고 크기였다.

“따라와.” 리가 엽총을 주워 들고 틈 안으로 몸을 구겨 넣으며 말했다.

“손전등 챙겨야 해. 저 상자 안에 하나 있을 거야.”

리가 오른쪽 두 번째 선반을 가리켰다. 내가 손전등을 갖고 와 리에게 건넸으나 한 손에 엽총을 든 리는 고개를 저으며 말했다.

“네가 들어.”

손전등으로 리의 머리를 가격해 볼까 하는 내 생각을 리가 읽었는지 총으로 옆구리를 쿡쿡 찔렀다.

"네가 먼저 들어가."

틈 안으로 겨우 들어간 나를 따라 헬레나와 리가 차례로 들어왔다. 마감이 되지 않아 석회암 벽면이 그대로 노출된 공간에 셋이 서로 붙어 섰다. 절벽 아래를 그대로 파놓은 지하실이어서인지 춥고 건조했다.

"대단하네. 창고 뒤에 은신처를 마련해놓다니. 그런데 데본은 안 보이는데?" 헬레나가 말했다.

"손전등으로 아래를 비춰봐, 매튜. 저기 벽 아래." 리가 말했다.

리의 말대로 아래를 비추니, 어두운 가운데 또 다른 공간이 분명히 보였다.

몸을 구부려 더 자세히 보니 엎드려서 간신히 들어갈 만한 좁은 구멍이 있었다.

데본이 이 구멍을 기어갔을까? 소름이 끼쳤다.

"이게 어디로 연결되는 거야?" 내가 떨리는 목소리로 물었다.

"이 지역 전체가 전에 밀수업자들이 드나들던 곳이라는 거 알아? 이 땅에 지어진 오래된 폐건물을 허물었더니 지하에 이런 데가 있더라고. 내가 뭘 찾았게? 아주 마음에 들 거야."

"터널?"

"맞아." 내가 한 번에 정답을 맞히자 리는 김이 빠진다는 듯한 목소리로 대답했다.

"밀수업자들의 터널이야. 해변에서 절벽까지 이어지는 비밀 연결망이었지. 이 터널을 이용해서 기마 세관원들을 따돌리고 밀수품들을 해변 밖으로 빼돌렸던 거야. 세월이 지나 터널을 이용하지 않게 되자 다 막아버렸지만."

"그럼 데본은 해변으로 도망쳤을 수도 있다는 말이네?" 헬레나가 말했다.

"아마도. 그런데 터널의 경사가 아주 가파르단 말이야. 아마 데본은 '스머글러스 암즈' 까지만 갔을 확률이 높아."

여기서 약 800미터 정도 떨어진 곳에 있는 문 닫은 펍이다.

"이 터널이 거기로 연결돼?" 내가 물었다.

"그래. 터널 안은 미로처럼 꼬여 있거든? 그러니까 만약 데본이 '스머글러스 암즈'에 도착했다면 진짜 운이 좋은 거지."

"너도 이 아래로 가봤어?"

나는 펍에서 빠져나온 데본이 곧바로 경찰서로 향하는 모습을 상상했다. 이제는 나와 헬레나가 감옥으로 직행할 일만 남았나? 이 상황에서 벗어날 뾰족한 수가 떠오르지 않았다. 죽는 것보다는 감옥살이가 낫겠지. 리를 계속 이야기하게 해야 했다. 데본에게 도망칠 충분한 시간을 주고 싶었다.

리는 대답했다.

"이 집을 지을 때 가봤지. 이 터널 내부를 알아두면 언젠가 필요할 때가 올 것 같았거든. 그래서 창고도 일부러 지은 거고."

"이 터널이 «악당들의 은신처»라는 책에도 나와?"

"맞아. 왜? 설마 그 책을 데본에게 읽으라고 한 건 아니겠지?"

"혼자 찾아냈더라고."

"와, 진짜 재밌다! 내가 철거했던 그 오래된 폐건물이 책에도 나와 있어. 심지어 터널들을 자세히 그려놓은 지도도 있더라. 그래서 데본이 직접 찾아보려고 했나봐. 역시 얼굴만 예쁜 게 아니라니까."

"수다는 그만 떨고 데본이나 찾으러 가는 게 어때?" 헬레나가 쏘아붙였다. 데본이 도망갈 시간을 주고 싶었던 나는 헬레나를 저지해 보려고 했지만 때는 늦었다.

"알았어. 어서 가, 매튜." 리가 말했다.

"내가?"

"너희 둘 중 한 명은 가야지. 헬레나가 가길 원해?"

좁고 까마득한 터널 안으로 내려갈 생각을 하니 온몸이 얼어붙었다.

"설마 무섭다거나 그런 건 아니지?"

당연히 무서웠다. 그러나 벌벌 떠는 모습을 보일 수는 없었다.

"당연히 아니지."

"좋아. 헬레나, 우리는 '스머글러스 암즈'로 가서 기다리자. 데본이 터널 밖으로 빠져나오기 전에."

손전등 빛의 그림자에 가려 헬레나의 얼굴은 보이지 않았지만 목소리에는 짜증이 가득했다.

"너랑은 아무 데도 안 가."

"데본을 찾겠다는 거야, 말겠다는 거야?"

"다시 여기로 돌아올 수도 있잖아. 우리 중 한 명은 여기서 기다려야 하는 거 아니야?" 내가 물었다.

"나보고 혼자 펍에 가라고? 내가 무슨 바보인 줄 알아, 매티? 넌 터널에나 들어가. 나랑 전부인은 창고 문을 잠가서 데본이 여기까지 와도 밖으로 나가지 못하게 할 거니까."

그렇다면 터널에 일단 들어간 사람이 밖으로 나올 수 있는 길은 펍을 통해서 뿐이다. 나는 침을 꿀꺽 삼켰다.

갑자기 리가 총구를 헬레나 쪽으로 겨누었다.

"너희 둘 다 진짜 짜증난다. 우리는 데본을 찾아야만 해. 그래야 이 계획이 성공한다고."

"무슨 계획?" 헬레나가 불안한 눈빛으로 총을 보며 물었다.

"'스머글러스 암즈'에 도착하면 말해줄게. 매튜, 이제 저 빌어먹을 터널 안으로 어서 들어가. 우리도 가자." 리는 총으로 헬레나를 찌르며 말했다.

헬레나는 경멸에 찬 눈빛으로 리를 노려보더니 수납장 뒤로 이어진 틈을 통해 나갔다. 리가 따라나간 뒤 수납장 문이 닫히고 열쇠로 문을 잠그는 소리가 들렸다.

나는 손전등을 들고 서 있다가 무릎을 꿇고 엎드렸다.

달리 방법이 없었다.

38

포복 자세를 하고 터널 안으로 들어갔다. 내 위로 거대한 바윗덩이가 있다는 사실에 가슴이 답답했다. 다행히 몇 미터 안 가 터널 폭이 넓어졌고 나는 팔꿈치와 무릎을 세워 엎드릴 수 있었다. 모퉁이를 돌아 조금 더 기어가니 어둠 속에 사람 높이의 터널이 나타났다.

자리에서 일어선 나는 손전등으로 터널 갱도를 비추었다. 석회암 벽과 거친 바닥이 보였다. 너비는 약 90센티미터, 높이는 약 180센티미터 정도 되는 터널이었다. 똑바로 서서 걸으려면 내 머리끝이 천정에 닿았기 때문에 나는 몸을 조금 구부려야 했다. 그리고 거미와 쥐가 득실거릴 것만 같았으나 생명의 흔적은 찾을 수 없었다.

내가 비디오게임에서 본 터널에는 빠져나가지 못하고 죽은 탐험가의 해골이 모퉁이마다 굴러다녔고 수수께끼 같은 메시지가 벽마다 있었다. 하지만 이 터널은 달랐다. 길고 어둡고 퀴퀴한 냄새만 날 뿐이었다. 아래로 경사진 터널을 나아가며 나는 데본을 생각했다. 데본은 손전등을 갖고 있을까? 아니면 아무것도 보이지 않는 깜깜한 어둠 속을 탐험 중일까? 손전등에 배터리가 닳는 상황은 상상만으로도 끔찍했다.

데본이 정말 리의 말처럼 영특할까? 아니면 과장해서 칭찬한 것일까? 어쩌면 리가 데본과 사귀면서 지하실과 연결된 터널에 관해 이야기한 적이 있을 지도 모른다. 데본은 리에게 들은 대로 터널로 향하는 입구를 찾아봤겠지. 헬레나가 자신을 죽일 지도 모른다는 두려움이 데본의 등을 떠밀었을 것이다.

몇 분이나 지났을까? 나는 첫 번째 갈림길 앞에 섰다. 길 하나는 아래로 향하는 가파른 내리막이어서 해변으로 이어질 것 같았다. 다른 쪽 길로 걸으며 나는 부디 이 길이 '스머글러스 암즈'로 향하길 바랐다.

나는 나를 둘러싼 어둠과 머리 위의 거대한 바윗덩이로 인해 공포에 떨면서 무조건 여기서 나가겠다고 다짐했다. 잠영을 하다 숨이 차 수면 위로 올라가려고 안간힘을 쓰는 사람처럼. 데본을 찾는 일은 뒷전이었다. 뒤는 막힌 게 확실하니 앞으로 계속 나아가는 수밖에 없었다. 그리고 10분쯤 지났을까? 어둠이 조금씩 익숙해지고 데본도 슬슬 걱정되었다.

리가 나보다 데본을 먼저 찾는다면 분명 데본을 죽일 것이다. 리는 우리 모두를 죽일 것이다. 하지만 우리 셋이 함께 리를 공격한다면, 살아남을 가능성이 있다.

"데본! 나 매튜야." 내 목소리는 터널을 따라 메아리쳤다.

"너는 내가 찾아야 해, 아니면 정말 위험해져."

내 목소리가 다시 돌아왔다. **위험해져, 위험해져, 위험해져….**

"데본?" **데본, 데본, 데본….**

대답은 들려오지 않았다. 나는 걸음을 재촉했다. 멀리 가지 않아서 또 다른 갈림길 앞에 섰다. 이번에는 둘 다 평지였다. 왼쪽이냐 오른쪽이냐? 나는 내가 어디쯤 있는 것인지, 펍으로 가는 방향은 어느 쪽인지, 가늠해 보려고 했지만 전혀 불가능했다. 나는 마음속 나침반을 따라 육지로 향할 것 같은 왼쪽 길을 택했다.

데본은 어디 있을까? 펍에 도착해 밖으로 나갔을까? 가장 가까운 경찰서도 몇 킬로미터는 떨어져 있다는데. 데본이라면 지나가는 차를 세우거나 헬레나의 이웃집으로 갔을 수도 있다.

나는 터널을 걸어가며 계속 데본을 불렀다.

"데본! 너 지금 위험하다고!"

목소리는 다시 돌아왔다. **위험하다고, 위험하다고, 위험하다고.**

그리고 이어진 침묵 속에서 나는 들었다. 앞에서 발걸음 소리가 나는 것을.

39

스머글러스 암즈까지 걸어서 10분 정도밖에 걸리지 않는 거리를 리는 운전해서 가자고 우겼다.

"누가 총을 든 나를 봐서는 안 되잖아, 그렇지?" 엽총을 들며 리가 말했다.

운전은 헬레나가 했다. 짧은 직선거리여서 다행이었다. 멀고 복잡한 길이었다면 운전에 서툰 헬레나는 사고를 냈을 것이다. 어쩌면 그 편이 나을지도 몰랐다.

벽을 들이받게 속도를 내고 마지막 순간에 리의 안전띠를 풀어버린다면? 차 앞 유리를 뚫고 튕겨 나가는 리를 두 눈으로 똑똑히 보고 싶다. 조수석에 앉은 리가 헬레나를 힐끔 쳐다보며 말했다.

"나쁘지 않은 계획이었어. 그냥 당신이 재수가 없었을 뿐이야. 제이미 크로울리 패거리 중 한 명한테 당신이 마약을 사 갔다는 이야기를 내게 전해준 것은 순전히 우연이었지. 헨리가 그러던데, 내 장례식에서 당신 연기 참 잘했다며? 여기저기 눈물을 한 바가지씩 흘리고 다니면서. 헨리에게 그 장면을 동영상으로 찍어달랄

걸. 나를 잃고 슬퍼서 울고불고 난리 치는 모습을 정말 보고 싶었거든. 그렇지만 사람들이 의심할까 봐 관뒀어."

헬레나는 아무 말도 하지 않았다. 아니, 할 수 없었다. 헬레나 마음은 증오로 붉게, 공포로 검게 물들었다. 리가 자신을 죽이려 한다는 것을 확신했기 때문이다. 리는 매튜와 데본도 죽일 것이다. 리는 자신이 살아 있다는 사실을 아는 모든 사람을 죽일 것이다. 그리고 나서 자기가 지은 집을 팔아 현금을 얻는 대로 사라질 것이다.

헬레나는 어떻게 해야 살아 남을 수 있을지 알 수 없었다. 리가 휴대전화를 빼앗았기 때문에 경찰에 연락할 수도 없었다.

"당신을 다른 방법으로 죽였어야 했는데. 내 눈앞에서 죽는 모습을 확인하지 않은 게, 자는 당신의 목을 직접 베지 않은 게 후회돼." 헬레나는 거의 중얼거리듯 말했다.

리가 웃음을 터뜨렸다.

"그러게, 헬레나. 그리고 남은 인생은 감옥에서 보내는 거지."

"지금 당장 그렇게 해도 괜찮을 것 같아."

스머글러스 암즈 앞에 도착한 뒤 차에서 내린 리는 다 허물어져 가는 건물을 에워싼 허름한 울타리 사이로 헬레나를 몰아갔다.

"여기가 그래도 동네에서 꽤 유명한 펍이었는데." 리는 폐허가 된 펍의 입구를 찾아 두리번거렸다. 혹시나 데본이 먼저 도착했을 경우를 대비해 소리를 내지 않으려 조심하며 판자로 막아둔 문과 창문들을 하나씩 살폈다.

지나가는 사람도 차도 하나 없었다. 갈매기들마저 조용해 멀리서 요동치는 파도 소리만 들렸다.

달이 빈 건물을 비추었다. 야외석이었던 곳을 지나며 지금이라도 도망칠까 헬레나는 생각해 보았지만 곧바로 단념했다. 헬레나 역시 리 만큼이나 대본을 찾고 싶었기 때문이다. 어쩌면 리보다 더 간절히 원했을 지도 모른다.

"여기다!" 리가 말했다. 창문을 막아둔 판자 귀퉁이 중에 헐거워진 곳이 있었다. 리는 총을 벽에 기대어 세워두고, 헬레나를 향해 쓸데없는 짓을 하기만 해보라는 듯 씩 웃어 보였다. 그리고 썩은 판자를 잡아당겼다.

"먼저 들어가." 리가 말했다.

살면서 헬레나는 창문을 타고 넘어 남의 건물 안으로 들어가 본 적이 한 번도 없었다. 그런데 이번 주에만 벌써 두 번째로 담을 넘는다. 헬레나는 손전등으로 펍 안을 비추었다. 라운지였을 실내에는 거푸집 냄새가 축축하게 배어 있었는데, 수년간 공기 중에 갇혀 있던 맥주와 담배 연기 냄새를 맡을 수 있었다. 창문에서 뛰어내린 헬레나는 멀지 않은 데에 떨어진 유리 조각을 하나 발견했다. 깨진 맥주병 조각이었다. 헬레나는 등 뒤의 창문 쪽을 흘끗 본 후 유리 조각을 집어 재킷 주머니에 쑤셔 넣었다. 곧이어 리가 총을 맨 채 창문으로 들어왔다. 리는 지난 9개월 동안 아침 수영을 하지 못한 탓인지 함께 살 때보다 몸집이 조금 불었다.

"좋아, 따라와." 리가 말했다.

오면서 리는 터널 출구와 펍 지하 저장고가 연결되어 있다고 설명했다. 바 뒤에 그 지하 저장고로 이어지는 듯한 입구가 보였다. 헬레나는 석조 계단을 따라 아래로 내려가면서 뺨에 드리우는 거미줄을 휙휙 낚아챘다. 지하 저장고 안을 손전등으로 비추자 벽돌이 그대로 노출된 벽과 빈 맥주 통 몇 개가 보였다.

"내가 어릴 때만 해도 터널로 연결된 입구가 있다는 게 비밀은 아니었는지 사람들이 떠들던 기억이 나. 심지어 우리 아버지도 나를 여기로 데려와서 구경시켜 준 적이 있어." 리는 고개를 저으며 말을 이었다.

"세상이 점점 발전해 가니 그들도 관둬야 했겠지."

"대단하네."

리는 대답하는 헬레나를 무시했다.

"그런데 어디 있더라? 분명 출입구가 있었는데. 여기다!"

구석에 플라스틱 상자들이 쌓여 있었다. 리는 뒤에 서서 헬레나에게 상자들을 옆으로 치우라고 지시했다. 그러자 바닥에 출입구가 드러났다.

"들어봐." 리가 말했다.

헬레나가 하는 수 없이 리의 지시에 따르자 벽에 붙은 사다리가 출입구 아래로 이어지며 깜깜한 어둠 속으로 연결되었다.

"뭐, 어떡하라고!" 헬레나는 경멸하며 전남편을 돌아보며 물었다.

"기다려야지."

리는 오래된 의자 두 개를 가져와 출입구 옆에 두었다.

"그래서, 어떻게 된 거야?" 헬레나가 물었다.

그리고 다음 5분 남짓 리는 자랑하듯 무용담을 늘어놓았다.

마약 밀수업이 잘못된 일부터 칫솔로 DNA를 바꿔치기 한 일까지 모두 떠들었다. 제 입으로 약점을 말하지 않는 리가 제이미 크로울리를 두려워했다고 털어놓아 놀라웠지만 리는 이야기하는 내내 스스로의 기지에 취해 있었다. 지금 제이미를 부를 수만 있다면, 그래서 아직 리가 살아있다는 것을 알릴 수만 있다면, 9개월 전 헬레나가 끝내지 못한 일을 제이미가 끝낼 수 있게 할 수만 있다면 얼마나 좋을까?

생각해 보니 크로울리는 한 번도 헬레나를 괴롭히지는 않았다. 오히려 리를 대신해 돈을 구하려고 헬레나에게 거짓말을 하고 겁을 준 것은 헨리였다. 뼛속까지 점잖은 신사라고 생각해 온 헨리의 죽음이 더는 슬프지 않았다.

"그래서 매튜에게 말했다는 계획이 뭐야?" 헬레나는 리가 말을 끝내자마자 물었다.

"별거 아니야. 당신이 비치 헤드에 데본의 휴대전화를 떨어뜨렸다며. 그 상황 그대로 마무리할 거야. 그리고 당신이 집을 팔 때까지 죽은 듯이 있다가, 돈이 생기면 갖고 사라질게."

"그 돈을 다 갖고 간다고?"

"협상하려고 하지 마, 헬레나. 넌 날 죽이려고 했어."

"당신이 날 죽이려는 것을 막아야 했으니까. 당신이 리사를 죽인 것처럼 말이야."

리는 손을 휘저었다.

"넌 살려줄게. 가서 매튜랑 잘 살아."

헬레나는 곰곰이 생각했다. 리는 거짓말을 하고 있다. 헬레나와 매튜가 리의 생존 사실을 언제든 공개할 수도 있고 아니면 죽일 수도 있는데 그런 위험 요소를 남겨둔다는 것은 이상하다. 여전히 헬레나는 리가 모두를 죽이고 귀금속이나 현금을 최대한 취한 후 사라질 거라는 자신의 첫 직감을 믿었다. 경찰은 리가 죽은 줄로 알고 있으니 도망치는 것은 어렵지 않을 것이다. 직접 지은 애정 어린 집을 포기해야 한다는 게 고통스럽겠지만 헨리를 죽이며 모든 계획이 어그러졌다. 돈이 되는 것을 모두 챙겨서 사라지는 것만이 최선일 것이다. 그러나 딱 한 가지, 도망치기 전에 데본을 처리해 경찰이 집에 찾아오는 것을 막아야 하겠지.

헬레나는 리의 무릎 위에 있는 엽총을 보았다.

"방금 소리 들었어?" 리가 벌떡 일어서며 물었다.

"무슨 소리?"

"들어봐."

마침 헬레나도 들었다. 발아래 터널에서 누군가 다가오는 소리가 들렸다. 리는 입술을 만지작거리며 뒤로 물러섰다.

데본의 머리가 출입구 위로 나타났다. 데본은 갑자기 밝아진 불빛에 적응하느라 두 눈을 깜박이다가 눈앞에 놓인 광경을 바라보았다.

"리?" 데본이 물었다. "거기 리야?"

동시에 그들 아래로 또 다른 빠른 발걸음 소리가 들렸다. 그리고 매튜의 목소리가 뒤따랐다.

"데본? 데본, 그냥 거기에 있어."

그러나 데본은 대답하지 않았다. 그저 눈앞에 서 있는 리가 진짜인지 쳐다볼 뿐이었다.

"살아 있었네! 이럴 수가! 당신 살아 있었어!"

데본이 사다리를 타고 올라와 저장고 안으로 들어왔다. 헬레나를 힐끗 보고는 다시 리를 향해 몸을 돌이켰다.

"어떻게? 리…."

기뻐하고 안도하며 리를 향해 다가가는 데본에게 리는 엽총을 들이대며 말했다.

"멈춰."

데본은 어리둥절한 표정으로 휘청거렸다. 땀으로 얼룩진 얼굴과 거미줄이 들러붙은 머리카락, 먼지와 흙으로 얼룩진 옷까지 데본의 모습은 끔찍했다.

"왜 그래."

"뒤로 물러서. 벽에 붙어 서라고." 리가 말했다.

"리, 나야. 당신이 사랑했던 데본이야." 그리고 데본은 헬레나를 가리키며 말했다.

"총을 겨눌 대상은 내가 아니라 저 여자라고!"

리는 데본에게 큰 소리로 고함쳤다.

"똑바로 일어나서 저 벽에 붙으라고!" 그리고는 싸늘한 목소리로 덧붙였다.

"더는 못 들어주겠네. 그래, 난 네 몸을 사랑했지. 그런데 참 금방 질리더라."

그때 매튜가 터널 입구 위로 나타났다.

40

나는 눈 앞에 펼쳐진 상황을 파악해 보았다. 총을 든 리 앞에서 겁에 질린 데본이 뒷걸음쳐 벽으로 붙었다. 헬레나는 몇 미터 떨어진 의자 옆에 서 있었다. 오래된 맥주 통들이 여기저기 널린 스머글러스 암즈의 지하 저장고였다. 사다리를 마저 타고 올라가 헬레나 옆에 섰다. 터널과 연결된 출입구를 시계 한가운데라고 생각한다면 나와 헬레나는 여섯 시 방향, 리는 세 시 방향에, 그리고 데본은 열두 시 방향에 서 있었다.

"나쁜 새끼. 뭐야, 이제 다시 저 여자한테 붙은 거야?" 데본이 말했다.

리가 웃으며 말했다.

"미안해, 데브. 하지만 내가 살아 있다는 사실을 네가 알면 안 돼서 말이야."

리는 데본을 향해 총을 겨누었다.

"움직이지 마."

헬레나는 몸이 얼어붙는 것을 느꼈다. 긴장감에 숨이 가빠지고 온몸이 팽팽해졌다.

리는 총구가 데본의 가슴을 정확히 향하도록 고쳐 들었다. 데본은 리가 자신을 배신했다는 충격에 휩싸였고 두 눈에서 눈물이 흘렀다. 하지만 늦었다. 너무 많이 늦었다. 리가 방아쇠에 손가락을 걸었다.

“다른 방법이 있을 거야, 리….” 내가 말했다.

그런데 갑자기 데본이 리를 향해 달려갔다.

그 순간 데본의 표정을 잊을 수가 없다. 상처가 분노로 변한, 반항심 가득한, 데본만이 지을 수 있는 표정이었다. 데본은 두 팔을 뻗어 리가 든 엽총을 빼앗으려 울부짖으며 달려들었다. 나는 순간적으로 데본이 성공할 수도 있을 거라고 기대했고 꼭 성공하기를 바랐다.

그러나 리가 먼저 방아쇠를 당겼고 붉은빛이 폭발했다. 나는 마치 폭발이 나를 향한 것처럼 반사적으로 두 손을 들었다.

내가 손을 천천히 내리고 나니 데본은 피투성이가 되어 바닥에 쓰러져 있었다.

리는 제 행동에 잠시 충격을 받은 듯 총을 힘없이 떨어뜨렸다.

나는 난생처음 본능대로 움직였다. 지난 며칠간 쌓였던 화와 분노와 고통이 내 안에서 폭발했다. 나는 달려가 리를 덮쳤다.

나와 어깨가 부딪힌 리는 뒤로 비틀거리며 앓는 소리를 냈다. 일어서 총을 잡는 리에게 나는 다시 한번 달려들어 주먹으로 얼굴을 갈겼다. 리는 총을 붙잡고 땅에 쓰러져 뒹굴었다. 나는 리의 팔을 붙잡고 총을 빼앗기 위해 몸싸움을 벌였다. 격렬한 감정 때문인지 나는 발광한 사람처럼 힘이 넘쳤다. 리는 내게 총을 발사하기 위한 충분한 각도를 만들어내려고 안간힘을 썼다. 그때 헬레나의 손에서 무언인가 날카로운 것이 빛났다. 유리 조각이었다. 헬레나는 총을 잡은 리의 손가락을 유리 조각으로 그었다. 리는 비명을 지르며 총을 놓쳤다. 나는 곧바로 총을 빼앗았지만 일어서면서 다리에 힘이 풀려 뒤로 고꾸라졌다.

헬레나가 엽총을 받아 들고 리를 향해 겨누었다.

리는 피가 솟구치는 손을 다른 손으로 쥐며 겨우 일어나 앉았다. 자신을 향해 총을 겨누는 헬레나를 보고 리는 잠시 놀란 듯했지만 이내 미소 지으며 말했다.

"넌 못 해." 리는 심지어 능글맞게 웃었다.

반대로 가쁜 숨을 몰아쉬는 헬레나는 두 손을 덜덜 떨었다.

"그만하고, 와서 말로 하자." 리가 말했다.

"닥쳐!" 헬레나가 소리쳤다.

"헬레나, 생각해 봐. 데본은 죽었어. 이제 우리 모두 잘 살 수 있다고." 리는 대학 시절 내가 기억하는 부드러운 목소리로 말했다.

"입 닥쳐!" 헬레나가 든 총이 떨리고, 헬레나의 가슴이 오르락내리락하는 게 보였다. 헬레나는 목이 멘 듯한 고음으로 말했다.

"이 나쁜 새끼야, 거짓말하는 거잖아. 나는 널 알아, 다 안다고. 지금 망할 네 입술이 씰룩이고 있거든?" 헬레나는 거칠게 숨 쉬며 초조하게 웃었다.

"헬레나, 정말 약속할게. 다 함께 여기서 벗어나자. 당신이랑 매튜는 영원히 행복하게 살아. 일단 총 내려놔."

헬레나는 머뭇거렸다. 순간 나는 헬레나가 정말 총을 내려놓으려는 줄 알았다. 그러나 헬레나의 눈빛에 힘이 들어갔다. 동시에 떨림도 멈추었다.

"안 돼."

"헬레나…."

"아니야." 헬레나의 목소리에 더는 아무 감정이 없었다. 그리고 침묵이 흘렀다. 헬레나는 작심했다.

리 역시 헬레나의 목소리에 바뀐 상황을 눈치채고 고개를 저었다. 회유하는 대신 필사적인 태도로 말했다.

"**넌 날 죽일 수 없어.** 난…."

헬레나는 리의 가슴에 총을 쏘았다.

리는 데본 옆에 비틀거리며 쓰러졌다.

나는 그대로 자리에서 일어섰다. 헬레나는 여전히 숨을 몰아쉬며 손가락 마디가 하얗게 될 때까지 총을 꼭 쥐고 서 있었다. 나는 리에게 다가가 구부리고 앉아 맥박을 확인했다. 그리고 데본도 똑같이 확인했다.

"둘 다 죽었어." 내가 말했다.

헬레나는 리의 시신에 가까이 다가갔다. 총구는 여전히 리를 향하고 있었다.

"정말이야?"

"이번에는 정말로 죽었어. 확실해." 내가 말했다.

그제야 총을 내려놓으며 헬레나는 엉덩이를 땅에 대고 주저앉았다. 나는 온몸이 마비된 듯 멍했다. 지난 스물네 시간 동안 많은 죽음을 마주했다. 로빈, 헨리, 데본, 리.

그중 한 명을 제외한 나머지 죽음에 미안함을 느꼈다.

그러나 감정에 빠져 있을 시간이 없었다. 죽음을 애도하거나 죄책감을 느낄 시간도 없었다.

"이 둘을 숨겨야 해." 내가 말했다.

리의 손가락을 그었을 때 튄 피로 뒤덮인 두 손을 바라보던 헬레나는 고개를 들고 나를 보았다. 총에 맞은 리 주변으로 더 많은 피가 흐르고 있었다.

많은 죽음을 대면하고도 살아남으며 마침내 새롭게 태어난 본능적인 나는 지금 무엇을 어떻게 해야 할지 정확하게 파악했다. 나는 천천히 리에게 다가갔다. 얼굴을 보지 않으려고 애쓰며 리의 겨드랑이 아래를 잡고 터널 입구까지 끌고 갔다. 리는 로빈보다 훨씬 무거웠기 때문에 나는 2미터도 안 되는 거리를 온 힘을 다 써 이동했다. 보다 못 한 헬레나가 나를 도왔고 우리는 양옆에 서서 리를 머리와 어깨부터 터널의 입구 아래로 젖혀 떨어뜨렸다.

쿵, 하고 리가 떨어지자 나는 사다리를 타고 내려가 리의 시신을 조금 더 안쪽으로 밀어 놓고 다시 저장고로 돌아왔다. 데본도 똑같이 구멍 아래로 내려놓았다. 데본은 조금 더 부드럽게,

떨어뜨리기보다 조심스럽게 내려놓았다. 리보다는 훨씬 더 작고 가벼웠다.

나는 터널 속에서 펍과 가까운 마지막 갈림길을 떠올렸다. 다시 그 갈림길을 찾아가 보니 갈림길에서 다른 방향으로 뚫린 터널은 가파른 내리막이었다. 내리막을 따라가면 해변으로 연결되는 듯했는데 그렇다면 시체를 처리하기에 완벽한 장소였다. 해변으로 이어지는 터널 입구 역시 사람들에게 잊혔을 것이다. 여기에 이러한 터널이 여기 있다는 것을 누가 알까? 데본이 지하실에서 읽던 책은 20년 전에 나온 책이었다. 헬레나는 수년 동안이나 이 터널 위에서 살았는데도 터널의 존재를 전혀 알지 못했다. 리만이 집을 짓기 전 폐허를 허물면서 알게 되었다. 그러니 이 터널은 무엇을 숨기기에 완벽한 장소였다.

아무도 리를 찾지 않을 것이다. 세상은 리가 이미 9개월 전에 죽었다고 알고 있다.

그리고 데본은? 우리가 데본의 휴대전화를 비치 헤드에서 떨어뜨릴 때 그녀의 운명은 이미 결정 난 셈이다. 어차피 그 절벽 아래 바닷속에서는 절대 찾지 못할 것이고 그것은 그리 대단한 일도 아니다.

터널은 리와 데본이 마지막으로 잠든 공간이 될 것이다.

나와 헬레나는 몇 시간에 걸쳐 데본을 터널 아래 갈림길에 있는 내리막 끝까지 끌고 갔다. 그리고 더 깜깜한 아래로 둘을 밀었다. 그리고서 둘이 어디에 떨어졌는지 내려가서 확인했다. 아래는 정말 깜깜하고 추웠다. 나는 둘 곁에 엽총을 놓아두고 잠시 서 있었다. 무슨 말이라도 해야 할 것 같았지만 딱히 할 말은 생각나지 않았다.

앞으로 나는 진실을 둘러싼 벽을 세워야 할 것이다. 데본이 죽은 건 스스로 자처한 일이다. 그렇게 믿어야 할 것이다. 유부남이었던 리와 사랑에 빠지지만 않았어도, 헬레나의 목소리를 녹음하지만 않았어도, 헬레나를 찾아와서 협박하지만 않았어도 이렇게까지 되지는 않았을 것이었다.

로빈의 죽음에 관한 진실로부터 나를 보호하는 것은 더 힘들 것이다. 내가 아무리 사실을 이렇게 저렇게 부인해도 로빈은 무고한 희생자다. 그저 사고였다고 스스로에게 계속 변명하는 수밖에 없다.

시신을 숨긴 후 터널 밖으로 나온 우리는 펍 지하 저장고에 묻은 피를 닦기 위해 표백제와 물을 챙기러 헬레나 집에 갔다 왔다. 지하 저장고 청소를 마치고 터널 출입구를 최대한 완벽하게 가린 후 스머글러스 암즈를 빠져나왔다.

집으로 가며 헬레나가 말했다.

"집에 가면 지하실에 연결된 터널의 입구도 막아야겠어. 너 손재주 좋다며. 수납장 뒤로 제대로 된 벽 바를 수 있겠어?"

"그럼. 무엇인들 못하겠어?"

그때는 그랬다. 무엇이든 할 수 있을 것 같았다.

"그리고 펍도 우리가 사둬야 할 거 같아. 런던에 있는 내 아파트를 팔고, 또 너도 집을 담보로 대출받을 수 있으면…."

"좋은 생각이야."

"펍은 사기만 하고 닫은 채로 그냥 두는 거야. 아니면 가정집으로 바꿔도 되고. 어쨌든 아무도 그 지하 저장고에는 가지 못하게 해야 해, 영원히! 그리고 헬레나, 너도 그 집을 팔면 안 돼. 이사 가서도 안 되고. 비밀을 지키기 위해선 어쩔 수 없어."

우리는 헬레나의 집에 도착했다. 한밤중이었다. 하루 중 가장 조용한 시간, 저 아래 바닷가에서 자갈밭을 할퀴는 파도 소리만 들렸다.

"나? 아니면 우리 같이?" 헬레나가 물었다.

"우리 같이. 물론 너만 괜찮다면." 내가 대답했다.

우리는 서로를 마주 보았다. 나는 둘 다 다른 선택지가 없다는 생각을 하고 있었다. 나와 헬레나가 재회해 사귄 지 고작 몇 주밖에 지나지 않았지만 우리는 비밀을 공유하고 함께 범죄를 저지르며 어떤 커플보다 끈끈한 사이로 발전했다. 마치 두 국가가 서로를 향해 핵탄두를 겨누고 있는 것처럼 헬레나는 나를, 나는 헬레나를 지배하는 힘을 갖게 되었다. 경찰서에 가서 우리가 저지른 짓을 자수하는 것은 둘을 다 파괴하는 일이다. 적어도 우리가 서로 사랑하는 동안은 문제가 없다. 하지만 우리 사랑이 영원할 수 있을까? 만약 둘 중 한 명의 사랑이 식는다면? 둘 중 누군가가 다른 사람을 만난다면? 우리가 심하게 다툰다면? 그래서 만약 사랑이 증오로 변한다면?

우리 사이는 그냥 폭탄이 아니었다. 시한폭탄이었다.

그리고 그것이 우리 관계를 지탱하는 기반이었다.

나는 헬레나를 끌어안았다.

“이제부터 우리 정말 지루하게 살아야 해. 준비됐어?”

“준비 완료야. 다사다난하지 않을수록 좋아.”

“더는 비밀은 없어.”

“더는 거짓도 없어.”

우리는 차에서 내려 두 손을 맞잡고 집을 향해 걸었다.

에필로그

6개월 후

라이언 바커는 형의 유품 상자를 여는 것을 미루어왔다. 형이 죽고 얼마 되지 않아 부모님은 형이 살던 멀스콤 집에서 자전거와 함께 방 안에 있던 물건을 담은 상자를 가져왔다. 부모님과 함께 사는 집에는 로빈이 쓰던 방을 없앤 지 오래였다. 엄마는 형의 방에 실내용 자전거와 바벨 세트를 들여놓아 운동실로 바꾸어 버렸는데 거기에 로빈의 유품 상자를 갖다놓았다. 그리고 로빈의 물건에 악령이라도 씌었다는 듯 엄마는 그 방에 들어가기는커녕 근처에도 가지 않았다.

소지품을 정리하는 일은 자연스레 동생 라이언에게 넘어왔다. 부활절을 지루하게 보내며 라이언은 지금껏 미뤄온 일을 해치우기로 했다.

열일곱 살 라이언에게 여섯 살 위인 로빈은 줄곧 영웅이었다. 비디오게임을 가르쳐준 것도 형이었고, 부모님이 싸울 때 자기만의 세계로 숨어 들어가는 법을 가르쳐준 것도 형이었고, 난생처음 술을 사준 사람도 형이었다.

그렇게 완벽한 형에게 한 가지 결점이 있다면 형과 함께 살던, 형이 좋아하던 멍청한 여자 데본이었다. 라이언도 몇 번 만난 적이 있는데, 외모는 귀여웠지만 태도는 쌀쌀맞았다. 그 후로는 데본이라는 이름만 들어도 짜증스러웠다. 게다가 로빈에게 마음이 있는 것도 아니면서 관심은 받고 싶은지 계속 치근덕댔다. 자기만 바라보는 남자가 있다는 것을 즐기는 게 분명했다. 데본이 나이 많은 유부남과 만나고 있다는 사실을 로빈에게 들었을 때는 형에게 제발 정신 차리라고 말해주었지만, 로빈은 듣지 않았다. 그저 데본이 유부남과 헤어질 때까지 진득하게 기다렸다. 그런데 유부남이 죽고도 데본은 로빈에게 마음을 열지 않았다.

그러다 결국 로빈을 죽였다.

경찰은 둘이 말다툼을 하다가 일이 일어난 것 같다고 했다. 아이슬란드에서 만났던 데본의 친구들은 로빈이 데본을 스토킹하고 괴롭혔다고 경찰에게 말도 안 되는 증언을 했다. 괴롭혔다니. 로빈은 데본을 사랑했다! 하지만 데본이 로빈을 피해 아이슬란드에서 만난 친구 집에서 지냈고, 로빈과 화해하기 위해 되돌아간 집에서 로빈을 죽였거나 죽은 로빈을 목격했고, 그 후에 자신도 스스로 목숨을 끊었다는 이야기를 모두가 믿었다. 경찰은 비치 헤드 아래 바다에서 완전히 망가진 데본의 휴대전화를 발견했다. 아무래도 데본의 시신은 바닷물에 떠내려간 것 같았다. 미칠 노릇이었다. 엄마가 즐겨 읽는 실화 범죄 잡지에 나올 만한 특이한 이중 사망 사건이었다. 몇몇 기자들이 연락을 취해왔지만, 부모님은 모두 돌려보냈다.

라이언은 로빈이 쓰던 방에 들어가 실내용 자전거 옆 구석에서 유품 상자를 찾아냈다. 이제 보니 그냥 상자라기보다는 이케아 같은 데서 볼 수 있는 플라스틱으로 된 운송용 대형 상자였다. 생전 로빈이 소유한 물건이 고작 상자 하나에 다 담겼다니 라이언은 암울했다. 로빈이 입던 옷은 검은 대형 쓰레기봉투에 담았고 그 외 집에서 쓰던 물건들은 거의 데본 소유였기 때문에 데본의 가족이 가져갔다. 로빈이 남긴 물건들은 대부분 게임이나 소프트웨어 앱 같은 전자기기였다. 하드 드라이브에는 수천 장이 넘는 사진들이 저장돼 있었다. 라이언은 경찰들이 가져간 죽은 로빈의 휴대전화를 누가 돌려받았는지 정확히 알지 못했다.

그 외 나머지가 이 대용량 상자 안에 있었다. 라이언은 상자를 들고 자기 방으로 갔다. 침대 위에 상자를 놓고 앉아 열어보았다.

먼저 아이패드와 충전기가 나왔다. 그 안에 뭐가 있는지는 확인해 보기 위해 우선 충전을 했다. 그리고 소설 몇 권이 나왔다. 로빈은 독서를 즐기지는 않았다. 액자에 넣은 사진도 몇 개 있었다. 엄마 아빠와 라이언과 찍은 가족사진이었다. 라이언은 터져 나오는 울음을 참기 위해 이를 꽉 물었다. 가족사진을 옆으로 치우고 공책 몇 권을 꺼냈다. 제일 위에 있던 공책을 넘겨보니 무슨 비밀번호처럼 보이는 목록이 있었고 그 외는 별것이 없어 보였다. 스위스 아미 나이프와 고장이 난 오래된 손목시계가 하나, 외화 동전 한 주머니, 펜 몇 자루, 손전등 하나, 학위 수료증, 여권. 참담했다. 라이언은 자신의 방을 둘러보았다. 라이언이 죽으면 어떤 것들이 남을까?

라이언은 자신의 인생을 허투루 살지 않겠다고 다짐했다. 세상에 자신의 흔적을 남기겠다고 결심했다. 80년 후에(그때까지 산다면) 세상을 떠날 때는 직접 만들거나 어렵게 수집한 것들로 누구라도 간직하고플 값진 물건을 남기겠다고 마음먹었다.

마침내 상자 바닥이 보였다. 로빈이 남긴 소지품은 그게 다였다.

라이언은 충전 중인 아이패드를 제외한 나머지 물건들을 상자에 담았다. 액자에 넣은 가족사진은 선반에 올려놓았다. 온 가족을 찍은 유일한 사진이었다.

사진 속 네 명을 바라보던 라이언은 볼에 흐르는 눈물을 손등으로 닦았다. 아무리 이를 꽉 물어도 소용 없었다.

공책을 상자 안에 넣는데 뭔가 떨어졌다.

봉투였다. 누군가 봉투 겉면에 '안전하게 보관할 것'이라고 써 놓았다.

라이언은 봉투를 들고 다시 침대에 앉았다. 이상했다. 로빈의 필체가 아니었다. 추측하자면 여자가 쓴 것 같았다. 데본인가?

로빈의 죽음과 관련 있는 물건일까? 봉투 안에는 작고 단단한 뭔가가 들어 있었다.

라이언이 봉투를 뜯어보니 유에스비가 나왔다.

'안전하게 보관할 것'이라니 더 수상하다. 섹스 테이프 같은 것이면 어쩌지?

로빈과 데본이 결국 같이 잤나? 형이 섹스하는 장면을 맞닥뜨리게 될까 봐 주저하는 마음이 들었지만, 그럼에도 라이언은 유에스비 안에 뭐가 있는지 알아야 했다.

라이언은 노트북을 가져와 유에스비를 연결했다.

노트북 화면에 유에스비 드라이브가 나타나기까지 몇 분 정도 걸렸다. 화면에 나타난 윈도 창에는 파일이 한 개 들어 있었다. 동영상이 아닌 음성 파일이었다. 파일의 생성 날짜는 작년 9월.

라이언이 파일을 재생하자 스피커를 통해 한 여자의 목소리가 흘러나왔다.

"텔레비전에서 다큐멘터리를 보다가 그 계획이 떠올랐어…."

여자는 약 10분 동안 이야기했다. 녹음 파일을 끝까지 들은 라이언은 경악을 감추지 못했다.

라이언은 방금 리라는 자기 남편을 죽인 한 여자의 고백을 들었다. 사실일까? 이 여자는 누구일까? 그리고 누구한테 이야기하는 거지? 이야기 중간중간 물어보고 동조하는 소리를 낸 것은 남자였다.

라이언은 다시 한번 음성 파일을 재생했다. 여자는 솔트딘을 언급했다. 로빈이 죽던 날 데본이 지내던 곳이라고 경찰들이 말했었다. 아이슬란드에서 만난 친구들과 함께 지내던 곳이다.

라이언은 구글에 '2022년, 익사, 리'를 검색했고 곧바로 검색 결과가 쏟아져나왔다.

리 데이비슨. 라이언은 사망 기사를 찾았다. 당시 부인의 이름은 헬레나였다.

그래, 데본과 함께 지냈다던 여자 이름이다. 바로 녹음 파일 목소리의 주인공이다.

그리고 그녀는 슬퍼하는 미망인이 아니다. **블랙 위도**였다. 살인자.

라이언은 흥분했다. 정말 굉장한 발견이었다. 구글에 헬레나라는 이름을 치자 사진이 떴다. 라이언이 보기에 헬레나는 법의 심판을 잘 빠져나간 것 같았다. 라이언은 녹음 파일을 세 번째 들으며 혹시라도 이게 연기라거나 조작이 아닌지 의심해 보았다. 그러나 진심이 담긴 진실이었다. 그리고 그들과 친구 사이라던 데본은 헬레나가 살인을 고백하는 말소리를 녹음까지 했다. 데본도 한 패였나?

라이언은 유에스비를 꺼냈다. 부모님께 보여드리면 경찰서에 가서 신고하라고 할 게 분명했다.

아니지, 상식에 따라 경찰에 신고하는 것보다 더 좋은 방법이 있을지도 모르겠다. 헬레나 데이비슨은 꽤 부유해 보였다. 리가 죽으면서 많은 재산을 남긴 모양이다. 녹음 파일에서 헬레나는 가정 폭력을 견디다 못 해 리를 죽였다고 했으나 실은 보험금을 노린 걸 수도 있다.

어쩌면 이 녹음 파일로 큰돈을 벌 수 있을지도 모른다.

라이언은 마음을 정했다. 결코 인생을 시시하게 살지 않겠다. 그러기 위해서는 현금을 확보하는 것도 나쁘지 않은 시작이다. 무엇보다 헬레나라는 여자는 데본과 로빈 사이에 어떤 일이 있었는지 정확히 알고 있을 것이다. 라이언은 모든 사건이 하나로 얽키

고설켜 있다고 확신했다.

라이언은 경찰서에 가기 전에 먼저 헬레나에게 선택권을 주기로 정했다. 로빈을 누가 왜 죽인 것인지 진실을 알려달라. 그리고 비밀을 지키는 대가로 내게 돈을 내놓아라. 그러지 않으면 경찰을 찾아가겠다.

라이언은 집을 나서기 전 녹음 파일을 제 노트북에 복사했다. 그리고 아래층으로 내려가 차고에서 자전거를 꺼냈다. 솔트딘까지는 자전거로 30분이면 족하다.

라이언은 흥분해 심장이 쿵쾅거렸다.

인생을 막 바꿀 참이었다.

여기서 뭐가 더 잘못될 수 있을까? 아무리 생각해도 잃을 게 없다.

감사의 말

이 책을 읽어주셔서 감사합니다. 재미있었기를 바라요. 또 저는 언제나 독자 여러분의 소감을 기다립니다. 제 이메일 주소 mark@markedwardsauthor.com 또는 페이스북 페이지 @markedwardsauthor, 그리고 트위터 @mredwards를 통해 주저하지 마시고 연락해 주세요.

지금부터는 결말에 대한 내용이 포함되어 있으니 소설을 끝까지 읽지 않았다면 보지 마시기를 바랍니다.

먼저, 솔트딘 지역을 제멋대로 사용했다는 것을 말씀드려야겠습니다. 헬레나의 집이 있는 절벽은 실제로 존재하지 않습니다. 그 부근, 특히 서식스 주에 있는 로팅딘에는 실제로 밀수업자들이 사용하던 터널이 있었다고 해요. 하지만 소설 속 터널은 제가 지어낸 것입니다.

저는 여러 프로젝트에서 함께 일하던 재능있는 삽화가이자 디자이너인 친구 카리스 해링턴에게 이야기를 하나 듣고 영감을 받아 이 소설을 쓰게 되었습니다. 몇 년 전 뉴질랜드의 산맥을 따라 혼자 여행하던 카리스는 산에서 발을 헛디뎌 떨어져 거의 죽기 직전까지 갔는데 다행히도 배낭이 바위에 걸려 안전하게 매달려 있을 수 있었습니다. 사고 당시와 그 직후에 카리스가 어떤 생각을 했을까 하고 계속 상상해 봤어요. 그러면서 카리스가 겪은 죽음에 직면했던 경험은 제 기억에 각인되었습니다.

이 일화를 바탕으로 한 제 상상에 그동안 제가 구상해 오던 또 다른 아이디어를 결합해 보았습니다. 저는 오랫동안 착한 인물이 제가 저지른 실수와 반드시 감추어야 할 비밀로 인해 끔찍한 곤경에 빠지는 이야기를 쓰고 싶었습니다. 게다가 저는 〈이중 배상(1944)〉이나 〈보디 히트(1981)〉와 같은 누아르 영화나 «간단한 계획(A Simple Plan)» 같은 스릴러 소설을 아주 좋아합니다. 2021년 11월에 저는 아이슬란드로 여행을 떠나 제 두 눈으로 직접 본 멋진 산맥들을 모두 마음속에 담아 왔습니다. 그리고 집에 돌아오자마자 «그녀가 죽였다» 집필을 시작했지요.

저는 동료 작가를 포함해 소설 집필을 위해 자료 조사에 도움을 준 여러 사람에게 감사의 마음을 전하고 싶습니다. 엘리 그리피스는 더글라스 디이노가 쓴 «솔트딘 이야기(The Saltdean Story)»를 구해주었습니다. 그 지역에서 일어났던 밀수업을 조사하는 데 아주 유용했어요. 캐롤린 그린은 집필 초반에 브레인스토밍하는 걸 도와주었고 기발한 제안도 여럿 해주었습니다. 제가 경찰 활동이나 DNA에 관해 의문이 생길 때마다 닐 랭커스터에게 많은 도움을 받았고 토니 켄트 역시 제 부족한 법률 지식을 채워주어 둘에게 맥주를 몇 잔 사려고 합니다.

루스 웨어는 숲속 어디에 헨리의 집을 넣을지 정확한 위치를 찾도록 도와주었습니다. 저와 아이슬란드 여행을 함께 했던 친구들인 에드 제임스, 피오나 커민스, CL 테일러와 루카 베스테도 저와 소설에 몇 줄 쓸 만한 대화를 나눠주었습니다. 독자 여러분도 제가 언급한 모든 작가의 글을 꼭 읽어보시길 바랍니다.

감사한 분들이 아직 더 있습니다.

롭 매킨토시는 산악 구조와 하이킹 장비에 관해 많이 가르쳐주었고 절벽에서 떨어지는 사고가 어떤 건지 끈기 있게 설명해주었습니다. 이야기 중에 오류가 있다면 물론 그것은 제 불찰이니 저를 탓하세요. 저는 집에서 장면을 연출할 때 사용한 크리스프랫 인형을 탓하겠지만요. 그리고 남편을 소개해 준 클레어 매킨토시에게도 감사 인사를 전합니다. (클레어가 쓴 책도 꼭 읽어보시길 바랍니다.)

편집자 빅토리아 오운지안은 이야기에 조금 더 반전을 넣고 부차적 줄거리는 과감히 줄이도록 조언해 주었습니다. 빅토리아가 없었다면 이 소설은 훨씬 별로였을 겁니다.

시애틀에서 오랫동안 고생한 편집자 데이비드 다우닝의 뛰어난 기술과 재능으로 이 책이 훨씬 훌륭해졌습니다. 이번 책은 지난 책들을 작업할 때 보다는 덜 힘들었지만 (물론 더 힘들 수는 없겠지만요) 데이비드는 항상 제 속도를 맞춰주었습니다.

교열 담당자 젬마 웨인은 제가 저지른 몇 가지 부끄러운 실수와 말도 안 되는 오타를 고쳐주었습니다. 교열 담당자들은 출판 업계에서 이름 없는 영웅과도 같은 분들인데 제 소설을 담당한 젬마는 메달을 받아야 마땅합니다.

언제나 그랬듯이 저를 지지해 주고 열정적으로 대해주는 대리인 매들린 밀번과 모든 에이전시 식구들에게도 감사하다는 말을 전하고 싶습니다.

로빈 바커, 캐시 리드 그리고 우크라이나 기금 운동을 위한 경매 우승자였던 줄리아 조스와 같은, 소설 속 등장인물과 이름이 같아서 좋지만은 않은 명예를 얻게 된 몇몇 독자분들께도 심심한 사과를 표합니다.

독자에 대한 이야기가 나와서 말인데 제 페이스북 페이지에 자주 들러주시는 팬 여러분들과 트위터, 인스타그램으로 소통하는 팬 여러분들께도 감사 인사를 전하고 싶습니다. 제 첫 작품부터 함께 해주신 독자분들을 포함해 낯익은 독자의 이름이나 얼굴을 온라인에서 만나면 언제나 행복합니다. 모든 응원을 고맙게 생각하는 바입니다.

마지막으로 가족들을 빼놓을 수가 없네요. 저의 아이들, 엘리, 포피, 알치와 해리. 그리고 그 누구보다 가장 중요한 제 아내 새라까지 모두 감사합니다. 새라가 어둡고 치명적인 비밀이 전혀 없기 때문은 아니지만 제가 얼마나 행복한 남편인지 모른답니다.

적어도 그런 비밀이 없다고 저는 생각해요….

제 책을 읽어주셔서 다시 한번 감사드립니다.

마크 에드워즈

울버햄프턴, 2022년 10월

옮긴이의 말

이 소설은 영국에서 심리 스릴러 작가로 이름이 알려진 마크 에드워즈의 열두 번째 작품으로 우리나라에는 처음으로 소개되는 작품입니다.

마크 에드워즈는 주로 평범한 사람들에게 일어나는 공포스러운 일들을 소재로 이야기를 쓰기 때문에 읽으며 공감하기 쉽고 책을 덮은 후에도 여운이 오래 남는 것이 특징입니다. 이 작품에서 저는 특히 주인공 매튜의 입장이 되어 '과연 어떤 선택을 해야 옳을까? 무엇이 최선일까? 여기서 이만 멈춰야 하지 않나?' 하며 읽었습니다.

소설의 내용은 헤어진 지 20년 만에 다시 만난 매튜와 헬레나가 아이슬란드로 여행을 떠나며 시작합니다. 절벽에 매달린 채 생사의 갈림길에서 헬레나가 털어놓은 충격적인 고백은 영국으로 돌아온 후 협박과 공포로 변하게 되고, 문제를 해결하려는 매튜와 헬레나의 시도는 오히려 상황을 더 나쁘게 만들지요. 절망적이고 필사적인 와중에 드러나는 반전으로 독자는 '헉'하는 순간을 계속 마주하게 된다는 게 이 책의 매력입니다.

세상에 숨기고 싶은 과거 하나 없는 사람이 과연 있을까요? 비밀을 지키려는 간절한 노력으로 최선을 다해 내리는 순간의 선택들이 더 나쁜 결과를 가져온다면, 우리는 어떤 심리 상태를 경험하게 될까요? 이 책은 지극히 정상적인 생활을 소재 삼아 인간의 심리를 파고들기 때문에 독자는 소설을 읽는 재미를 넘어 자신의 내면을 깊이 들여다볼 기회를 얻으리라 믿습니다. 특히 '나는 좋은 사람이다'라는 정체성을 놓지 않으려는 주인공의 힘겨운 내적 사투는 살면서 수없이 마주치는 진퇴양난의 순간을 어떻게 받아들이고 또 나아가야 할지 이정표를 만들어보라고 권하는 것 같습니다. 스스로 좋은 사람이라고 생각하거나 그렇게 되길 바라는 사람이라면 이 작품에 더욱 몰입할 수 있을 거예요.

앞서 언급했듯이 이 책의 매력은 거듭되는 반전입니다. 반전이 제때 나와주지 않거나 나오더라도 예측이 가능하면 실망하게 되는데 «그녀가 죽였다»는 예상치 못한 반전이 속속 이어집니다. 심리 미스터리 분야의 독보적인 작가인 만큼 군더더기 없이 이야기를 끌어나가는 작가의 필력에 푹 빠져들게 될 것입니다.

심리 미스터리 소설은 말 그대로 인간의 심리와 미스터리를 함께 다루다 보니 읽는 사람의 생각과 감정을 예측해 철저하게 설계해야 하는, 정말 쓰기 어려운 분야라고 생각합니다. 탄탄한 미스터리가 되기 위해서는 허점 없이 촘촘하게 스토리가 전개돼야 하고, 독자의 마음을 움직이기 위해서는 등장인물들의 일거수일투족을 잘 제어해야 할 테니까요. 탄탄한 줄거리와 타임라인이 자연스럽게 연결되고 빈틈없이 이어지는 이 책을 덮을 때, 아찔하고 감탄스러울 뿐 아니라 만족스러운 마음에 독자분들은 분명 후후 하고 웃게 되실 겁니다.

제가 번역하면서 중점을 둔 부분은 문장을 간결하게 유지해 긴장감을 최대치로 끌어올리자는 것이었습니다. 글자를 읽음과 동시에 작가가 의도한 그대로의 장면이 독자의 머릿속에 생생하게 떠오르게 하고자 했습니다. 부디 제 이런 마음이 독자분들께 닿기를 바랍니다.

마지막으로 이 책을 선택하신 독자분들께도 깊은 감사 인사를 드립니다. 혹시 요즘 독서 권태기에 빠져 무슨 책을 읽어야 할지 모르겠다면, 이 책은 그야말로 탁월한 선택입니다.

2024년 10월
옮긴이 김항나

그녀가 죽였다

초판 1쇄 인쇄 2024년 10월 14일
초판 1쇄 발행 2024년 10월 22일

지은이 마크 에드워즈
옮긴이 김항나

책임편집 김혜영
디자인 최현호
책임마케팅 김서연, 김예진, 김소희, 김찬빈, 박상은, 이서윤, 최혜연,
노진현, 최지현, 최정연, 조형한, 김가현, 황정아
마케팅 최혜령, 유인철
경영지원 백선희, 권영환, 이기경
제작 제이오

펴낸이 서현동
펴낸곳 ㈜오팬하우스
출판등록 2024년 5월 16일 제2024-000141호
주소 서울특별시 강남구 테헤란로 419, 11층
(삼성동, 강남파이낸스플라자)
이메일 info@ofh.co.kr

© MARK EDWARDS
ISBN 979-11-988393-8-1 (03840)
모모는 ㈜오팬하우스의 출판브랜드입니다.

이 책은 저작권법에 따라 보호받는 저작물이므로 무단전재와
무단복제를 금지하며, 이 책 내용의 전부 또는 일부를 이용하려면
반드시 저작권자와 ㈜오팬하우스의 서면동의를 받아야 합니다.
책값은 뒤표지에 표시되어 있습니다.
잘못된 책은 구입하신 서점에서 바꿔드립니다.